사국지

4

사·국지 4

문무대왕·2 개국(開國)

하응백 역사소설

1판 1쇄 발행 | 2026. 2. 17

발행처 | **Human & Books**
발행인 | 하응백
출판등록 | 2002년 6월 5일 제2002-113호
서울특별시 종로구 삼일대로 457 1409호(경운동, 수운회관)
전화 | 02-6327-3535~6, 팩스 | 02-6327-5353
이메일 | hbooks@empas.com

ISBN 978-89-6078-828-2

사국지 4

하응백 역사소설

문무대왕·2

개국(開國)

Human & Books

    천지를 진동하는 북소리가 당나라 응천문(應天門) 앞 넓은 마당에 울려 퍼졌다. 북소리는 1백 리 밖에서도 들릴 정도였다. 북통에는 붉은색 바탕에 하늘로 승천하는 황룡을 그려 놓았다. 보기에도 당나라의 욱일승천(旭日昇天)을 과시하는 듯했다. 30여 개의 건고(建鼓)에서 울리는 북소리는 가까이 있는 사람들에게는 오장육부가 떨릴 정도의 위압적인 울림으로 전달되었다.

    큰 북소리가 서서히 잦아들었다. 북소리가 끊기면서 갑자기 큰 기합소리와 함께 140명의 무용수가 오색 찬란한 갑옷을 입고 창을 휘두르며 마당 중앙에 일제히 들어왔다.

    응천문 위에는 오봉루(五鳳樓)가 우뚝 솟아있었다. 오봉루 아래에 서면 마당 너머 유유히 흐르는 낙수(洛水)까지 내려다보였다. 당나라 임금 이치는 황후 무조와 함께 오봉루 앞에 설치된 비단 장막 속에서 일융대정악(一戎大定樂)을 막 관람하려던 참이었다. 임금의 좌우에는 이적(李勣), 이의부(李義府), 임아상(任雅相), 허경종(許敬宗), 소정방(蘇定方), 아사나충(阿史那忠) 등 당나라 3품 이상의 관리와 장수들이 품계별로 자리를 했다. 이날 행사는 병부상서 임아상이 군영에서 가르친 새로운 군무(軍舞)를 임금과 백성에게 선보이는 자리였다. 고구려 정벌을 선포하고 고구려와의 전쟁에서 승리를 다짐하는 출정식이기도 했다. 신유년[1] 3월의 일이었다.

임금 이치는 평소 문약하다는 소리를 들었다. 이치는 당나라의 토대를 닦은 아버지 태종을 뛰어넘는 업적을 남기고 싶었다. 아버지 태종은 딱 하나만 빼고 모두 이루었다. 그 딱 하나가 바로 고구려의 복속이었다. 고구려의 연개소문만이 당 태종의 지배를 거부하고 굳세게 저항했다. 고구려만 정벌하면 이치는 사해의 모든 나라를 정복한, 말 그대로의 천자(天子)가 된다. 수양제도, 아버지 당 태종도 못 했던 일을 성취하는 황제가 된다.

이의부는 왕씨 황비를 몰아내고 무조를 황후로 내세운 뒤, 무후의 후원을 받아 일약 중서령에 올라있었다. 중서성의 수장인 중서령은 임금과 독대하여 나라의 중요한 일을 입안하고 처리했다. 눈치 빠른 이의부는 임금 이치의 꿈을 이루게 하고 싶었다. 이의부는 자신의 권력을 유지하기 위해서라도 임금에게 확실한 성과를 보여주어야 했다. 임금의 꿈과 이의부의 욕망이 만나는 지점에 바로 고구려 정벌이 있었다.

이의부는 고구려 사정에 밝은 영주자사(營州刺史) 임아상(任雅相)을 특별히 병부의 수장인 병부상서로 천거했다. 임아상은 지방의 자사였다가 이의부 덕에 벼락출세하여 병부상서가 되었다. 임아상은 당연하게도 이의부의 심복이 되었다. 이의부는 임아상을 조종하여 당나라 병부까지 장악했다. 이는 무후의 뜻이기도 했다.

당나라 병부에서 가장 신망이 높은 이적은 이의부의 군권 장악을 소

---

1) 661년

6

닭 보듯 하여 가타부타 참견하지 않았다. 이적의 성격이 본래 그랬다. 임금이 왕씨를 폐하고 무조를 황후로 세우려 할 때도 일절 관여하지 않았다. 임금의 집안일에 개입하고 싶지 않다고 했다. 그런 처세야말로 이적을 뚜렷한 적이 없게 만들었다. 하지만 이의부와 함께 무후의 심복인 허경종은 이의부의 독주가 마음에 들지 않았다. 고양이처럼 표독한 소인배 이의부였기에 언제 자신에게 발톱을 드러낼지 몰랐다. 허경종은 이의부를 제거할 기회만 엿보고 있었다.

이날의 음악과 춤은 이의부의 지시를 받은 임아상이 군영에서 재능 있는 병사를 뽑아 특별히 연습시킨 창술무(槍術舞)였다. 임금은 중서령 이의부에게 물었다.

"이 춤과 음악을 무엇이라고 하오?"
"일융대정악이옵니다."
"일융대정악?"
"그렇습니다. 한 번의 고구려 정벌로 천하를 안정시킨다는 뜻입니다."
"그렇군, 좋소이다. 그럼 시작하시오."

임금의 명은 이의부에서 임아상으로 전달되었다. 임아상이 팔을 들자, 임금 옆에 붉은 기가 크게 펄럭였고, 그것을 신호로 일융대정악이 시작되었다.

북소리에 맞추어 피리와 생적(笙笛)을 비롯한 여러 악기가 한꺼번에 소리를 내질렀다. 오색 갑옷을 입고 손에 창을 든 140명의 무용수가 일제히 마당에서 구르기를 하며 진용을 갖추었다. 그들은 마치 실제 싸움을 하듯 긴 창을 찌르고 돌리며 일사불란하게 움직였다. 춤은 전쟁터에서 적을 상대로 싸움하는 용맹한 병사들을 방불케 했다. 구경하는 사람들의 입에서 아, 하는 탄성이 튀어나왔다. 무용수들의 날렵하면서도 절도 있는 동작이 절정에 이르자 음악에 맞춰 수백 명의 병사가 팔굉동궤락(八紘同軌樂)을 노래 불렀다. 웅장한 노랫소리가 마당에서부터 임금이 있는 장막까지 들려왔다.

임금이 노랫말을 듣고 이의부에게 말했다.

"여덟이 하나로 합쳐진다고?"

"그러하옵니다. 폐하. 여덟은 천하의 모든 길이옵니다. 그 모든 길에, 고구려의 길까지도 폐하의 수레가 다니게 된다는 뜻입니다."

"그렇구나, 그래. 나의 수레가 천하를 다 다녀야 하지. 천하의 길은 다 같아야 한단 말이야. 대단히 훌륭하오."

진나라 때 중국이 통일된 이래, 중국 수레바퀴의 폭은 다 같았다. 수레가 자주 다니다 보면 길에 홈이 생겼다. 바퀴 폭이 다르면 그 홈을 이용하기가 어려웠다. 운송이 효율적이려면 모든 수레바퀴의 폭이 같아야 했다. 그때부터 바퀴 폭이 다르면 오랑캐의 나라라는 뜻이 되었다. 고구려의 수레바퀴가 그랬다. 고구려는 수나라나 당나라의 수레가 다니지 못하게 일부러 중국과 수레바퀴의 폭을 달리했다.

무용수들은 두 편으로 나누어 싸움을 벌이다가 다시 합쳐져서 창술무를 펼쳤다. 마지막에 임금을 향해 꿇어앉는 자세를 취하면서 춤을 끝냈다. 웅장한 음악도 끝이 났다. 집단 춤사위와 웅장한 음악은 인간을 흥분시킨다. 목적을 가진 춤과 음악은 그 목적을 이루려는 사람에게는 대단히 감동적일 수가 있다. 일융대정악이 그랬다. 임금 이치는 충분히 고무되었다. 이의부의 의도대로였다. 이치는 무용수들의 통일된 동작을 보면서, 악기와 어우러져 팔굉동궤락을 외치는 웅장한 음악을 들으면서, 매우 기분이 좋아졌다. 약간 흥분하기까지 했다. 흥분으로 인해 임금 이치는 한발 더 나아갔다. 이치는 그 자리에서 신하들에게 말했다.

"좋소이다, 좋소이다. 이번 고구려 정벌은 내가 직접 가겠소이다. 이번에는 기필코 고구려를 굴복시켜야 하오. 선왕께서 못다 하신 일을 해내서 선왕의 유업(遺業)을 완성해야 하오. 내가 해내고야 말겠소."

임금의 말에 이적과 허경종은 가슴이 철렁 내려앉았다. 이의부는 오히려 회심의 미소를 지었다. 이적과 허경종은 군신(軍神)이라 불리는 선왕 태종도 실패한 고구려 원정을 과연 아들이 해낼까 하는 의구심이 먼저 들었다. 만약 실패한다면 그 후유증을 어떻게 수습해야 할지 난감하기만 했다. 하지만 이의부는 일사천리로 일을 진행했다. 그 자리에서 바로 임금의 명을 공표했다. 6개 군단, 35군을 편성하여 고구려를 정벌한다. 병부상서 임아상은 패강도행군총관으로, 글필하력(契苾何力)은 요동도행군총관으로, 소정방은 평양도행군총관으로, 소사업(蕭嗣業)은 부여도행군총관으로, 정명진(程名振)은 누방도행군총관으로, 방효태(龐孝泰)는 옥저도행군총관으로 임명했다. 병사는 40만에 이르렀다. 이의부가 임금과 독대하여 미리 다 준비해놓았던 게 틀림없었다.

작년 백제 정벌 때 당나라는 수군을 활용해 적의 심장부인 사비성으로 바로 쳐들어가 백제 왕을 사로잡는 성과를 올렸다. 이의부는 그 전략을 그대로 적용하기로 했다. 6군 중에서 정명진과 소사업은 요동으로 진격하기로 했다. 정명진은 요동성과 신성을, 소사업은 부여성을 각각 공략한다. 고구려는 요동 방어선에 가장 많은 병력을 투입해놓고 있다. 이 방면의 전투는 악전고투로 예상된다. 당 태종의 군대가 몇 번의 승전에도 결국은 안시성에 막혀 이 방어선을 뚫지 못했다. 그랬기에 정명진과 소사업의 군대는 고구려 요동 방어선 군대를 붙잡아두기만 하면 된다.

이번 고구려 정벌의 핵심은 수군을 활용한 평양성 공략이다. 백제 원정에 동원되었던 함선(艦船)이 그대로 건재할 뿐만 아니라 더욱 많은 배를 건조했다. 당나라 군대는 25만 병사를 배로 운송할 수 있다. 임아상과 소정방과 방효태는 병사를 배에 태워 평양성으로 바로 돌진하기로 했다. 방효태와 소정방은 이미 작년 백제 원정 때 수군을 운용한 경험이 있었다. 당나라 병부의 고민은 요동 방면의 고구려군 남진이었다. 요동의 고구려 기마 대군이 남진하면 평양성의 군대와 합류하여 오히려 당나라 군사를 평양 부근에서 역으로 포위할 가능성이 있었다. 이를 저지하기 위해 백전노장 글필하력이 요동과 평양의 중간 지점인 압록수로 출정하기로 했다. 물론 군사이동은 수군의 배를 이용한다. 글필하력이 요동에서 남진하는 병사를 압록수에서 막아내는 동안, 평양을 포위한 3개 군단이 전쟁을 마무리한다는 계획이었다.

임금 이치가 40만의 군대를 이끌고 고구려를 정벌한다는 꿈에 부풀어 마치 어린아이처럼 즐거워하고 있을 때였다. 허경종이 몰래 무후를 알현했다.

"선왕께서도 실패한 친정이옵니다. 더군다나 이번 원정은 수군이 주를 이룹니다. 폐하께서 배를 타고 나아감은 불가하옵니다. 만약 큰바람이 불면 어떻게 하겠습니까? 육로로 가신다면 고구려 정벌은 처음부터 다시 준비해야 하옵니다. 폐하의 친정을 말려야 하옵니다."

"하하, 그거야 직접 간언하지, 왜 나에게 말하는 거요?"

"황후마마의 말씀이 아니면 지금 누가 간한다고 해서 폐하께서 듣지 않으시지요."

"하하, 그렇기는 하지요. 알겠소. 나도 폐하께서 직접 가셔서는 아니 된다고 생각하고 있었습니다. 전쟁에서 승패는 아무도 모르지 않소?"

무후는 바로 임금에게 말했다.

"폐하, 고구려 친정은 그만두세요."

"무후, 왜 그러시오. 아버님께서 못한 일을 이루고자 하오."

"폐하, 뜻은 좋으나 때가 아니옵니다."

"때가 아니라니."

"지금 백성들은 안정되지 않았고, 변경은 평온하지 않습니다. 폐하께서 어찌 종묘를 가볍게 버리시고 친정을 하겠다 하시옵니까? 고구려는 강한 적이라 하나 장수들에게 맡겨보시지요. 더군다나 이번 고구려 전쟁은 육군의 전쟁이 아니라 수군의 전쟁입니다. 폐하께서 배를 타고 가셔야 하는데, 그게 아니 될 일입니다. 천하의 기둥이 폐하입니다. 기둥은 늘 튼튼한 육지에 뿌리를 박고 있어야 합니다. 큰바람이 불면 배는 어떻게 될지 모릅니다. 절대 불가하옵니다."

이치는 무후의 말을 수긍하지 않을 수 없었다. 말이 조리가 있고, 틀리지 않았다. 이치는 황급히 친정을 취소했다. 일융대정악을 관람하면서 친정을 준비하라고 한 뒤 13일이 지난 후였다. 임금은 대신 여섯 장수에게 출정을 명했다.

5월이 되자 당나라 군사는 6군으로 나뉘어 고구려로 출발했다. 고구려의 요동 국경에 가장 먼저 당도한 당나라 군대는 정명진과 소사업의 군사들이었다.

연개소문은 당나라에 나가 있는 세작들에게서 당나라의 고구려 공격이 임박했다는 보고를 받았다. 요동 방어선에 있는 여러 성은 군량을 비축하고 무기를 벼리고 성을 튼튼히 보수했다. 수군으로 평양에 바로 쳐들어올 게 틀림없었기에 평양성 역시 단단히 준비하고 있었다. 당나라가 태종 때부터 고구려와의 전쟁을 깊이 공부했다면, 고구려도 마찬가지였다. 당나라의 고구려 공격 전략이 바뀌었다. 고구려도 그에 대응해서 방어 전략을 바꾸었다.

연개소문은 담담하게 당나라와의 또 한 번의 결전을 준비하며 당나라의 공격을 기다렸다. 연개소문은 이 싸움이 자기 생의 마지막 전쟁임을 예감했다. 이번 전쟁을 마지막으로 당나라와의 질긴 악연을 끊어내고 싶었다.

2

신유년[2] 정초부터 당나라가 고구려를 공격하기 위해 부산하게 대군을 편성하는 동안, 백제의 고토에는 유난히 추웠던 겨울이 물러가고 봄이 오기 시작했다.

백제 임존성의 복신과 도침은 지난해 가을 사비성 공략이 실패로 끝난 원인을 되새기고 있었다. 병력이 더 많았음에도, 사비성 함락 일보 직전에 신라 왕이 직접 이끄는 신라 군사의 공격에 주저앉고 말았다. 두고두고 분통이 터졌다. 복신은 그 원인이 자신이 모든 백제군을 효과적으로 통솔하지 못해서였다고 판단했다. 모든 백제군을 아우르는 구심점이 있어야 했다. 다행히 지난해 10월 왜국에 보낸 사신 귀지로부터 새해 1월이 되자 연락이 왔다. 왜국 여왕이 의자왕의 아들 풍왕자를 구원군과 함께 보내겠다고 답변해 왔다. 이미 준비를 시작했다고 했다. 복신은 풍왕자를 맞이하기 전에 웅진성과 사비성을 함락시켜 나라의 기틀을 마련하고 싶었다. 풍왕자가 온다는 소식 자체가 백제군 전체를 단합시키고, 그 소식을 전해주는 자신이 전체 백제군의 구심점이 되어야

---

2) 661년

했다.

복신은 면밀한 계획을 세워 사비성을 공략하기로 하였다. 삼년산성을 비롯한 신라 여러 지역에서 공급한 물자는 웅진성을 거쳐 사비성으로 수운을 통해 공급하고 있었다. 군량도 마찬가지였다. 사비성에 있는 1만여 유인원의 당나라군은 웅진성에서 사비성으로 이어지는 물길만 차단하면, 물자와 군량 공급이 끊겨 독 안에 든 쥐 신세가 된다. 복신은 수백의 군사를 도적으로 가장하게 했다. 이들은 사비성 인근 북쪽 여울을 차단하고, 당나라군에게 운송하던 군량을 탈취했다. 병사들은 사비성의 유인원에게 군량을 탈취당했다고 보고했다. 유인원은 1천여 군사에게 도적을 추격하여 군량을 회수하라고 지시했다. 가볍게 생각하고 도적을 쫓던 당나라 군사는 복신의 매복에 걸려 거의 모두 참살되었다. 겨우 살아 돌아간 병사 몇몇이 유인원에게 그들은 도적이 아니라 백제군이었다고 보고했다. 그제야 복신의 유인계(誘引計)에 걸렸음을 깨달은 유인원은 두려움에 떨며 사비성에 웅거하면서 한 발짝도 움직이지 않았다.

당나라 1천 군사를 참살하면서 사기가 올라간 백제군은 사비성 공격을 시작하였다. 복신은 2만여 군사를 거느리고 사비성 남쪽을 에워싸고, 도침은 1만 5천의 군사로 사비성 북쪽과 웅진 강구를 틀어막았다. 작년과 마찬가지로 사비성의 당나라군은 완전히 포위되어 군량을 공급받지 못할 지경에 몰렸다.

이 무렵 당나라 조정에서는 삼년산성에서 갑자기 죽은 웅진 도독 왕문도 후임으로 유인궤(劉仁軌)를 검교대방주자사(檢校帶方州刺史)로 임명하여 신라로 보냈다. 유인궤는 배편으로 당항성에 도착하여 육로로 삼년산성에 도착했다.

　이전에 유인궤는 당나라 중서성의 둘째 서열인 중서시랑(中書侍郎)이었다. 유인궤가 중서시랑일 때 유인궤의 상관은 중서령 이의부였다. 무후의 측근 이의부는 자신의 부정한 짓에 협조하지 않는다는 이유로 유인궤를 청주자사(靑州刺史)로 좌천시켰다. 청주는 당나라 수군의 주둔지여서, 백제 공격을 위한 준비가 한창이었다. 이때 마침 수군 함선이 좌초하여 침몰하는 사건이 발생했다. 이의부는 옳다구나 하고 유인궤에게 죄를 물었다. 유인궤는 졸지에 병사로 강등되었다. 그는 중서령 중서시랑에서 일개 병사라는 나락으로 떨어졌지만, 굴욕을 참고 때를 기다렸다. 이의부는 왕문도가 갑자기 죽자, 유인궤를 왕문도의 후임으로 추천했다. 유인궤에게 대죄입공(待罪立功)하라는 취지였다. 공을 세워 죄를 갚으라는 말이지만, 사실상 웅진 도독으로 부임하여 문관(文官)이 공을 세우기는 어려웠다. 만약 유인궤가 공을 세우지 못하거나 실수하면 유인궤는 파멸의 길로 들어갈 공산이 컸다. 그게 바로 이의부가 파놓은 함정이었다.

　유인궤가 삼년산성에 도착했을 무렵 유인원의 당나라군은 백제의 포위 공격으로 사비성에 고립되어 있었다. 유인궤는 오히려 자신이 공을 세울 절호의 기회가 왔음을 깨달았다. 하지만 삼년산성에 남아있는 기껏 수백 명의 왕문도 병사로는 백제군을 상대하기에 어림도 없었다. 유인궤는 신라 임금 춘추에게 즉시 편지를 보냈다. 편지에서 당나라 조정은 왕문도의 죽음에 토를 달지 않고 대신 자신을 보냈다고 했다. 자신은 왕문도의 죽음을 자세히 조사해야 하는 임무를 부여받았다고도 했다. 그러나 백제 잔당의 공격으로 사비성의 당나라 군사가 위험에 처해있으니, 그 군사를 먼저 구해야 한다고 했다. 신라의 군사를 빌려주면 자신이 백제 잔당을 물리치고 유인원을 구출하고, 그렇게만 되면 웅진 도독 왕문도의 죽음은 불문에 부치겠다고 했다.

유인궤의 편지 내용은 군사를 빌려달라는 협박에 가까웠으나 어투는 공손하기 이를 데 없었다. 신라 왕 춘추는 유인궤의 청을 받고 김유신과 상의하였다. 유신은 병사를 빌려주어 유인궤가 백제군을 소탕하는 데 찬동했다. 유신이 왕에게 아뢰었다.

"폐하, 왜국에서도 백제에 구원군을 보낼 듯합니다. 그러면 당나라와 고구려, 왜국과 백제, 신라가 모두 뒤엉켜 한바탕 큰 싸움이 일어나겠지요. 이제 한 치 앞을 내다볼 수 없는 회오리바람이 삼한 땅에 불어닥칩니다. 연개소문은 당나라 서북의 철륵(鐵勒)과 연계했다는 보고가 있습니다."

"철륵?"

"그렇습니다. 폐하. 철륵은 설연타 서쪽에 있는 유목족으로 사람들이 모두 기마에 익숙하다 합니다."

"그렇군요. 당나라는 뒤통수가 근질거리게 되었군."

"그렇습니다. 작년 당나라와 신라와 백제의 싸움은 시작이었습니다. 올해 더 큰 싸움이 천지사방에서 벌어질 게 틀림없습니다."

"그렇소. 나도 그렇게 되리라고 내다보고 있소. 점입가경이랄까, 갈수록 태산이랄까? 우리 신라는 어떻게 해야 하오?"

"실속을 차려야지요, 폐하. 백제 땅을 조금이라도 우리 신라 땅으로 만들어놓아야 합니다. 백제 사람을 한 명이라도 우리 신라 백성으로 만들어야 합니다. 그게 결국 우리의 힘이 됩니다."

"그렇지. 지난날, 가야 백성이 신라 백성이 되면서 지금의 신라가 있지요. 따지고 보면 유신공도 원래는 가야 사람이 아니오. 유신공이 신라 사람이 되었기에 신라가 여기까지 왔소. 내 아들 법민을 보시오. 신라 피와 가야 피가 다 섞여있지 않소. 백제 백성들도 그렇게 되어야 합니다. 우리 모두 한 백성으로 다시 태어나야 합니다."

"그렇습니다, 폐하. 그게 신라가 갈 길입니다. 실속을 차려야 합니다. 유인궤에게 군사를 모두 빌려줄 수는 없습니다. 일부 병사는 빌려주어 당나라 군사를 지원하고, 한쪽으로는 우리가 직접 백제 잔당을 섬멸하여야겠습니다. 백제 잔당들은 임존성과 주류성을 두 근거지로 하고 있으니, 임존성 공략은 당나라 유인궤와 유인원에게 맡기시지요. 품일장군은 주류성 쪽으로 진격하여 남쪽의 백제군 잔당을 섬멸해야 합니다."

임금 춘추는 품일을 대장군으로 삼아 대당군, 상주군, 하주군, 남천정군, 서당군, 낭당군 등 2만 군사를 일으켜 백제 원정을 명했다. 신유년[3] 2월의 일이었다. 사비성에 고립된 당나라 군사의 포위를 풀기 위해 우선 1만의 군사를 유인궤에게 보냈다. 3월 초가 되면서 웅진 쪽에서 접근한 유인궤의 신라군은 사비를 포위한 도침의 군사를 공격하였다. 도침의 백제군은 목책으로 울타리를 만들고 백강에는 목교(木橋)를 세워 왕흥사(王興寺)로 연결되는 교통로를 운용하고 있었다.

이른 새벽 강 안개가 가시지 않을 무렵이었다. 유인궤는 신라 남천정의 기마병을 앞세워 기습적으로 목책 인근의 백제군을 공격했다. 백제군은 기마병에게 속수무책으로 당하면서 후퇴하다가 목교로 병력이 몰렸다. 후퇴하는 백제군에서 대혼란이 일어났다. 신라 보병이 뒤를 이어

---

3) 661년

공격하고, 사비성에 있던 유인원의 당나라 군사마저 가세했다. 백제군은 1만여 명의 사상자를 남기고 임존성으로 도망가고 말았다. 사비성 남쪽을 포위하고 있던 복신의 백제군 역시 포위를 풀고 주류성(周留城)[4] 방향으로 후퇴했다.

유인궤는 드디어 사비성에 입성하여 유인원을 만났다. 유인궤는 좌천되어 종4품의 검교대방주자사였기에, 정3품에 해당하는 행군총관 유인원이 상관이었다. 유인궤는 당나라 사비 주둔군의 장수 유인원에게 예를 표했다. 유인원은 유인궤가 중서성 중서시랑을 역임한 중앙 관료 출신임을 잘 알고 있었다. 유인원은 원래 자신보다 품계가 높고 나이가 많은 유인궤를 대접해서 모든 일을 유인궤와 상의해서 처리했다. 포위된 당나라군을 구출했기에 유인궤의 영향력은 더 커졌다. 실질적으로 당나라군의 지휘관은 유인궤나 마찬가지였다.

유인궤는 사비성에서 포로로 잡은 도침의 부하를 심문했다. 포로는 당나라가 신라와 짜고 백제 사람은 남녀노소(男女老少)를 불문하고 모두 죽인다는 소문을 믿고 있었다. 이래 죽으나 저래 죽으나 마찬가지니, 앉아서 죽기보다 모두 뭉쳐서 싸우다 죽는 길을 택했다고 했다. 아울러 자신들의 지도자는 무왕의 조카인 복신이라 했다. 유인궤는 다른 포로를 심문하다가 도침은 임존성으로 후퇴했고, 복신은 주류성으로 갔다는 사실을 알아냈다. 유인궤는 적의 두 장수가 갈라져있으니, 이간책을 사용해 보기로 했다.

유인궤는 임존성의 복신 앞으로 편지를 보냈다. 물론 임존성에서 편지를 받은 자는 복신이 아니라 도침이었다. 유인궤는 편지에 당나라는

---

4) 주류성의 위치에 대해서는 논란이 많다. 충청남도 서천군 한산면의 건지산성(乾芝山城), 전라북도 부안 위금암산성(位金岩山城) 등 여러 설이 있다. 이 소설에서는 부안 설을 취했다.

큰 나라이니 맞서지 말라 했다. 대국에 맞서는 자체가 백제 사람의 재앙
이라고도 했다. 항복하면 바로 유인궤 자신이 복신에게 당나라의 은혜
를 베풀 수 있다고 했다.

유인궤의 편지를 받은 도침은 코웃음을 쳤다. 도침이 말했다.

"당나라 놈이 우리를 코흘리개 어린아이 취급하는군. 은혜를 베푼다
고? 음흉한 놈이 별말을 다 하는구나."

유인궤의 심부름꾼이 답신을 달라고 도침에게 졸랐다. 도침이 차림
새가 남루한 심부름꾼에게 물었다.

"너는 뭣 하는 놈이냐?"
"저는 유인궤장군의 수하로 장군의 의복과 음식을 담당하고 있습
니다."

도침이 웃으며 말했다.

"나는 백제국의 대장군(大將軍) 복신이다. 어찌 나에게 보내는 사신
이 한갓 남루한 시종이란 말이냐. 내가 어찌 시종에게 답장을 줄 수 있
겠느냐? 너를 살려주는 것만 해도 백제국의 큰 아량이니, 어서 가서 너
의 장군에게 말해라. 고국 땅을 밟고 싶다면 당장 떠나라고. 그렇지 않
으면 복신의 칼이 용서하지 않겠다고 전해라."

시종은 복신의 마음이 바뀌지 않기를 바라며 걸음을 빨리하여 사비

성으로 돌아와서 유인궤에게 상황을 보고하였다.

복신은 도침의 군사가 궤멸되고 신라군이 사비성 남쪽으로 갑작스럽게 들어오자, 2만 군사를 유지하여 재빨리 남으로 철수했다. 유인궤가 편지를 보내며 시간을 보내는 동안, 신라 장군 품일은 복신의 군사를 추격하기 시작했다. 복신의 군사들은 사비성에서 사흘 거리인 두량윤성(豆良尹城)[5]에서부터 닷새 거리인 고사성(古沙城)[6]과 주류성 등으로 이동하여 신라군의 공격에 대비했다.

품일은 군사를 둘로 나누어 두량윤성으로 먼저 선발대를 보냈다. 본대는 고사성과 주류성으로 향했다. 선발대는 마침 해가 질 무렵에 두량윤성 앞에 도착하여 제대로 진지를 구축하지도 못하고 야영했다. 전쟁에서는 늘 하필, 아차 하는 순간에 무슨 일이 터지게 마련이다. 두량윤성 앞 벌판에서 야영하던 신라군이 그랬다. 틈을 보고 있던 백제군은 동이 트기 전에 신라군 진영을 기습했다. 혼비백산한 신라군은 많은 사상자를 내며 벌판 여기저기로 도망쳤다. 신라군으로서는 처음 보는 넓디넓은 벌판이어서 도망가기는 좋았다. 신라군이 흩어져서 도망치자, 백제군은 멀리 추격하지 않았다. 3월 5일의 일이었다.

품일의 본대는 고사성 앞에 진을 치고 고사성을 공격하였다. 고사성의 백제군도 완강히 저항해 함락이 여의치 않았다. 주류성을 공격해야 했으나, 고사성과 두량윤성의 백제군에게 뒤통수를 맞을 염려가 있어 12일이 되자 품일은 다시 군사를 두량윤성에 배치했다. 선발대의 패배를 앙갚음하기 위해서였다. 품일은 두량윤성 하나만을 목표로 총공격하였으나, 백제군은 산길을 타고 배후로 병력을 보강하여 두량윤성의

---

5) 정확히 알 수 없다. 전북 완주군 일대로 추정.
6) 전북 정읍시 고부면으로 추정.

저항도 만만치 않았다. 게다가 신라 병사들의 사기가 형편없었다. 지난 겨울 서라벌에 전염병이 돌아 사람도 말도 도저히 싸울 상태가 아니었다. 복신의 백제군이 사비성을 포위하는 바람에 어쩔 수 없이 서라벌을 떠나기는 했지만, 군사들은 한 달이 지나가자 완전히 지쳐버렸다.

품일은 여러 군단의 병사들을 교대하며 두량윤성을 공격했다. 공격을 시작한 지 한 달 엿새가 되어도 두량윤성을 함락하지 못했다. 준비한 군량마저 떨어질 지경이었다. 품일은 철수를 결정했다. 아쉬워도 어쩔 수 없었다.

4월 19일 대당군과 서당군을 먼저 보내고 하주군이 뒤따르게 했다. 평야를 벗어나 산악지역이 시작되는 빈골양(賓骨壤)[7]에 이르렀을 때 신라군은 복신의 백제군에게 매복 기습을 받았다. 사상자는 많지 않았지만, 신라군은 황급히 도망치느라 병장기와 남은 군량을 많이 잃어버렸다. 재미를 본 백제군은 신라군을 추격하다가 역으로 각산(角山)에 매복한 상주군과 낭당군에 걸려 2천여 명의 사상자를 냈다. 복신의 추격군은 더욱 조심하면서 신라군 뒤를 바짝 뒤쫓았다. 신라군도 마찬가지로 어디에 백제군이 매복하고 있을지도 알 수 없어 매우 불안한 상태로 조심스럽게 행군했다. 더군다나 군량이 바닥이 나서 군사들은 굶주린 상태로 행군해야 했다. 품일과 복신의 쫓고 쫓기는 머리싸움이 계속되었다. 품일은 가소천(加召川)[8]까지 후퇴해야 호구(虎口)를 벗어나는 셈이었지만, 매복을 염려하여 무작정 빨리 후퇴할 수도 없었다.

서라벌에서 임금 춘추는 품일의 군사가 빈골양에서 백제군에게 패배했다는 급보를 받았다. 군량마저 탈취당해 군사들이 굶주리면서 후퇴하고 있다고 했다. 임금은 김흠순과 진흠, 천존, 죽지 등의 장수에게 1

---

7) 전북 정읍시 신태인읍 백산리로 추정.
8) 경남 거창군 가조면 가천(加川)으로 추정.

만 병사를 주어 시급히 품일을 구원하게 했다.

품일의 본대가 산맥을 넘어 후퇴하자 복신의 백제군은 계속 기회를 엿보았다. 품일장군도 수세만을 취하지는 않았다. 남천정의 기병 3천이 백제군 배후에서 백제군을 노렸다. 후방에서 기병이 나타나자, 복신의 추격군도 고립을 두려워하여 함부로 품일의 본대에 달려들지 못했다. 남천정 기병의 견제로 품일의 본대는 가까스로 가소천에 이르렀다. 김흠순의 구원군이 가시혜진(加尸兮津)[9]에 도착했을 때, 품일의 신라군은 복신의 추격을 완전히 따돌리게 되었다. 그 소식을 접한 김흠순은 서라벌로 군사를 돌렸다.

5월이 되어서야 사비성의 당나라 군사, 임존성과 주류성의 백제 병사, 각 주둔지로 돌아간 신라 병사 모두가 잠시 전쟁을 멈추었다. 그들은 겨우 호흡을 가다듬으며 한숨을 돌렸다.

백제 백성들과 여러 지역에 분산되어있던 백제의 병사들은 복신이 신라군을 물리쳤다는 소식을 듣고, 다시 백제를 이어갈 수 있다는 희망에 부풀었다. 복신은 그들을 품에 안으면서 부여풍왕자의 귀국에 대비했다. 부여풍왕자가 오면 백제 부흥군은 더욱 기치를 올려야 했다. 신라와 백제의 군사들이 다가올 전쟁을 대비하여 숨을 고르는 동안, 북쪽 고구려에서부터 병장기 부딪히는 소리가 들리기 시작했다.

---

9) 경북 고령군 개진면 개포리에 위치한 나루로 추정.

3

평양의 연개소문은 당나라와 신라의 동태를 잘 파악하고 있었다. 패강[10]의 얼음이 녹고 봄이 오면서 연개소문은 분주해졌다. 요동의 여러 성에 당나라의 공격이 임박했음을 알리고 대비를 철저히 하게 했다. 연개소문은 과거 당 태종이 요동을 공격했을 때 김유신이 이끄는 신라 군사가 고구려 남단의 수곡성을 공격했음을 기억해냈다. 이번에도 신라 놈들이 당나라의 공격에 맞추어 남쪽으로 쳐들어올 가능성이 농후했다. 설혹 군사를 보내지 않아도 신라가 당나라 군사의 군량을 보급할 수도 있다. 그렇다면 선수를 쳐야 오히려 방어에 유리하다. 지난번 칠중성을 빼앗았으니, 이번에는 군사를 더욱 보강해 한수 남쪽을 치면, 다가올 신라 공격을 대비하는 셈이 된다. 신라군도 만만히 보아서는 아니 되었다. 변경을 남쪽으로 밀어내면 낼수록, 평양은 더 안전하다.

연개소문은 뇌음신(惱音信)장군에게 군사 5천을 주고, 한수 깊숙이 있는 술천성(述川城)[11]을 공격하게 했다. 술천성은 남천정과 가까운 신라 수군의 중간 기착지이자 보급 기지였다. 술천성을 빼앗으면, 신라로

---

10) 지금의 대동강
11) 경기도 여주시 흥천면으로 추정.

서는 한수 전체의 물자와 사람의 이동이 불편해진다. 뇌음신장군은 군사 5천을 배에 싣고 한수를 거슬러 올라 술천성 포구에 다다랐다. 한때 1백여 척에 달했던 신라의 수군은 당항성과 백강으로 출정하여 포구는 텅 비어있었다. 아울러 말갈 장군 생해(生偕)도 5천의 기마병을 동원해 육로로 술천성에 닿았다. 뇌음신과 생해는 술천성을 맹렬하게 공격했다. 신유년[12] 5월 9일의 일이었다.

막 백제 원정을 끝내고 남천정 병사들이 진영으로 돌아가 잠시 쉴 때였다. 남천정 기병은 술천성이 공격을 받고 있다는 급보를 받고 술천성으로 출정했다. 술천성의 군사와 남천정에 있던 나머지 병력이 나서자, 1만의 고구려 군사로는 술천성을 함락시키기가 어려워졌다. 고구려군은 기습이 실패하자, 바로 군사를 돌렸다. 자칫하면 역으로 포위당해 고립될 수 있었기 때문이었다. 뇌음신은 선편으로, 생해의 기마병은 한수 강변을 따라 하류로 내려가 북한산성을 공격하기로 했다.

북한산성은 백제의 위례성이 있던 곳에서 가까웠다. 성주는 동타천(冬陁川)이었다.

고구려 장수태왕의 공격으로 위례성은 불에 타서 폐허가 되었다. 신라는 오래전 한수 하류 지역을 점령하면서 신주(新州)를 설치하고 김유신의 할아버지인 김무력을 군주(軍主)로 세웠다. 당시 신라는 이 지역을 통치하고 적의 공격에 대비하기 위해 새롭게 북한산성을 쌓았다. 1백여 년 전의 일이었다.

북한산성에 도착한 고구려군은 포차를 늘어세워 돌을 날리기 시작했다. 돌이 계속 날아들면서 머리가 깨지고 팔다리가 부러지는 신라 병사가 늘어나기 시작했다. 돌을 맞은 성벽과 문루 일부도 무너졌다. 동타천

---

12) 661년

은 마름쇠를 성밖으로 던져 고구려군 인마가 잘 다니지 못하게 했다. 또 큰 쇠뇌를 설치해 필사적으로 고구려군을 방어했다. 큰 쇠뇌는 신라군이 성 방어에 유용하게 활용하는 무기였다. 화살보다 훨씬 강력하고 멀리 날아가 적군에게는 공포의 대상이기도 했다.

병력이 우세한 고구려군은 포위 상태에서 공격을 계속했다. 뇌음신은 성의 서쪽을, 생해는 동쪽을 맡았다. 그들은 서둘지 않고 포차에서 돌을 날리며 성벽이 허물어지기를 기다렸다. 성내에는 돌아 맞아 죽은 군사와 백성이 늘기 시작했다. 신라군은 성안에 있던 안양사(安養寺)를 허물고 재목을 가져와 성의 무너진 곳을 즉시 보수했다. 성벽이 내려앉은 곳은 그물을 엮어 걸고 소와 말의 가죽으로 덮은 뒤, 안쪽에 큰 쇠뇌를 설치해 적이 접근하지 못하게 했다.

성안에는 군사와 남녀 백성 합하여 2천 8백여 명밖에 없었다. 이들은 1만의 고구려 병사를 맞이하여 20여 일 동안이나 죽을힘을 다해 싸웠다. 하지만 성에 먹을거리가 동이 났다. 포위된 상태라 군량이 공급되기를 기다릴 수도 없었다. 성은 함락 일보 직전이었다. 바람의 방향이 바뀌고 성 남쪽에서부터 서서히 먹구름이 몰려올 때였다.

동타천은 제단에 말 머리를 제물로 바치고 적이 물러나기를 빌었다. 이튿날부터는 큰바람이 불고 먹구름이 몰려오더니 벼락이 치면서 비가 쏟아졌다. 동타천은 이때쯤이면 장마가 시작되고, 장마가 시작할 때는 천둥 번개가 요란했음을 경험적으로 알고 있었다. 장마가 시작되면 낮은 곳에 진을 치고 야영을 하는 고구려군이 불편하고 힘들어질 게 뻔했다. 게다가 홍수가 나면 고구려의 함선들도 거센 물결에 떠내려가거나 방향을 잃어버릴 수도 있다.

고구려군도 술천성과 북한산성을 연달아 공략했으나 뚜렷한 전과를 얻지 못해 사기마저 떨어져 있었다. 큰비가 오니 병사들의 사기는 더욱 떨어졌다. 하루 이틀에 끝날 비가 아니었다. 천둥 번개를 앞세우고 비가 내리면서 빗방울이 굵어지자, 뇌음신은 아무래도 꺼림칙했다. 이번 원정에서 큰 소득은 없었다. 뇌음신은 출정 전 연개소문에게서 죽기 살기로 싸우지 말고 군사를 잘 보전하라는 명을 받았다. 이번 출정은 일종의 겁주기였다. 고구려가 당나라의 공격을 받아도 신라 정도는 언제든지 공격할 수 있다. 신라는 고구려군의 기습에 크게 당황했음이 틀림없다. 구원군조차 보내지도 못했다. 뇌음신은 이쯤에서 고구려로 돌아가기로 했다. 한수의 물이 불어나면, 배로 철수하기도 힘이 든다. 그렇게 결정하고 뇌음신은 슬그머니 군사를 물렸다. 생해의 말갈군도 급히 군사를 물려 북으로 돌아갔다.

고구려군이 철군하자 북한산성의 신라 백성들은 만세를 불렀다. 그들은 서로 부둥켜안고 기쁨의 눈물을 흘렸다. 그들은 동타천이 지낸 제사에 하늘이 감응해, 마침내 고구려군이 물러갔다고 믿었다. 신라가 북한산성에 구원군을 보내지 못한 이유는 따로 있었다.

임금 김춘추가 위독했다. 태자를 비롯해 여러 대신, 장군이 비상 상태에 들어가 있었다. 북한산성에 긴급히 구원군을 보내주지도 못했다. 임금이 위독해 그럴 만한 마음의 여유를 가지지 못했다. 작년 백제를 공격할 때 오랫동안 친정을 한 이후 임금 춘추의 건강은 급속히 나빠졌다. 5월이 지나 6월 장마철이 되자 혼수상태에 빠지는 일도 잦았다. 워낙 건강하고 체구도 컸고 식사량도 많았던 임금이었다. 임금이 자리를 보전하더니 식음을 전폐했다. 월성에서는 다들 말은 하지 않아도 다가올 날을 마음으로 준비하고 있었다.

태자 법민이 아버지를 간병했다. 태자가 북한산성에서 성주 동타천과 백성들이 고구려군을 상대로 20여 일 동안 항전하여 겨우 물리쳤음을 아버지에게 보고했다. 임금 춘추는 누워서 눈을 감고 태자의 말을 들었다. 2천 8백여 백성들이 겨우 고구려 군사를 물리쳤다는 말을 듣자, 춘추의 감고 있는 눈에서 주르르 눈물이 흘렀다. 춘추는 숨을 몰아쉬며 말했다.

"나의 백성들이, 나의 백성들이…… 그랬구나…… 동타천의 벼슬을 올려주어라."

이 말을 마치고 임금은 한동안 눈을 감고 말이 없었다. 태자 법민은 깜짝 놀랐다. 어의를 부르르는 순간 춘추는 힘겹게 말을 하기 시작했다.

"태자, 모두 너에게 맡기고 떠난다…… 모두 하늘이 뜻이로구나. 대장군과 의논하고 백성을 사랑해야 한다. 그리고 당나라를…… 당나라를……"
"폐하, 말씀을 참으소서. 나중에 하소서."
"믿지말아야, 믿지……"

이 말을 남기고 임금은 스르르 잠이 든 듯 숨을 멈추었다. 바로 임금의 죽음을 슬퍼하는 곡소리가 월성을 시작으로 서라벌 전체에 낮은 신음처럼 울려 퍼졌다.

신라 제29대 임금 춘추는 김용춘과 천명공주의 아들로 태어났다. 영웅의 풍모와 경세의 지략으로 신라를 이끌었다. 57세를 일기로 유명을 달리했다. 재위 기간은 7년으로 짧았으나 선덕여왕과 진덕여왕 때부터 신라의 외교를 전담했다. 그는 고구려와 왜국을 다녀왔고, 당나라에 가서는 태종과 담판을 지었다. 당시로서는 당과 왜와 고구려와 백제를 모두 다녀본 유일한 사람이기도 했다. 하지만 임금 춘추는 이루고자 했던 일을 결국 미완성으로 남겨둔 채 눈을 감았다. 그 일은 남은 자들의 몫이었다.

태자 법민은 슬픔도 잠시, 바로 왕위를 이어받고 장례 준비에 들어갔다. 법민은 강수의 의견을 받아들여 왕의 시호를 무열(武烈)이라 하고, 영경사(永敬寺)의 북쪽 길지를 장지로 정했다. 태종(太宗)이라는 묘호를 올리기로 했다. 임금이 병석에 눕자 이미 다 준비되어있었던 일이었다. 신라는 당나라에 사신을 보내 왕의 죽음을 알렸다. 신유년[13] 6월의 일이었다.

당나라 임금 이치는 무열왕의 부고에 낙양성 낙성문(洛城門)에서 추도식을 올렸다. 이치는 소정방을 따라 당나라에 와있던 춘추의 둘째 아들 김인문을 불러 애도를 표했다. 인문에게는 특별한 말을 전하고 급히 신라로 귀국해 아버지의 장례를 치르도록 했다.

김유신은 춘추가 유명을 달리하자, 식음을 전폐하고 목을 놓아 통곡했다. 춘추와 유신은 서로가 찬 바람을 막아주는 따뜻한 옷이자 투철한 방패였다. 높은 꿈을 향해 날아오르는 좌우의 날개였다. 군신(君臣) 사이

---

13) 661년

라 해도 서로에게 격식과 허물이 없었다. 그들은 함께 있으나 떨어져 있으나 뜻이 같은 친구이자 동지였다. 그들이 이루고자 하는 목표가 같았다. 그들의 마음과 머리에는 늘 신라가 있었다. 신라의 백성이 있었다.

김유신의 슬픔이 워낙 곡진해 건강을 해칠까 봐 주위 사람들이 걱정하기 시작했다. 태자 법민과 왕비 문명황후와 동생 흠순과 어린 아내 지소부인이 나서서 차례로 유신의 슬픔을 달랬다. 유신의 슬픔이 곧 신라의 슬픔이었다. 유신은 열흘이 지나서야 겨우 일어나 미음을 떴다.

4

유신이 기력을 회복할 즈음 당나라에 들어가 있던 춘추의 둘째 아들 인문이 서라벌로 돌아왔다. 법민 왕에게 동생 인문은 말했다.

"당나라 임금께서 아버님의 상이니 급히 저를 신라로 보냈습니다. 따로 절차대로 조문 사절을 보낸다고 하였습니다."

"그렇구나. 급히 오느라 고생 많았다. 다른 말은 없었느냐?"

"형님, 아니 폐하, 없을 리가 있겠습니까? 당나라는 5월에 고구려로 출병을 시작했습니다. 이번에는 고구려를 끝장낼 각오입니다. 당나라 임금이 직접 가려다가 무 황후가 말리는 바람에 그만두었습니다. 그래도 임금이 직접 나서니, 당나라 전체가 전쟁 준비로 어수선합니다."

"그렇구나, 그래 이번에는 군사가 얼마나 된다더냐?"

"40만은 족히 된다고 합니다."

"뭐라 40만? 작년에는 1개 행군(行軍)에 13만이 아니었더냐?"

"그렇습니다. 수륙으로 공격하고, 6개 행군을 편성하여 소정방을 비롯한 대장군만 여섯입니다."

"그렇구나. 이번에는 고구려를 완전히 끝장을 보겠다는 각오구만."

"그렇습니다. 대단한 각오입니다. 당나라 임금이 특별히 저를 불러 신라도 병사를 일으켜 고구려를 치라 하였습니다. 우리 신라군까지 하면 7개 행군이 됩니다. 비록 상중이라고는 하지만 당나라 임금이 저를 직접 불러 말했으니 어기기는 어려울 듯합니다."

"그렇지. 내가 외삼촌에게 여쭤보겠지만, 그렇게 해야지. 여기까지 와서 당나라와 척질 수는 없지."

"그렇습니다. 상중이라 걱정입니다. 외삼촌도 걱정이 되구요."

"그래, 다행히 외삼촌도 많이 회복하셨다. 너도 당나라로 들어가지 말고 서라벌에 당분간 머물도록 해라. 이번 출정에는 평양에서 당나라 군을 만날 수도 있으니, 너도 출정하여라."

신라 임금 법민은 아버지의 장례준비로 여념이 없음에도, 당나라의 요구대로 고구려 원정군을 편성했다.

신유년[14] 7월 17일 법민은 김유신을 대장군으로, 왕의 동생 인문과 진주(眞珠)와 흠돌(欽突)을 대당 장군에 임명했다. 그 밖에 천존(天存), 죽지(竹旨), 천품(天品), 품일(品日), 충상(忠常), 의복(義服), 자간(自簡) 등 수십 명의 장수를 여러 군단의 장수로 삼았다. 이 중에 충상과 자간은 백제의 장수였다가 항복하여 신라의 장수로 임용된 자들이었다.

김유신은 대당군을 비롯한 여러 군단을 거느리고 먼저 남천정으로 출정했다. 수약주(首若州)[15]와 같은 북방 지역에 주둔하던 군단은 직접 남천정으로 오게 했다. 사비성에 있던 당나라군도 북벌에 합류하기 위

---

14) 661년
15) 현재의 강원도 춘천시로 추정.

해 배편으로 출발했다. 유인원은 9천의 병력 중 6천을 이끌고 혜포[16](鞋浦)에 상륙하여 남천정으로 향했다. 이어 임금 법민도 8월이 되자 여러 총관과 대감을 거느리고 북벌에 올랐다. 임금이 삼년산성을 지나 시이곡정(始飴谷停)[17]에 이르렀을 때 측후 군관이 급히 임금에게 보고를 올렸다.

"백제의 잔적들이 옹산성(甕山城)[18]에 웅거하여 길을 막고 있습니다."

보고를 듣고 임금을 수행하던 품일장군이 어가가 위험해질 수 있으니 더 나아가지 말기를 아뢰었다. 법민은 옹산성으로 충상을 보내 항복을 설득해보라 했다. 충상은 과거의 동지였던 백제군에게 항복을 권했다. 충상은 오히려 분개한 백제군에게 목이 달아날 뻔했다가 겨우 살아 돌아왔다. 이미 백제군 모두 죽음을 각오하고 있었다. 왕은 백제군 설득이 불가함을 알고 힘으로 해결하기로 했다. 임금은 급히 연락군관을 보내 김유신의 대당군의 남진을 명했다. 김유신의 군사와 임금의 군사는 9월 25일 옹산성 부근에서 합류해 4만의 군사로 옹산성을 완전히 포위했다.

유신은 이번에는 자간을 옹산성 아래로 보내 크게 말하게 하였다.

"나는 백제의 장군, 자간이다. 신라와 백제는 다 같은 삼한의 백성이다. 어찌하여 서로 원수가 되어 싸우는가? 살기 위한 항복은 치욕이 아니다. 백제가 우리에게 무엇을 해주었나? 부귀영화는 왕족이 누리고 우

---

16) 현재의 아산만으로 추정.
17) 정확히 비정할 수 없으나 대전광역시 혹은 충북 보은 등으로 추정한다.
18) 대전광역시 계족산성으로 비정하는 경우가 일반적이다.

리는 죽기 살기로 싸움밖에 더 했나? 누구나 목숨은 하나다. 살 수 있는데 왜 죽으려고 하나? 개똥밭에 굴러도 이승이 더 좋다고 했다. 부디 살아서 처자식을 만나자."

성 위에서 백제의 장수 도침이 외쳤다.

"자간, 네 이놈. 여기가 어디라고 입을 함부로 놀리느냐? 충상도 신라의 개가 되었더니, 너도 신라의 개가 되어 비루하게 짖는구나. 어디 죽일 테면 죽여라. 성에는 병기와 군량이 넉넉하고 병사들이 의롭고 용감하다. 우리는 차라리 목숨을 버릴지언정 신라의 개가 될 수는 없다."

유신은 도저히 항복시킬 수 없음을 깨닫고 깃발을 휘두르고 북을 올리며 총공세를 취하였다. 임금 법민도 높은 곳에 올라가 장수들을 독려하고 병사들을 칭찬했다. 목책을 화공으로 돌파하고 신라 군사들이 돌진하니, 옹산성은 공격 이틀 만인 27일에 함락되었다. 임금 법민은 항복을 거부한 군사들은 모두 베었다. 백성들은 다 놓아주게 했다. 그 백성이 다시 백제군에 합류한다 해도, 신라는 백성을 해치지 않는다는 인식을 심어놓아야 했다. 백제군 장수 도침은 포위망을 뚫고 살아남은 군사들과 함께 우술성(雨述城)[19] 방향으로 도망쳤다.

법민은 공에 따라 병사들에게 상을 주었다. 돌격을 함께 한 당나라의 유인원장군과 병사들에게도 차등을 두어 비단을 나누어주었다. 이어 군사들에게 잔치를 베풀고 말도 배불리 먹였다. 유인원은 어서 빨리 북진하여 소정방의 당나라 군사와 합류하고 싶었으나 신라 왕이 베푸는

---

19) 대전광역시 대덕구 회덕역 남쪽 읍내동, 송촌동 남쪽 일대로 추정.

잔치를 마다할 수도 없어 속만 끓이고 있었다.

  그날 밤이었다. 삼년산성에 머물던 김흠순이 옹산성 앞 신라군 진영으로 찾아왔다. 흠순은 법민과 유신에게 급히 보고할 사항이 있었다. 흠순이 말했다.

  "폐하, 왜국에 머물던 의자왕의 아들 풍왕자가 돌아왔습니다."
  "그래요? 자세히 말해보세요."
  "왜국의 제명여왕이 백제에 보낼 군선을 만들고 병력을 모으고 그랬습니다. 여왕은 축자(筑紫)[20]까지 와서 임시 궁에 머물면서 전쟁 준비를 몸소 살피고 독려했습니다. 그러다가 지난 7월에 죽었습니다."

  유신이 말했다.

  "여왕이 죽어?"
  "그렇습니다, 형님. 여왕이 죽고 아들인 태자가 바로 즉위하면서 전쟁 준비에 더욱 박차를 가하고 있다 합니다. 그뿐이 아니라 9월 초에 5천 군사를 풍왕자에 딸려 함께 보냈습니다."
  "병사까지 함께 보냈다고?"
  "그렇습니다. 백강구(白江口)[21]에 하륙하였습니다. 복신이 나가 풍왕자를 맞이했다고 합니다."
  "그래? 그럼 어디로 갔느냐?"
  "주류성으로 갔습니다. 주류성은 바다와 멀지 않아 왜국과 연락이 쉬

---

20) 일본의 후쿠오카
21) 현재의 금강, 동진강, 만경강 하구 전체를 포함하는 바다로 추정.

우니, 아마도 주류성이 백제의 본거지가 될 듯합니다. 백제의 여러 성에서 풍왕자를 맞이한다고 성주들을 보냈습니다."

"그럴 테지. 그들도 의자의 백성이었으니 당연히 그럴 테지. 왕의 아들을 모셔 왕으로 삼고 신라에 대항하겠지."

"그렇습니다. 그런데 이게 끝이 아닙니다."

"끝이 아니라니?"

"왜국에서는 5천 병력을 먼저 보냈고, 앞으로 수만의 군사를 더 보낸다 합니다. 여러 지역에서 군선을 수도 없이 많이 짓고 있다고 합니다. 모두 백제로 파병할 군사가 탈 배입니다."

법민이 말했다.

"그렇다면 큰일이구료. 대장군께서 지금 북상하면 안 되겠습니다. 신라군 주력이 고구려로 들어갔다가 잘못되기라도 한다면, 바로 백제군에게 역으로 당하는 거지요. 작년에 죽을힘을 써서 사비를 함락하고 의자왕을 잡았는데, 다 소용없어집니다."

김유신이 말했다.

"그렇습니다, 폐하. 지금 우리 군사가 올라가서는 안 될 때입니다."

법민이 말했다.

"그렇다고 당나라의 요구인데 마냥 묵살할 수 있겠습니까? 무슨 핑계를 대야 하겠습니까?"

유신이 말했다.

"여기 당나라 장수 유인원도 와있으니 우리 신라의 사정을 알려야지
요. 지난번 유인원의 병사는 사비에서 출발하고 나머지 병사는 유인궤
가 인솔하여 웅진성으로 들어갔습니다. 사비성은 방어에 취약하니, 당
나라 병사들의 안전을 위해서도 웅진성이 더 적합하지요. 신라 땅이 이
렇게 어수선하니 병사를 못 보냈다고 해서 큰일은 없습니다. 우리가 출
정을 아니 하지도 않았으니까요. 그리고 지금 진중에 문천장군이 있으
니, 급히 소정방에게 보내면 어떨까요?"

"그렇게 하겠습니다. 문천을 보내 상황을 더 파악하지요. 그게 상책
입니다."

문천은 당나라 내주에도 가서 당나라 수군을 인솔했을 만큼 길눈에
밝고 함선 운용을 잘했다. 소정방과는 이미 잘 아는 사이라 그보다 적임
자가 없었다. 임금 법민은 문천을 바로 평양성 주위 어딘가에 있을 소정
방에게 보냈다. 이어 임금 법민은 군사들에게 옹산성과 웅진성을 잇는
고개에 있는 웅현(熊峴)에 웅현성을 쌓으라 명했다. 백제의 잔적들이 웅
진으로 이어지는 보급로를 자주 습격했기에 웅현성을 쌓아 웅진성으로
가는 보급로를 보호하려는 의도였다.

임금은 품일에게 명하여 백제의 도침이 도주한 우술성을 치게 했다.
품일은 지난봄 군사 운용을 잘못하여 복신의 군사에게 몇 차례 패배한
이유로 좌천되었다. 임금 법민은 품일에게 설욕할 기회를 주었다. 품일

은 임금의 기대를 저버리지 않고 용감히 싸워 바로 1천여 명을 베고 우술성을 완전히 평정하였다. 도침은 여기서도 잡히지 않고 탈출하여 사라졌다.

신라군이 백제군과 씨름하면서 시간을 지체하고 있을 무렵, 이보다 달포 앞선 8월에 당나라 소정방의 수군은 서해를 건너 위도(葦島)[22]에서 고구려 수군을 대파했다. 당나라군은 패강을 거슬러 올라 평양성 서남쪽에 있는 마읍산(馬邑山)에 진영을 세웠다. 이어 소정방의 군사들은 평양성을 포위하기 시작했다. 소정방의 수군이 평양성 서남쪽에 자리를 잡고, 패강의 수운을 당나라 수군이 장악하자, 병부상서 임아상의 군사와 방효태장군의 당나라 군사가 패강을 거슬러 올라 평양성 남쪽과 동쪽에 각각 하륙했다. 모두 20만에 달하는 당나라 군사가 평양성 동서에 길고 두텁게 포진했다. 엄청난 숫자의 당나라 대군이 함대를 앞세워 평양성을 압박하자 연개소문은 바짝 긴장했다.

평양성 주위로 20만 대군이 쳐들어온 것은 고구려 역사상 처음 있는 일이었다. 고구려 수군이 당나라 수군에 의해 궤멸한 게 너무 아쉬웠다. 하지만 평양의 고구려 병사들도 10만이 넘는 데다가 워낙 평양성과 평양성 북쪽 성들도 견고했다. 당나라 군대의 평양성 공략은 쉽지 않았다. 연개소문은 백전노장이었다. 고구려 병사와 백성들도 전쟁에 단련되어 있었다. 게다가 평양성에는 이듬해 봄까지 견딜 군량이 넉넉하게 쌓여 있었다.

당나라는 계획대로 요동 공격을 개시했다. 소사업장군이 고구려 요동 방어선 가장 북쪽의 부여성을 쳤다. 정명진은 군사를 둘로 나누어 신

22) 현재의 대동강 하구의 특정 섬으로 추정. 『구당서』 「고종본기」에 나오는 지명으로 정확히는 알 수 없다.

성과 요동성을 맹렬하게 공격했다. 당나라의 침입을 예상했던 고구려는 전혀 동요하지 않고 당나라의 공격을 잘 막아냈다. 오히려 신성을 공격하던 정명진은 고구려의 매복에 걸려 대패했다. 어처구니없게도 정명진이 전사하고 말았다. 정명진의 당나라 군사들은 당황하여 바로 인근 당나라 국경으로 철수했다.

고구려 군사의 상당수가 요동 지역에 있으므로 원래 소사업과 정명진은 고구려의 요동 군사를 요동에 묶어두는 역할을 맡았다. 만약 평양이 위험해지면 고구려의 요동 군사가 평양으로 이동할 수도 있었다. 그럴 경우를 대비하여 9월에 글필하력의 군사가 요동과 평양의 중간 지점쯤 되는 압록수 지역에 하륙했다. 요동의 고구려군이 움직이지 않으면 글필하력은 평양으로 남하하여 북쪽에서 평양성을 압박한다는 계획이었다.

연개소문은 소정방과 글필하력이 각각 패수와 압록수에 상륙하고 요동에서는 당나라 군사가 소극적으로 움직이자, 당나라의 속셈을 완전히 파악했다. 연개소문은 평양성에서 농성하며 기회를 엿보다가 임아상과 방효태의 군사를 각각 물리치기로 작정했다. 그러자면 글필하력 군사의 남진을 막아야 했다. 평양으로 당나라 군사가 모이면 모일수록 고구려가 불리해지기 때문이었다.

연개소문은 아들 남생에게 5만 군사를 주어 압록수에서 글필하력 군사를 저지하라고 명했다. 남생은 압록수 남단에서 글필하력 군사를 대비하고 있었다. 글필하력 군사는 배로 도강해야 했기에 남생의 고구려군은 당나라 선단의 하륙을 저지할 준비를 했다. 하지만 며칠 사이에 강한 추위가 몰려와 압록수가 꽁꽁 얼어붙었다. 글필하력의 군사는 재빨리 얼음을 타고 강을 건너 북을 치며 진격했다. 남생의 군대는 크게 무너져 수십 리를 달아났다. 고구려군은 3만여 명의 사상자를 내고 1만 이상의 병사가 항복했다. 남생은 부하 몇을 데리고 겨우 탈출에 성공하여 평양으로 달아났다. 고구려군의 대패였다.

연개소문은 철륵의 반란 소식을 학수고대하며 기다리고 있었다. 당나라 태종이 고구려에 쳐들어왔을 때 고구려가 15만 군사를 잃고도 당 태종을 막아낸 이유는 크게 두 가지였다. 첫째는 안시성 싸움이었다, 둘째는 당나라 배후에 있는 설연타의 반란이었다. 그렇다면 이번에도 마찬가지였다. 연개소문은 오래전부터 철륵에 계속 공을 들였다. 철륵은 북방 유목족으로 큰 부족 아래 여러 씨족이 뭉쳐있으며 특정한 영토에 정착하지 않고 가축을 따라 이동하며 살았다. 설연타도 철륵의 한 부족이었다. 철륵 사람들은 고구려 사람들처럼 독립적인 기질이 강해 누구에게 복속되기를 싫어했다. 연개소문은 철륵의 9개 큰 부족과 교류하면서 그들과 강한 유대와 신뢰를 쌓아왔다. 유목족과는 유대를 맺기는 어려워도 일단 유대를 맺으면 그 결속은 오래도록 유지되었다. 연개소문은 철륵에 초원에서는 구하기 힘든 물자와 금은 세공품을 제공하면서 그들과의 신뢰를 구축하였다. 철륵의 부족장은 당나라가 고구려로 쳐들어가면 당나라를 배후에서 공격하기로 이미 연개소문과 약속을 한 상태였다.

본격적인 겨울이 시작되는 9월이 되자 압록수와 요동의 전황이 급변했다.

남생은 5만 군사를 잃고 겨우 평양으로 살아 돌아왔다. 연개소문은 분노가 치밀었다. 그렇다고 장남 남생을 처벌할 수도 없었다. 연개소문은 훗날을 기약하며 남생을 용서하기로 했다. 애당초 남생에게 글필하력을 대적하라고 한 자신의 잘못인지도 모른다. 글필하력은 당나라에서도 명장이었다. 글필하력은 원래 철륵의 한 부족장의 아들이었다. 당태종은 그를 매우 신임하여 당나라 장수로 삼아 일군(一軍)을 이끌게 했다. 글필하력 종족이 모두 당나라를 배신했을 때도 글필하력만큼은 태종을 배신하지 않고 설연타의 포로가 된 적도 있었다. 이때 당 태종은 신흥(新興)공주를 설연타에게 시집보내는 조건으로 글필하력을 구해 온 적도 있었다.

태종의 고구려 원정 때 글필하력은 백암성을 공격하다가 고구려 장수 고돌발(高突勃)의 창에 찔려 큰 상처가 났다. 당 태종은 매우 염려하며 글필하력의 상처에 직접 약을 발라주었다. 백암성을 함락하자 당 태종은 고돌발을 사로잡아 글필하력에게 넘겨주며 죽이라고 했다. 글필하력은 고돌발을 풀어주며 당 태종에게, 개와 말조차도 그 주인을 위하는데, 하물며 사람이겠습니까, 돌발은 자신의 주인을 위해 목숨을 걸고 용감하게 싸운 의로운 용사입니다, 본래 서로 알지도 못했는데, 어찌 원수라 하겠습니까, 라고 말한 뒤 그를 풀어주었다.

16년 전에 있었던 일이었다. 그 후로도 글필하력은 병사들에게 상벌을 분명히 했다. 그를 따르는 병사들은 목숨을 걸고 그의 명을 따랐다. 연개소문은 글필하력의 실력을 익히 잘 알고 있었기에, 아들 남생의 운이 나빴다고 생각하기로 했다.

10월이 되자 글필하력이 평양으로 남진하지 않고 갑자기 당나라로 돌아갔다는 보고가 들어왔다. 대승을 거두었으니 필시 평양성으로 밀고 내려왔어야 했다. 무엇인가 당나라에 큰 변란이 생겼다.

요동에서도 급보가 들어왔다. 신성을 공격하던 적들이 당나라로 철수했다. 정명진이 죽었으니 후퇴했다고 볼 수도 있다. 하지만 부여성으로 쳐들어왔던 소사업의 당나라군도 전투를 멈추고 갑자기 당나라로 철군했다. 여러 정황으로 보아 당나라 서북 변경에 무엇인가 큰 변화가 일어났음이 분명했다. 연개소문은 거란과 철륵에서 반란이 일어났음을 직감했다. 연개소문이 오래도록 거란과 철륵에 들인 공이 드디어 효과를 나타냈다. 얼마 지나지 않아 당나라에 심어둔 세작이 급히 평양으로 돌아와 연개소문에게 당나라의 상황을 보고했다.

철륵에서 반란이 일어났다. 철륵의 회흘(回紇)족 족장 파윤(婆閏)이 죽자 새롭게 족장이 된 조카 비율독(比栗毒)이 동라(同羅)족, 복고(僕固)족 등과 함께 당나라의 변경을 공격했다. 거란에서도 당나라 군대가 대거 고구려로 투입된 틈을 타 반란이 일어났다. 철륵의 반란을 신속하게 제압하지 못하면, 잠잠하던 토번도 반란을 일으킬 수 있다. 고구려는 당나라를 넘보지 않지만, 철륵과 토번은 달랐다. 그들은 당나라가 틈을 보이면 언제든지 당나라로 밀고 들어와 약탈을 자행할 게 분명했다. 당나라로서는 철륵과 거란을 제압하는 게 우선 급한 일이었다. 평양 부근으로 들어간 소정방의 군대를 비롯 20만 군사는 어차피 패강이 얼어붙어 철수할 수 없었다. 겨울이 지날 때까지 승리하면 다행이고, 그렇지 않으면 버텨야 했다. 당나라는 평양성 인근의 군사를 제외하고는 철수할 수 있는 군사는 모두 철수하여, 철륵 전선에 투입해야 했다.

당나라 고종 대신 정사를 보던 무황후는 철륵도행군대총관으로 정인태를, 부총관으로 설인귀를 임명하여 현지로 떠나보냈다. 이어서 소사업장군과 아사나충장군도 출발하게 했다. 거란에서도 막 반란이 일어났기에 아사나충은 군사를 돌려, 거란으로 향했다.

세작의 보고를 받고 연개소문은 회심의 미소를 지었다. 그래, 모든 게 계획대로 진행되고 있다. 아주 적당한 시기에 철륵과 거란이 반란을 일으켰다. 이보다 더 좋을 수는 없다.

군선을 타고 평양성 외곽으로 들어온 20만의 병사들은 여전히 평양성 외곽을 포위하고 있었다. 그중에는 의자왕을 사로잡아갔던 소정방도 있었다. 연개소문은 전체적으로 당나라 군부의 의중을 이미 읽고 있었다. 평양성으로 바로 들어온 소정방, 임아상, 방효태의 군사는 평양성 함락에 주력할 게 분명했다. 신라의 김유신도 북진했다는 보고도 받았다. 그들은 백제 잔적을 토벌한다는 핑계로 아직은 변경을 넘지 않았다. 김유신의 성정으로 보아 섣불리 국경을 넘을 리는 없다.

연개소문은 깊은 생각에 잠겼다. 평양성 주위의 당나라군이 무려 20만이다. 그들을 어떻게 섬멸할까? 한 놈도 살아서 돌려보내지 않아야 한다. 평양성이 당나라의 무덤임을 보여주어야 한다. 그래야 두고두고 고구려는 안심하고 살 수 있다. 이번이 자신의 마지막 전쟁일 수도 있다. 자신이 살아있을 때 당나라의 전의 자체를 확실히 꺾어 놓아야 한다.

연개소문은 머릿속에서 그들을 섬멸할 계획이 차근차근 세워졌다. 평양성에 있는 병력만으로 그들을 섬멸하기는 불가능하다. 우선은 방어에 주력하고, 요동에 있는 병력을 빼서 약한 적부터 하나하나 상대한다면 모두 섬멸할 수 있다. 글필하력이 갑자기 다가온 추위로 덕을 보아 압록수를 건넜다면, 평양 주위에 있는 당나라 군사는 추위로 인해 벌벌 떨게 분명했다.

고구려의 가혹한 추위는 고구려의 가장 믿음직한 우군이었다. 패강은 하류만 빼고 다 얼어붙어, 패강의 강물이 풀릴 때까지는 당나라는 군선으로 군사를 뺄 수도 없다. 그렇다. 군선으로 움직이지 못한다면 독

안에 든 쥐다. 얼어붙은 독에 갇힌 쥐다. 연개소문은 당장은 평양성 방어에 주력하면서 요동의 각 성에 병사를 차출해 신속히 평양으로 보내라는 명을 내렸다.

신라 왕 법민이 시이곡정(始飴谷停)[23]에 머물면서 여러 일을 처리하고 있을 때 소정방에게 보냈던 문천이 돌아왔다. 문천은 소정방의 서신을 가져왔다. 임금 법민은 김유신을 불러놓고 소정방의 서신을 소리내어 읽었다.

"소장은 황제의 명을 받들어, 만 리 바닷길을 건너 고구려를 토벌하러 왔습니다. 배를 대고 이미 한 달이 지났으나 대왕의 군사는 오지 않고, 군량도 보급도 이루어지지 않아 그 위태로움이 두렵습니다……"

편지 내용을 듣고 김유신이 법민에게 말했다.

"소정방이 고전하고 있습니다. 소정방은 오래 싸우는 장수가 아닐진대, 군량을 걱정할 지경이니 큰일입니다."
"나도 그렇게 생각하오."

임금 법민은 문천에게 상황을 자세히 말해보라 했다. 문천은 당나라 군사 20만이 평양을 포위했으나 쉽게 평양성으로 들어가지 못하고 여러 곳에서 싸움이 계속되고 있다고 보고했다.

---

23) 정확히 알 수 없다. 경기도 이천, 대전 비례동, 충북 보은 등 여러 추정이 있다.

"폐하, 패강이 얼어붙어 수운으로는 군량 수송이 불가능합니다. 당나라에서 보급하기도 어려운 상황이어서 소정방장군은 신라의 군량을 몹시 기대하고 있습니다. 아직 두어 달은 버틸 수 있으나 패강 물이 풀리려면 2월이 지나야 합니다. 1월이 올 때까지 군량 수급 대책이 없으면 당나라 대군은 몹시 곤궁해집니다."

법민은 문천의 보고를 받고 유신과 상의했다. 이 시점에서 중요한 건 군량 보급임이 확실해졌다. 그렇다면 굳이 전투부대를 이끌고 북상할 필요성은 사라졌다, 그건 사실 내심 신라가 바라고 있었다. 법민은 고구려보다는 왜국에서 돌아온 풍왕자의 귀국이 훨씬 더 신경이 쓰였다. 하지만 소정방의 요구를 무시할 수는 없었다. 하지만 엄동설한에 고구려군을 뚫고 평양 부근까지 군량을 수송하는 것은 보통 어려운 일이 아니었다. 김유신도 같은 생각이었다.

10월 29일이었다. 당나라에서 보낸 조문 사절과 총관 벼슬의 유덕민 장군이 당항성에 도착했다. 임금 법민은 당나라 조문 사절과 함께 서라벌로 돌아가야 했다. 조문을 위해서는 서라벌로 돌아갈 수밖에 없었으나, 그 핑계로 북벌을 중단해도 되었기에 한편으로는 다행이었다. 하지만 유덕민은 김유신 군중에 남아, 김유신에게 군량 공급을 독촉했다. 알고 보니 유덕민은 특별히 군량 수송을 책임지라는 당나라 임금의 특명을 받고 신라에 보내졌다. 소정방이 급했다. 신라군의 군량이 없으면 전멸할 지경이었다.

겨울에 접어들어 평양 주변 패강이 얼어붙으면서 상황이 완전히 바꿰었다. 신라 군대의 고구려 공격은 이미 아무 의미가 없게 되었다. 신속한 군량 공급이 가장 중요했다. 그러자면 전투부대에서 치중대 위주로 군사의 편성을 바꾸어야 했다. 수만 군사를 먹일 군량을 수송하자면, 우선 군량을 모아야 했다. 수레를 준비해야 하고, 군량을 수송할 마소를 마련해야 한다. 그게 하루 이틀에 되는 일이 아니었다.

김유신은 법민이 당나라 사신과 황급히 서라벌로 돌아간 뒤에 출정한 모든 부대를 본래의 진영으로 돌려보냈다. 유인원의 당나라 군사도 새로 뚫린 길로, 웅진으로 돌아갔다. 김유신은 모든 일을 정리하고 서라벌로 귀환했다.

신유년의 북벌은 옹산성과 우술성 등지에 있던 백제의 잔당을 소탕하는 선에서 마무리되었다. 신라가 바라던 대로 신라군은 한수(漢水)를 넘지 않았다. 그러나 적진을 뚫고 당나라 군대에 군량을 공급해야 하는 큰 숙제가 남았다.

5

법민은 서라벌에서 당나라 사절의 정중한 조문을 받았다. 사신은 태종 무열왕의 죽음에 애도를 표하고 장례에 사용할 여러 빛깔의 비단 5백 필을 가져왔다. 공식적인 조문이 끝나자, 당나라 사신은 법민에게 바로 평양성에서 당나라 군사들이 군량이 떨어져 큰 어려움을 겪고 있으니, 어서 군량을 공급해달라고 요청했다. 법민은 당나라 사신의 요청을 거절할 수가 없었다. 추위가 닥쳐야 소나무의 푸름을 알 수 있다고 했다. 어려울 때 도와야 의리가 빛나는 법이었다. 임금은 바로 김유신을 비롯한 병부의 장수들을 월성으로 불렀다. 임금이 말했다.

"여러 장군도 알다시피 당나라가 긴급하게 군량을 보내달라는 요청을 해왔소. 소정방장군에게 문천장군을 보냈더니 문천장군도 돌아와서 역시 같은 말을 했소. 하지만 군량을 보내는 게 쉬운 일이 아님은 여러 장군도 잘 알 게요. 그렇다고 당나라의 요청을 무시하기도 어렵소. 어떻게 해야 좋겠소? 여러 장군의 의견을 말해보시오."

김흠돌, 김군관 등 몇몇 장군이 군량 수송의 어려움을 들어 불가하다는 의견을 냈다.

　"폐하, 이 한겨울에 군량 수송은 불가하옵니다. 며칠 전에 웅진으로 군량을 수송하던 군사 1백여 명과 마소가 큰 눈을 만나 모두 죽고 한 사람도 살아 돌아오지 못했습니다. 웅진도 그러한데 하물며 평양까지 군량을 나르다니요. 너무나 어려운 일입니다. 날이 풀리면 선편으로 수송해야 합니다."

　임금이 말했다.

　"허허, 그걸 누가 모르오? 하나, 날이 풀릴 때까지 기다리면, 당나라 군사들은 다 굶어 죽지 않겠소? 그렇지 않다고 해도 굶주린 군사는 고구려 군사에게 당하지 않겠소? 만약 그렇게 된다면 뒷감당을 어떻게 하겠소? 하기 싫어도 해야만 하는 일이 아니요?"

　김흠돌이 말했다.

　"폐하, 막대한 군량을 싣고 고구려군의 방어선을 뚫고 이 겨울에 움직여야 하는 일입니다. 자칫하면 고구려군에게 군량을 갖다 바치는 일이 됩니다. 그게 오히려 적을 더 이롭게 합니다. 하기 싫은 일이 아니라, 가능하지 않사옵니다."

　법민이 말했다.

"허허, 그렇게 어려운 일이란 말이오? 정녕 안 된단 말이오?"

임금의 말에 모두 말이 없었다. 수만 석의 군량을 한겨울에 적진 깊숙이 수송하는 일은 신라군이 한 번도 해보지 않았다. 누구도 예측하여 대답할 수가 없었다. 넓은 대청에 횅하니 침묵이 흘렀다. 그때였다. 큰 기침을 앞세우고 김유신이 말했다.

"신은 선왕 폐하 때부터 지나치게 은혜를 입었습니다. 선왕 폐하를 생각하면 비록 죽음이 신을 부른다고 하여도 피하지 않겠습니다. 신이 가겠습니다. 마땅히 신이 고구려로 가서 당나라 군사를 구하겠습니다."

김유신의 말에 모두 놀랐다. 대부분의 장수는 김유신이 반대할 줄 알았다. 김유신은 한 번도 무모한 일을 하지 않았다. 또한 김유신의 나이가 몇인가? 김유신의 말이 끝나자 임금 법민은 단하로 내려와서 김유신의 손을 잡고 눈물을 흘리며 말했다.

"고맙습니다. 고맙습니다. 신라가, 신라가…… 어찌 대장군의 은혜를 다 갚는단 말이오."

유신은 문천과 양도 등의 장수, 오래전 수곡성을 쳐들어갈 때부터 신라군 척후를 맡았던 열기(裂起)와 구근(仇近)과 같은 병사, 고구려를 자주 오간 승려, 고구려로 숨어 들어갔던 간자(間者) 등을 불렀다. 모두 함께 남산 깊숙이 있는 수사(岬寺)라는 절로 들어갔다. 김유신은 이들에게 지도를 그려가며 신라 남천정에서 평양 남쪽의 소정방 진영까지의 군량 운송 계획을 짤 것을 명했다. 상세한 진군도(進軍圖)와 계획서가 반드시 있어야 했다. 수사 주위에는 삼엄한 경비가 세워져 밤낮없이 물샐틈없이 지켰다. 만에 하나라도 진군도와 같은 중요 기밀이 고구려 간자에게 들어간다면, 신라군의 전멸은 뻔했기 때문이다.

신라에서 당나라에 줄 수 있는 군량은 남천정에 모으고 있는 벼 3만 석 정도였다. 당나라 10만 군사가 20일은 배불리 먹을 수 있고, 아끼면 한 달은 충분히 버틸 수 있는 양이었다. 이 정도 군량을 수송하자면 5천의 치중대가 수레 2천여 대를 끌고 가야 했다. 1만 5천의 군사가 호위를 담당하여야 안전을 보장할 수 있기에 병사가 총 2만에 달해야 했다. 마소 또한 5천 마리가 필요했다. 신라 군사가 오고 가며 먹어야 할 군량도 상당히 많았다. 겨울이라 마소의 여물도 충분히 준비해야 했다. 그 밖에도 운송해야 할 물품들이 많았다.

문제는 군사와 수레가 큰길로만 갈 수 없다는 데 있었다. 알려진 넓은 길로 가다가는 고구려 군사의 습격을 피할 수 없다. 그렇다고 무작정 가파른 산길을 갈 수도 없다. 수레가 다닐 수 있으면서도 고구려 군대의 감제(瞰制)를 피할 수 있는 적절한 길을 찾아내야 했다.

문천을 위시한 여러 사람이 계획을 짜는 동안 유신은 몸을 깨끗이 하고 수사 영실(靈室)로 들어가 홀로 향을 피우고 기도를 올렸다. 진군도가 완성될 무렵 유신은 영실에서 나왔다. 유신의 얼굴에 희색이 가득했다. 문천을 비롯한 몇몇 장수들이 유신에게 무슨 일이냐고 물어보았다.

"천지신명께서 이번 걸음에는 내가 죽지 않는다는구나. 하하하."

문천을 위시한 장졸들은 김유신의 말을 듣고 자신감이 생겼다. 대장군의 말은 늘 옳았다. 열기와 구근 같은 병사들은 20년 이상을 김유신의 병사로 장군을 모셨다. 여러 전장에서 대장군은 실언한 적도 없을뿐더러 패전한 적도 없다. 어떤 위기도 대장군은 다 이겨냈다. 장수들뿐만 아니라 나이 든 병사들이 김유신을 철석같이 믿었다. 이번에도 장군은 죽지 않는다지 않는가.

　김유신이 수사에서 진군 계획을 짤 무렵이었다. 평양성 인근에서 소정방의 당나라 군사는 맹추위 속에서도 평양성 총공세를 감행했다. 당나라 군사들은 운차를 평양성에 걸치고, 성문을 향해서는 충차를 돌격시켰다. 북과 징을 울리고 온종일 공격했다. 하지만 고구려의 방어는 철통같았다. 성벽에 올라선 당나라 군사들은 다 죽임을 당했다. 충차와 운차는 불타버렸다. 어디선가 나타난 고구려 기마병은 당나라 진영의 목책을 넘어 난입하여 수천의 당나라 군사들이 몰살당했다. 고구려 기마병은 재빨리 당나라 군사를 도륙하고 성안으로 사라졌다.

　소정방은 수없이 많은 전장을 누볐지만 이런 전장은 처음이었다. 삼중으로 어려웠다. 적은 강하고 춥기는 춥고, 군량마저 언제 떨어질지 불안했다. 병사들을 배불리 먹이지 못했다. 굶주린 데다 너무 추워서 병사들이 제대로 힘을 쓸 수가 없었다. 병사들 태반이 동상에 걸렸다. 밤이 되면 벌벌 떨면서 무릎을 세우고 몸을 웅크리고 우는 병사도 많았다. 적군이라면 어떻게 싸워도 보겠지만 동장군(冬將軍)은 어떻게 막을 수도 피할 수도 없었다. 나무를 베서 불을 피우며 겨우겨우 추위를 견뎠지만, 10만 군사가 불을 다 피우고 따뜻하게 지낼 수는 없었다. 패수가 완전히 얼어붙어 모든 전함이 움직일 수 없었다. 바다 건너 보급품을 받을 수 없으니 모두 자급자족해야 했다. 하지만 군량도 물자도 없었다. 그래도 소정방은 평양성 포위를 풀지는 않았다. 신유년[24] 12월의 일이었다.

이즈음 당나라 조정에서 연락이 왔다. 고구려와의 싸움을 중지하고 철수하라는 명이었다. 소정방은 기가 막혔다, 철수하라고? 패강이 얼어붙어 군사를 움직일 수조차 없는데 철수하라고? 소정방은 연락을 가져온 장수에게 꼬치꼬치 캐물었다. 도대체 이런 명령이 어떻게 내려왔는지 알고 싶었다. 연락 장수는 자신이 아는 만큼 대답했다.

10월에 임금 이치가 갑자기 어지럼증과 두통으로 고통을 겪었다고 했다. 눈도 잘 볼 수 없게 되었다고 했다. 임금이 보고 사항을 읽을 수 없게 되자, 무황후가 대신 읽고 결정한다고 했다. 무황후가 고구려 원정을 처음부터 탐탁치 않게 여겼으니 당연히 이 정도에서 전쟁을 끝내기를 원한다고 했다. 임금은 무황후의 일 처리에 매우 만족한다고도 했다. 이제 당나라의 실질적인 임금은 무황후라는 말도 덧붙였다. 아울러 10월에 철륵의 반란을 진압하기 위해 우선 양주도독 정인태(鄭仁泰)에게 반란을 진압하라는 조서도 내렸다고 했다. 정인태는 설인귀(薛仁貴) 등의 부하 장수를 데리고 철륵으로 떠났다고도 했다.

소정방은 이해가 갔다. 임금이 병들었고 전쟁을 반대하는 무황후가 통치를 시작했다. 게다가 철륵 반란 진압이 고구려 정벌보다 더 시급한 일이 되었다. 자칫하면 지금 평양에 있는 20만 당나라 군사는 본국에서 조차 잊힌 병사가 될 수 있다. 승리가 목적이 아니다. 살아 돌아가는 게 급선무였다. 지금 무너지면 다 죽는다. 신라의 군량이 제때 도착하지 않으면 다 죽게 생겼다.

---

24) 661년

소정방은 1월을 기다리고 있었다. 1월 중순이 지나면 대동강이 풀리고, 추위도 약해진다. 신라의 군량이 도착할 수도 있다. 그렇다면 마지막 총공세를 감행할 수 있다. 임이상과 방효태의 군사와 함께 단번에 평양성으로 밀고 들어가면 승산이 있다. 조금만 더 기다리자. 조금만 더.

평양성을 포위한 당나라 군사가 고전하고 있을 무렵 임술년[25] 새해가 밝았다.

1월이 되자 여러 지역의 군량을 끌어모아 준비를 끝낸 유신은 김인문, 양도(良圖), 진복(眞服) 등 아홉 장군과 함께 남천정을 떠났다. 임금 법민은 특별히 군사들의 상과 벌에 대한 모든 권한을 대장군 김유신에게 위임했다. 수레 2천여 대와 2만의 군사와 5천여 마리의 마소는 한겨울의 추위 속에서 길을 떠났다. 이 정도의 군량을 수송해보기는 신라로서는 처음 있는 일이어서 나라의 가용한 모든 자원을 동원해야 했다.

신라의 군량 수송대가 북진하고 있을 때 고구려의 요동군 10만도 평양성 북쪽에 도착했다. 당나라 군대에 비해 고구려 군대는 추위에 강했다. 신발과 장갑과 의복이 짐승의 털이나 가죽이어서 한겨울에도 불 없이 야영하고 이동할 수 있었다. 먼 거리를 이동했음에도 고구려 요동군의 전투력은 그대로 유지되었다. 연개소문은 요동군이 도착할 때를 기다리고 있었다. 요동군이 도착하기 전까지는 병사가 적어 수세적으로 평양성을 방어했다. 요동군이 도착했으므로 공세적으로 나갈 때가 되었다. 연개소문은 김유신의 신라군이 군량을 싣고 남천정을 떠났다는 세작의 보고를 받았다. 당나라군이 김유신의 군량과 보급품을 받으면

---

25) 662년

곤란하다. 그 전에 당나라 군사를 섬멸해야 한다. 그 이후에 김유신이 평양성 가까이 오면 역시 독 안에 든 쥐가 된다. 당나라 군사와 신라 군사 모두 일망타진할 수 있다. 연개소문은 이렇게 생각하고 우선 평양성 동쪽에 주둔하고 있는 임아상의 군대부터 공격했다.

추위에 떨고 제대로 먹지 못해 허약한 상태의 임아상 군사는 고구려 군사의 상대가 되지 못했다. 벼락출세하여 당나라 병부상서가 된 임아상은 이의부의 부추김으로 패강도대총관이 되어 고구려에 왔다. 실전 경험이 많지 않았기에 임아상은 군사를 잘 통솔하지도 못했다. 추위와 굶주림에 지친 군사에게 장수의 명령은 잘 전달되지 않았다. 기세등등한 고구려군의 공세에 임아상의 군대는 제대로 힘도 써보지 못하고 무너지고 말았다. 임아상은 첫 전투에서 바로 목이 없는 귀신이 되고 말았다. 고구려군의 대승이었다. 당나라 군사 수만이 죽거나 포로가 되었다. 인근의 방효태 군대와 소정방 군대로 도망친 군사들은 살았다. 임술년[26] 1월 14일의 일이었다.

연개소문은 임아상의 패강도 군단을 격파하고 더욱 고삐를 조였다. 평양성 남동쪽의 소정방군사를 견제하면서 요동 군사는 대성산성에 근거를 두고 있다가, 사수(蛇水)[27]로 나아가 옥저도행군총관 방효태의 군사를 몰아쳤다. 방효태는 당나라의 남쪽 지방인 장강(長江) 출신이었다. 그는 수전(水戰)에 강한 고향 병사를 많이 데려왔다. 지난해 백제를 정벌할 때도 방효태는 선발대를 이끌고 백강 기벌포에 하륙하여 백제군을 제압하여 큰 공을 세웠다. 수전에 강해도 강이 얼어붙어 배가 움직이지 못하니, 아무 소용이 없었다. 오히려 남쪽 지방 영남(嶺南)의 병사들이라 추위에 약해 더 어려움을 겪고 있었다.

---

26) 662년
27) 평양 인근에 있는 대동강의 지류

방효태 군사의 약점을 알고 있는 연개소문은 야밤에 기습하여 방효태를 괴롭혔다. 첫 전투에서 수많은 영남 군사들이 전사했다. 방효태의 참모가 방효태에게 말했다.

　"장군님, 여기서 버티는 건 무모합니다. 고구려군의 포위망을 뚫고 유백영(劉伯英)의 진영으로 탈출해야 합니다."

　유백영은 소정방 휘하의 장수였다. 백제를 공격할 때 유백영도 방효태와 함께 큰 공을 세웠다. 유백영과 방효태는 서로 질시하며 경쟁했다. 방효태는 부하들에게 말했다.

　"내가 두 대에 걸쳐 황제를 섬기며 지나칠 만큼 나라의 은혜를 입었다. 내가 어찌 유백영에게 의탁하겠는가. 이미 내가 데리고 온 고향의 청년 5천이 죽었다, 어찌 내가 홀로 살기를 바라겠는가? 적진 깊이 들어와서 승리없이 퇴각한다면 무슨 낯으로 황제를 뵙겠는가?"

　말이 떨어지기가 무섭게 방효태는 오히려 고구려 진영으로 총공격을 명했다. 방효태의 군사는 고구려의 요동군과 뒤엉켜 전투를 벌였다. 고구려 군사의 활의 사정거리가 훨씬 멀어서 당나라군은 요동군의 화살에 수도 없이 쓰러져 갔다. 방효태는 군사의 앞에 서서 외쳤다.

　"차라리 당나라의 귀신이 될지언정 오랑캐의 개가 될 수는 없다."

　당나라 군사들이 분전하여 고구려 군사들도 상당수가 피해를 입었다. 하지만 결국 방효태의 군사들은 고구려 군사의 상대가 되지 못했다. 마침 거센 눈보라가 몰아쳤다. 고구려군에게 눈보라는 익숙했지만, 당나라의 영남 군사들은 눈도 뜨기 어려웠다. 연개소문은 여러 부대를 돌려가며 투입시켰다. 방효태 군사를 외곽에서 무너뜨리다가 당나라 진영 깊숙이 기마병을 침투해 공격했다. 당나라 군사 중 죽은 자가 수만에 이르렀다. 방효태는 항복하지 않고 끝까지 저항했다. 방효태의 몸에 고슴도치의 털같이 화살이 꽂혔다. 방효태는 마침내 아들 13명과 함께 전사했다. 연개소문이 직접 지휘한 고구려군은 사수의 방효태군을 전멸시켰다. 1월 18일의 일이었다.

같은 날이었다. 1월 18일 유신의 수송대는 풍수촌(風樹村)[28]에서 출발했다. 눈으로 인해 미끄럽고 길이 험해 수레가 올라갈 수가 없었다. 군량을 모두 소와 말에 등짐으로 싣고 병사들은 수레에서 바퀴를 떼내어 하나씩 등짐으로 날랐다. 수레의 틀 역시 4인조 조를 짜서 인력으로 날랐다. 언덕을 넘고 나서 수레 틀에 바퀴를 달아 전진했다.

23일에 수송대는 임진수 칠중하[29]에 이르렀다. 여울로 건너가면 고구려군의 기습에 당할 염려가 있기에 수송대는 우회하여 강의 흐름이 느린 곳을 택하여 도강하기로 했다. 1월 중순이 지나면서 임진수도 얼음이 풀려 푸른 물이 출렁거렸다. 강의 흐름이 느린 대신 수심이 깊어 뗏목을 급히 만들어야 했다. 뗏목이 완성되자 병사들은 두려워 감히 뗏목에 올라서려 하지 않았다. 유신이 큰 소리로 외쳤다.

---

28) 경기도 여주나 이천 부근으로 추정한다. 정확히는 알 수 없다.
29) 현재의 경기도 파주시 적성군 구읍리에 위치한 칠중성 인근을 흐르는 임진강

"죽기를 두려워한다면 어찌 여기에 왔는가?"

유신은 먼저 뗏목에 올라 삿대를 저었다. 그제야 여러 장수와 병사들이 일제히 움직여 무사히 임진수를 건넜다. 수송대가 도하를 마치고 산양(祘壤)[30] 길로 접어들었다. 칠중하에서 고구려 사람들이 평양성으로 가는 길은 서쪽의 수곡성으로 가는 길과 동쪽의 내륙 길이 있었지만, 수송대는 그 중간의 작은 산길을 택했다. 칠중하를 건너 하루가 지나지 않아 산길로 접어들었다. 수레가 가기 힘든 곳은 나무를 베고 길을 만들어야 했기에 병사들의 노고는 이만저만이 아니었다. 행군이 계속되니 병사들의 불만이 많아지고 행군은 점점 더디어만 갔다. 김유신은 장졸을 잠시 쉬게 하고 말했다.

"고구려와 백제 두 나라는 오래전부터 우리 신라를 침범하고 우리 백성을 해쳤다. 사내는 죽이고 여자와 어린아이는 잡아가 노예로 부린 지 오래되었다. 처자식을 잃고 통곡하는 신라 사람들이 한둘이 아니다. 전쟁에서 죽은 병사의 시신이 산을 이루고, 그들이 흘린 피가 강산을 붉게 물들이니 어찌 마음이 아프지 않겠는가? 왜 내가 죽음을 두려워하지 않고 전쟁에 나섰겠는가? 이 두 나라를 멸망시키고 우리 백성의 원수를 갚고자 함이다. 하늘에 맹세코 말하노라. 적을 가볍게 여기면 반드시 성공하고 돌아갈 것이요, 적을 두려워하면 어찌 포로가 되지 않겠는가? 마땅히 마음을 같이하고 힘을 합쳐 한 사람이 백 명을 당해낼 정도로 싸워야 한다. 적이 두렵고 행군이 힘든 자는 당장 돌아가도 좋다. 어찌 하겠느냐?"

---

30) 호로고루와 북한 황해북도 수안군에 이르는 길 중간에 위치한 지명으로 추정.

군사 중 선임 병사인 열기가 나서면서 크게 외쳤다.

"장군의 부하로 20년을 전장에 다녔으나 항상 장군께서 옳았습니다. 장군의 명을 받들어 감히 살아남을 생각을 하지 않겠나이다."

병사들은 정신이 번쩍 들어 모두 함성을 지르며 유신에게 충성을 맹세했다. 그때 측후대로부터 앞에 있는 이현(梨峴)[31]에 고구려군이 나타났다는 보고가 들어왔다. 귀당 장군 성천(星川)과 술천(述川)이 수천 군사를 이끌고 나가 적병을 섬멸했다.

2월 1일에 유신의 수송대는 산을 넘고 길을 뚫어 마침내 장새(獐塞)[32]에 이르렀다. 마지막 고개였다. 그때 강추위가 다시 엄습했다. 꽃샘추위치고는 눈보라를 동반한 매서운 추위였다. 군사들과 말이 많이 얼어 죽었다. 얼마나 추웠던지 눈보라 속에서 군사들이 움직이려 하지 않았다. 대장군 유신이 앞에 나가 갑옷을 벗고 어깨를 드러낸 채 채찍을 잡고 말을 채찍질하면서 앞에서 인도했다. 68세의 노장군이 앞에 나서니 여러 장수와 병사들이 눈물을 흘리며 온 힘을 다해 수레를 밀고 동물을 이끌었다. 모두가 힘을 다하고 땀을 흘리자 감히 춥다는 말은 아무의 입에서도 나오지 않았다. 험난한 곳을 지나자 드디어 평양에서 멀지 않은 곳에 이르렀다.

패강 강가까지는 그리 멀지 않았다. 앞으로의 갈 길은 평지 벌판이어서 기마병이 달리면 이틀이면 도착할 거리였다. 패강 남단 양오(楊隩)[33]

---

31) 황해도 멸악산맥 일대에 위치한 고개로 추정.
32) 현재의 북한 황해북도 수안군 석담리 일대
33) 평양시 강동군 혹은 대동강 연안의 유포리로 추정.

까지만 가면 신라군 수송대의 임무는 끝난다. 장새 고개를 지나자 날도 따듯해졌다. 패강의 얼음이 다 녹아 소정방의 군선이 양오까지 마중 나와 군량을 받아갈 게 틀림없다. 급한 쪽은 당나라이니 소정방은 무슨 수를 쓰더라도 양오까지는 온다.

유신은 보기감(步騎監) 열기를 불렀다. 보기감은 평민 군사에게 주어지는 감투로 장수 아래에서 장수의 명을 받아 군사를 통솔하는 역할을 했다. 유신은 열기에게 말했다.

"당나라 군사가 양식이 떨어져 하루가 급할 게 분명하다. 우리는 배가 없어 당나라 진영까지 갈 수 없다. 소정방장군에게 양오에 와서 군량을 받으라고 전해야 한다. 나는 자네를 오래도록 지켜보아왔다. 자네가 아니면 이 일을 누가 하겠느냐? 이 일을 해주겠느냐?"

열기가 대답했다.

"제가 장군을 따라다니며 큰 공도 세우지 못했지만, 장군께서 알아주셔서 저를 보기감으로 임명해주셨습니다. 죽는 한이 있어도 장군의 명을 반드시 수행하겠습니다."

"죽지 말고 반드시 살아서 돌아와야 한다. 이 또한 나의 명이다. 알겠느냐?"

열기는 신라 군사 중에서 가장 힘이 센 장사 구근(仇近) 등 15명과 함께 말을 타고 떠났다. 고구려 군사 여러 명이 그들을 가로막았다. 열기와 구근은 그들을 해치우고 쉴 새 없이 말을 달려 패강에 도착했다. 패강에는 때마침 당나라 군선이 있어 쉽게 도강할 수 있었다. 그들은 소정방의 당나라 진영에 이틀 만에 도착했다.

소정방은 그들을 보자 기쁨을 감추지 못했다. 양오까지 신라 군사가 군량을 운반한다는 말을 듣고 소정방은 천지신명께 감사를 올렸다. 당나라 군사 태반이 기아 상태를 면하지 못하고 있었다. 닷새만 늦어도 아사자가 속출할 뻔했다. 소정방에게 군량이 도착했다는 소식은 천군만마보다 더 값졌다. 더군다나 임아상과 방효태의 군사가 연이어 고구려군에게 격파당하고 장수마저 죽었다. 방효태군은 전멸했다. 당나라군의 패전 소식은 소정방의 군사들에게도 금방 알려졌다. 군사들의 사기는 떨어질 대로 떨어졌다. 조금만 더 늦었으면 연개소문에게 죽든 굶어 죽든, 분명 둘 중 하나였다. 김유신의 군량은 사지에서 만난 한 줄기 빛이었다. 얼마나 반가운지 크게 웃는 소정방의 눈에서는 기쁨의 눈물이 철철 흘러내렸다.

"역시 김유신이로구나. 내, 그가 어떤 일이 있어도 올 줄 알았다. 그가 까마귀를 쏘아 죽일 때부터 알아보았다. 김유신은 천하에서 으뜸가는 명장이야. 나보다도 명장이야."

소정방은 열기에게 편지를 써서 주고 바로 부대를 편성해 양오로 떠나보냈다. 열기 일행은 또 이틀이 걸려 신라 진영에 무사히 도착했다. 김유신은 죽음을 무릅쓰고 적진을 뚫고 임무를 완수한 그들을 치하했다. 바로 그 자리에서 열기에게 급찬(級飡) 벼슬을 내리고, 나머지 병사들도 적당한 관등을 수여하고 포상했다.

"대단히 수고가 많았다. 서라벌에 돌아가면 임금께 아뢰어 벼슬을 더 높여주겠다."

2월 6일 김유신의 수송대는 양오에 도착했다. 쌀 4천 석과 벼 2만 2천 5백 석을 당나라 군사에게 인도했다. 아울러 소정방에게 은(銀) 5천 7백 푼, 세포(細布) 30필, 사람의 머리카락 30냥, 우황(牛黃) 19냥을 주었다. 머리카락을 태운 가루는 동상을 치료하는 데 긴요했다. 우황 역시 중요한 의약품이었다. 유신은 왕자 김인문과 양도(良圖), 인선(仁仙), 군승(軍勝) 등의 장수를 소정방의 진영으로 함께 보냈다. 군승은 김유신의 서자로 오래전에 죽은 천관녀가 낳은 아들이었다. 그들 모두 당나라 말에 능통하여 군량과 군수품의 인수인계에 할 일이 많았다. 장수들을 호위할 군사 8백 명도 함께 갔다.

김유신은 그들이 양오에서 배를 타고 패강을 건너자, 바로 철수 길에 올랐다. 오래 머물렀다가는 쉽게 고구려 군사의 표적이 된다. 양오는 고구려 적진 깊숙한 곳이라 여기까지 오기도 어려웠지만, 남쪽 신라 땅으로 가기도 어려웠다. 다행히 짐이 많이 줄고 날씨가 풀려 병사들은 홀가분하게 행군했다.

김유신은 일군의 병사들에게 수십 마리의 소를 몰고 다른 길로 가게 했다. 소의 꼬리에는 북채를 매달고 허리에는 북을 달아, 소가 꼬리를 치면 요란한 소리가 나게 했다. 또 군데군데 땔감을 쌓아 불을 피웠다. 고구려 군사가 그곳을 주목하는 동안에 신라의 병사들은 밤중에 빠른 속도로 행군하여 고구려군 밀집 지역을 벗어났다. 신라군의 기만술에 본대를 놓친 고구려군은 김유신의 군사가 과천(瓠川)³⁴⁾을 건너자 바로 추

---

34) 현재의 경기도 연천군 장남면 원당리 호로고루 근처를 흐르는 임진강으로 추정.

격해왔다. 1만이 넘는 고구려 기마병이었다. 김유신은 군사를 돌려 고구려 군대와 부딪혔다. 고구려의 기마병은 신라의 쇠뇌 공격에 전열이 무너지면서 패주했다. 신라군은 적장 아달혜(阿達兮)를 사로잡고 많은 무기를 노획했다. 고구려군은 많은 사상자를 내고 패주했다. 신라군은 추격하지 않고 오히려 속도를 내서 남하했다. 며칠이 지나지 않아서 신라군은 임진수를 건넜다. 그제야 김유신은 참았던 긴 한숨을 쉬었다.

"마침내 호구(虎口)에서 벗어났구나."

김유신으로서도 매우 어려웠던 군량 수송이었다. 소정방에게 갔던 양도 등의 장수와 병사 8백 명은 당나라 군선을 나누어 타고 해로로 신라로 돌아왔다.

소정방은 김유신에게서 받은 신라의 군량으로 군사들을 배불리 먹였다. 고구려 군대의 포위망을 뚫고 구사일생으로 살아 돌아온 임아상의 군사들도 많았다. 소정방은 그들도 배불리 먹인 다음 재빨리 배에 타고 차례대로 당나라로 출발했다. 소정방은 지긋지긋한 고구려의 겨울은 생각하기조차 싫었다. 배불리 먹고는 튀는 작전이 상책 중의 상책이었다. 소정방은 바람처럼 도망쳤다.

고구려의 수군이 궤멸한 게 천추의 한이었다. 연개소문은 소정방의 함대가 재빨리 도망치는 바람에 눈앞에서 소정방의 군대를 섬멸할 기회를 놓치고 말았다.

2월 중순에 소정방의 군사들은 차례대로 내주에 도착했다. 살아서 돌아온 것만 해도 천만다행이었다. 소정방은 임금이 있는 장안으로 무거운 발길을 옮겼다. 결국 당나라 임금 이치가 그토록 고대했던 신유년과 임술년[35]의 고구려 정벌은 10만 이상의 당나라군 사상자를 내고 참담한 실패로 끝이 났다. 아버지 태종이 실패했던 고구려 정벌이었다. 아들 이치도 또 실패하고 말았다. 아버지 때보다 당나라가 입은 군사적 피해는 오히려 더 컸다. 수군을 활용하여 평양으로 바로 쳐들어갔음에도 참담한 패전이었다. 고구려는 그야말로 난공불락이었다.

당나라로서는 고구려 원정 실패보다도 철륵의 난이 당장 발등에 떨어진 불이었다.

당나라 임금 이치의 병환은 2월이 지나도 낫지 않았다. 임금을 대신하여 정사를 돌보던 무후는 고구려 정벌로 실추된 임금의 명예를 회복할 방법을 찾기 시작했다. 어떻게 하든 당나라 황제의 권위를 온 천하에 보여야 했다.

---

35) 661년에서 662년

6

소정방의 군사가 평양을 탈출할 무렵, 백제 땅에서는 여러 변화가 있었다. 풍왕자가 그 전해 9월에 백제로 돌아와 새로운 백제 왕이 되었다. 복신과 도침 등 백제의 군사들은 풍왕에게 충성을 맹세했다. 풍왕은 왜국에서 출발할 때 왜국 다신장부(多臣蔣敷)의 누이를 아내로 삼아 데리고 왔다. 풍왕이 어린 시절 왜국에 갔을 때부터 그를 보살피고 보좌한 숙부 충승(忠勝)도 함께 돌아왔다. 풍왕은 실로 30년 만의 귀국이라 어리둥절했다. 어린 시절을 보냈던 사비성이라면 익숙할지도 모르겠지만, 풍왕이 도착한 곳은 주류성이었다. 모든 게 낯설었지만 풍왕은 마음을 다잡았다. 어떻게 해서든 망한 나라를 일으켜 세워 나라를 이어야 했다. 주류성이 사비성에 비할 바는 물론 아니었다. 임시 행궁으로 왕과 왕비의 거처를 초라하게 만들었으나, 풍찬노숙(風餐露宿)도 아닐진대 어찌 참지 못하겠는가.

풍왕이 새로운 환경에 적응하느라 애쓸 무렵 복신이 풍왕을 대신하여 모든 정사를 돌보았다. 풍왕이 데리고 온 왜군 5천은 풍왕을 호위하면서 주류성에 머물렀다. 복신의 군사 역시 주변에 포진하고 있었다.

복신은 풍왕이 도착하기 직전에 고구려에서 온 사신을 맞이했다. 고구려 사신은 신라군이 북상하여 평양으로 향하고 있으니, 백제군도 촌각을 다투어 신라군의 북상을 막아달라고 했다. 하필 풍왕이 왜국에서 백제로 향하고 있을 때여서 복신은 출정할 수가 없었다. 대신 임존성의 도침에게 사람을 보내 신라군의 북진을 저지하라고 명했다,

처음 임존성에서 군사를 일으킬 때 복신과 도침은 군사적인 일이라면 함께 의논했다. 2년도 지나지 않아 주류성에 오니 복신은 의논하지 않고 명령했다. 얼마나 세월이 지났다고, 자신을 부하로 알고 명을 하나. 도침은 속이 상했다. 대의를 위해서는 참아야 했다. 도침의 참모들이 화를 냈어도 도침은 오히려 그들을 달랬다.

도침은 신라군의 북진을 저지하기 위해 옹산성(甕山城)으로 향했다. 도침의 군사들은 김유신의 군사를 맞아 분전했지만, 옹산성과 우술성에서 형편없이 패하고 말았다. 도침과 얼마 남지 않은 군사들은 겨우 몸을 빼서 임존성으로 달아났다.

해가 바뀌고 도침은 왜국에서 군수물자가 도착했다는 소식을 들었다. 화살 10만 개, 실 5백 근, 포 1천 단, 벼 3천 가마였다. 복신이 이 물자를 독점했다. 3월에 도착한 포 3백 단은 풍왕이 인수했다. 도침에게는 떡고물조차 오지 않았다. 신라군을 저지하면서 얼마나 많은 피를 흘렸나. 도침은 군수품이나 물자 공급에서 자신과 자신의 부하들은 소외되자 화가 잔뜩 났다.

도침의 상황을 잘 파악하고 있는 쪽은 복신이 아니라 신라군이었다. 김유신과 김흠순은 작년 신라군이 평양으로 북진할 때 백제군이 신라군의 북진을 저지하기 위해 길목을 차단한 이유를 해가 지나면서 명확

히 알게 되었다. 처음에는 단순히 도침의 백제군이 즉흥적으로 옹산성과 우술성에 진출했다고 믿었다. 그러나 그게 아니었다. 고구려와 왜국과 백제가 연합하여 신라와 당나라 군사의 움직임을 보면서 맞대응하고 있음을 깨달았다. 그렇다면 대책이 필요했다.

김흠순은 승려 차림을 한 간자를 도침에게 보냈다. 원래 승려였던 도침은 신라에서 온 중을 만나주었다. 신라 승려는 도침을 설득했다. 이대로 승산 없는 싸움을 해서 얼마나 많은 생명을 죽음으로 몰아넣으려 하느냐, 그러지 말고 신라로 귀부해라, 신라와 백제의 백성이 무기를 놓아야 살생이 끝난다고 했다. 불제자(佛弟子)라면 필요 없는 살생을 막아야 한다고도 했다. 도침은 신라 승려에게 말했다.

"나의 피와 살은 백제의 부모에게서 받았다. 내 한때 불제자였으니 그대를 살려 보낸다. 어서 돌아가라."

신라 승을 돌려보내고 도침은 주류성으로 복신을 찾아갔다. 도침은 복신에게 따졌다. 하지만 복신은 오히려 도침에게 할 말이 많았다. 무리한 군사 운용으로 벌써 몇 번이나 패했는지를 물었다. 유인궤에게 패배하여 거의 1만이나 되는 군사를 잃었다. 더군다나 그때 자신 복신을 사칭(詐稱)하기까지 했다. 복신이 도침에게 말했다.

"그대가 나라고 하다니, 당나라 놈들이 나를 얼마나 우습게 알겠소?"

도침은 기가 막혔다. 기껏 자신의 체면이 문제가 되었다고? 그까짓 체면이 그렇게 중요한가? 한갓 중놈이 왕족을 사칭했다고? 신라군을 저지하다 죽은 자신의 부하들은 어쩌고? 도침은 속이 부글부글 끓어올랐다.

"아니, 장군. 그게 무슨 말이오? 장군이 임존성에 없는 마당에, 내가 그대라고 하면 아니 되오? 내가 그렇게 못났소? 그것보다 내 부하들이, 나를 따르던 백성과 승병이 얼마나 많이 죽었소? 위로는 못 할망정 그대의 체면부터 챙기려 하오?"

복신이 말했다.

"무릇 나라에는 질서가 있어야 하지. 힘깨나 쓴다고 내가 중놈을 장수 대접해주었더니, 이제 와서 뭐가 어쩌고 어째? 내 이놈에게 먼저 버릇을 가르쳐야겠다. 그대라고? 이놈이."

"나도 할 말이 많소. 강한 적은 나에게 맡기고, 정작 장군은 약한 적만 상대하지 않았소? 나에게는 왜 군수품도 물자도 주지 않소? 내 부하들은 맨손으로 싸우고 다 굶어 죽으란 말이오?

그때 풍왕이 끼어들었다.

"허허, 왜들 이러시오. 두 분 다 참으시오. 도침은 스님이라 하더니 스님의 모습은 어디 간 듯 없구려. 그렇다 해도 그동안 사지에서 죽음을 무릅쓰고 싸우지 않았소. 대좌평도 너무 나무라지 마시오."

풍왕이 말리려 나섰지만, 복신은 참을 수가 없었다. 왕의 면전에서 고작 중놈이 자신에게 대들었다. 자신은 좌평 중에서도 대좌평이다. 대좌평에게 대들어? 새로운 위계질서에 반하니, 본때를 보여주어야 했다. 그게 백제가 바르게 서는 길이다. 위계가 바르게 서야 앞으로 나아갈 수 있다. 복신이 말했다.

"폐하, 도침을 용서할 수 없습니다."
"아니, 대좌평은 어찌 그렇게 말하시오? 그동안의 공을 봐서 예의는 없다 하나 용서하자고 내가 말했소."
"그게 아닙니다. 도침은 적과 내통하고 있었습니다. 신라의 중이 도침과 밀담을 나누었습니다. 신은 도침이 주류성의 사정을 염탐하러 왔다고 짐작하옵니다. 일벌백계로 다스려야 합니다."

도침이 말했다,

"대좌평, 억울하오. 내가 신라 중놈을 만난 건 사실이오. 하지만 그에게 분명히 말했소이다. 나의 피와 살은 백제 사람이라고요."

복신이 말했다.

"네 이놈, 어찌 거짓을 고하느냐. 적의 간자를 그냥 살려 보냈다고? 그게 바로 네가 첩자라는 증좌(證左)다. 너 스스로 자백을 했구나. 내가 그동안의 정리(情理)를 생각해서 고통 없이 죽게 해주마."

복신은 바로 그를 끌어내 참수하라 일렀다. 풍왕이 있다 하나 복신은 안하무인이었다. 복신이 노발대발하자 복신의 부하는 복신의 명을 바로 행했다. 풍왕이 제지하려 하였으나, 풍왕의 말은 복신의 부하에게 먹혀들지 않았다. 도침은 끌려나가면서도 억울하다는 항거의 소리를 질렀다. 도침의 소리는 마당까지 이어지더니 곧 침묵으로 변했다. 마당 한 가운데서 도침의 목은 몸통에서 분리되어 바닥에 떨어졌다.

워낙 급작스럽게 일어난 일이라 풍왕을 비롯한 여러 사람은 대단히 당황했다. 복신은 뒷짐을 지고, 큰기침을 하고는 아무 일도 없었다는 듯이 손바닥만 한 주류성의 궁에서 사라졌다. 풍왕은 두려움에 떨며 넋을 놓고 그 자리에 주저앉아버렸다.

신라에서 임금 법민은 당나라에 군량을 공급하고 돌아온 군사들을 포상하고 큰 잔치를 베풀었다. 임술년[36] 3월의 일이었다. 신라의 장수들이나 병사들은 지난 2년 동안 숨 가쁘게 달려왔다. 당나라 소정방의 군사와 함께 백제로 진격한 이래 2년 동안 장수도 백성도 쉴 틈이 없었다. 백성들은 허리를 졸라매고 군량을 마련해야 했다. 웅진성에 있는 당나라 병사들의 식량도 신라 백성들이 공급해야 했다. 그러한 가운데서 태종 무열왕이 돌아가셨기에 국상까지 치러야 했다.

새롭게 임금이 된 법민은 아버지 춘추와는 여러 면에서 달랐다. 춘추는 어렵게 어렵게 왕위에 올랐다. 춘추의 아버지 김용춘은 왕이 아니었다. 도화부인이 낳은 핏덩이를 진평왕이 거두어 궁에서 길렀다. 그 뿌리를 의심하는 자가 있을 정도였다. 춘추도 왕으로 점지된 아이는 아니었다. 동륜태자의 직계가 다 사라진 다음에야, 선덕과 진덕의 여왕 시대를 거친 다음에야, 비로소 왕이 될 수 있었다. 그것도 순조롭지 못했다. 비

---

36) 662년

담의 난이 일어났다. 유신이 제압하지 못했다면 왕이 될 수 없었다. 그렇기에 태종 무열왕은 매사가 조심스러웠다. 여러 진골 귀족을 무력으로 억누르기보다는 화합하려 애를 썼다. 그러다 보니 몇몇 귀족은 여전히 상당한 세력을 유지하고 있었다. 병부령 김진주장군이 그랬다. 동생인 김진흠(金眞欽)과 함께 신라 군부에서 상당한 세력을 차지하고 있었다. 진주는 대당 총관이었고, 진흠은 남천주 총관이었다. 남천주는 기마병 수천을 거느리고 있었다. 그들 형제가 가진 군부 내의 힘은 상당했다.

김법민은 아버지 춘추와는 달랐다. 아버지가 왕이었다. 어머니는 김유신의 누이였다. 아무도 신라 내에서 법민에게 달려들 사람은 없어야 했다. 김법민의 뒤는 김유신이 받치고 있기에 더욱 그랬다. 아버지 태종 무열왕 시기까지 신라 왕은 신라 전체를 대표하며 최고의 권력을 가졌다 해도 화백회의를 무시하기는 어려웠다. 힘 있는 서라벌 귀족을 완전히 무시하기도 어려웠다. 하지만 김법민은 달랐다. 그는 당나라의 힘은 왕을 정점으로 한 제도에서 비롯함을 잘 알고 있었다. 그는 왕위에 오르면서 자신은 당 태종처럼 신라의 절대 권력자가 되어야 한다고 생각했다. 누구도 왕의 명을 따라야 한다. 그렇게 되어야 신라가 강해진다. 아버지가 완수하지 못한 삼한일통의 대업을 달성하기 위해서는 반드시 그렇게 되어야 했다. 상대등이나 병부령과 같은 벼슬도 화백회의에서 결정해서는 아니 된다. 오로지 왕의 명에 의해 모든 벼슬이 정해지며, 백성들에게 내리는 상벌 역시 왕이 결정해야 했다.

도침이 어이없게 주류성에서 참수된 뒤 도침의 병사 대부분은 복신의 휘하에 수용되었다. 복신은 도침의 병사들을 편입시킨 뒤, 웅진성의 당나라 군사들에 대한 공세를 강화했다. 도침을 죽이고 난 뒤라, 그 죽음에 대한 정당성을 찾아야 했다. 내부의 갈등을 벗어나기 위해서라도 외부로 무력을 표출시켜야 한다.

복신은 웅진성을 공격하기로 했다. 우선 웅진성 동쪽을 장악하여 군량이 오는 길을 차단할 계획을 세웠다. 웅진성 동쪽에 여러 고갯길마다 목책을 세우고 진현성(眞峴城)[37]과 내사지성(內斯只城)[38]을 보강하여 군사를 주둔시켰다. 그렇게 되니 복신의 계획대로 신라에서 웅진으로 가는 가까운 군량 수송로가 완전히 차단되었다. 군량을 운반하는 신라군이 남이나 북으로 돌아간다면, 시간도 시간이려니와 백제군 매복에 당하기 쉬웠다. 군량 수급이 원활하지 못하자 유인원은 서라벌로 급히 사람을 보내 군량 수송로 확보를 요구했다.

신라 왕 법민은 진현성이나 내사지성과 그리 멀지 않은 남천주 총관 김진흠에게 명했다. 남천주의 기마병으로 웅진도(熊津道)를 확보하라는 명이었다. 하지만 김진흠은 차일피일 이것저것 핑계를 대며 군사를 움직이지 않았다. 더운 여름이라 군사도 말도 움직이기 힘들다는 핑계였다. 남천주 병사가 지난 이 년 동안 여러 전쟁터에 다녔지만, 자신이나 군사들이 제대로 포상도 받지 못했다는 이유도 있었다. 진흠이 군사를 움직이지 않는 가운데 군량을 수송하던 수십 명의 신라군이 백제군의 매복에 걸려 군량은 빼앗기고 군사들은 대부분 살해당하는 불상사가 발생했다. 신라 왕 법민은 화가 나서 급히 진흠에게 재차 출정을 명했다. 진흠은 요지부동이었다. 김진흠의 뒤에는 병부령 김진주가 있었기에 형인 김진주를 믿고 오만불손한 태도를 보였다. 필시 포상에 대한 노골적인 불만이 분명했다. 과거에 그런 경우 신라는 적당히 전리품을

---

37) 현재의 대전광역시 서구 봉곡동의 흑석동 산성으로 보는 견해가 있다. 확실하지는 않다.
38) 현재의 대전광역시 유성구 일대로 추정한다.

나눔으로써 유력 귀족들의 불만을 무마시켜 왔다. 귀족들의 화합과 단결이 무엇보다 중요했기 때문이었다.

법민은 김유신과 흠순을 불러 상의했다. 김진흠을 도대체 어떻게 처리해야 하는가. 흠순은 왕에게 뜻밖의 말을 했다.

"폐하, 백제 왕 의자가 웅진성에서 어떻게 항복했는지 기억하시지요?"

"삼촌, 내가 그것을 어떻게 잊을 수 있겠습니까? 웅진 성주 예식진이 그렇게 쉽게 자기 왕을 배반할 줄 누가 알았겠습니까? 왜 그런 말씀을 하십니까?"

"아무래도 병부령이 수상합니다. 폐하께서도 잘 아시지 않습니까? 재작년 백제를 공격할 때 병부령은 남천정에서 덕물도로 갔고, 덕물도에서 소정방을 안내하면서 오래도록 당나라 진영에 머물지 않았습니까?"

"그랬지요. 그야 양국 군대의 소통을 위해 그렇게 하라고 했지요."

"그렇습니다. 그런데 그게 그 이후에도 지나치지요."

"구체적인 증좌가 있습니까?"

"구체적인 증좌는 없습니다만, 당나라에서 사신이 올 때마다 김진주의 집을 꼭 들릅니다. 또 진주의 아들 풍훈(風訓)이 얼마 전에 당나라에 숙위학생으로 들어갔습니다. 무언가 있습니다. 틀림없습니다."

"그래요? 더 구체적인 증좌가 있어야 합니다."

그때까지 듣고만 있던 김유신이 말했다.

"폐하의 말씀이 지당합니다. 그렇다고 흠순의 말을 무시할 수는 없습니다. 천 길 물속은 알아도 한 길 사람의 마음은 알 수가 없지요."

왕이 잠시 생각하다가 표정을 굳히며 말했다.

"진흠은 게으름을 피우면서 왕명에도 군사를 움직이지 않았으니 그냥 둘 수는 없습니다. 일벌백계로 다스려야 합니다. 왕명의 지엄함을 보여주어야 앞으로 다른 장수나 귀족도 왕을 어려워할 겁니다. 진흠은 참수하고, 그의 형 진주도 책임을 지고 병부령에서 물러나게 하겠습니다."

유신은 깜짝 놀랐다. 자기 조카가 이렇게까지 강단이 있을 줄은 짐작조차 하지 못했다. 유신은 말리려다가 잠시 생각했다. 법민의 생각이 옳았다. 이제 법민의 시대가 왔다. 법민의 말대로 움직이는 신라가 되어야 했다. 그렇게 해야만 신라가 산다.

유신이 말했다.

"폐하의 뜻대로 하소서. 그리고 흠순은 진주의 동태 파악을 게을리해서는 아니 된다. 알겠느냐?"

"네, 형님, 그렇게 하겠습니다."

왕이 말했다.

"삼촌께서 수고를 해주셔야겠습니다. 상주정 병사들을 이끌고 남천정으로 가서 왕명을 시행해 주십시오. 미리 알면 반란을 일으킬지 모르니 기밀을 유지하고 일을 끝내세요."

흠순이 말했다.

"하옵고, 폐하. 폐하께서 진흠에게 명했던 일은 어떻게 하시렵니까? 웅진성 동쪽에서 백제군들이 자주 출몰하여 웅진성을 위협하고 있습니다. 웅진성으로 가는 군량을 수송할 때면 백제군이 귀신같이 알고 나타나곤 했습니다. 몇 번이나 군량을 탈취당했습니다. 하여 유인궤가 백제군을 소탕하겠다고 여러 번 우리 군사를 보내달라고 요청을 해왔습니다."

"웅진성으로 먼저 가서 군량 수송로를 확보하세요. 그 이후에 군사를 남천정으로 돌려 진흠을 처단하세요. 당나라 군사들은 자기들 밥값도 못하는구만. 자기 입도 못 지키니 말이오."

유신이 말했다.

"지금 웅진성에 있는 당나라 군사들이 우리 신라에 온 지 이미 2년이다 되어갑니다. 그동안 그들은 우리 군량을 축내고 우리 백성이 만든 옷을 입었습니다. 하는 일 없이 빈둥빈둥 놀기만 한다고는 하나 그들은 우리에게 필요합니다. 인질이나 마찬가지입니다."

흠순이 말했다.

"지금 왜국에서 수천 척의 배를 준비하고 있다고 합니다. 어쩌면 왜의 수만 대군이 바다를 건너올지 모르지요. 지난겨울 당나라는 고구려에서 대패하여 임아상과 방효태는 죽고 병사들은 전멸하다시피 했습니다. 소정방은 형님이 죽을 고생을 하며 전해준 쌀을 먹고 당나라로 바로 도망갔습니다. 먹고는 튀어버렸습니다. 하여 연개소문은 군사 운용에 여유가 있습니다. 만약 고구려 연개소문의 군사가 남진하고, 왜적이 백제 잔당과 함께 호응하면 우리 신라는 대단히 어려워집니다."

왕이 말했다.

"나도 잘 알고 있습니다. 웅진에 있는 당나라 군사가 인질이란 말이지요. 저들이 위험해지면 당나라에서 구원군을 보낼 테니, 우리로서는 저들을 소홀히 할 수 없단 말이 아닙니까?"

흠순이 말했다.

"그렇습니다, 폐하. 웅진성에 있는 당나라 군사가 성가시고 번거롭기는 해도 우리 신라에 꼭 있어야 할 군사입니다."
"잘 알겠습니다, 삼촌. 그럼, 출정을 해주세요."

흠순은 왕의 명을 받고 18명의 장수와 1만 군사를 데리고 웅진성으로 떠났다.

그보다 앞선 봄에, 철륵의 아홉 종족의 반란을 진압하러 보낸 정인태와 설인귀(薛仁貴)는 철륵의 10만 군사와 초원에서 대치하고 있었다. 철륵 부족들은 원체 승마에 익숙했다. 철륵의 장수 세 명이 당나라 군대 앞에서 당나라 군사를 조롱하면서 온갖 승마술을 뽐냈다. 그들은 보통 활의 사정거리에서 살짝 벗어난 곳에서 갖은 묘기를 부렸다. 분기탱천한 설인귀는 부하에게서 화살이 멀리 날아가는 강궁을 넘겨받아 잔뜩 활시위를 당겼다. 강궁에서 공기를 찢는 소리를 내고 날아간 화살 한

발이 재주를 부리던 철륵 장수 한 명의 목에 바로 꽂혔다. 그는 말에서 나무둥치처럼 떨어졌다. 이어서 설인귀는 두 발의 화살을 더 날렸다. 두 발 다 철륵의 두 장수에게 명중했다. 그들도 말에서 떨어졌다. 철륵 진영에서 동요가 일어난 반면 당나라 진영에서는 천지를 진동하는 함성이 울렸다.

당나라 기병들이 그것을 신호로 돌진했다. 양쪽 측면에서도 당나라 기병이 돌진하니, 철륵 병사들은 수많은 사상자를 내고 도망쳤다. 항복한 자도 부지기수였다. 정인태는 달아난 철륵 부족을 빨리 추격하기 위해 항복한 군사 수천을 생매장해 죽여버렸다. 거추장스럽다는 이유에서였다. 또한 진격로에 있던 부족이 항복하자 약탈과 강간을 자행했다. 그러던 중 철륵의 주력 부대가 북쪽 사막에 머물면서 반격을 준비한다는 정보를 입수했다.

정인태는 경기병 1만 4천을 편성하여 재빨리 추격했다. 하지만 잡힐 듯 잡힐 듯하면서도 일정한 거리를 유지하고 달아나는 철륵 기병을 당나라 경기병은 따라잡을 수 없었다. 사막 깊숙이 들어와 선악하(仙萼河)[39]에 이르러서야 정인태는 철륵의 유인계에 빠졌음을 깨달았다. 날씨가 나빠지면서 정인태는 추격을 포기하고 본대로 귀환하기로 했다. 그때 강력한 폭풍설이 밀려왔다. 추위와 눈보라에 군량마저 떨어졌다. 정인태의 군사는 말을 잡아먹으면서 철수했건만, 뒤통수를 치는 철륵 군사에 당해 대패했다. 남은 정인태의 군사는 거의 모두가 얼어 죽고 굶어 죽었다. 1만 4천 중에서 겨우 8백 여 명만이 살아서 귀환했다. 대참사였다.

당나라 조정에서는 정인태의 처참한 패배에 대단히 놀랐다. 철륵을

---

39) 현대의 몽골과 러시아 국경을 흐르는 셀렝게강으로 추정. 몽골의 항가이 산맥에서 발원하여 바이칼호로 흘러 들어간다.

신속하게 진압하지 못하면, 서쪽의 토욕혼이나 토번 역시 반란을 일으킬 수 있다. 그렇게 되면 당나라 서쪽 전체가 무너지면서 대단한 혼란이 온다. 고구려는 당나라로 직접 쳐들어올 가능성은 거의 없다. 하지만 철륵이나 토번은 다르다. 당나라 조정은 고구려 전선에서 철수한 글필하력을 황급히 철륵에 투입했다. 그를 우선 철륵 안무대사(安撫大使)로 임명했다, 글필하력은 쉴 틈도 없이 9만 병사를 편성하여 철륵을 진압하러 떠났다. 글필하력은 철륵 부족이 포진한 천산(天山) 아래 이르렀다.

철륵 부족은 정인태 군사를 몰살시키자마자 글필하력이 9만 군사를 이끌고 다시 자신들을 진압하러 오자 대단히 놀랐다. 당나라 군대의 기동력과 병력 동원력에 겁을 먹기 시작했다. 그들은 글필하력이 자신의 종족 출신이라는 사실을 잘 알고 있었다. 철륵 내부에서 격렬한 의견대립이 일어났다. 당나라와 죽을 때까지 싸우자는 주전파와 당나라와 화해하자는 주화파가 서로의 주장을 양보하지 않았다. 철륵의 아홉 부족 대표가 모여 갑론을박 회의를 하던 중이었다. 글필하력은 정예 기병 5백 명을 호위 삼아 그들에게 달려갔다. 부족대표들은 글필하력이 용감무쌍하게 자신의 심장부로 달려온 사실에 놀랐다. 글필하력은 그들에게 말했다.

"너희들이 속아서 반란을 일으킨 줄 알고 있다. 너희의 잘못을 용서한다. 모두 새롭게 출발하자. 죄는 오직 처음 반란을 선동한 자들에게 있다. 그들만 잡아 처형하겠다."

부족대표들은 기뻐하며 부족의 단합을 해친 자 2백여 명을 잡아 넘겼다. 처음 당나라를 상대로 싸움을 일으킬 때 부족을 선동했던 자는 비

사국지 4

율독(比栗毒)이었다. 그는 여전히 뒤에서 그들을 조종하여, 비율독에 반대했던 자들 위주로 색출했다. 글필하력은 원래 철륵 출신이라 그들이 전통적으로 대의명분보다는 혈족의 의리를 존중하는 관례를 잘 알고 있었다. 비율독을 반대하던 2백 명이 잡혀 왔다. 글필하력은 모른 채 넘어갔다. 글필하력은 정벌군 장수가 아니라 안무대사임을 스스로 잘 알고 있었다.

글필하력이 2백여 명을 처형하면서 철륵의 반란은 진정되었다. 철륵을 안정시켜야 토욕혼과 토번이 봉기하지 않는다. 당나라 북쪽과 서쪽 변경의 유목족의 반란은 그 성격이 전염병과 같았다. 조기에 제압하지 않으면 당나라로서는 큰 위기에 빠진다. 당나라 조정도, 글필하력도 한숨을 돌렸다.

고구려와 철륵에서 군사들이 철수하자 당나라 조정에서 백제에 주둔한 군사들마저 철수시키자는 의견이 나왔다. 그 무렵 병상에서 일어난 임금 이치가 정상적으로 정사를 보았다. 하지만 무후의 생각을 알아서 쫓는 신하들이 이미 조정에 가득했다. 무후는 전쟁을 쉬고 내실을 다져야 한다고 임금 이치를 다그쳤다. 이치는 고구려 정벌에 여전히 미련이 남았지만, 무후의 의견을 존중하기로 했다. 논리로 따지거나 말로 하거나 도무지 임금 이치는 무후의 상대가 되지 못했다. 무후는 이치보다 네 살 연상이기도 하였기에 이치를 어린아이 다루듯 하였다.

당나라 임금 이치는 무후 앞에서 한없이 작아졌다. 오히려 그는 무후의 치마폭 뒤에 사는 게 더 편안하다고 느낄 때가 많았다. 무후가 아버지 태종을 더 닮아, 모든 일을 과단성 있게 해치웠다. 어떤 일을 결정할 때 이치는 아버지에게 혼이 날지도 모른다는 생각으로 늘 망설이면서 결정을 미루고 미루었다. 장고 끝에 결국 엉뚱한 결론을 내리는 경우도 많았다. 하지만 무후는 망설임이 없었다. 바로 시원시원하게 결정을 내렸다. 그 결정은 대개 나라의 경영에 무리가 없었다. 무후의 정책은 백성들의 환영을 받을 때가 많았다.

임술년 7월이 되자 변경으로 싸우러 갔던 당나라 병사들은 거의 귀국하여 부모와 가족의 품으로 돌아갔다. 수많은 사상자는 영원히 돌아오지 못했다. 예외가 있다면 백제 웅진성에 남아있는 병사들이었다. 그들은 살아있으면서도 당나라로 돌아오지 못하고 있었다. 그들의 주둔 기간도 2년이 지나가고 있었다. 1만 병력 중에 1천이 죽고 9천 정도가 웅진성에 남아있었다. 게다가 백제군의 총공세로 인해 신라로부터의 군량 보급도 여의치 않다는 소식이 들려왔다.

당나라 임금 이치는 무후의 부추김을 받아 백제 웅진성의 유인원과 유인궤에게 조서를 내렸다.

"짐이 말하노라. 평양의 군사가 철수한 후 웅진 한 성만으로는 홀로 견고히 지키기 어려우니 군사들을 신라 땅으로 옮겨라. 만약 신라 왕이 그대들이 신라 땅에 머물기를 원하면 신라 땅에 머물라. 만약 신라 왕이 원하지 않으면, 즉시 돌아오라."

이 조서를 받고 유인원은 어찌해야 할지 갈피를 잡지 못했다. 백제군의 공격을 받아 군량 조달로가 끊길 위기를 여러 번 겪었다. 그러니 위험한 곳에 있지 말고, 신라가 원하면 웅진을 떠나 신라 땅 깊숙이 가서 머물든지, 아니면 당나라로 돌아오라는 명이었다. 유인원은 판단할 수 없었다. 그는 장수들을 모두 소집해 의견을 물었다, 대부분은 당나라로 돌아가자고 했다. 고향을 떠나온 지 벌써 2년이 지났다. 당연히 병사들은 집으로 돌아가고 싶었다. 또한 복신의 군사가 웅진을 겹겹이 에워싸고 목책을 세워 웅진을 고립시켰다. 군량마저 거의 다 떨어져간다. 신라군의 도움이 없으면 며칠도 견디지 못한다.

장수들에게 유인원이 말했다.

"그대들의 의견이 그럴 줄 알았소. 마침 며칠 전에 백제의 풍왕이라고 하는 자와 상좌평 복신이라는 자가 사람을 보내 왔소. 우리에게 언제 서쪽 고향 땅으로 가겠느냐고 말이오. 만약에 우리가 가겠다면 자기들은 포위망을 풀고 우리를 편안히 보내주겠다고 했소. 내가 그 사신의 언사가 대단히 불손하고 우리를 조롱하는 듯하여 목을 베려고 했으나 세상일이란 모르는 법, 내가 나중에 알려준다고 하고 그냥 돌려보냈소."

유인원을 비롯한 당나라 장수들은 백제 사신의 제안에 상당히 모욕감을 느꼈다. 아무리 포위한 상태라 해도 대국의 군사를 조롱하다니, 그냥 두어서는 안 된다. 그러나 두렵기도 했고 하루라도 빨리 고향으로 돌아가고 싶었다. 장수들도 그러한데 병사들이야 오죽하랴. 그때 유인궤가 일어나서 비장한 표정을 지으며 말했다.

"장수는 나라를 위해 목숨을 바쳐 충성해야 하나니, 어찌 사사로운 마음을 먼저 품을 수 있겠소. 우리 폐하께서는 선왕 폐하의 유업을 이어받아 고구려를 멸망시키려 하시므로, 먼저 백제를 징벌하고 우리를 백제 땅에 남겼소. 백제의 잔적들이 아무리 잔악해도 우리가 방비를 엄하게 하고, 병사들을 잘 조련하면 적을 이기지 못할 까닭이 없소. 싸워서 이겨 공을 세우면 병사들도 자연히 안정되어 마음을 놓게 되오. 신라의 군사를 청해 함께 싸워 요새를 점거하고 형세를 넓히며, 급보를 조정에 올려 지원군을 요청하면 조정에서도 우리가 성공할 기세임을 알고 반드시 장수를 보내줍니다. 지원군이 닿는 순간 백제군은 스스로 무너지게 되어있다오. 이게 바로 백제를 영원히 평정할 방법이오.

지금 평양의 우리 군사가 이미 물러났습니다. 웅진에서 마저 우리가 떠나면 백제의 잔불이 며칠 안 되어 다시 일어나겠지요. 그럼, 지금까지 우리가 2년 동안 한 일이 모두 허사(虛事)가 됩니다. 그러면 고구려의 저 간악한 무리는 언제쯤 멸망시키겠소?

지금 우리는 적의 한가운데 있습니다. 경거망동하여 움직였다가는 오히려 범의 아가리에 머리를 들이미는 잘못을 범하게 됩니다. 복신은 음흉한 작자요. 우리를 돌아가라 한 이유는 우리가 성에서 나가면 퇴로를 열어주기는커녕 우리의 배후를 치려고 하는 술책임이 분명하오. 함정이란 말입니다. 우리는 웅진성을 철저히 방어하다가 신라의 지원군이 도착하면 활로를 뚫어야 합니다. 적의 인자함을 바라면 곧 죽습니다. 어찌 적을 믿고 아군을 믿지 못하오? 신라군은 곧 도착합니다. 내 말 아시겠소?"

유인궤의 말은 들은 당나라의 장수들은 모두 유인궤의 말을 따르기로 했다. 복신이 약속을 지킬 가망성은 거의 없었기 때문이었다. 장수들은 병사들에게 살길은 백제의 포위망을, 싸워서 뚫는 방법밖에는 없다고 말했다.

유인궤의 말대로 웅진성에 군량이 떨어질 무렵 신라의 흠순장군이 남으로 에돌아 1만 군을 이끌고 나타났다. 군량 역시 충분히 가지고 와서 당나라 군사들은 배불리 먹고 힘을 냈다.

유인궤는 신라 병사와 함께 웅진 동쪽으로 진출하여 복신의 병사를 크게 깨뜨렸다. 지라성(支羅城), 윤성(尹城), 대산(大山), 사정(沙井)[40] 등의 목책을 함락시켜 웅진 포위망을 풀었다. 이들 목책은 신라와 당나라 병사들이 나누어 계속하여 지키게 했다.

복신의 남은 군사는 진현성(眞峴城)[41]으로 들어가 농성을 시작했다. 진현성은 강을 끼고 있으며 높고 험준하여 방어하기에 적당했다.

달이 없는 밤이었다. 유인궤가 신라 병사를 독려하여 강 쪽에서 절벽을 기어올라 성곽 가까이 접근하게 했다. 날이 밝을 무렵 신라 병사 수십 명이 성곽을 넘어 성의 서문을 열었다.

이윽고 신라군이 성안으로 들어가 필사적으로 저항하는 백제군 8백 명을 베어 죽였다. 남은 백제군은 항복하거나 도망쳤다. 신라군이 진현성을 장악하게 되자 신라에서 웅진으로 오는 군량 수송로는 마침내 막힘이 없이 통하게 되었다.

신라 장군 흠순은 진현성이 함락되자 병사를 이끌고 내사지성(內斯只城)[42]으로 향했다. 내친김에 백강 동쪽에 있는 백제군을 송두리째 섬멸하기 위해서였다. 섬처럼 고립된 내사지성의 백제군은 버틸 수가 없었다. 백제군은 잠시 저항하다 결국 항복하고 말았다. 이로써 신라군은 백강 동쪽의 백제군 근거지를 모두 점령했다. 신라의 여러 곳에서 웅진으로 이어지는 군량 수송로가 위협받을 일은 완전히 사라졌다. 남은 백제군의 영역이 훨씬 좁아져서 신라로서는 병력을 집중할 수 있는 일거

---

40) 모두 충남 공주 동쪽에 있었던 지명으로 추정.
41) 대전시 유성구 일대로 추정.
42) 대전시 유성구 일대로 추정.

양득(一擧兩得)의 효과가 있었다. 백제 부흥군과의 전쟁이 조금은 수월해졌다. 임술년[43] 8월의 일이었다.

이어서 흠순은 왕명을 수행하러 남천정으로 기수를 돌렸다. 남천정에 도착하자마자 흠순은 진흠을 포박한 다음, 그의 죄를 공표하고 바로 참수했다. 전광석화같이 벌어진 일이어서, 흠순의 측근 몇몇을 제외하고는 아무도 몰랐던 일이었다.

진흠의 처형은 신라가 6부의 귀족 연합체가 아니라, 왕을 최정점으로 하는 신라 왕국이라는 사실을 귀족들에게 확인시키는 사건이었다. 6부 귀족 중에서는 태종 무열왕이 죽고 아들 법민의 시대에 접어들었을 때, 이미 순응하는 자도 있었고, 과거의 영광에 집착하여 순응을 거부하는 자도 있었다.

진흠을 처형했다는 보고를 받은 다음 신라 왕 법민은 진흠의 형 진주에게도 책임을 물어 병부령에서 물러나게 했다. 왕은 후임 병부령은 정하지 않았다. 병부령을 정하지 않았다 해도 실질적으로는 유신의 아우 흠순이 병부령 역할을 잘 수행하고 군부를 장악하고 있었다. 신라 군부의 동요는 전혀 없었다.

---

43) 662년

7

이치가 야심차게 계획했던 고구려 정벌이 완전히 실패로 끝났다. 그는 대단히 의기소침해졌다. 백제에 남아있던 유인원과 유인궤에게 철수하여 당나라로 돌아와도 좋다는 조서를 내린 이유도 고구려 정벌을 깡그리 잊기 위해서였다. 고구려는 고구려대로 살게 두자. 이치는 그까짓 고구려 정벌하면 무엇하나 이런 생각을 가지기 시작했다. 그렇다고 고구려가 당나라로 쳐들어오지는 않는다.

임술년[44] 여름이 지나자 무후가 태산(太山) 봉선(封禪)을 말하기 시작했다. 봉선은 중국을 최초로 통일한 진시황이 태산에 올라가 하늘과 땅에 제사를 지내면서, 자신이 천하의 주인임을 선포한 의식을 말했다. 진시황 이후 봉선을 거행한 황제는 한나라의 무제와 수나라의 문제 등 몇몇밖에 없었다. 황제가 봉선 의식을 거행하기 위해서는 몇 가지 조건이 맞아야 했다. 우선 천하의 전쟁이 모두 멈추어야 했다. 전쟁이 진행 중이라면, 천하의 주인이 아직 정해지지 않았거나 주인에게 복종하지 않는 나라가 있다는 증거이기에 봉선을 거행할 수 없었다. 온 천하가 평화

---

44) 662년

롭고, 사해(四海) 백성 등이 따습고 배가 불러야 봉선을 행할 수 있게 된다. 봉선이란 태평성대 선언식이나 마찬가지였다.

이치는 천하의 백성이 배를 두드리며 자신을 우러러 칭송하는 광경을 상상하니 저절로 흐뭇해졌다, 천하의 명군(明君)이라는 자신의 아버지 태종도 봉선을 하지 못했다. 이치에게 처음 봉선 이야기를 꺼낸 사람은 허경종이었다.

허경종은 기미년[45]에 당나라를 세운 고조와 고조 아들 태종의 호천상제(昊天上帝) 배향과 태목(太穆)황후와 문덕(文德)황후의 황지기(皇地祇) 배향을 청했다. 고조의 정부인이 태목이며, 태종의 정부인이 문덕이었다. 호천상제란 죽어서도 하늘에서 최고의 지위를 누리는 황제를 말한다. 황지기란 땅의 신으로, 땅에서 소생하는 만물의 어머니를 뜻한다. 허경종은 아울러 이치와 무후의 호천상제와 황지기 선포를 위해 봉선 의식을 하자고 주청했다. 모두 무후에 대한 아부의 일환이었다.

정부인이 되어 황비에 오른 무후는 봉선이 몹시 마음에 들었다. 이치가 호천상제에 오르고 무후가 황지기로 추앙됨은, 무후의 황후로서의 정통성을 확고히 하는 일이었기 때문이다. 간계와 모함으로 왕씨를 몰아내고 황후가 되었기에 무후에게는 무엇보다 정통성이 중요했다. 무후는 황후가 되기 위해 갓 낳은 자기 딸의 입을 막아 죽인 천하의 간악한 여인이 아니라, 천하의 사람들이 모두 자신을 우러러보는 황후로 공인되기를 바랐다. 봉선 의식이 바로 그녀를 그렇게 만들어주리라 믿었다. 봉선은 사람이지만 신의 자리에 오르는 동시에 여인으로서 최고의 권력을 확인받는 의식이기도 했다.

무후는 허경종의 말을 듣는 순간 봉선 의식에 꽂혔다. 하지만 기미년

---

45) 659년

에 봉선 의식을 당장 추진할 수는 없었다. 봉선 의식을 위해서는 천하 각 나라에서 나라를 대표하는 왕이나 태자 혹은 그에 걸맞은 인물이 태산까지 와야 했다. 각종 의례 준비 등으로 거의 2년에 가까운 준비 기간도 필요했다. 기미년에는 그 이듬해 백제와 고구려 정벌을 앞두고 있었기에 봉선 의식을 행할 수는 물론 없었다.

무후는 태종도 봉선을 행하려 하다가 설연타가 갑자기 쳐들어오는 바람에 의식을 행하지 못했음을 이치에게 상기시켰다. 이치의 아버지 태종이 생전에 못 한 일이 딱 두 가지였다. 하나는 고구려의 정복이었다. 나머지 하나는 바로 태산의 봉선 의식이었다.

고구려 정벌에 실패하자 무후는 이치에게 태산 봉선 의식을 끄집어냈다. 이왕에 고구려 정벌은 실패했으니 봉선 의식이라도 해서 황제의 위상을 드높이자고 했다. 무후의 설득에 넘어간 임금 이치는 바로 봉선 의식을 행하고 싶어졌다. 봉선을 행하려면 전쟁이 없어야 했다. 만백성이 고향 땅에서 임금을 칭송해야 했다. 그러자니 백제 웅진성에 나가 있는 군사들이 마음에 걸렸다. 그들이 2년이 지나도록 고향 땅을 밟지 못하고 있음을 잘 알고 있었다. 유인원과 유인궤에게 철수해도 좋다는 조서를 내린 이유가 바로 그 때문이었다. 철수해도 좋다는 말은 당연히 철수하라는 말이었다.

7월에 백제로 철수 조서를 보내고, 이치는 10월에 봉선을 시행하라는 조서를 내렸다.

"천하에 아무 일도 없어 태평하니 태산에서 봉선을 거행하려 한다. 내후년 갑자년[46] 정월에 태산에서 의식을 거행하라."

---

46) 664년

태산의 봉선 의식은 고구려 원정과 같은 전쟁보다 비용이 더 많이 드는 일이었고 준비도 더 복잡했다. 이 봉선 의식을 통해 이치는 천하를 호령하는 명실상부한 황제가 되고 싶었다.

하지만 이치와 무후에게 방해꾼이 둘이나 있었다. 첫째 방해꾼은 바로 유인궤였다. 유인궤는 상소를 올려 자신들은 백제 웅진성에서 철수하지 않겠노라고 했다. 자신들이 철수하면 백제의 잔불이 다시 살아나, 소정방의 백제 정벌이 아무 소용이 없게 되며 또한 한편으로는 고구려 정벌의 교두보마저 사라지기 때문에, 나라에 충성하는 장수로서는 도저히 물러설 수 없다고 했다. 유인궤의 상소는 구구절절 옳았다. 눈치 없이 철수하지 않는다고 나무랄 수는 없었다. 게다가 유인궤는 백제 잔당을 섬멸하기 위해서는 증원군이 필요하다 했다.

둘째 방해꾼은 신라 사신 김인문이었다. 김인문은 당나라 조정에 왜적의 동향을 말하면서 왜국에서 틀림없이 대군을 보낸다고 했다. 그 시기는 내년 봄 이후라고 했다. 대군의 수는 정확히 알 수 없으나 최소 5만은 된다고 했다.

이 무렵 당나라 조정에서 간신배 이의부가 쫓겨났다. 당나라 조정이 일신(日新)하여, 정직한 간언을 하는 분위기가 조성되었다. 이적을 비롯한 당나라 군부의 소신 있는 장수들은 임금 이치에게 봉선 의식 연기를 주장했다. 왜적이 백제를 구하기 위해 신라로 쳐들어오니, 신라에 군사를 증파하여 왜적을 격파하자는 상소였다.

무후는 과단성 있게 봉선 의식 철회를 수용하기로 하고 남편 이치에게 봉선 의식을 연기하자 했다. 임금은 그 말을 따랐다. 이치는 신라에 병사를 더 보내 왜적에 대비하라 했다. 다만 많은 병사가 아니라 손인사(孫仁師)에게 7천의 강남 병사를 주었다. 이들은 육전이 아니라 수전에 익숙한 강남 지역의 병사들이었다. 수전으로 승부를 보면 육지에는 유인원의 병사 9천과 신라군이 있으니 충분히 왜적을 물리칠 수 있다는 계산이었다. 손인사는 바로 준비에 돌입해 배를 수리하고 군사들을 훈련하여 출정의 날을 기다렸다. 당나라 조정은 백제 사람들의 도움을 받을 수 있다는 계산에서 의자왕의 아들 부여융을 백제 원정군에 포함했다. 부여융은 당나라 군사와 함께 귀국하게 되어 심사가 복잡했다. 부여융에게는 꿈에도 그리던 고국이었다. 하지만 진압군이 되어 백제를 이어가고자 하는 동생, 부여풍을 정벌하러 떠나는 처지였다.

주류성의 백제 풍왕은 갑갑하기 이를 데 없었다. 복신이 자신에게 충성한다고는 했지만, 자신의 명을 무시하고 도침을 죽여버렸다. 더군다나 복신은 웅진성을 고립시키려 하다가 신라군과 당나라군에게 역공을 당해 백강 동북(東北)을 다 잃어버렸다. 자신이 왜국에서 돌아온 지 1년 동안 벌어진 일이었다. 복신이 도침을 죽인 후에는 풍왕도 무시하는 듯한 언사를 함부로 내뱉었다. 복신은 마치 자기가 왕인 듯 매사 독단적으로 움직였다. 풍왕은 타개책을 찾아야 했다.

겨울이 다가오자, 풍왕은 주류성이 답답해서 견디기 힘들었다. 주류성이 임시로 머무는 성이라고는 하나 사람들이 거주할 집채도 마땅치 않았다. 그나마 30년 전 무왕 할아버지 때 지은 절집이 사람이 편안하게 거주할 수 있는 거의 유일한 공간이었다. 대웅전은 회의 등을 하는 정전(正殿)으로 사용했기에, 풍왕과 부인은 비교적 동떨어진 협소한 산신각을 거처로 사용했다. 명색이 왕이 그러했으니 다른 장수나 군사들의 거처는 더 형편없었다. 대부분 임시 막사를 사용했다. 일생을 궁궐과 같은 집에서 호의호식하며 편안히 살아온 풍왕은 주류성이 불편하기 짝이 없었다. 풍왕은 복신과 왜국에서부터 따라온 왜장 전래진(田來津) 등에게 말했다.

"주류성은 외따로 산속에 위치해 농토와 멀리 떨어져 있고, 땅이 척박하여 농사를 짓거나 누에를 치기에 적합하지 않소. 이곳은 오직 적을 막아 싸우는 데만 적합하오. 오랫동안 머무르면 백성들과 군사들이 기근에 시달릴 게 분명하니, 저 아래 피성(避城)[47]으로 천도해야겠소. 피성은 서북쪽으로는 물자를 나를 수 있는 물길이 흐르고, 동남쪽으로는 깊은 수렁과 큰 제방이 있어 적을 방어하기도 좋지요. 저수지 물길을 따라 농토에 물을 댈 수 있지요. 곡식과 과실이 풍성하여 삼한 중 가장 비옥한 땅입니다. 입고 먹는 게 풍족하니 어찌 하늘이 내린 땅이라 하지 않겠소? 비록 지세가 낮다고는 하나, 옮기지 않을 수 있겠소?"

복신은 침묵하였고, 전래진이 홀로 말했다.

"피성은 적군과 하룻밤 거리밖에 되지 않습니다. 너무 가깝습니다. 만일 뜻밖의 변고가 생길까 두렵습니다. 굶주림이야 며칠은 견디지만, 적군의 침입은 순식간에 일어납니다. 신라가 함부로 우리에게 쳐들어오지 못하는 이유는 주류성이 산이 높고 계곡이 좁아 지키기는 쉽고 적이 공격하기 어렵기 때문입니다. 만약 낮은 땅으로 옮긴다면, 어떻게 안정을 유지하며 버틸 수 있겠습니까?"

전래진의 말이 사리에 맞았지만, 풍왕은 그의 간언을 듣지 않고, 12

---

47) 전북 김제(金堤)라는 설이 있다. 정확히는 알 수 없다.

월에 피성으로 도읍을 옮겼다. 풍왕은 신하들에게는 말하지 않았지만, 주류성과 마찬가지로 피성도 바다와 가까워 만일의 사태에는 왜국으로 탈출할 수 있음도 염두에 두었다.

신라의 간자들은 풍왕이 피성으로 도읍지를 옮겼다는 소식을 재빨리 본국으로 전했다. 신라 왕 김법민은 흠순을 불렀다.

"삼촌, 풍왕이 산중에서 지루했나 봅니다. 왜적은 언제쯤 온답니까?"

"아마도 북서풍이 그치는 4월 이후가 될 것 같습니다. 왜국에서 많은 배가 한꺼번에 오자면 바람을 잘 타야 하는데, 3월까지는 북서풍이 붑니다. 왜국에서 신라로 오려면 남동풍이 가장 좋습니다. 4월, 5월 이후에나 본격적으로 분다고 봐야지요. 준비해서 4월 이후에 올 겁니다."

"그렇다면 우리가 선수를 칩시다. 지금 백제 부흥군이 장악하고 있는 성 중에 과거 가야 땅에 가까운 곳부터 우리가 점령하면 어떨까요?"

"폐하, 그거 좋은 방법입니다. 그러면 적은 피성과 주류성, 가림성, 임존성 일대만 남는 겁니다."

"좋습니다. 바로 군사를 끌고 가십시오."

계해년[48] 2월 신라 왕 법민은 흠순과 천존을 보내 백제의 남쪽 성들을 공격하게 했다. 흠순이 대장군이 되어 대당군을 데리고 천존장군과 함께 거열성(居列城)[49]을 쳤다. 반항하는 백제 병사 7백여 명의 머리를 베고서야 거열성을 점령할 수 있었다. 이어서 거물성(居勿城)[50]과 사평

---

48) 663년
49) 현재의 경상남도 거창으로 추정한다.
50) 현재의 전라북도 임실군 청웅면 혹은 전라북도 장수군 번암면 일대로 추정한다.

성(沙平城)[51]을 공격하니 백제군은 항복하였다. 여세를 몰아 흠순은 덕안성을 공격하였다. 덕안성(德安城)[52]은 백제 남쪽의 거점 성이었다. 덕안성을 점령하면 주류성과 피성 남쪽에는 백제의 큰 성이 없다.

신라의 대당군은 3년째 주요 전투를 전담하면서 신라 최고의 정예군으로 성장했다. 전투에서 승리하기 위해서는 장수의 지휘 통솔력이 매우 중요했다. 장수만큼 중요한 게 군대의 조직과 병참, 병사 개개인의 능력이다. 그런 점에서 대당군은 신라 최고의 전투부대였다. 대당군 속에는 노당(弩幢), 운제당(雲梯幢), 충당(衝幢), 석투당(石投幢) 등 여러 특수부대가 있어, 쇠뇌를 쏘고, 적의 성벽에 사다리차를 걸치고 성문을 깨고, 돌을 날리는 등 여러 작전을 구사할 수 있었다. 대당군은 덕안성을 맹렬히 공격했다.

덕안성의 백제군은 완강히 저항했지만 1천 70여 명이 죽고서야 무너지고 말았다.

덕안성이 함락되었다는 소식에 피성의 풍왕은 깜짝 놀랐다. 덕안성에서 피성까지는 전투부대가 이삼일이면 도달할 수 있는 거리였다. 복신 등이 나서서 황급히 주류성으로 피하자고 주장했다. 하는 수 없이 풍왕은 주류성으로 복귀할 수밖에 없었다. 12월에 옮겼으니 불과 석 달도 되지 않은 사이에 주류성으로 돌아오니, 천도를 주장했던 풍왕의 위신이 말이 아니었다.

피성에서 주류성으로 백제의 군사가 이동하자 흠순은 추격을 멈추고, 서라벌로 서둘러 철수했다. 흠순에게 4월 초에 당나라 사신이 서라벌에 도착하니, 서라벌로 복귀하라는 왕명이 내려졌기 때문이었다.

흠순이 서라벌로 돌아가자, 당나라 사신도 서라벌에 막 도착하였다.

---

51) 현재의 전라북도 임실군 신평면으로 추정한다.
52) 현재의 충청남도 논산시 가야곡면으로 추정한다.

당나라 사신은 신라를 계림대도독부(鷄林大都督府)로, 왕 법민을 계림주대도독(鷄林州大都督)으로 삼는다는 칙서를 내렸다.

이 칙서에 유신이 불만을 터뜨렸다.

"아니, 이럴 수가 있나. 우리 임금을 계림주대도독이라 하느냐 말이다. 신라 왕이라야 해야지."

김유신의 불만은 당나라 사신에게 전해졌다. 당나라 사신은 당나라와 신라는 일반적인 군신관계가 아니라 신라의 독립성을 보장하는 형식적인 군신관계라 하며 신라의 눈치를 보았다. 더군다나 당나라 임금이 신라를 대도독부로 정했기에 당나라는 외적으로부터 신라를 끝까지 보호한다고 애써 설명했다. 아무리 그렇게 말해도 유신은 납득하기 어려웠다. 태종 무열왕에게는 살아생전에 신라 왕에 봉했다. 그런데 그 아들에게 대도독이 뭐냐, 신라 왕이라 해야지, 하는 김유신의 항의는 충분히 설득력이 있었다.

김유신이 계림대도독부 확정에 대한 불만을 노골적으로 표시했을 때, 신라 왕 법민의 고민은 더 깊어졌다. 신라가 계림대도독부라는 말은 신라가 당나라의 영토라는 표현이었다. 백제를 평정하고 난 후의 도독부의 의미는 전과는 완전히 달랐다. 실질적으로 당나라의 한 지방이며, 신라 왕은 당나라 한 지방의 관리라는 말이었다. 신라의 모든 국력을 짜내 백제를 정벌한 대가가 기껏 당나라의 한 지방이라면, 이는 처참하기 이를 데 없다. 당나라 태종은 아버지 김춘추에게 평양 이남의 땅은 신라에 준다고 약속했다. 그때 당나라에서 돌아온 아버지가 그 사실을 자기에게 누누이 말했다. 평양 이남의 땅은 신라 땅이다! 아버지는 태종의 그 말에 얼마나 기뻐했던가. 그러나 이게 뭐냐. 신라 왕이 아니라 계림 대도독이라고? 법민은 당장 사신을 처단하고 당나라 군사를 인질로 삼아 당나라와 담판을 하고 싶었다. 그러나 그럴 수 없었다. 아직은 아니었다. 고구려가 그대로 건재하고 있다. 백제 잔당도 남아있다. 왜적은? 신라가 단독으로 이 모든 적을 물리치고 당나라를 감당할 수 있을까?

왜적이 쳐들어온다. 여러 정보를 종합하면 확실하다. 그렇다면 그 왜적을 방비할 당나라 증원군이 절실했다. 사신은 바로 그 점을 강조했다. 신라를 당나라가 보호한다고 큰소리를 쳤다.

신라 왕 법민은 일단 명분보다는 실리를 취하기로 했다. 당나라 수군이 절실했다. 현실적으로 당나라 수군의 도움없이 신라 수군 단독으로 왜국의 수군을 막아내기는 어려웠다. 그때까지 파악한 정보로도 왜의 수군은 배 1천 척 이상의 규모라 했다. 배의 크기가 작다 해도 신라 수군 단독으로 왜적을 막아내기는 어림도 없었다. 신라 수군은 1백여 척이 고작이었다. 법민은 수군 증설의 필요성을 절감했다.

사신은, 손인사장군의 수군은 이미 준비를 끝마치고 곧 내주를 출발하여 덕물도로 온다고 했다. 당나라 사신 일행과 김흠순의 신라군은 군기를 맞추는 실무 작업을 진행하기로 했다. 3년 전에 두 나라 군대는 합동 작전을 해보았기에 이번 작전은 손발 맞추기가 한결 쉬울 게 분명했다. 왜적 방어가 더 급했기에 신라 왕 법민은 계림대도독부에 대한 불만을 잠시 접어두고 언젠가는 파기해야 할 숙제로 두기로 했다.

그즈음 복신은 신라군에 의해 남쪽의 4성이 함락되어 백제군의 형세가 줄어들자, 화가 많이 났다. 신라군에 대비하여야 할 동안에 풍왕은 천도를 하느니, 피성에 거처를 짓느니 해서 군사력을 낭비했기 때문이었다. 복신은 생각하면 할수록 참기 어려웠다. 나당군의 기습으로 의자왕이 잡혀간 이후 어떻게 노력해서 이룬 부흥인데 쓸데없는 일로 국력을 낭비한다고 생각하니, 복장이 뒤집혔다. 왕을 잇고 백제를 계승하고자 왜국에 요청해 풍왕을 모셔왔건만, 풍왕은 자신의 기대에 못 미쳤다. 차라리 없느니만도 못했다. 풍왕은 편함을 찾고 고생을 외면했다. 어려운 일이 있으면 피하고, 기쁜 일이면 나타나 자신의 위세를 드러냈다. 풍왕에 대해 젊은 장수 흑치상지와 달솔 덕집득이 먼저 불만을 터뜨렸다. 그들은 복신에게 풍왕의 처사를 비난했다. 흑치상지는 많은 병사가 따르는 신망이 많은 장수였기에 복신도 흑치상지의 의견을 늘 귀담아 듣고 있었다. 상지는 복신에게 말했다.

"대좌평 어른, 왕이라 하나 따르고자 하는 병사들이 많지 않습니다."
"그래도 어떡하오. 왕이니 따르지 않을 수가 없소."
"군사들은 왕이 위급한 상황일 때 도망가기 위해서 피성으로 옮겼다고 수군댑니다."
"도망가기 위해서라니. 그게 무슨 말이오?"
"피성과 바다가 가까우니 성이 함락되면 왜국으로 도망친다는 말이지요."
"에이, 무슨. 주류성에서도 바다가 가깝소. 그런 말도 안 되는 말에 현혹되지 마시오."

흑치상지에게 말은 그렇게 했지만, 복신은 그의 말을 듣고 생각을 다시 했다. 차라리 자신이 왕이 되면 더 효율적으로 전쟁을 수행할 수 있다. 자신도 무왕의 조카다. 왕족이다. 이렇게 된 마당에 왕을 승계하지 못할 이유가 없다. 만약 그게 여의치 않으면 풍왕이 아니라도 풍왕을 대신할 의자왕의 아들은 아직 여럿 있다. 많은 기대를 했건만 풍왕이 왜국에서 오고 나서 오히려 전황이 불리해졌다. 왜국 병사 5천은 풍왕을 호위만 할 뿐 전투에는 전혀 도움을 주지 않았다. 풍왕 이전에 4만에 달했던 군사들은 백강 동쪽과 남부의 4성을 잃어버림으로 인해 2만 정도로 줄어들었다.

결단해야 하는 시점이었다. 더 늦어지면 끝이다. 의자왕이 잡혀가고 자신이 근근이 백제의 명맥을 지켜왔다. 풍왕으로 나라를 되살리려 했다. 하지만 풍왕은 있으나 마나다. 그렇다고 풍왕을 제거하고자 군사를 몰고 가면 왜군 5천과 한바탕 죽고 사는 전투를 해야 한다. 그러면 결국 모두 망한다. 적 앞에서 아군끼리 다투면 그야말로 어부지리를 주게 됨은 자명한 이치다. 다른 방법을 찾아야 했다. 그런 생각을 하는 중에 풍왕이 복신을 찾았다. 풍왕은 복신에게 말했다.

"상좌평, 이제 왜국에서 대군이 올 날이 머지않았소. 대군이 온다면 저깟 당나라 군사나 신라군이 무어 두렵겠소? 나는 일단 대군을 주류성과 그 부근에 둘까 하오. 군사를 맞을 준비를 하시오."

복신은 깜짝 놀랐다. 풍왕이 지금도 이러할진대, 왜국의 대군이 오면 더욱 곤란해질 건 자명한 사실이었다. 도무지 왕의 자격이 없었다. 복신이 풍왕에게 말했다.

"폐하, 대군이 하륙하여 주류성과 주류성 부근에 머물면 아니 되옵니다. 군사들은 바로 백강을 거슬러 올라 사비성을 되찾고 웅진성으로 가서 원수를 갚아야지요. 하륙하여 주류성으로 오면 군량 수송 등 여러 문제가 많습니다."

"상좌평, 내 말이 어찌 왕의 말 같지가 않소? 내가 상좌평의 공을 늘 생각하고 있소이다. 이번에는 내 말대로 하시오."

복신은 기가 막혔다. 하지만 어쩔 수 없이 그러겠다고 물러났다. 끝이 오고 있었다. 풍왕과는 한 하늘을 함께 보지는 못하리라. 왜군이 와서 풍왕의 거처를 물으면 솔직하게 대답해주면 된다. 대신 풍왕의 동생 부여용(扶餘勇)을 세우면 된다. 왜군으로서도 이미 엎질러진 물이라면 딱히 반대하지는 못하리라.

주류성에는 기도하기 딱 좋은 굴이 하나 있었다. 복신은 병을 핑계로 굴로 들어갔다. 기도하면서 병을 치료한다고 소문을 냈다. 여러 장수와 관리가 문병을 왔다. 복신은 당연히 풍왕도 문병을 오리라 계산했다. 굴 안은 좁아 여러 명이 들어올 수 없으니, 풍왕을 호위하는 장수도 두세 명밖에 굴에 들어올 수 없다. 그때 그들을 제압하고 풍왕을 사로잡아야 한다.

복신이 몸이 아파 굴에 들어가 병을 치료한다는 소문이 들렸다. 풍왕은 그 말을 듣자마자 바로 눈치를 챘다. 풍왕은 어릴 적 왜국에 간 이래로, 왜국 왕실에서 벌어지는 암투와 기습적인 살해 등을 익히 보고 들어왔다. 의심이 많지 않고서는 그 오랜 세월을 왜국에서 보낼 수도 없었다. 풍왕은 병문안 가는 척하면서 전래진에게 호위병을 데리고 가 복신을 사로잡으라 했다. 전래진은 다짜고짜 굴로 들어가 복신의 호위병을 제압하고 복신을 체포하여 풍왕에게 끌고 왔다.

풍왕이 복신과 한바탕 소동을 벌이는 동안 주류성에 왜국 사신 견상군(犬上君)이 왔다. 계해년[53] 5월 1일의 일이었다. 견상군은 풍왕이 왜국에 있을 때부터 막역하게 지내던 사이였다. 견상군은 주류성으로 오기 전에 먼저 고구려에 들러 연개소문과 만났다고 했다. 견상군은 풍왕에게 말했다.

"중대형 폐하께서 6월, 7월 중순까지는 장마도 있고 태풍이 있으니, 큰바람이 불고 나면 바로 출정하겠다고 하셨소. 백제도 만반의 준비를 하도록 하오."

"알았소. 고구려는 군사를 보낸다고 합니까?"

"확답하지는 않았습니다만 알았다고는 하였습니다. 하지만 연개소문이 병중이라 쉽지는 않습니다."

"그래요? 그 강건한 사람이 병중이라니요?"

"그렇게 보입니다. 뭐 고구려가 오지 않는다고 해도 우리 왜국의 군사만으로도 당나라와 신라를 쳐부술 수 있습니다. 그건 그렇고 어째 대좌평인가요? 복신이 보이지 않습니다."

"복신이 안하무인으로 일을 처리하고 심지어는 반역을 도모했소. 며칠 전에 전래진장군이 체포하였소. 어떻게 처리할지 생각 중이오."

"허허, 안타깝습니다."

"그래, 어떻게 하면 좋겠소? 그대의 생각은 어떻소? 백제 사람들이 그를 따르고 있어서."

"허허, 망설임을 알겠습니다. 하나 반역을 도모했다면 무엇을 망설입니까? 곧 대군이 왜국에서 건너옵니다. 족히 3만은 될 터인데, 그 군사

---

53) 663년

가 신라를 휩쓸어버릴 겁니다. 복신의 부하들도 대세를 따르지 않을 수 없습니다. 마음대로 처단하세요. 복신의 부하들이야 한 줌 세력에 불과합니다. 그건 그렇고 대군을 보내기 전에 바닷길을 확보하기 위해 곧 선봉장을 남해로 보낼 겁니다."

6월, 왜국은 선봉장을 보내 낙수 하류 부근의 두 성을 습격하였다. 기습이었기에 손쓸 틈도 없이 함락되었다. 신라 수군은 서해 쪽에 주력이 있어 남해는 속수무책으로 당할 수밖에 없었다. 그것을 신호로 많은 수의 왜선이 나타나 남해안을 온통 장악했다. 왜국으로부터 신라 서해안에 이르는 해상 교통로를 안전하게 확보하려는 조치였다.

신라 임금 법민은 대단히 놀랐다. 설마 설마가 현실이 되었다. 왜적의 침략은 확실해졌다. 왜국의 대군이 쳐들어온다. 지난 3년 동안 준비했다고 했다. 법민은 전군 동원령을 내렸다. 다시 한번 결판을 내야 했다. 어차피 신라의 수군으로는 왜국 수군에 대항하기 힘들었다. 신라로서는 왜군이 어차피 주류성 일대로 갈 게 분명하니, 남해안에서부터 싸울 이유가 없었다. 사나운 짐승을 사냥할 때처럼 한 지역에 몰아서 포획하면 된다. 그 전에 철저한 준비가 필요했다.

주류성의 풍왕은 왜국의 전초부대가 남해안을 장악했다는 소식을 듣고서야 복신을 취조하기 시작했다.

"네 이놈, 너는 굴로 유인하여 나를 죽이려고 했다, 이는 명백한 반역이다. 그렇지 않느냐?"

복신이 말했다.

"그렇지 않소이다. 오해요. 나는 병이 들어 굴에서 백제를 위해 기도하고 있었을 뿐이요."

복신이 자복하지 않자, 송곳으로 손바닥을 뚫는 고문을 가했다. 복신은 완강하게 결백을 주장했다. 풍왕은 주위의 신하들에게 말했다.

"복신이 거짓을 말하고 있다. 호위병들이 모두 자복했다. 복신을 어떻게 해야 하는지 말들 해보아라."

달솔 덕집득(德執得)이 말했다.

"폐하, 복신의 죄가 명확합니다. 이 자를 참수하소서."

그때 복신이 눈을 부릅뜨고 말했다.

"집득이, 이 개놈아, 나에게 아부하더니 이제 나를 죽이라고? 이 썩은 개야, 미친놈아, 천벌을 받으리라."

풍왕은 더 기다리지 않고 바로 복신을 참수했다. 의자왕이 잡혀간 이후 백제의 명맥을 용케 붙잡고 있던 복신은 눈을 부릅뜬 채 목이 잘려나갔다. 풍왕은 처참한 광경에 두 눈을 질끈 감고 말았다. 풍왕은 곧 도착할 왜국의 군사에 자신과 백제의 명운을 걸기로 했다.

8

계해년[54] 7월. 당나라의 손인사 장군이 당나라 증원군 7천을 싣고 웅진성으로 출발했다. 부여융도 함께였다. 당나라 수군은 백강으로 거슬러 오르다가 강폭이 좁은 지점 강기슭에서 백제군의 공격을 받았다. 마침 물때가 썰물로 바뀌어 배가 멈추어 있을 때였다. 손인사는 배가 움직이지 못하자 바짝 긴장하여 적의 기습을 대비하고 있었다. 활로 엄호하는 가운데 작고 빠른 배를 강가에 접안시켜 백제군을 압박했다. 백제군은 더는 싸우지 않고 물러갔다.

웅진에 도착하자 유인원과 유인궤는 손인사의 병사가 7천임을 알고 깜짝 놀랐다. 적어도 3만 이상은 올 줄 알았다. 유인원이 손인사에게 물었다.

"손 장군, 이게 무슨 일이오? 왜 이렇게 병사가 적소?"

"그렇게 되었습니다."

"그렇게 되다니요? 자세히 말해보시오."

---

54) 663년

"말도 마십시오. 각 변방이 난리입니다. 철륵이 또 반란을 일으켰습니다. 3월에야 정인태장군이 완전히 평정했습니다. 5월에는 남만(南蠻) 왕 오군해(吳君解)가 반란을 일으켰지요. 유백영장군과 풍사귀(馮士貴) 장군이 유주(柳州)[55]로 반란을 진압하러 갔습니다.

"유백영과 풍사귀는 3년 전에 여기 백제에도 왔던 장군이오."

"그렇습니다. 그들은 백제에도 왔고, 이듬해 고구려도 갔지요. 게다가 6월에는 토번과 토욕혼이 싸워 난리가 났습니다. 두 나라가 다 우리 조정에 원군을 보내달라고 하였습니다. 정인태장군이 철륵에서 돌아와 토번으로 가고, 소정방장군은 토욕혼 방면으로 갔습니다."

유인궤가 말했다.

"어쩔 수 없습니다. 신라에는 소장이 적당히 둘러대겠습니다. 손장군도 자신있게 말하길 바랍니다."

7월이 되자 신라 임금 법민은 전군을 삼년산성으로 모이라 명했다. 왕은 김유신, 김인문, 김흠순, 천존, 죽지 등의 신라군 수뇌부와 호위 병사를 데리고 웅진성에 도착했다. 웅진성 바로 아래 백강에는 당나라 병사들이 타고 온 전함 170여 척이 질서정연하게 정박 중이었다. 신라에는 처음 온 손인사장군이 먼저 신라 왕에게 예를 올렸다. 법민이 격식을 차리고 화답하다가 물었다.

"그래 이번에 손장군이 데리고 온 군사는 얼마나 되오?"

---

55) 현재의 중국 광시 자치구. 베트남과 붙어있는 중국 최남단이다.

"7천입니다. 병선은 170척이나 됩니다."

신라군 수뇌부에서 웅성거림이 있었다. 3년 전 소정방은 13만 군사를 이끌고 왔다. 웅진성에는 9천의 당나라 군사가 있다. 신라군은 3만이다. 신라군도 3년 전과 비교하면 줄었지만 7천 군사는 너무 적다. 백제군은 2만 정도이며 왜군은 얼마나 올지 모른다. 만약 5만이라면 백제와 왜의 연합군은 7만이다. 나당연합군은 채 5만이 되지 않는다. 신라 장수들의 웅성거림이 무슨 뜻인지 눈치를 챈 손인사가 말을 이었다.

"7천이라 하나 강남에서 데려온 수군들입니다. 왜적과 같은 오합지졸은 아무리 많아도 적수가 되지 못합니다. 병선도 해골선(海鶻船)을 비롯하여 왜적의 병선과는 비교할 수 없으니 크게 염려하시지 않아도 됩니다."

김흠순이 물었다.

"해골선이 무엇이오?"

손인사가 대답했다.

"해골선이란 배의 용골을 튼튼한 통나무를 사용하여 적선을 들이박는 배입니다. 용골 끝에는 적선을 격파하는 박간(拍竿)을 장치해 놓았지요. 이를 당파(撞破)라 합니다. 적선을 쳐서 깨뜨린다는 뜻이지요."

김유신이 흥미롭게 듣다가 말했다.

"그럼 배가 커야 하겠습니다."

손인사가 대답했다.

"그렇습니다. 노 젓는 병사를 아래층, 위층 해서 수십 명 배치합니다. 배도 크고 속도도 빠릅니다. 적선은 충돌할 때의 충격으로 대부분 부서져서 산산조각이 나지요. 소장이 듣기에 왜적선은 크기가 작고 삼나무로 만들었다고 합니다. 삼나무로 만든 배는 나무가 물러서 해골선이 충격하면 바로 깨집니다."

김유신이 다시 물었다.

"손장군이 물 위에서 많이 싸워 보았소?"

손인사가 대답했다.

"소장은 수전은 경험해보지 못했으나 부하들이 모두 경험이 많습니다……"

그때였다. 유인궤가 손인사의 말을 끊고 말했다.

"신라 대도독과 여러 장군의 염려를 알겠습니다. 이번에 당나라에서 온 병사가 너무 적어 기대치에 미치지 못하지요, 그러나 염려 안 하셔도 됩니다. 손장군은 육전에서 용맹한 장수입니다. 이번 왜적과의 해전은 소장이 나서겠습니다. 소장이 소싯적에 수전에 경험이 있고, 병선 운용도 공부한 바 있습니다. 불화살도 준비가 되어있고, 해골선도 수십 척 있으니, 적군이 하륙하지 못하게 하겠습니다."

유인궤의 말을 듣고서야 신라 왕 법민을 비롯한 신라 수뇌부 장수들은 조금 안심했다. 법민은 이번 싸움에서 백제와의 기나긴 싸움을 완전히 끝낼 작정을 하고 왔다. 더 오래 끌었다가는 신라나 백제나 백성들의 삶이 피폐해진다. 3년 내내 전쟁이었으니, 백성과 군사의 피로함도 한계에 도달했다. 계림대도독의 치욕을 감수하고 나선 전쟁이다. 이 지점에서 끝을 내야 한다. 신라 왕이 말했다.

"당나라에서 온 병사들도 3년이나 고향 땅에 돌아가지 못하고 있소. 우리 신라가 군량을 대고 입을 옷을 마련하여 병사들을 위로하지만, 어디 고향만 하겠소. 우리 신라군도 이번 겨울에 소정방장군에게 군량을 가져가느라 힘을 많이 썼소. 소장군이 무사히 돌아갔으니, 이런 기쁨이 또 어디에 있겠소. 하지만 이 싸움에 왜적까지 끼어들었소. 그들은 백제가 망하면 다음 차례가 자신들이라고 생각하고 있소. 선왕께서 이런 일이 일어날까 염려하시어, 그들을 달래고 여러 편의를 봐주었건만, 후의를 원수로 갚는달까, 우리 신라의 선의를 무시하고 전쟁 준비를 하더니 기어코 달려듭니다. 지난 6월에는 남해의 성 두 개를 점령하여 남해안을 장악하고 이제 백제 쪽으로 밀고 올 거요. 여러 장수는 잘 협조하여 왜적을 완전히 섬멸하여 그들이 다시는 이 땅에 발을 붙이지 못하게 해주시오."

유인원이 말했다.

"대도독의 말씀을 각별히 유념하겠습니다. 당나라 황제 폐하의 뜻도 별반 다르지 않습니다. 여러 장수는 어떻게 싸워야 할지 말해보시오."

김유신이 말했다.

"병법을 따지기 전에 모름지기 싸움에 이기려면 상대의 움직임을 잘 알아야 합니다. 지금 적군의 상황에 따라 적절하게 대응해야 하니, 대당 장군은 적군의 움직임부터 말해보시오."

김흠순이 대답했다.

"지난 6월 풍왕이 복신을 처단한 이후 백제 병사들의 사기가 많이 저하되어있습니다. 백제군사들은 임존성, 가림성, 주류성에 주력이 배치되어 있습니다. 풍왕을 호위하는 왜적 5천은 주류성에 있습니다."

유인궤가 물었다.

"그럼 주류성에는 1만 정도겠군요. 왜군은 언제 어디로 얼마나 올 것 같소?"

김흠순이 대답했다.

"왜군의 진격로로는 첫째, 남해안에 하륙하여 육로를 이용하여 백제군
과 합류한다. 둘째, 백강구를 거쳐 가림성을 지나 사비성이나 웅진으로
바로 쳐들어온다. 셋째, 백강구에 하륙하여 주류성의 풍왕과 합류한다.
대개 이 세 가지로 짐작할 수 있습니다. 배는 1천 척 정도로 추정됩니
다. 왜선은 30명에서 50명이 타는 배입니다. 작은 배지요. 그러니 병사
는 3만에서 5만입니다."

유인궤가 물었다.

"대당장군은 셋 중 어디로 온다고 보시오?"

흠순이 답했다.

"남해안으로 하륙할 가능성은 거의 없고, 일단 백강구로 와서 웅진
방향으로 적극적으로 공세를 취할지, 주류성에 하륙할지는 알 수 없습
니다."

유인원이 말했다.

"백강 안으로 깊숙이 들어온다면, 진구까지 와서 가림성의 군사와 합
류하겠지요. 그렇지 않고 백강구에 하륙하면 주류성의 군사와 합세하
겠지요. 그렇다면 가림성에는 적이 기껏 7천 정도이니 먼저 가림성을

취하고 주류성으로 나아갑시다."

유인궤가 말했다.

"가림성은 내가 알기로 성벽이 높고 튼튼하며 공략하기가 어렵습니다. 병법에 말하기를 강한 곳은 피하고 약한 곳을 공략하라 했습니다. 가림성은 백강 중간에 있어 요충지이기는 하나 쉽게 함락시키기 어렵습니다. 그리고 신라와 당나라 군사가 가림성에 발이 묶이는 게 가장 두렵습니다. 그러다가 주류성 쪽으로 왜적이 쉽게 하륙하면 양쪽에서 공격받게 됩니다. 가림성을 내버려 두고 주류성으로 가야 합니다."

유인원이 말했다.

"그도 그렇지만 가림성의 백제 병사가 뒤통수를 칠까 두렵소."

김유신이 말했다.

"늙은이가 무엇을 알겠소만 한마디 하겠소. 지금 두려워할 적은 백제군이 아니라 왜적이오. 병사도 3만은 족히 된다지 않소. 그들은 풍왕을 도우러 왔으니, 주류성으로 하륙할 거요. 지형도 잘 모르는 곳에서 백강을 거슬러 대병이 올라오기는 쉽지 않소. 유인궤장군의 의견대로 주류성을 먼저 공격해야 합니다. 주류성의 군사와 바다 건너서 오는 왜적이 합류하지 못하게 해야 합니다. 만약 가림성을 공격하다 때를 놓치면 큰 낭패요. 왜적은 하륙하기 전에 수전으로 무찔러야 하오. 하륙할 장소를 선점(先占)해서 바다와 땅에서 동시에 공격하여 왜적이 이 땅에 발도 못 붙이게 해야 하오."

김유신이 유인궤의 의견에 찬동하는 말을 하자 그것으로 회의는 마무리되었다. 당나라와 신라 연합군의 대도독은 신라 왕 김법민이었다. 법민이 말했다.

"나는 여러 장군과 함께 육로로 주류성으로 가겠소. 왜적이 하륙하기 전에 주류성으로 가야 하니, 군량은 유인궤장군이 병선으로 가져오시오. 여러 장수는 이번이 마지막이라는 각오로 싸움에 임해주시오."

법민은 신라군이 주축인 육군을 이끌고 바로 주류성으로 떠났다. 유인궤도 병선 170여 척에 군사와 군량을 싣고 백강구[56]로 떠났다. 백강은 사비성을 지나면서 진구(津口)에서부터 수량도 많아지고 강폭도 넓어진다. 더 하류로 내려가면 바다에 접하면서 남으로 꺾어져 넓은 바다로 들어간다. 이 바다의 입구에 기벌포(伎伐浦)[57]가 있다. 기벌포를 지나면, 활처럼 큰 곡선을 그리며 육지로 움푹 들어가는 바다가 나타난다. 백강을 비롯한 몇 개의 강이 이 바다로 흘러들었다. 그 강 중에는 백강이 으뜸가기에 이곳을 백강구라 불렀다. 백강구는 큰 물굽이라 외해(外海)보다 바람이나 파도가 비교적 덜했다. 백강구 서쪽에는 천하 절경인 섬들이 멀리 큰 바다로 점점이 이어져 있었다. 신선이 노는 섬이 저기가 아닐까 할 정도의 경치 좋은 섬이었다.

---

56) 정확히는 알 수 없다. 금강 하류 바다라는 설과 동진강과 만경강 하류 바다라는 설 등이 분분하다. 이 책에서는 백강구를 넓게 보아, 현재의 새만금 간척지 일대 전체로 가정했다.
57) 현재의 금강 하구언 아래, 충남 서천과 전북 군산의 어느 곳으로 추정.

유인궤는 대장선에 타고 항해하다가 백강구 풍경을 보았다. 천하에 이런 절경도 있나 할 정도로 시심(詩心)이 절로 우러나는 경치였다. 유인궤는 시를 한 편 지으려다가 자신이 전투를 코앞에 두고 있는 장수임을 자각하고, 침을 꿀꺽 삼키며 각오를 다졌다.

신라의 대군이 주류성을 향해 시시각각 쳐들어오고, 당나라 병선 170여 척도 웅진을 떠났다는 소식은 주류성의 풍왕에게 전해졌다. 풍왕은 마음이 급해졌다. 하지만 전투 경험이 많은 복신을 처단해버렸기에 어떻게 대처해야 할지 몰라 당황했다. 흑치상지라는 젊은 장수가 있었지만, 그는 복신의 심복이었기에 믿기 어려웠다. 결국 왜장 전래진과 상의했다.

"전장군, 어떻게 하면 좋겠소."
"폐하, 지금 신라군이 육로로 주류성으로 오고 있다고 합니다. 군치자(君稚子)장군 등의 병력이 다 하륙하면, 우리에게 승산이 있습니다. 다만 대군이 하륙할 장소를 우리가 먼저 확보하여야 합니다. 무사히 대군이 주류성 방향으로 들어온다면 협공도 가능합니다. 군사를 둘로 나누어 기병은 백강구 언덕으로 가고, 보병은 주류성을 방비하게 하여야 합니다. 주류성은 비록 목책이라 하나, 입구만 지키면 수천으로 수만 병사를 막아낼 수 있습니다."

풍왕은 전래진의 말대로 기병과 보병을 편성했다. 신라군이 곧 들이닥친다는 보고가 왔으므로 그는 서둘러 기병을 이끌고 주류성을 빠져나갔다. 주류성은 흑치상지를 비롯한 백제군이 지키게 했다. 8월 13일

아침의 일이었다.

풍왕의 병사가 백강구 언덕으로 떠난 바로 그날 오후 늦게, 신라군 선발대가 주류성 입구에 도착했다. 법민이 이끄는 신라군 주력은 주류성 입구에 진을 쳤다. 넓은 벌판이라 2만이 넘는 군사가 진을 치기에 전혀 좁지 않았다. 법민은 풍왕이 5천의 왜군과 함께 백강구 언덕으로 이동했다는 보고를 받았다. 법민은 군사를 둘로 나누어 자신은 김유신과 더불어 주류성 입구를 틀어막았다. 김흠순과 손인사, 유인원 등의 신라, 당나라 군사들은 합동으로 풍왕의 군사를 추격하라 일렀다.

8월 17일 아침 법민은 신라 대당군에게 주류성을 공격하게 했다. 주류성의 방어력을 알아보고 백제군을 교란하기 위한 공격이었다. 공격이 한창 진행되고 있을 때 유인궤의 당나라 전선 170척이 백강구 언덕에 도착했다. 함대가 하륙하기 좋은 곳은 전래진의 왜군이 먼저 확보하여 목책을 세워 놓고 있었다. 김흠순은 전래진의 왜군 진지를 우회하여 북으로 올라간 강기슭에 당나라 선단을 정박하게 하였다. 우선 군량을 하선하여 주류성 앞에 진을 치고 있는 본대에 전달하는 게 급선무였다.

첫날의 신라군 주류성 공격은 시늉으로 끝이 났다. 유인궤의 함선이 군량을 하역하는 동안 백제군의 시선을 잡아놓기 위한 공격이었기에 죽기 살기로 공격할 이유가 없었다. 주류성에서는 5천 이상의 군사가 질서정연하고 침착하게 신라군의 공격에 대응했다. 김유신이 휘하 장수들에게 주류성을 지키는 장수가 누구인지 물어보았다. 천존장군이 대답했다.

"대장군, 흑치상지라 합니다."
"흑치상지?"

"그렇습니다. 흑치상지는 복신의 휘하에 있었습니다. 소정방장군이 진구에 하륙할 때 항복했다가 탈출하여 임존성으로 간 장수입니다. 용맹하고 지략이 뛰어나 만만하게 볼 상대가 아닙니다."

김유신이 말했다.

"그렇게 보인다. 신라군이 화살을 퍼부어도 전혀 동요가 없이, 목책 뒤에서 때를 기다리고 있다. 만만한 상대가 아니다."

백강구 언덕의 신라군이 2, 3일 동안 군량을 내리고 진지를 구축하는 등 전투준비를 끝내는 동안 유인궤 역시 바람의 방향과 조수간만의 높이와 시간, 물의 흐름과 속도를 살펴보았다. 유인궤는 왜국은 원래 섬나라고 바다가 많아 왜국 수군은 바다에 익숙하리라고 추측했다. 당나라 수군이 백제 서해 연안의 바다에 적응하기란 매우 어려웠다. 하루에 두 번씩 바뀌는 조수의 변화는 규칙적이라 해도 섬과 연안의 지형에 따라 물의 흐름은 불규칙했다. 밀물과 썰물이 한창 빠르게 진행될 때는 아무리 열심히 노를 저어도 배가 물의 흐름을 이길 수 없었다.

해전은 배와 군사와 바다의 성질을 알고 조화시키는 자가 승리한다. 바람의 방향도 중요했다. 유인궤는 백제 어부를 불러서 이것저것 알아보며 시간을 보냈다. 당나라의 배 중에는 몽충(蒙衝)이라 이름하는 배가 있었다. 다른 배보다 높고 커서 장수가 바다 전장(戰場)을 내려다보며 지휘하는 대장선이었다. 유인궤는 몽충에 올라 북과 기를 사용하여 신호를 보내면서 실전과 같은 진법 훈련을 거듭했다.

27일 아침, 드디어 왜선 수백 척이 백강구로 들어왔다. 왜선은 배는 작아도 속도가 빨랐다. 순식간에 왜선들은 백강구 서쪽 바다에 수백 척이 정렬하고는 만 안쪽으로 돌격할 태세를 갖추었다. 지휘선의 북과 나발 소리를 신호로 왜선들은 당나라 군선으로 돌진했다. 왜선들은 당나라 군선들이 포진해 있는 중앙을 돌파하여 유인궤가 탄 대장선인 몽충을 목표로 하여 다가왔다. 백강구 언덕에는 남북으로 길게 양쪽의 육군이 포진하여 눈앞의 바다 싸움을, 함성을 지르며 관전하고 있는 중이었다.

왜선 수십 척이 당나라 군선 중앙 대장선을 목표로 빠르게 다가갔다. 유인궤는 몽충에서 바다를 내려다보며 한참을 인내하다가 왜선이 일정한 거리에 들어오자 짧게 외쳤다.

"당파."

유인궤의 말을 부관이 크게 복창했다. 부관의 당파 소리를 듣고 기수병(旗手兵) 셋이 붉은 기를 크게 흔들었다. 붉은 기는 해골선의 돌진을 의미했다. 중앙에 포진한 수십 척의 해골선이 빠르게 일자진을 형성하며 돌격하는 왜선으로 나아갔다. 양쪽의 간격이 좁아지니 왜선에서 밧줄이 달린 갈고리를 던졌다. 왜군은 당나라 군선에 갈고리를 던져 배를 붙인 다음, 당나라 군선에 올라타 단병접전으로 적을 쓰러뜨리는 전법을 구사하려 했다. 작고 빠른 배이니 상대 함선에 붙이기만 하면 승산이 있었다. 하지만 배를 붙이기도 전에 해골선 앞에 튀어나와 있는 박간이 여지없이 왜선을 들이박았다. 왜선은 들이박힌 충격으로 바로 우지끈 소리를 내며 부서졌다. 왜선에 탄 왜병들은 충돌의 충격으로 배에서 튕겨 나가 바다로 떨어졌다. 그들 대부분은 익사했다. 간혹 갈고리를 걸어도 갈고리에 달린 밧줄을 당나라 병사들이 재빨리 도끼로 잘라버렸다. 왜선은 의도대로 당나라 군선에 붙이지 못했다. 혹 붙였다 해도 배의 높이가 달라 뱃전으로 오르기 어려웠다. 당나라 전선은 왜선들의 단병접전에 대비하여 충분히 훈련한 듯이 보였다. 잠시의 전투로 1백여 척 이상의 왜선이 깨어지고 수천의 왜병들이 죽거나 바다에 빠졌다.

왜군 지휘부는 뜻하지 않은 희생이 늘어나자 바로 퇴각 북을 치게 했다. 불규칙하게 북소리가 두둥거리고 검은 기가 올라갔다. 돌격했던 왜선들은 배를 돌려 큰 바다로 도망치기 시작했다. 배를 돌리다가 해골선에 들이박힌 배들은 침몰하고 나머지 배들은 외해로 빠져 도망쳤다. 27일 첫날 해전은 당나라 수군의 일방적인 승리였다.

다음 날 날이 밝았다. 왜장 군치자는 어제 돌진하다가 패해서 분통이 터졌다. 하지만 아침부터 들물이 시작되니 외해에 자리잡은 왜선이 돌격에 유리했다. 왜장은 소리쳤다.

"오늘은 우리가 이긴다. 일자로 배를 펼쳐 돌진하라."

왜선들이 일제히 당나라 함선으로 돌진했다. 당나라 함선 역시 일자로 펼쳐 왜선을 맞이했다. 왜선이 빠르게 당나라 함선으로 다가왔으나 두 나라의 배가 충돌하면서 오히려 왜선의 피해가 더 커졌다. 서너 대의 왜선이 한 척의 당나라 배에 달려드는 형국이었지만 갈고리를 걸어 당나라 배에 올라서는 왜군은 거의 없었다. 그 사이 왜선의 병사들은 당나라 군사들이 쏜 화살로 인해 인명 손실이 컸다. 왜선은 당나라 수군의 당파 공격으로 피해가 점점 커졌다. 왜선은 해일이 밀려들 듯 세 차례나 용감하게 돌격했으나 당나라 함대에 큰 충격을 주지 못했다. 물돌이 시간이 되어 물의 흐름이 사라졌다. 전투도 잠시 소강상태에 접어들었다. 이윽고 날물이 흐르면서 강한 북풍이 불기 시작했다. 당나라 함대가 적극적으로 왜의 함대를 공격하기 시작했다.

이때를 맞추어 언덕 위에서 해전을 관망하던 김흠순의 신라군은 전래진이 지휘하는 육지의 왜군을 향해 일제히 돌격했다. 바다와 육지에서 신라와 당나라와 왜군이 뒤엉켜 수전과 육전의 싸움이 동시에 벌어졌다. 수전에서 왜군이 불리해지면 하륙하여 군사들이 달아날 게 뻔했기에 신라군은 육지의 교두보를 장악하여 왜군의 하륙을 막을 심산이었다.

유인궤는 북풍이 불자 일제히 불화살을 날리게 했다. 당나라 배들은 유인궤의 지시에 따라 한 몸처럼 움직였다. 왜선은 수가 많아도 배마다 따로 움직여 당나라 함선의 공격에 속수무책으로 당했다. 기름을 먹인 불화살은 왜선 여기저기 박혀 왜선을 불타게 했다. 날물이 세게 흐르면서 왜선은 당나라 배 쪽으로 노를 젓기조차 힘들어졌다. 이것이 치명타였다. 날물에 왜선들이 한쪽으로 몰리면서 여러 왜선에서 화염이 솟기 시작했다. 몇 척이 불타자, 그 열기가 이웃한 배로 옮겨가 함께 타면서 바다 위로 불기둥이 올라갔다. 미처 빠져나가지 못한 왜선에도 불이 붙어 불타오르기 시작했다. 수백 척이 불에 타니 연기와 화염이 바다와 하늘에 그득했다. 바다는 화염으로 인해 붉게 물들었다.

육지에서도 왜군은 거의 전멸했다. 왜장 전래진은 풍왕을 호위하여 왜국으로부터 온 이래, 처음으로 적다운 적을 만났다. 그는 용감히 칼을

빼 들고 다가오는 신라군과 맞섰다,

"내가 백제 땅에서 죽는구나. 칼로 싸우다 죽으니 원통하지 않다."

그는 화살을 맞아 고슴도치처럼 되어도 버티다가 마침내 신라군의 창에 찔려 목숨이 끊어졌다. 신라군의 대승이었다. 항복하지 않은 왜군은 모두 참살되었다.

풍왕이 급해졌다. 신라군에 포위되어 육지로는 갈 곳이 없어졌다. 풍왕은 해변으로 도망가 만일을 대비하여 정박해놓은 작은 쾌선(快船)에 올랐다. 그는 서너 명의 호위병들과 함께 외해에 있는 왜군 대장선으로 향했다. 당나라 배들이 낌새를 알아차리고 쾌선을 추격했다. 풍왕의 배는 아슬아슬하게 당나라 배를 따돌리고 왜의 대장선에 합류했다.

왜장 군치자는 대장선에서 전투 상황을 지켜보았다. 대장선은 후미에 있어 겨우 화공을 면했다. 백제와 왜 연합군의 전투 상황은 절망적이었다. 수전과 육전 모두 참담한 패배였다.

풍왕은 당나라 배의 추격을 뿌리치고 겨우 대장선에 올라탔지만, 차라리 바다에 뛰어들어 자진(自盡)할지 생각했다. 그만큼 두려웠다. 풍왕은 대장선에 오르고 보니 자기가 아끼던 칼도 쾌선에 두고 내렸음을 알았다. 그만큼 정신이 없었다. 그렇다고 그 칼을 찾으러 갈 수도 없었다, 아버지 의자왕이 어릴 때 자신을 왜국으로 보내면서 잘 간직하라고 준 보검이었다. 사람이 죽고 사는데 칼이 문제가 아니었다.

그날 바다에서는 왜선 4백여 척이 깨지거나 불탔다. 1만 이상의 왜병이 바다에 빠져 죽거나 불에 타서 죽었다.

왜장 군치자는 남은 배를 수습하여 급히 외해로 도망쳤다. 달아날 때는 왜선이 유리했다. 남은 5백여 척이 백강구에서 벗어나 멀찌감치 달아나 섬 가까운 곳에 정박하여 주류성의 추이를 관망하기로 했다. 군치자의 배에는 겨우 탈출한 풍왕이 타고 있었다.

백강구 싸움이 바다와 언덕 모두에서 당나라와 신라 연합군의 승리로 끝나자 신라 왕 법민은 주류성 공격을 지시했다. 이미 주류성의 백제군과 왜군은 싸울 의욕조차 없었다. 신라군의 거침없는 공세에 주류성의 병사들은 바로 항복하고 말았다. 9월 1일의 일이었다. 신라 왕 법민이 왜인들에게 말했다.

"오직 우리나라와 너희 왜국은 바다를 사이에 두고 경계를 나누어, 일찍이 서로 다투거나 틈이 없었으며, 오직 우호를 맺고 화친을 도모하며 사신을 보내 교류해왔다. 어찌하여 오늘 백제를 도와 신라와 싸우려 하는가? 이제 너희 군사들은 내 손아귀에 있으나, 내 자비를 베풀어 죽이지는 않겠다. 너희는 돌아가 너희 왕에게 내 말을 전하라."

항복한 왜인들과 일부 탈출에 성공한 여자진(餘自進) 같은 백제인들은 산을 넘어 해안으로 가서 왜군 함대의 배를 탔다.

왜장 군치자는 낙담한 풍왕에게 왜국으로 돌아가 후일을 도모하자고 했다. 풍왕은 한마디로 거절했다. 풍왕은 자신을 후원해준 왜인들을 만날 수 없었다. 그의 자존심이 허락하지 않았다. 풍왕은 한 가닥 희미한 희망을 품고 고구려로 향하기로 했다. 고구려로 가서 원병을 청해 신라로 진격하겠다는 희망이었다. 왜국은 더는 백제에 원군을 보내지 못할 게 분명했다. 백강구에 온 병사와 배가 왜국이 지원할 수 있는 최대치임을 풍왕은 잘 알고 있었다. 군치자가 마련해준 배를 타고 풍왕은 고구려로 향했다,

풍왕을 제외한 백제인 3천여 명이 배를 타고 왜국으로 떠났다. 여자진은 의자왕이 잡혀간 이후 복신과 함께 끈질기게 신라에 대항하다 마침내 힘이 다하여 왜국으로 향했다.

신라군에 의해 후미를 차단당해 탈출하지 못한 풍왕의 숙부 충승과 충지, 흑치상지 등은 차마 죽지 못하고 항복했다. 법민은 항복한 백제인들은 적당한 역할을 맡기거나 신라군에 편입시켰다.

당나라 수군은 풍왕의 보검을 쾌선에서 발견했다. 그의 시신을 찾지 못했기에, 그의 보검은 당나라 군대의 매우 중요한 전리품이 되었다. 유인궤는 풍왕의 보검을 보면서 몽충에서 관측한 결과 왜선 한 척이 북으로 달아났기에, 혹 풍왕이 고구려로 탈출했을지도 모른다고 추측했다.

백제 풍왕이 생사불명이고, 주류성이 항복했다는 소식은 백제의 군사들이 여전히 포진하고 있는 가림성과 임존성에도 알려졌다. 신라 왕 법민은 군사를 돌려 가림성으로 진군했다. 가림성의 백제군은 신라군의 군세를 보고 바로 성문을 열고 항복했다. 남는 성은 임존성뿐이었다. 임존성은 백제 장군 지수신(遲受信)이 지키고 있었다.

신라군은 10월 중순에 임존성에 도착하여 공격을 준비했다. 이미 겨울에 접어들어 추위가 시작되었다. 신라 왕 법민과 대장군 김유신이 독려하여 성을 공격하였으나 임존성은 난공불락이었다. 지세가 험하고 군량마저 풍부해 백제군은 흔들릴 기미가 보이지 않았다.

10월 21일 총공세를 펼쳤으나 오히려 신라군의 피해만 늘어났다. 신라군은 물러나지 않고 계속 공세를 취했지만, 큰 소득이 없었다. 11월 초가 되자 큰 추위가 밀려왔다. 신라 군사들은 7월 여름에 주둔지를 출발했으므로 넉 달이나 행군과 전투를 지속했다. 지쳤을 뿐만 아니라 입성도 겨울을 대비하지 못했으므로 허술할 수밖에 없었다.

군사들은 추위에 떨었다. 군사의 사기가 바닥에 있으면 어떤 싸움도 이길 수가 없다. 유신은 왕에게 철수를 청했다. 법민은 딱 하나 남은 성을 완전히 점령하지 못해 못내 아쉬웠다. 전쟁은 마음대로 되지 않는다는 법을 새삼 깨달아야 했다. 왕은 장수들에게 말했다.

"비록 임존성을 함락하지 못했으나 주류성을 비롯한 다른 성은 다 항복하였소. 이번 원정은 성공이라 아니할 수 없소. 임존성은 섬처럼 고립되어있으니 얼마나 버티겠소? 병사들이 많이 지쳤으니 서라벌로 돌아가기로 하겠소."

신라군이 임존성 공략을 포기하고 회군을 결정했다. 유인궤는 신라왕 법민에게 당나라 군사들이 임존성 함락의 임무를 계속하겠다고 자청했다. 임금은 유인궤를 격려했다. 군량은 물론 서라벌에서 급하게 보내온 겨울옷을 당나라 군사들에게 나누어주었다. 당나라 군사들은 따듯한 겨울옷을 받고 감읍했다.

신라 왕은 11월 4일 군사를 돌려 11월 20일 서라벌에 도착했다. 7월 17일에 서라벌에서 출발했으니, 넉 달 하고도 3일의 원정길이었다. 임존성은 함락하지 못했지만, 왜군의 상륙을 저지하고 백제군도 거의 모두 섬멸했다. 백제의 고토를 거의 신라 수중에 넣은 전쟁이었다.

법민은 이번 원정으로 말미암아 실질적으로는 백제 반란군의 저항은 끝이 났음을 확신했다. 경신년 사비를 함락하고 의자왕을 사로잡으면서 시작한 전쟁을 비로소 마무리했다고 생각했다. 아버지 무열왕이 시작한 전쟁을 자신이 마무리했다. 3년이 걸렸다. 이것으로 하나의 매듭을 지었다⋯⋯

법민은 고개를 들어 멀리 북쪽 하늘을 보았다.

신라군이 떠난 뒤 유인궤는 고심했다. 당나라군도 물러서서 가만히 웅진성에 주둔하고 있으면, 몸이야 편하다. 군사들의 희생도 없다. 다만 신라가 웅진도독부의 영역을 계속 파고들 게 분명했다. 신라 왕 법민은 대단히 영악했다. 당나라에 직접적인 불만을 토로하지는 않지만, 야금야금 그들의 실속을 차리고 있다. 항복한 백제 관리나 장수를 신라의 관리로 임명하여 백제의 옛 땅에 신라의 지배력을 점점 넓혀나가고 있다. 말이야 백제 옛 땅이 웅진도독부 관할이지만, 실제 웅진도독부의 행정력이 미치는 땅은 얼마 되지 않는다. 나머지 땅은 실질적으로 신라가 지배하고 있다. 이렇게 되어서는 백제를 원정한 효과가 없어진다. 어떻게 해서든 백제의 옛 땅을 당나라가 직접 다스려야 한다. 그게 선왕 태종의 뜻이다. 유인궤는 그런 생각을 하면서 신라군이 함락하지 못한 임존성을 당나라가 함락하여, 당나라 군대의 실력을 보여주기로 작정했다.

유인궤는 임존성 공격에 앞서 항복한 백제장수 흑치상지를 불러 말했다. 흑치상지는 함께 항복한 백제 병사 천여 명의 우두머리였다.

"흑치장군, 그대는 이곳 임존성을 잘 알지 않는가? 그대가 분투하여 공을 세워 보겠는가?"

흑치상지는 거침없이 말했다.

"저를 믿고 맡겨주시면 기꺼이 공을 세우겠습니다."

유인궤의 옆에 있던 손인사가 말렸다.

"야심이 있는 자는 믿기 어렵습니다. 만약 흑치에게 무기와 군량을 준다면 도적에게 날개를 달아주는 일입니다."

손인사의 말에 유인궤가 작은 목소리로 대답했다.

"내가 흑치를 보니 그에게는 충성심과 지략이 있소. 흑치에게 기회를 주면 반드시 공을 세울 거요. 더군다나 병법에 이이제이(以夷制夷)라 하였소. 오랑캐로 오랑캐를 제압하라 하였소이다. 설사 그가 배반한다 해도 우리의 손실은 크지 않소."

유인궤의 신임을 받은 흑치상지는 군사를 이끌고 야간에 임존성을 기습했다. 흑치상지는 임존성에 있었던지라 성의 지형지물을 잘 알고 있었다. 샛길로 들어가 약점을 노리니, 성의 방어선을 돌아 바로 들러갈 수 있었다. 임존성을 지키던 군사들이 갑작스러운 적의 출현에 당황했다. 예전에 동료였던 군사들이 갑자기 내성으로 들어오자 급기야 항전 의지가 사라져버리고 말았다. 임존성은 혼란 속에서 순식간에 함락되었다. 성을 끝까지 지키고 있던 장수 지수신은 워낙 급했다. 처자를 내버려 두고 군사 몇몇과 함께 고구려로 달아나버리고 말았다.

마침내 끝이 났다. 3년 반이나 걸렸던 신라와 당나라, 백제와 왜국의 전쟁이 끝이 났다.

주류성과 임존성이 함락되면서 한꺼번에 3천이 넘는 백제 사람들이 새로운 삶을 찾아 왜국으로 건너갔다. 왜국의 천지(天智)왕은 백제로 보낸 함대가 군사를 반이나 잃고 돌아오자, 당나라와 신라 연합군의 왜국 침략이 가장 두려웠다. 그가 백제에 군사를 보낸 가장 큰 이유도 백제가 버텨야 왜국이 안전하다는 계산 때문이었다. 백제는 왜국을 막는 바람막이이자 파도를 막아주는 방파제였다. 당나라는 왜국 사람들에게 공포 그 자체였다.

천지왕은 왜국으로 건너온 백제 사람을 쌍수를 들어 환영했다. 그들이 절실하게 필요했다. 백제 사람들은 대부분 특정한 일에 전문가들이었다. 평민들은 쇠와 나무와 흙과 돌을 잘 다루었고 농사를 잘 지었다. 귀족이나 관리 중에는 글을 아는 식자층도 많았다. 그들은 당나라와 신라의 침입에 대비하여 왜국 곳곳에 튼튼한 산성을 쌓기 시작했다.

유인원과 손인사는 11월 군대를 정돈하여 당나라로 돌아갔다.

부여융도 함께 돌아갔다. 부여융은 다시 한번 당나라의 군사 전술에 놀라지 않을 수 없었다. 혹시라도 하던 부여융의 마음속 희망인 백제의 부흥은 사라졌다. 자신이야 어떻게 되어도 좋았다. 부여풍의 군사들이 당나라와 신라 군사에게 승리하기를 간절히 바랐다. 하지만 그의 꿈은 백강구에서 풍비박산 깨져버렸다. 부여융은 바다를 쳐다보며 다시는 꿈꾸지 않고 식물처럼 살겠다고 맹세했다. 그의 얼굴을 그의 눈물이 적셨다. 서해에 부는 바람이 그의 눈물을 말렸다.

유인궤는 웅진에 주둔하면서 백제 땅을 당나라 영토에 편입시켜 직접 다스리려고 했다. 그렇게 해야 훗날 당나라가 고구려를 정벌할 때 가까운 후방에서 군수와 병력 지원이 편리할 터였다. 아울러 더 나아가 백제가 사라진 자리에 웅진도독부를 설치한 것처럼, 고구려와 신라 땅에도 도독부나 도호부를 두어 당나라가 직접 통치해야 한다고 생각했다. 삼한의 땅은 철륵이나 토번과 달리 매우 기름지고 기후도 온화했기에 사람들이 농사짓고 살기 좋았다. 백성도 착하고 유순했다. 이 좋은 땅과 착한 백성이 당나라가 아니 되면 곤란했다. 유인궤는 당나라로 돌아가지 않고 자청하여 웅진에 남았다. 삼한 땅에 확실한 당나라 지배 체제를 확립해놓기 위해서였다.

소정방은 장수였기에 전쟁의 승패에 몰두했다. 유인궤는 근본이 문신이며 정치가였다. 그는 삼한 땅의 영구적 지배를 원했다. 그는 고구려 정벌과 삼한 땅의 지배가 당 태종의 유업이라 믿고, 그 일을 충실하게 수행하고자 늙은 몸을 부지런히 움직였다. 그는 그 일이 자신에게 주어진 길이라 생각했다. 그는 유인원과 손인사를 당나라로 보내놓고 깊은 생각에 잠겼다. 3, 4년 동안 그에게 심한 부침(浮沈)이 있었다. 모두 간신배 이의부 때문이었다.

이의부가 부당하게 자신을 좌천시켰다. 당시, 이의부는 감찰어사를 보내 자결을 강요했다. 자신만 죽어준다면 처자식은 장안에 그대로 살게 해주겠다고 약속했다. 하지만 그는 법대로 처벌받겠다고 했다. 자결은 원수인 이의부의 승리를 확인시켜주는 일이기에 절대 그럴 수 없다고 했다. 그러자 이의부는 그를 백제로 보낼 때, 유인원에게 비밀 편지를 보냈다. 어떻게 해서든지 유인궤를 죽이라고 종용했다. 하지만 유인원은 대장부였다. 그는 이의부의 편지를 무시했다. 오히려 인궤가 공을 세울 수 있게 도와주었다. 유인궤도 많은 공을 세우고 유인원의 공으로 돌렸다. 임금에게 올리는 보고서에 정성을 다해 먹물을 찍었다.

유인원은 당나라로 돌아가서 당나라 임금 이치를 알현했다. 3년간 이나 백제에 주둔해있다가 승전보를 가져왔기에 유인원은 임금으로부터 칭찬을 들었다. 유인원은 인궤가 써준 장문의 보고서를 임금에게 바쳤다. 임금은 보고서를 읽고서 감탄했다. 어찌 일개 무신의 글이 이토록 조리 정연할 수 있는가. 문장마저 현란했다. 임금이 말했다.

"그대는 일개 장수인데, 해동(海東)에서 올린 보고가 모두 문장이 아름답고 이치가 맞으니 어찌 된 일이오?"

유인원은 솔직하게 유인궤가 대신 써주었다고 고했다. 유인궤의 활약상도 말했다. 임금은 자기 휘하의 장수를 제대로 활약하게 한 유인원의 아량을 칭찬했다. 임금은 중서시랑으로 일했던 유인궤를 잘 알고 있었다. 그가 이의부에 의해 좌천되어 백제에 가서 고생하면서도 나라를 위해 충성을 다했음에 감동했다. 수군을 지휘하여 왜의 수군을 격파한 공도 높이 샀다. 임금은 그를 종오품상(從五品上)에서 정사품상(正四品上)으로 여섯 계단이나 품계를 올려주고 대방주자사(帶方州刺史)에 봉했다. 장안(長安)에 있는 그의 처자식에게는 좋은 집을 하사했다.

유인궤는 웅진에서 연락군관 편에 임금의 조치를 들었다. 인궤는 감읍하여 자리를 깔고 임금이 계신 서쪽을 향해 아홉 번 절을 했다. 그의 나이 예순둘, 젊지 않은 나이였으나 나이답지 않게 감격하여 눈물을 철철 흘렸다.

9

갑자년[58] 새해가 밝아왔다. 신라 최고의 장군 김유신은 예순아홉을 맞이하면서 몸이 불편했다. 유신은 병으로 인해 자신이 역할을 못 하니 대각간 벼슬에서 물러나고자 하였다. 임금 법민은 유신의 집으로 직접 찾아갔다.

"무슨 말씀을 그리하십니까? 벼슬에서 물러나다니요? 나의 신하이기 이전에 나의 외삼촌이요, 신라의 기둥입니다."

법민은 푹신한 자리와 오래된 명아주로 만든 지팡이를 유신에게 내렸다.

"폐하, 저는 이렇게 병들어 거동도 불편하니 다른 어진 이를 상대등으로 삼아야지요. 저는 쉴 때가 되었습니다."
"쉬셔야지요. 그냥 집에만 계셔도 됩니다. 일이 있으면 사람을 보내

---

58) 664년

겠습니다. 그건 그렇고 상의드릴 게 있습니다."

"무엇입니까?"

"웅진의 유인궤가 사람을 보내 백제의 부여융과 나를 화해하라고 합니다. 웅진도독과 계림대도독이 모두 당나라 임금의 신하이니 화해하여 사이좋게 살라는 겁니다."

"폐하, 그게 말이 됩니까? 망한 나라의 폐 태자와 화해하라니. 그래 어찌했습니까?"

"부여융에게 내가 사비성을 함락할 때 얼굴에 침을 뱉었습니다. 그자 역시 선명하게 기억하겠지요. 그런 모욕이 어디 있습니까? 같은 자리에 있기도 민망합니다. 그렇다고 무작정 못 한다고 할 수는 없는 노릇이라 일단 인문을 보내기로 했습니다."

"잘했습니다. 인문을 보내 맹약을 맺으면, 임금이 직접 한 약속은 아니니 나중에 뒤집을 수 있습니다."

"그렇게 하려 합니다. 그래도 화가 나는 건 어쩔 수 없습니다."

"폐하, 그래도 참으셔야 합니다. 작년에 왜적은 물리쳤다 하나 고구려는 여전히 건재합니다. 고구려가 있는 한 당나라는 고구려를 계속 공략하려 들 게 뻔합니다. 그러다 보면 우리에게 기회가 옵니다. 군량을 비축하고 군사들을 더 강군으로 만들어야지요. 수도 늘려야 합니다. 아무 일도 안 하다 보면 유인궤는 폐하에게 이것저것 요구할 거니 차라리 고구려를 치러 가시지요."

"그거 좋은 생각입니다. 언젠가는 당나라에 치욕을 갚을 날이 오겠지요. 아직은 대장군 말대로 참겠습니다."

과연 다음 달이 되자 유인원이 부여융을 데리고 당나라에서 웅진으로 다시 왔다. 유인궤는 사람을 보내 맹약을 해야 하니 신라 임금을 오라 했다. 법민은 동생 인문과 천존을 보냈다. 인문은 당나라 말도 잘했을뿐더러 김유신을 제외하면 신라의 2인자여서, 유인궤도 크게 불만을 말하지 못했다. 2월에 웅진성에서 부여융과 김인문 사이에 맹약식이 있었다. 당나라는 백제의 고토를 웅진도독부가 다스리는 땅으로 정해놓고, 그 땅의 임자인 웅진도독과 신라 왕인 계림도독이 서로 화해하여 싸우지 말라고, 신라 왕에게 강요했다. 신라에게 당나라의 강요는 억지나 마찬가지였지만, 신라가 무작정 거절할 수도 없는 상황이었다, 그렇다고는 해도 법민을 비롯한 신라 수뇌부의 속은 부글부글 끓었다.

임금은 7월 장군 인문, 품일, 군관, 문영 등에 명하여 일선주와 한산주 두 주의 병사를 이끌고 웅진성의 당나라 군사와 함께 고구려의 돌사성(突沙城)[59]을 공격하게 하였다. 돌사성은 한수 이북 바닷가에 있던 성으로 부여풍과 지수신 같은 백제의 잔당들이 모여 또 한 번의 재기를 노리고 있었다. 신라로서는 조기에 백제 부흥 세력의 근거지를 없애버려야 할 필요성이 있었다. 신라군이 1만 이상에다 당나라 군대까지 합세하니 돌산성은 금방 함락되고, 부여풍과 지수진은 평양으로 급히 도망가고 말았다.

그 무렵 김흠순이 법민에게 보고하였다.

"폐하, 웅진도독부의 유인궤가 아무래도 이상합니다."
"이상하다니요?"

---

59) 어디인지 정확히 알 수 없다. 당시의 상황으로 보아 한수 이북의 바닷가 성으로 추정할 수 있다.

"왜국으로 사람을 보냈다 합니다."

"뭣이? 왜국으로요?"

"그렇습니다. 지난 4월에 곽무종(郭務悰)과 함께 예군(禰軍)을 왜국에 사신으로 보낸 게 확실합니다."

"곽무종과 예군?"

"곽무종은 당나라 사람이며 유인궤 휘하에 있는 문관이고, 예군은 예식진의 동생입니다."

"예식진이라면? 그때?"

"그렇습니다, 폐하. 그때 의자왕을 항복하게 한 바로 그자이옵니다."

"그런 자들을 왜국으로 보냈다? 왜국은 작년 7월 대패하고 돌아간 뒤에 여기저기 성을 쌓느라고 분주할 텐데, 그자들이 왜국에 가서 무얼 했소?"

"당나라와 왜국이 원수처럼 지낼 게 아니라 화해하자 했다고 합니다."

"뭐라, 당나라가 먼저 화해를 청했다고?"

"그랬다고 합니다."

"그랬더니?"

"왜국에서 화해는 긍정적이나 웅진도독부에서 보낸 사신은 믿을 수 없으니, 본국에서 정식으로 사신을 보내면 확정을 하겠다고 했답니다."

신라 왕 법민은 생각에 잠겼다. 왜국의 적선 4백여 척을 침몰시킨 게 유인궤다. 그래 놓고 1년도 지내지 않아 화해하자고 먼저 사람을 보내? 왜국이 가장 겁내는 게 당나라와 신라가 연합해서 자기들에게 쳐들어 가는 거니까, 당나라가 화해하자면 무조건 좋아할 테지. 그러나 웅진도 독부에서 사람을 보냈으니 믿을 수가 없었을 게 분명했다. 당나라 임금의 사신이라야 믿을 수 있다. 그렇다면 당나라의 큰 그림은 두 가지다. 첫째는 여전히 고구려 공략이다. 왜국이 전번처럼 또 병력을 보내면 고구려 정벌에는 큰 방해꾼이 될 수밖에 없다. 둘째는 신라를 고립시키겠다는 거다. 만약 신라가 당나라와 사이가 벌어질 경우 신라가 연합할 나라는 고구려와 왜국밖에 없다. 고구려와 연합할 수는 없는 노릇이나 왜국은 얼마든지 가능하다. 그 가능성을 당나라가 미리 차단했다고 볼 수 있다. 법민은 당나라 군부의 집요함과 실행력에 놀랐다. 그래도 그렇게 빨리 사신을 보내다니. 그래, 그렇다면 우리도 마찬가지다. 왜국이 백제에 군사를 보낸 건 백제라는 방패막이가 없어질까 두려워 그런 거다. 만약 당나라와 신라가 멀어진다면, 그때는 신라가 왜국에 가서 화해하자면 왜국이 안 할 리가 없다. 왜국에 새로운 방파제가 생기는 셈이니까. 그러면 왜국과 힘을 합칠 수도 있다. 아버지가 못한 일이 바로 그것이다. 신라를 지키는 데 도움이 된다면 누구와도 화해할 수 있다. 그 나라가 비록 왜국이라도. 법민이 깊은 생각에 잠겨있자, 흠순이 한참 동안 기다리다가 조심스럽게 말했다.

"폐하, 무슨 생각을 그렇게 깊이 하십니까?"

"외숙부님, 친구도 적도 따로 없다고 생각했습니다."

"그렇습니다, 폐하. 국익을 위해서는 누구와도 손을 잡을 수 있지요. 당나라는 조만간 다시 고구려를 공격할 준비를 할 겁니다. 다만 그전에 봉선 의식을 치를 겁니다."

"봉선 의식이요?"

"그렇습니다. 지난번에 하려다가 연기했지만, 조만간 하겠지요. 그게 끝나면 어떤 식으로든 고구려를 굴복시키려 하겠지요. 그러자면 왜국이 군사를 보내면 불편하니 이번에 사신을 보낸 게 틀림없습니다."

"봉선 의식이란 게 당나라 황제의 힘으로 세상에 평화가 왔음을 선포하는 게 아니오? 내가 알기로는 옛날에 진시황이 처음 태산에서 봉선 의식을 했다지요? 천하를 통일했다고 선포하고 자신을 황제라고 칭하지 않았소? 한나라 때도 무제라는 임금이 그랬구요."

"그렇습니다. 바로 그것이 봉선입니다."

"그러면 고구려를 정벌하지 않겠다는 말이 아니요?"

"폐하, 그렇지는 않습니다."

"어찌 그렇소?"

"이게 온 세상에 평화가 왔다고, 이제 전쟁을 멈춘다고 올리는 봉선 의식이 아닐 수도 있습니다."

"아닐 수도 있다니?"

"무후가 이상한 방법으로 황후가 되었으니, 봉선 의식을 통해 천하의 여주인은 자기라는 것을 확실히 보여주겠다는 의식이지요. 황제의 봉선이 아니라 황후의 봉선인 셈이지요."

"황후의 봉선이라. 외숙부님, 그거 참 유별납니다."

"그런 사연이 있습니다. 작년 12월에 당나라에서 이상한 일이 일어났습니다, 폐하."

"이야기를 해주세요, 외숙부님."

"당나라 임금 이치가 무후의 전횡이 심하니 폐후를 논의했다 합니다. 무후를 쫓아내자는 거지요. 임금이 심복인 상관의(上官儀)에게 하명했습니다. 상관의가 무후는 독단이 심해 폐후가 마땅하다는 조서를 작성하여 임금에게 올렸지요. 그런데 이때 무후의 측근이 무후에게 폐후 논의를 알려주었답니다. 무후는 부리나케 임금에게 달려갔답니다."

"그래서요?"

"무후가 임금에게 가서 누가 황후를 모함하냐고 다그치자, 임금은 조서를 뒤로 숨기고 쩔쩔맸답니다. 자신의 본심이 아니라 상관의가 주장하여 어쩔 수가 없었다고 무후에게 사죄를 하였구요. 무후는 크게 노하여 상관의가 폐태자인 이충(李忠)과 함께 모반을 꾀했다고 고발하도록 했습니다. 이를 빌미로 상관의를 처형하고 이충은 약을 먹여 죽였지요."

"이충은 또 누구요?"

"이충은 이치의 첫아들인데, 유궁인(劉宮人)에게서 얻었지요. 무후가 아들 이홍(李弘)을 태자로 세우면서 폐위했다가 작년에 아예 죽여버린 겁니다."

"끔찍하군. 그렇다고 자기 자식을 죽이도록 놔두었단 말이요? 황제란 작자가?"

"그랬답니다."

"정말 끔찍하군. 그러니 무후가 자신이 최고의 권력자임을 선포하는 게 바로 봉선 의식이란 말이군."

"그렇습니다. 하지만 봉선 의식이 끝나고도 당나라 군부는 여전히 선왕의 유업을 이루고자 할 겁니다. 유인궤도 그렇고, 소정방이나 이적도 그럴 겁니다."

"아하, 그렇군. 알겠소. 아무리 봉선 의식이 있다고 해도 당나라는 고구려를 포기하지 않는다는 말이군요."

"그렇습니다. 폐하. 고구려와 당나라는 같은 하늘 아래에서 같이 있을 수가 없습니다. 누구 하나가 사라져야 싸움이 멈춥니다."

"그렇군. 그러니 안타깝게도 아직 무기를 녹여 쟁기를 만들 때가 아닙니다. 아직 멀었군요, 삼촌."

신라 왕 김법민은 더욱 내실을 다지기로 했다. 백성들의 무분별한 절 시주를 금할 정도로 국가의 재정을 철저히 통제했다. 죽어 극락에 간다는 중의 달콤한 감언이설에 넘어가 재산과 노비를 몽땅 바치는 귀족들이 늘어나면서 취한 조치였다. 국가가 부자여야지 사찰이 국가보다 부자면 곤란했다. 그렇게 확보된 재정으로 군량을 비축하고 무기를 개발했다. 특히 쇠뇌 개발에 많은 공을 들였다. 노(弩)라고도 하는 쇠뇌는 원래 중국의 무기였다. 백제가 중국 남조 송나라에서 들여와 처음 사용했다. 신라는 백제의 노를 가져다가 진흥왕 때부터 오랜 연구를 통해 개량시켰다. 신라에는 구진천(仇珍川)이라는 기술자가 있어 쇠뇌의 성능이 더욱 좋아졌다. 쇠뇌는 활시위를 당겨 걸어놓고 걸쇠를 놓으면 화살이 날아가는 원리를 이용했다. 팔 힘이 없거나 명중률이 낮은 병사도 쇠뇌는 금방 익숙하게 사용했다. 활보다 쏘는 속도는 느리지만, 활은 대여섯 발을 쏘면 지쳐서 잘 못 쏘는 데 비해 쇠뇌는 수십 발을 계속 쏠 수 있었다. 또한 쇠뇌는 크기도 다양해서 더욱 멀리 날릴 수도, 여러 발을 한꺼번에 날리거나 연속해서 날릴 수도 있었다. 구진천이 만든 쇠뇌 중에서는 천 보나 날아가서 적의 갑옷을 뚫어버린 적도 있었다. 나무 상자처럼 만든 쇠뇌는 성문 위나 성벽에 장치해서 수십 발을 한꺼번에 쏠 수가 있었다. 유인궤와 같은 당나라 장수들도 신라군의 쇠뇌에 관심이 많았지만, 신라군은 제작 방법을 절대 비밀에 부치고 있었다,

해가 바뀌고 을축년[60]이 되자 유인궤와 당나라 사신의 독촉이 심해졌다. 웅진도독과 계림도독의 맹약식을 빨리 진행하라는 요청이었다. 말이 요청이지 명령이나 다름없었다. 그 전해 10월 당나라는 백제의 사

---

60) 665년

직을 잇는다는 명분으로 부여융을 웅진도독으로 임명했다. 그렇게 되니 김법민은 계림도독, 부여융은 웅진도독으로 같은 서열의 당나라 임금의 신하가 되었다. 법민을 비롯한 신라 사람들의 심사가 부글부글 끓었다. 그렇다고 부여융의 심사도 편하지 못했다. 오히려 바늘방석에 앉은 것처럼 좌불안석이었다. 부여융은 당나라로 도로 돌아가고 싶었다. 거듭되는 독촉에 신라 왕도 더는 거절하기 어려워졌다. 결국 맹약을 하지 않을 수가 없었다.

을축년 8월 웅진 취리산에서 유인궤의 주재로 계림주대도독 김법민과 웅진도독 부여융은 나란히 제단에 섰다. 취리산은 웅진성 앞에 있는 그리 높지 않은 산이었다. 웅진성에서 백강을 건너면 바로 나타나는 산이었다. 산 중턱에 제단을 세우고 김법민과 부여융은 백마의 붉은 피로 입술을 적셔 서로 맹세했다.

지난날은 백제와 신라가 수백 년을 원수같이 싸웠다. 맹약 이후부터는 서로 혼인하고 조상의 제사를 받들며 당나라 황제의 말을 잘 듣기로 하였다. 하지만 이 맹약이 제대로 지켜지리라 생각하는 사람은 아무도 없었다. 유인궤도 김법민이 맹약을 지키리라고는 생각하지 않았다. 자신의 임금 이치보다 오히려 당 태종을 닮은 자가 바로 신라 왕 법민이 아닌가. 그러나 그렇기 때문에 더욱더 맹약이 필요하다고 유인궤는 생각했다.

부여융은 신라 왕과 한자리에 있는 것 자체가 불편하기 짝이 없었다. 자신에게 모욕을 준 일은 잊을 수 있다. 하지만 그가 무슨 핑계를 대고 자신을 내칠지 모른다. 내치는 정도가 아니라 아예 목을 달라고 할 수도 있다. 당나라 군사야 떠나면 그뿐이지만, 자신이 남아 웅진도독부란 이름으로 백제를 재건할 수 있을까? 군사도 없이 무슨 수로 웅진도독부를 유지한단 말이냐? 자신이야말로 종이에 그려진 호랑이가 아니냐? 당나라의 군사력이 사라지면 자신도 없다. 군대도 없는 도둑이 무슨 도둑이냐?

신라 왕 법민도 무심한 표정으로 일관했지만, 머릿속은 복잡하게 굴러갔다. 법민은 잠시 눈을 감고 생각에 잠겼다. 깊은 생각을 할 때면 법민은 버릇처럼 눈을 감았다. 맹약 이후 표면적으로는 신라는 백강 이서 지역은 다스리지 않기로 유인궤와 약속했다. 그러나 법민은 재작년 주류성을 공격할 때 웅진성에서 백제의 들판을 가로질러 주류성까지 행군했을 때의 감흥을 잊지 못했다. 법민은 그토록 넓은 들판을 일찍이 신라에서는 보지 못했다. 백제가 고구려에 얻어맞고도 수백 년을 버틸 수 있었던 게 바로 저 넓은 들판에서 나는 곡식 때문이었다. 저 들판이 신라의 영토로 들어온다면, 신라 백성과 군사들의 식량이 되고 군량이 되어준다면 어떻게 될까. 신라는 고구려와도 심지어 당나라와도 한판 붙어볼 수 있지 않을까? 원래 신라의 땅에다, 가야의 땅과 한수 일대의 땅에다, 백제의 땅까지 합친다면, 그 기름진 땅의 곡식과 사람의 힘을 합치면 무엇을 이루지 못하랴.

부여융과 화해의 맹약을 하지만, 이까짓 맹약은 입술에 바른 백마의 피가 마르는 순간부터 허공에 흩어져 날아간다. 아니, 자신이 그렇게 해야 한다. 이미 백강 동쪽의 여러 성은 자신이 임명한 성주가 다스리고 있다. 웅진도독부는 웅진과 사비 부근의 몇몇 성을 관장할 뿐이었다. 시간문제다. 당나라 병사는 고구려 정벌을 위해 주둔하고 있다. 고구려 정벌이 끝나면 저들은 당나라로 돌아가게 되어있다. 그러면 그 다음은?

법민은 눈을 번쩍 떴다. 유인궤가 불안한 표정으로 자신을 쳐다보고 있었다. 법민은 유인궤에게 안심하라는 의미로 가벼운 미소를 지었다.

법민은 황룡사 불상에서 본 미소를 흉내 낸다고 스스로 생각했다. 불상의 미소는 인자하지 않은가?

법민은 서라벌로 돌아온 뒤, 왕자 정명(政明)을 태자로 삼았다. 취리산 맹약을 취리산 모욕으로 생각하는 법민으로서는 태자를 일찍 확정할 필요가 있었다. 법민이 왕위에 오르면서부터는 화백회의를 통해 국가의 대사를 결정하지 않았다. 법민의 말이 곧 법이었다. 39세가 된 신라 왕 법민은 자신의 왕권에 누수가 없도록 하고, 백제 정벌에 관한 자신의 의지를 적어도 신라 내에서는 확고히 보여주어야 했다.

신라 왕 법민이 태자를 확정할 즈음에 당나라에서는 유덕고(劉德高)를 왜국에 사신으로 보냈다. 유덕고는 당나라에서 웅진으로 와서 곽무종을 데리고 왜국으로 떠났다. 유덕고의 수행원만 해도 254인에 이를 정도의 대규모 사절단이었다. 왜국은 유덕고 일행을 극진히 대접했다. 12월이 되어서야 유덕고 일행은 웅진을 거쳐 당나라로 돌아갔다.

그 무렵이었다. 김흠순이 급히 월성에 입궁했다.

"폐하, 아무래도 고구려에 변고가 생긴 게 확실합니다."
"변고라니?"
"연개소문이 죽었습니다."
"그래? 확실하오? 그가 죽어?"
"그렇습니다. 그가 죽고 그의 지위는 세 아들에게 나누어주었습니다."
"나누어주어?"
"그렇습니다. 장남인 남생이 태막리지를 승계한 듯하지만 아래 두 아들에게도 군권을 일부 준 듯합니다."

"그래요? 그들이 사이가 좋은가요?"

"아직은 알 수 없습니다."

"그럼, 정리를 합시다. 유덕고 일행이 왜국을 다녀갔으니, 당나라와 왜국 사이에는 적대감이 사라졌다고 봐야겠지요? 고구려 연개소문이 죽었으니, 고구려가 변하지 않겠소?

"그렇습니다, 폐하. 유인궤가 맹약식을 끝내고 당나라로 돌아갔습니다. 인문왕자님과 부여융, 왜국 사신, 심지어 탐라의 도주(島主)까지 데리고 당나라로 갔습니다. 내년 1월에 태산 봉선에 참가한다고 말이지요. 왜국으로서는 당나라가 쳐들어올까 봐 전전긍긍하여 여러 곳에 성을 쌓고 대비했다고 합니다. 한데 당나라에서 먼저 손을 내미니 덥석 잡았겠지요. 당나라로서는 봉선에 왜국도 참가시키는 게 중요하니, 왜국을 달래는 게 필요했겠지요. 게다가……"

"게다가?"

"고구려에서도 태자 복남(福男)을 보냈다고 합니다."

"태자를 보냈다고?"

"그렇습니다, 폐하."

"연개소문이 죽었다, 그리고 고구려 보장왕은 태자를 당나라에 보냈다. 그러면 고구려가 당나라에 고개를 숙인 거지. 그럼, 구태여 당나라가 고구려를 애써 정벌할 이유가 사라지는 거 아니요?"

"여러 정황을 보면 지금은 그렇습니다. 그러나 봉선 의식이 끝나면 어떻게 바뀔지 모릅니다. 당나라도 그렇고 고구려도 그렇지요."

"그럼 우리는 우리 신라는 어떻게 해야 합니까?"

"폐하, 고구려와 당나라의 평화는 멀리 가지는 못합니다. 이웃한 나라끼리 친하게 지내기는 어렵습니다. 당나라는 고구려에 여러 요구를 할 게 분명하고, 자존심이 강한 고구려가 다 받아줄지 의문입니다. 그 핑계를 대고 당나라가 다시 고구려를 도모할지도 모릅니다. 연개소문이 사라졌으니까요. 그러니."

"그러니 우리는 대비해야 한다 이 말씀이지요?"

"폐하, 그렇습니다. 고구려와 가까운 국경에 군량과 군수품을 옮겨두는 게 상책입니다."

"좋소이다. 그거 좋은 생각이오."

"일선주와 거열주[61]에 쌓아놓았던 군수품을 그쪽 백성들을 동원하여 북쪽 변경 하서주[62]로 옮겨놓겠습니다. 만약 평양에 무슨 일이 생기면 우리 군사가 하서주에서 동해안을 따라 북상하다가 평양으로 바로 들어갈 수 있습니다."

"좋아요. 당장 시행하시오."

신라 왕 법민은 흠순이 물러간 뒤에도 혼자서 깊은 생각에 잠겼다. 한참 후에야 그의 입에서 신음 같은 말이 나지막이 흘러나왔다.

"연개소문이 죽었단 말이지. 연개소문이……"

---

61) 현재의 경남 거창군으로 추정.
62) 현재의 강원도 강릉시로 추정.

10

　연개소문은 아들 셋을 병상으로 불렀다. 남생(男生), 남건(男建), 남산(男産)이었다. 세 형제는 우애가 돈독했다. 큰아들 남생이 서른하나, 둘째 남건이 스물여덟, 셋째 남산이 스물여섯이었다. 남생은 비록 크게 패했다고는 하나 글필하력과의 전투 때 삼군(三軍)대장군을 지냈다.

　연개소문은 병상에서도 고심에 고심을 거듭했다. 목숨이야 하늘이 정해주지만, 자신의 후계는 자신이 정한다. 후계를 잘못 정하면 두고두고 분란이 생긴다. 첫째 남생이 뛰어났다면 남생에게 자신의 모든 권력을 물려주려고 했다. 하지만 남생은 자신의 기대에 미치지 못했다. 글필하력에게 방심하다가 완전히 패배하여 수만의 군사를 잃고 겨우 살아 돌아왔다. 아버지로서는 아들의 생환이 반갑기는 했다. 그러나 고구려 태막리지 연개소문의 아들이라면 살아 돌아오지 말았어야 했다. 전장에서 싸우다가 죽었다면 오히려 나라 사람들이 칭송했을 게 분명했다. 그 칭송이 고구려 사람들의 단합된 힘으로 이어졌어야 했다. 만약 그랬다면 그 기운을 둘째 남건이 이어가면 된다. 남건은 오히려 심지가 굳었다. 그렇다고 쉽게 남건으로 결정할 수 없다.

첫째 남생을 빼고 권력을 나눈다면 더 큰 분란이 일어날 게 뻔했다. 이미 남생과 남건과 남산에게 줄을 대는 인간들이 수없이 많음을 연개소문은 알고 있다. 항상 측근들이 문제다. 측근은 달콤하고 입에 발린 말로 자신의 주인을 현혹한다. 결국은 그 측근이 자신의 주인을 죽이고, 자신도 죽는다. 형제가 가만히 있으려고 해도 그 인간들이 자신들의 이익을 찾아 말을 나게 하고 분란을 조성한다. 그들은 고깃덩어리를 서로 차지하려는 이리떼나 다름없다.

다행히 형제들은 다들 착해 우애가 돈독했다. 막내 남산이 두 형의 갈등을 조종하고 우애를 이어주는 역할을 잘했다.

연개소문은 아무리 고민해도 답을 찾지 못했다. 고구려는 전통적으로 형제간의 우애가 돈독한 나라였다. 과거에는 형제간에 아내도 상속하는 전통이 있었다. 형의 식솔을 책임진다는 의식에서 나온 풍습이었지만, 형제간에 우애가 없으면 가능하지 않을 일이었다. 연개소문은 남생에게 모든 권력을 넘겼을 때 남생의 판단 잘못으로 인해 벌어지는 위험을 생각하지 않을 수 없었다. 그렇다면 차라리 세 형제가 지혜를 모아 집단으로 나라를 다스리면, 위기를 헤쳐나갈 수 있을지도 모른다는 결론을 내렸다. 그는 아들 셋에게 말했다.

"내가 죽으면 너희가 고구려를 지켜야 한다. 너희 형제는 물과 물고기처럼 화합하여 작위를 둘러싸고 다투지 마라. 만일 그런 일이 일어나면 이웃 나라의 웃음거리가 된다. 부디 남생을 중심으로 함께 의논하고 함께 결정하여라. 알겠느냐?"

형제는 아버지의 고난을 잘 알고 있었다. 당나라에 맞서 평생 고구려를 지켰다. 천하의 당 태종도 아버지를 이기지 못했다. 아버지보다 위대한 분은 이 세상에 없다. 아버지의 임종 앞에서 형제는 아버지의 말씀을 목숨보다 중하게 여기겠다고 맹세했다.

고구려의 태막리지 연개소문은 임금을 시해하고 권력을 잡은 뒤, 누구와도 타협하지 않고 당나라의 공세를 막아냈다. 당 태종이라 불린 당나라 이세민과 싸워서, 그 아들 이치의 파상적인 공세에 맞서서도, 한 뼘 고구려 영토도 내어주지 않았다. 연개소문은 아들에게 유언을 남기고 며칠을 넘기지 못하고 세상을 떠났다. 을축년[63] 10월의 일이었다.

연개소문이 병석에 있을 때 당나라에서는 고구려에 비공식적인 사신을 보냈다. 무후의 측근인 허경종이 보낸 사신이었다. 연개소문은 병석에 들면서 예전처럼 고구려 조정을 철통같이 장악하지 못했다. 고구려 궁과 조정에는 연개소문의 수하들이 여전히 보장왕을 감시하였으나, 연개소문의 생명이 경각에 달렸다는 소문은 그들의 감시를 느슨하게 만들었다. 아무리 연개소문이 고구려의 일인자이고 태막리지라고는 하나, 왕은 아니었다. 연개소문이 죽고 나면 왕이 다시 권력을 회복할 수도 있었다. 권력 속에서 이익을 취하던 집단은 권력의 향배에 민감할 수밖에 없다. 연개소문의 수하들이 엉거주춤하여 권력의 향배를 저울질할 때 당나라 사신은 궁에서 보장왕을 알현했다. 사신은 보장왕에게 말했다.

"폐하, 고구려가 언제까지 대국 당나라에 대적하여 싸우겠습니까? 국토는 피폐해지고 백성들은 불안합니다. 당나라 백성들도 고구려와

---

[63] 665년

싸운다고 하면 지긋지긋하다고 하지요. 두 나라의 백성들이 전쟁을 싫어하는데, 무슨 철천지원수라고 고구려와 당나라가 매번 싸워야 합니까? 당나라 폐하께서는 고구려가 입조만 하면 지난날의 원한은 다 잊어버리고 화평한 나날을 보낼 수 있다 하셨습니다. 당나라가 천하의 주인임을 인정만 하시면, 고구려는 실로 많은 보상을 받으실 겁니다."

보장왕은 연개소문에 의해 왕위에 올랐다. 왕다운 왕이라 할 수 없었음을 스스로가 잘 안다. 하지만 그 세월이 20년이 지났다. 본인도 고구려의 왕으로 백성들에게 무엇이라도 주고 싶었다. 백성들을 평화롭게 살게 하는 왕이라면 더 바랄 게 없었다.

"나도 그리고 싶소이다. 진정 당나라가 우리 고구려에 쳐들어오지 않는다고 약속한다면, 입조야 못하겠소? 태자라도 보낼 수 있소."
"폐하, 그럼 모든 게 해결됩니다. 내년 1월에는 태산에서 봉선이 치러집니다. 그 전에 태자를 당나라로 보내시어, 사해의 온 나라가 모두 함께 하늘에 제사를 올리면, 그것으로 당나라와 고구려는 평화롭게 지내는 약속을 하게 되는 겁니다. 당나라가 어찌 대국으로서 먼저 하늘에 올린 맹세를 저버리겠습니까?"
"좋소. 그럼 태자를 보내리다."

봉선은 태종 때 계획했었다. 당 태종은 자신이 진나라의 시황제나 한 나라의 무제와 버금간다고 여겼다. 봉선을 계획했을 때 설연타의 봉기가 있었다. 그 이후 당과 고구려와의 전쟁은 결국 당 태종이 봉선을 포기하게 한 결과로 이어졌다. 세월이 지나 무후가 봉선을 추진했다. 갑자년[64] 1월 봉선은 백강구에서 왜국 군사 수만과의 전쟁 때문에 연기되었다. 그렇다고 마냥 미룰 수는 없는 노릇이었다. 왜적을 물리친 다음에는 고구려가 문제였다. 고구려가 머리를 숙이지 않으면 봉선의 모양새가 날 리가 없었다. 그런 와중에 연개소문이 병석에 들었다는 정보가 당나라에 들어왔다. 무후의 심복 허경종은 때를 놓치지 않고 고구려로 사신을 보냈다.

보장왕은 약속대로 8월에 수백의 수행원을 대동하여 태자 복남을 당나라 장안으로 보냈다. 무후가 뛸 듯이 기뻐했다. 여러 나라의 사절 중에 고구려의 태자 복남이 가장 근사한 대접을 받았다. 무후는 이번에야말로 연기할 수 없었다. 반드시 봉선을 통해 자신이 천하의 여주인임을 온 세상에 알려야 했다. 그러자면 고구려가 입조해야 했고, 마침내 입조했다. 태자가 입조했다.

고구려에서 연개소문이 유명을 달리한 그 무렵, 봉선 준비로 당나라 조정은 쉴새없이 움직였다. 낙양에는 서쪽의 토번과 돌궐과 파사(波斯)[65]까지, 동으로는 백제와 탐라와 왜와 신라까지 수십 개 나라의 왕자나 대신이 수행원을 대동하고 모여들었다. 그들의 수행원은 작게는 수십에서, 많게는 수백이었다. 다 된 밥에 고구려의 태자까지 나타났으니 낙양은 그야말로 잔치 분위기에 정점을 찍었다. 10월에는 임금 이치와 무후를 필두로 거대한 행렬이 동쪽으로 흘러갔다. 호종하는 문무 관원과 의장대의 행렬이 수백 리에 걸쳐 이어졌다. 수천 대의 수레가 이어졌다. 수레를 끄는 말이 1만 필이었고, 수행하는 병사만 무려 3만이었다. 그 밖에도 뒤를 따르는 여러 나라의 사신과 문무 대신과 그들의 수행원

---

64) 664년
65) 당나라 때의 페르시아 제국. 현재의 이란을 말한다.

들이 길을 가득 메웠다. 심지어 수만 마리의 가축들이 그들 뒤를 따라 이동했다.

병인년[66] 정월 초하루 이치와 무후는 태산 남쪽에서 호천상제(昊天上帝)에게 제사를 지냈다. 다음 날에는 태산에 올라갔다. 제사를 지낼 때 황제 이치가 첫 잔인 초헌(初獻)을 올렸다. 이어 무후가 둘째 잔인 아헌(亞獻)을 올렸다. 여자가 아헌을 올린 일은 중국에서도 전무후무한 일이었다. 무후의 아헌으로, 무후의 지위는 더욱 확고하게 되었다.

봉선은 그것으로 끝이 아니었다. 임금은 연호를 바꾸고 사면을 단행했다. 대사면령을 내렸어도 죄를 짓고 유배형을 받은 자는 제외했다. 사람들은 마침 유배형을 받고 유배지에 있는 간신 이의부를 대사면에서 제외하기 위한 조치라고들 수군거렸다. 간신 이의부는 봉선 의식을 앞두고 분명히 있을 대사면에 자신도 포함된다고 잔뜩 기대했다. 실상 자신이 제외된 사실을 알고 몹시 분노했다. 분노는 그를 병들게 했고 죽음까지로 이어 갔다. 이의부가 죽자 조정의 많은 신하가 안도했다. 특히 유인궤가 그러했다.

임금은 태산 봉선을 마치고 하산하여 공자와 노자의 무덤에도 찾아가서 존호를 올리고 제사를 지냈다.

임금 일행이 태산을 떠나 낙양을 거쳐 4월이 되어서야 장안에 돌아왔다. 병인년 10월에서 정묘년[67] 4월까지 벌어진 봉선 의식에서 당나라는 태평성대를 노래하며 흥청망청 먹고 마셨다. 그 여섯 달 동안 쓴 재물이 10년 동안 나라 전체가 거둔 조세와 비슷했다. 봉선 전 당나라의 국고는 가득했으나 봉선이 끝나고 난 뒤 당나라의 국고는 텅텅 비었다. 국고가 비었기에 전쟁을 할 수도 없었다. 당나라와 고구려의 평화는 그

---

66) 666년
67) 667년

렇게 찾아오는 듯했다.

　태산 봉선으로 당나라가 시끌벅적할 때 고구려에서는 연개소문의 장
례 준비가 한창이었다. 연개소문이 고구려에서 왕에 버금가는 권력자
였기에 장례도 성대하게 치러야 했다. 아버지의 관직 태막리지를 이어
받은 남생은 장례 준비도 해야 했지만, 한편으로는 아무래도 태자 복남
이 당나라 태산 봉선 의식에 초대받아 당나라에 가 있는 게 마음에 걸렸
다. 아버지에 의해 보장왕이 왕이 되었다지만, 그래도 왕은 왕이다. 나
이가 들면서 연륜도 붙었다, 언제 자신과 형제들을 내칠지 모른다. 더군
다나 아버지가 병석에 누워 결정하지 못할 때, 보장왕은 태자 복남을 당
나라에 보내는 결정을 내렸다. 만약 아버지가 강건했다면 태산 봉선에
태자를 보내라고 허락했을까? 하지만 남생도 당나라와의 전쟁은 피하
고 싶었다. 글필하력에게 당한 원수를 갚아야 한다는 생각도 있었다. 반
대로 패배의 두려움도 있었다. 당나라와의 전쟁은 피하는 게 상책이다.
전쟁이 없어야 고구려 백성들이 편안하게 산다. 당나라에서 평화롭게
살자 하면, 고구려에서 굳이 전쟁하자고 할 이유는 전혀 없다. 그러나
전쟁이 없는 평화 시기라면 자신의 권세가 유지될 수 있을까. 아버지의
권세는 전쟁 때문에 다져진 게 아닌가. 당나라와 적당한 전쟁이 더 좋을
수도 있다. 그렇다고 먼저 고구려가 전쟁을 일으킬 수는 없다. 왕권에
맞서서 자신의 권력을 유지하려면 중앙과 지방의 군권을 확실하게 장
악하고 있어야 했다. 지방의 군권은 대부분 여러 성주(城主)가 틀어쥐고
있다. 다른 무엇보다 국내성(國內城)[68]을 비롯한 지방에서 자신의 권력
을 확실히 점검할 필요성을 절감했다. 자신이 지방을 순행하며 성주들

---

[68] 압록강 중류에 있었던 고구려의 옛 수도

에게 새롭게 충성 맹세를 받아야 했다. 연남생의 고구려는 그렇게 열어야 했다.

남생은 지방 순행을 떠나면서 심복인 왕배수(王排須)를 불렀다. 왕배수는 아버지 때부터 조정에 심어놓은 연씨 가문의 심복이었다. 왕배수는 궁궐의 재정을 담당하면서 보장왕의 일거수일투족을 아버지에게 보고했다. 아버지가 돌아가셨으니 보고는 당연히 연남생이 받았다. 남생이 배수에게 말했다.

"내가 지방의 여러 성을 순시하려 한다. 그동안에 평양성에 무슨 일이 생기면 나에게 즉각 보고하도록 하라."

"여부가 있겠습니까? 아무 일도 없겠지만 만약 생긴다면 즉시 보고하겠습니다."

남생은 상당한 기간이 소요될 거라서 열다섯이 된 장남 헌성(獻誠)을 데리고 가기로 했다. 이번 순시는 아버지로부터 이어받은 자신의 권력을 확인하면서 한편으로는 자신의 후계자가 바로 헌성임을 여러 성주에게 각인시키기 위해서였다. 연개소문, 남생, 헌성으로 이어지는 고구려 최고 권력을 확인시키고 충성 맹세를 받기 위함이었다. 반대로 아버지가 돌아가셨어도 상대방에게는 현재의 성주 지위를 여전히 보장하겠다는 인정 순시이기도 했다. 남생과 아들 헌성의 행차는 수십 대의 수레와 수백 필의 말에 수행원만도 수백 명이 넘었다. 마치 왕의 행차 같았다. 성주들에게 위엄을 보여줄 필요성이 있었다. 실질적으로는 연개소문을 잇는 새로운 왕과 태자에 버금가는 권력자의 행차로 인식시킬 필요가 있었다.

남생이 국내성으로 떠나고 며칠이 지난 뒤였다. 마침 남건의 생일날이었다. 아버지 상중이라 조촐하게 생일상을 차렸다 하나, 여러 사람이 와서 음식을 먹고 갔다. 그중에는 집안의 집사 노릇을 했던 왕배수도 있었다. 배수는 저녁이 깊어지자, 남건과 남산에게 아주 은밀히 드릴 말씀이 있다고 다른 사람들을 물리게 했다.

　"도련님, 제가 이렇게 말씀을 올리는 게 괴롭습니다만, 말씀을 올리지 않을 수가 없습니다."

　배수는 남생보다는 한 살 아래, 남건보다는 두 살 많고, 남산보다 네 살이 많았다. 어릴 때부터 보아 와서 아주 친근했다. 배수의 아버지 왕담(王湛)은 원래 수나라 사람이었다. 수나라 양제가 고구려에 쳐들어왔을 때 하급 장수로 있다가 고구려의 포로가 되었다. 그후 연개소문 집안의 가노(家奴)가 되어 고구려 여인을 만나 살림을 차려 아들을 낳고 살았다. 왕담은 거문고를 잘 타고 제법 한학에도 조예가 있었다. 연개소문은 그를 노비가 아닌 평민으로 대접하고 집안의 대소사를 맡겼다. 왕담은 아들 배수가 태어나자, 글을 가르쳤다. 배수는 영민하고 눈치가 빨라 글도 금방 배워서 남생 형제의 집사 역할을 톡톡히 해내었다. 남생 형제도 그를 신뢰했다. 배수가 성인이 되자 연개소문은 그를 궁에 들여보내 소식통으로 삼았다. 집을 떠났다 해도 배수는 마치 형제처럼 남생 형제의 집을 드나들었다.
　남건이 배수에게 말했다.

　"무슨 말이냐. 속 시원히 말해보거라. 내 생일날 뭔 심각한 말이냐."

"도련님, 그게, 저, 큰 도련님께서 순행 가시지 않았습니까?"

"그렇지. 근데?"

"그게, 저, 그게. 흠."

"어허, 갑자기 말을 더듬고 그러냐, 바로 말하라니까."

"그게, 저……"

"어허, 말하래두."

"네, 놀라지 마십시오. 큰 도련님께서 돌아오시면 두 분을 평양에서 쫓아낼 것 같습니다."

"그게 무슨 말이냐? 형님이 우리를 쫓아내?"

"그렇습니다. 큰 도련님을 따르는 자들이 그런 말을 큰 도련님께 올렸습니다. 부자간에도 권력을 나눌 수 없거늘 어찌 형제간에 권력을 나눌 수 있느냐고. 어서 동생들을 도모하여 지방으로 쫓아내서 화근을 잘라버리는 게 오히려 형제간의 우애를 돈독히 하는 길이라고요."

"아니, 누가 그런 말을 올렸단 말이야. 때려죽일 놈이다."

"대형(大兄)[69] 불덕(弗德)과 염유(冉有)가 그랬습니다."

"불덕과 염유?"

"그렇습니다."

남산이 말했다.

"저도 잘 아는 자들입니다. 형님의 심복들입니다."

남건이 다시 배수에게 물었다.

---

69) 고구려의 14관등 중의 하나. 대형은 7관등이다. 1관등은 대대로(大對盧), 2관등은 태대형(太大兄)이다.

"그래, 형님이 그들의 말을 듣고 무어라 했느냐?"

"처음에는 믿지 않으셨지만, 나중에는 믿는 듯하였습니다. 확실한 조치를 취하겠다고 하셨습니다."

"무어? 그게 말이 되는 소리야?"

남건은 벌떡 일어나 칼집에서 칼을 빼어 들고 말했다.

"네 이놈, 네가 감히 우리 형제를 이간질하려고? 어림없다. 내 너의 목을 쳐서 형님에게 보내겠다."

"도련님, 억울합니다. 저는 미리 알려서 형제간에 오해를 풀라고 드린 말씀입니다. 제가 왜 없는 말을 지어내겠습니까? 태막리지 나리 집안의 은혜를 모른다면 저는 짐승이나 마찬가지입니다."

"아니다, 이놈아, 그렇다 해도 어쩔 수 없다. 나를 원망하지 마라."

남건은 칼을 높이 쳐들었다. 정말로 목을 벨 심산이었다. 그때였다. 남산이 형을 가로막았다.

"형님, 잠깐만 고정하시오. 죽일 때 죽이더라도 잠시 진정하시오."

남산이 남건을 막아서자 남건은 슬그머니 칼을 칼집에 넣었다. 남산이 배수에게 다시 물었다.

"너의 말이 사실이냐?"

"그렇다니까요. 저를 잘 아시지 않습니까? 어디 제가 거짓말 한 번 했습니까? 모함하는 놈들이 있으니 조심하라고 드린 말씀입니다."

그날 밤 남건과 남산은 배수를 보내고 둘이 의논하였다. 아무리 생각해도 형님이 그럴 분이 아니었다. 하지만 알 수 없다. 측근이 이간질하니, 그 이간질에 넘어갔다면 그럴 수도 있다. 남생이 말했다.

"형님, 일단 기다려 볼 수밖에요. 큰형님이 돌아오시면 그때 솔직하게 여쭤보자구요. 배수란 놈이 그런 말을 했다고요. 배수가 근거없이 그런 말을 했겠습니까? 모함한 불덕과 염유를 죽음으로 다스려야 다시는 우리 형제를 이간하는 놈이 나타나지 않을 겁니다."

배수는 남건의 집을 나와 자신의 집으로 갔다가 이른 새벽에 남의 눈을 피해 평양성을 빠져나왔다. 그는 급히 말을 달려 국내성으로 갔다. 국내성에서 남생을 급히 찾았다.

"네가 어쩐 일이냐. 이렇게 급하게 달려오다니."
"도련님. 좌우를 물려주십시오."

좌우를 물리고 배수는 남생에게 말했다.

"두 도련님께서 큰 도련님이 평양으로 돌아오면, 두 아우를 완전히 몰아낸다고 알고 있습니다. 그래서 형님이 돌아오지 못하게 막을 준비를 하고 있습니다."
"뭣이라. 나를 막는다고? 평양에 못 들어오게? 그게 도대체 무슨 말이냐? 그들이 왜?"

"큰 도련님, 누군가가 큰 도련님께 권력은 부자도 나누지 못하는데 어찌 형제끼리 나누느냐, 그러니 동생들을 외지로 내치라고 했다고 합니다. 큰 도련님께서 수긍했다고 일러바쳤습니다."

"그랬더니?"

"두 도련님이 군사를 동원하여 평양 수비를 강화하여 큰 도련님을 못 들어 오게 막으려고 준비하고 있습니다."

"뭐라, 그게 사실이야? 네가 이간질하고 날 시험하는 거지? 배수 이놈, 너 내 손에 먼저 죽어야겠다."

"큰 도련님 손에 죽는 거야 억울하지 않으나 큰 도련님이 평양에도 돌아가지 못할까 그게 두렵습니다."

배수는 갑자기 닭똥 같은 굵은 눈물을 뚝뚝 흘리면서 말했다.

"큰 도련님, 제발 제 말을 들으소서. 제 말이 믿기지 않으시면 사람을 보내보시면 알 게 아닙니까?"

배수가 그렇게 나오니 남생은 그의 말을 믿지 않을 수 없었다. 남생은 가병 군관을 불러 말했다.

"지금 평양에서 나의 두 동생이 모반한다는 말이 있다. 신속히 가서 몰래 확인하라."

가병 군관이 떠난 뒤 남생은 마침 국내성 성주와 연회가 약속되어 있었다. 배수는 남생의 눈을 벗어나자 바로 평양성으로 달렸다.

삼사일이 지났다. 남건의 가병들이 집을 기웃거리는 수상한 자를 잡았다. 남건은 남산을 오라하고 그자를 취조했다. 남건과 남산이 그자의 얼굴을 알고 있었다. 남산이 말했다.

"너는 형님 집의 가병이 아니더냐. 네 이놈, 이실직고하여라. 왜 왔느냐?"

가병 군관은 처음에는 답하지 않았다. 하지만 거듭되는 고문에 초주검이 되어서 실토하고 말았다. 모반한다는 말이 있어 동태를 살피러 왔다고 이실직고했다. 남생이 그들을 의심하고 있음이 확인되었다. 그때 배수가 들어서서 남건과 남산에게 말했다.

"도련님, 이래도 제 말을 못 믿으시겠습니까? 제가 분명 큰형님께서 사람을 보내 동태를 감시하러 온다지 않았습니까?"

남건과 남산도 어쩔 수가 없게 되었다. 남건은 생각했다. 사실 형님은 아버지의 뒤를 잇는 태막리지 감이 못 된다. 압록수에서 글필하력에게 당해 군사를 다 잃고 무슨 염치로 살아서 평양으로 돌아왔느냐 말이다. 아버지께서 형님을 용서하면 아니 되었다. 한참 나이의 아버님 같았으면 자결을 명하셨을 게 분명했다. 아버지는 형님에게 이상하리만큼 관대하셨다. 그러더니 결국은 일을 저지르고 말았다. 보통 일이 아니라 고구려를 망치는 일이었다. 아버지께서 임종 때 신신당부하지 않았나.

그게 얼마나 되었다고, 장례도 제대로 치르지 않았는데, 벌써 아버지 말씀을 거역해? 그래 놓고도 인간이야? 수하의 이간질에 말려들어 동생을 감시하러 보냈으니 이런 못난 형이 있나. 차라리 형을 몰아내고 자기 스스로가 아버지의 뒤를 이어 가는 게 고구려의 백년대계를 위해 바람직할 수 있다. 남건은 남산에게 말했다.

"남산아."
"네, 형님."
"어쩔 수가 없다. 큰형님께 고구려를 맡길 수가 없다. 너와 내가 힘을 합쳐 고구려를 지켜나가자."
"그렇게 해야 합니다. 그렇다고 큰형님을 죽여서는 안 됩니다."
"물론이지. 내가 잘 모시도록 하겠다."

남건과 남산은 급히 군사를 동원해서 남생 집으로 갔다. 형님의 아들은 둘, 장남 헌성은 아버지를 따라 국내성으로 갔고, 형수와 일곱 살짜리 막내 헌충(獻忠)이 집안에 남아있었다. 잠깐 사이에 두 형제의 군사들이 남생 집안의 가병들을 제압했다. 남건은 차마 형수의 얼굴을 보기 민망하여 남산에게 말했다.

"형수님과 조카는 네가 잘 말해 모시고 나오너라."

남건은 그렇게 말하고 대문 밖으로 물러나 기다렸다. 잠시 후 집안에서 갑작스럽게 찢어지는 듯한 비명이 들려왔다. 남건은 깜짝 놀랐다. 남건은 설마 하며 다시 집 안으로 들어갔다. 남건의 예측이 맞았다. 형수와 어린 조카가 이미 피가 낭자하여 널브러져 있었다. 남산이 든 칼에는 핏물이 떨어지고 있었다. 남산이 말했다.

"형수님이 칼을 빼 들어 어쩔 수 없었습니다."
"그렇다고 조카까지?"
"어미의 죽음을 보았으니 어찌 살려두겠습니까?"

그래, 맞다. 그렇다. 어미를 죽인 자에게 평생 복수하려 들 게 분명하니, 차라리 죽이는 게 나을지도 모르겠다. 남건은 가슴이 저렸다. 이미 엎질러진 물이었다. 어쩔 수 없다. 이 모든 게 어리석은 형님, 남생 탓이다. 자신이 바로잡으면 된다. 아니 바로잡아야 한다. 남생은 더 이상 아버지를 이어받은 고구려의 태막리지가 아니다. 자신의 형도 아니다. 왕실과 고구려에 반역한 반역 도당일 뿐이다.

그길로 남건과 남산은 군사들을 몰고 왕궁으로 갔다. 갑작스럽게 남건과 남산 형제가 갑옷을 갖춰 입고 군사들과 함께 입궁하니 보장왕은 간이 콩알만 해졌다. 태자는 아직 당나라에서 돌아오지도 않았다. 보장왕은 저들이, 저 무도한 자들이 아비의 뒤를 이어 왕을 핍박한다고 하면서도 사시나무 떨듯 몸을 떨었다. 남건과 남산이 정전(正殿)에 성큼성큼 들어와서 임금을 찾았다.

"폐하, 신들이 폐하를 뵙습니다."

보장왕은 입술이 새파래져서 말했다.

"경들이 무슨 일이오. 이렇게 갑옷까지 갖춰 입고."

남건은 남생이 모반했기에 남생의 가족들을 처단하고 입궁하는 길이라고 했다. 어서 형의 관직과 재산을 몰수하라고 했다. 보장왕은 자신에게 위해만 가하지 않는다면 얼마든지 할 수 있는 일이었다. 보장왕은 조서를 작성하라 해서, 남생을 태막리지에서 해임하고 후임에 남건을 임명했다.

태막리지에 오른 남건은 바로 수천의 기병대를 소집해 남생을 잡으러 떠났다. 남생이 평양으로 돌아오고 있다는 정보를 접했으니, 길목에서 사로잡겠다는 심산이었다.

국내성의 남생은 가신 군관에게 평양의 동태를 파악해 보고하라 했건만, 그가 닷새가 지나도 돌아오지 않자, 불안하기 그지없었다. 남생은 순시는 미루고 어서 평양성으로 돌아가기로 했다. 급히 행장을 꾸려 평양으로 향한 지 하루가 지났다. 서둘러 길을 재촉하고 있는 남생 일행에게 피떡이 굳은 천으로 머리를 감싼 가신 하나가 말을 타고 헐레벌떡 달려오고 있었다. 남생은 깜짝 놀랐다. 그는 남생을 보자마자 말에서 내리더니 엎드려 울며 말했다.

"가시면 안 됩니다. 어서 피신하소서. 중간 도련님과 막내 도련님이 반란을 일으켰습니다. 집에 쳐들어와서 마나님과 아기씨를……"
"말을 하거라, 답답하다. 말을."
"마나님과 아기씨를 죽였습니다."
"뭐라, 내 아내와 헌충을 죽였다고? 아내와 내 아들 헌충을?"

"그렇습니다. 지금 수천 기마병이 도련님을 잡으러 오고 있습니다. 어서 피하소서. 어물쩍하다가는 다 잡혀 죽습니다."

남생은 도무지 믿을 수가 없었다. 반란을 일으켰다고 해도 믿기 어려운데, 거기다가 아내와 아들까지 죽여? 무슨 원수길래 조카를 죽여? 이 천벌을 받을 놈. 한 하늘 아래 살 수 없구나. 피를 나눈 형제가 아니라 철천지원수다. 어떻게 이런 일이 벌어졌을까? 날벼락도 이런 날벼락이 어디 있는가? 남이라도 이렇게는 하지 않는다. 남생 옆에서 수하들이 외쳤다.

"태막리지 나리, 어서 발길을 돌리셔야 합니다. 잡히면 죽습니다. 어서요."

남생은 평양성 쪽을 길게 바라보다가 천천히 말머리를 돌렸다. 길에서 시간을 보내고 있을 수는 없었다. 어서 국내성으로 돌아가야 한다. 국내성은 수만의 군사가 와도 쉽게 깨지 못한다.

"그래, 내 다시 돌아오마. 이 남생이 그냥 죽지는 않는다. 이놈, 남건, 남산. 두고 보자."

남생은 국내성으로 들어가 권토중래(捲土重來)를 꿈꿀 수밖에 없었다. 국내성으로 남생 일행이 돌아가는 와중에 남건의 군사 중 선발대가 남생을 바짝 추격해왔다. 남생 일행은 급히 달아나 잡히기 일보 직전에 겨우 국내성으로 들어갔다. 이윽고 남건은 국내성 바로 앞에까지 와서 남생의 항복을 종용했다.

 "어찌 형이라는 자가 나라를 배신하여 역모를 꾸미는가? 당장 항복하면 목숨은 살려주고 아버지의 묘지기로 평생 지내도록 해주겠다. 어서 항복하라."
 "천륜을 끊은 놈은 바로 너다. 어찌 아버님의 유언을 팽개치고 반란을 일으켰나? 형수와 조카도 죽였다고? 네 이놈을, 당장 죽여버리겠다."

 국내성에만도 1만 이상의 병력이 있으므로 남생은 성문을 열고 병사를 몰아 남건과 일전을 치르려고 하였다. 한나절 만에 준비를 마친 남생의 국내성 병사가 몰려나오자 남건은 재빨리 후퇴하고 말았다. 남생 역시 매복을 두려워하여 멀리 추격하지는 못했다. 남건은 더욱 병력을 보강하여 다시 남생을 처단하기로 하고 평양성으로 물러갔다. 남건이 물러가자 남생도 군사를 거두어 국내성으로 들어왔다.
 그때 단기 필마로 피투성이가 되어 국내성으로 달려오는 한 사람이 있었다. 태막리지를 찾기에 문을 열어 입성을 시켰더니 바로 왕배수였다. 왕배수가 남생의 측근이라 하여 남건의 병사들에게 잡혀 죽을 뻔했다고 했다. 도망치다가 화살을 맞아 팔에 상처를 입고 피를 상당히 흘렸다. 남생이 배수에게 말했다.

 "그만하면 천만다행이다. 목숨에는 지장이 없겠다만, 피를 많이 흘렸으니 치료를 받아야겠다. 나는 네가 보이지 않아 네가 이간질을 했나 하고 생각했다."
 "나으리, 제가 그랬다면 천벌을 받지요."

154

"그래, 배수야, 내가 어찌하면 좋겠느냐."

"여러 성에 남건이 모반했다고 알려야지요. 돌아가신 태막리지 나리의 유언은 장남에게 승계하라고 했으니, 진짜는 나리라고 하셔야 합니다."

"그래, 나도 그런 생각을 아니 하지는 않았다. 하지만 임금이 허수아비라 하더라도 임금의 조서를 가지고 있으니 어찌 남건을 거역할 수 있겠느냐? 나를 철석같이 따르는 성은 그렇게 많지 않아. 저 아래 동해 쪽 정토 삼촌은 나를 지지할 거야. 하지만 아무리 규합해도 세가 약할 게 틀림없어."

"나리, 그럴수록 심지를 굳건히 하고 버티셔야 합니다. 기회는 옵니다."

남생은 장고에 장고를 거듭했다. 어떻게 해야 이 난국을 타개하느냐? 어떻게 해야 저 원수의 남건과 남산을 이겨내느냐? 남생은 지도를 그려가며 여러 성의 친분이며, 인척관계를 따져보았다. 자신이 확실히 장악할 수 있는 성은 요동의 현도성을 비롯한 몇몇 성과 압록수의 국내성을 비롯한 몇몇 성, 동해안의 남과 북 몇몇 성 등이었다. 총 병력이 한 10만이 될까? 남건 편이라 할 수 있는 성의 병력은 거의 3, 40만에 이르렀다. 병력만으로 계산하면 승산이 없는 전쟁이었다. 방법이 있긴 있다. 바로 신라의 김춘추가 썼던 방법이다. 당나라 군사를 빌려 남건을 제거하면 된다. 그리고 당나라에 조공하면서 당나라와 잘 지내면 된다. 당나라와 같은 대국과 전쟁을 하느라 고구려 백성이 얼마나 힘들었느냐. 글필하력과 싸우면서 당나라 군사들의 전투력을 맛본 남생으로서는 오히려 그 방법을 잘만 사용하면 두 마리 토끼를 다 잡을 수 있다는 생각이 들었다. 천하의 불한당인 동생들을 제압하고 고구려와 당나라가 평화롭게 지낼 수만 있다면 더 좋다. 거기까지 생각한 남생은 심복인 대형

(大兄) 불덕(弗德)을 불렀다. 남생은 불덕에게 자신의 구상을 설명하고 말했다.

"그러자면 국내성에 우리가 머물면 아니 된다. 우리가 가만히 있으면, 남건이 병력을 국내성으로 집중해서 우리를 포위할 게 틀림없단 말이다. 그러니 우리는 당나라와 연결이 쉽게 되는 곳에서 당나라 군사를 기다려야 한다. 국내성 병력의 반을 이끌고 오골성(烏骨城)으로 가려 한다. 오골성을 먼저 장악하고 오골성을 기반으로 요동성(遼東城)과 현도성(玄菟城)[70]을 확실히 우리 편으로 만들면, 당나라 군사들이 요동에서 오기도 좋을 뿐더러, 우리의 안전도 보장된다."

불덕이 말했다.

"탁월한 전략입니다. 그렇게 하시지요."

남생은 병력을 이끌고 오골성으로 갔다. 하지만 오골성주는 이미 남건의 연락을 받은 뒤라 성문을 열지 않았다. 남생은 오골성을 공격했다. 오골성은 쉽게 무너지지 않았다. 남생은 불덕을 불렀다. 불덕에게 당나라로 직접 가서 구원병을 데리고 오라고 했다. 자신은 요동과의 연결 지점인 현도성에 머물거라고 했다.

"현도성주는 나의 수하나 마찬가지라 절대 배신을 하지 않는다. 나는 현도성에 들어가 있을 테니 너는 당나라로 가서 내 뜻을 전하라. 가서 현

---

70) 오골성과 요동성과 현도성은 모두 요동 중부에 있던 고구려의 성이다.

도성과 남소성(南蘇城)과 목저성(木底城)과 창암성(蒼巖城)과 국내성은 나의 수중에 있다고 해라. 그러면 당나라에서 깜짝 놀랄 게 분명하다."

요동의 경계에 있는 현도성에서 소자하(蘇子河)[71] 일대의 남소, 목저, 창암성을 지나 국내성에 이르면 고구려 깊숙이 들어오는 셈이 된다. 지난날 당나라가 여기를 점령하려고 그렇게 애를 썼으나 무위로 그치고 말았다. 당나라에 던지는 미끼로서는 매우 훌륭했다.

불덕은 말을 달려 당나라 낙양에 이르렀다. 병인년[72] 봄의 일이었다.

당나라에서는 막 임금과 무후의 태산 봉선 의식이 끝나고 임금의 거창한 행렬이 낙양에 도착할 즈음이었다. 당나라는 어수선했으나 불덕은 고구려 태막리지가 보낸 사자이니만큼 바로 계통을 밟아 이적(李勣)에게 안내되었다. 이적은 불덕이 가져온 연개소문의 장남 남생의 서신을 읽었다. 천하의 패륜아에게 나라를 탈취당할 위험이 있으니 큰 덕을 살피는 당나라가 시급히 군사를 내어 도와달라는 내용이었다.

고구려에서 급히 사자가 왔다는 말을 듣고 이적은 내심 회심의 미소를 지었다. 편지를 보니 과연 자기 생각대로였다. 골육지쟁(骨肉之爭)에다 유혈이 낭자했다. 이보다 더 좋을 수는 없다. 드디어…… 때가 왔다! 태종이 승하하시고 난 뒤부터 얼마나 이때를 기다렸느냐! 선왕 폐하의 유업을 마침내 이룰 때가 왔다. 자신이 살아서 선왕의 유업을 이룬다면, 죽어서도 북망산의 선왕을 떳떳하게 뵐 수 있다.

이적은 속으로는 그런 생각을 하면서 불덕의 말을 들었다, 연개소문의 장남이 군사를 빌리겠다고는 하나, 사실상 현도성에서 국내성까지

---

71) 요하의 지류로 현재의 요령성(遼寧省) 중부 지역. 요동과 압록강의 중간 지점.
72) 666년

당나라에 송두리째 들어 바침과 다름없었다. 이적은 20여 년 전 선왕 태종의 친정 때 현도성과 신성을 공격했다. 그 두 해 후에는 신성을 우회하여 남소성과 목저성을 공격했다. 남생이 들어 바치겠다는 성은 고구려 심장부로 들어가는 징검다리였다. 불덕이 눈치를 보다가 말했다.

"고구려를 구해주소서."

이적은 불덕에게서 그 말을 들었을 때 가슴이 벌렁거렸다. 이적은 한참 뜸을 들여 흥분을 진정시키고 불덕에게 말했다.

"내 너의 주인 태막리지의 뜻은 알겠다. 기다려라. 폐하께 상주하겠다."

아무리 당나라 군부의 기둥인 이적이라고는 하나 마음대로 국사를 처리할 수는 없었다. 그는 급히 임금에게 상주하였다. 임금은 군사에 대한 일이라 이적을 대동한 자리에 유인궤를 불렀다. 유인궤는 백제에서 돌아와 이적의 천거로 다시 조정의 요직인 대사헌(大司憲)에 임명되었다. 대사헌은 군사 업무와는 직접적인 관계는 없지만, 임금은 유인궤가 백제와 고구려의 사정을 잘 알고 있었기에 그에게 자문을 구했다. 유인궤가 임금에게 말했다.

"신이 듣기에는 남생의 구원 요청을 완전히 믿기 어렵습니다. 연개소문이 죽었다고는 하나 그렇게 허술하게 후계 구도를 짜놓았을 리가 없습니다. 태산 봉선에 고구려 태자가 왔으니, 이를 못마땅해하는 고구려 강경파들의 계략일 수 있습니다."

유인궤의 말을 듣고 이적이 조심스럽게 말했다.

"대사헌의 말이 일리가 있으나, 유인책으로 보이지는 않습니다. 고구려에 들어가 있는 간자들이 형제간에 내분이 일어나 평양성에서 난리가 났다고 했습니다."

유인궤가 다시 말했다.

"남생의 서신이 사실이라 하더라도 태산 봉선을 끝냈기에 국고가 텅텅 비었습니다. 당장 군사를 보낼 여력이 없습니다."

이적이 유인궤의 말을 받았다.

"병법의 기본은 이간책입니다. 아뢰옵기 황송하지만, 소장이 선왕 폐하의 유업을 잇고자 오래전부터 이간책을 마련했사옵니다. 하지만 국고가 비었으니, 대사헌의 말대로 기다리는 수밖에 없습니다. 국고가 차면 그때 고구려를 정벌해도 늦지는 않사옵니다."

당나라 임금 이치는 이적과 유인궤의 뜻대로 하라 하고 회의를 끝냈다.

이적은 어전회의에서 물러나 불덕에게 곧 연락할 테니 고구려로 돌아가서 기다리라 말했다.
불덕은 허겁지겁 빈손으로 고구려로 향했다.
남생은 오골성 공략에 실패하자 현도성으로 들어갔다. 현도성은 남생의 장인에 이어 처남이 성주였기에 기꺼이 남생을 받아들여 환대했다. 현도성은 작은 성이어서 북쪽의 신성과 아래의 요동성 등지에서 남건의 군사가 현도성을 압박하면, 오래 버티기가 힘들었다. 남생은 불덕이 빈손으로 돌아오자 매우 실망했다. 남건의 토벌군이 시시각각 현도성을 목표로 군사를 준비한다는 소식이 들어왔다. 그 규모는 15만이나 된다고 했다. 그렇다고 아무 보장도 없이 당나라로 도망갈 수는 없는 노릇이었다. 남생은 심복인 대형 염유(冉有)를 다시 당나라로 보냈다.

염유는 당나라로 가서 이적을 만나 말했다.

"태막리지께서 동생 남건에게 잡혀버리면, 고구려는 아버지 연개소문과 비슷한 남건이라는 작자가 태막리지를 계승할 게 틀림없습니다. 그렇게 되면 고구려가 당나라에 입조하는 일은 당분간 없게 되겠지요. 시간이 없습니다. 어서 군사를 보내주셔야 합니다."

이적은 깜짝 놀랐다. 남생이 잡히면 징검다리가 사라진다. 고구려를 굴복시킬 절호의 기회가 사라진다. 하늘이 주신 천재일우(千載一遇)의 기회를 놓칠 수는 없다. 이적은 확실한 방법을 생각해냈다. 이적은 염유에게 말했다.

"자네의 벼슬이 대형(大兄)이라고는 하나, 나의 폐하께서는 작은 나라의 낮은 벼슬아치인 대형의 말을 믿고 군사를 움직이지는 않으신다. 가서 태막리지에게 직접 입조하여 폐하께 상주하라고 전하라."

염유는 바로 현도성으로 돌아가서 남생에게 이적의 말을 전했다. 남생은 놀라서 염유에게 반문했다.

"내가 직접?"
"그렇습니다."

남생은 고민에 빠졌다. 그게 당나라의 함정일 수도 있다. 자신을 잡아 놓고 당나라가 남건과 협상을 벌일지도 모르는 일이다. 자신을 남건에게 넘겨주는 조건이라면 남건은 분명 당나라가 내거는 조건을 다 받아들일 게 분명했다. 당나라를 어떻게 믿을 수가 있나. 그렇다면? 생각 끝에 남생은 방법을 찾았다.

남생은 아들 헌성과 배수를 불렀다. 아들에게 물었다.

"네 나이가 몇이냐?"
"열다섯입니다."
"그래, 열다섯이면 사내대장부다. 이 아비 대신 당나라에 가서 군사를 요청하라."
"아버님, 제가 잘하겠습니다. 염려 마십시오."
"배수, 자네가 이 아이를 수행하라. 그리고 무사히 고구려로 데려오라."
"명을 받들겠습니다."

남생의 아들 헌성이 당나라에 입조하자 당나라 조정의 분위기가 싹 달라졌다. 헌성이 누구인가. 바로 당나라의 원수 중의 원수, 원수의 수괴, 연개소문의 장손이 아닌가. 당나라 사람 중에 연개소문을 직접 본 사람은 거의 없었다. 당나라 백성들 대부분은 연개소문이 칼 여섯 개를 차고 다니는 괴물이라고 생각했다. 당 태종도 이기지 못한 괴수의 우두머리로 알고 있었다. 우는 아기에게도 연개소문이 온다고 하면 아이는 울음을 그쳤다. 그만큼 연개소문은 당나라 사람들에게 경외와 공포의 대상이었다.

헌성은 열다섯이라고는 하나 키가 크고 뼈대가 훌륭하여 이미 헌헌장부(軒軒丈夫)였다. 연개소문의 손자가 장안에 나타났다고 하니 당나라 사람들이 그를 구경하러 구름처럼 몰려들 정도였다. 이적의 계략이 바로 적중했다. 당나라 조정의 여론은 급히 고구려 정벌로 돌아섰다.

유인궤도 이 정도면 고구려 사정이 매우 절박한 모양이니 군사를 급히 보내야겠다고 임금에게 아뢰었다. 유인궤도 당나라가 선왕 때부터 그토록 바라던 고구려 정벌이 어쩌면 의외로 손쉽게 이루어질 수 있다고 생각하기 시작했다.

당나라 임금 이치는 그토록 남생이 위태롭다면, 기동력과 전투력이 뛰어난 글필하력을 급히 보내라 명했다. 글필하력은 바로 군단 편성에 들어갔다.

당나라가 고구려에 군사를 보내기로 한 그날 밤, 이적은 따로 왕배수를 불렀다.

"자네인가? 왕배수가?"

왕배수가 큰절을 하고 이적에게 답했다.

"그러합니다. 제가 왕배수입니다. 저의 아비는 왕담(王湛)이라 합니다. 원래 태원(太原)73)이 고향이고, 수나라 때 고구려에서 포로가 되어 연개소문의 노비가 되었습니다."

"그래, 내가 그 이야기는 들었다. 자네가 정말 큰일을 했다. 수십만의 군사가 하지 못한 일을 자네가 해냈다. 수구초심(首丘初心)이라 했지. 자네가 꼭 그렇구나. 고구려의 끝을 자네가 보게 하는구나. 고맙다, 고마워."

이적은 배수의 손을 잡고 눈물을 흘렸다. 배수 역시 눈물을 흘렸다.

"내가 폐하께 상주하여 큰상을 내리도록 하겠다. 자네는 대대손손 당나라에서 벼슬을 하며 잘살도록 해주겠다. 나의 약속이고 폐하의 약속이다. 하지만 아직은 때가 아니니 고구려로 돌아가라. 고구려를 완전히 정벌하면 그때 너의 공에 보답하마."

"고맙습니다. 고맙습니다."

---

73) 현재의 중국 산시성(山西省) 타이위안시(太原市)에 해당한다.

II

　병인년[74] 6월 당나라 임금 이치는 대장군 글필하력에게 15만의 병력을 주어 출병을 명했다. 남생을 구원한다는 명분이었지만 사실상 고구려 침공이었다. 이치는 행군 대장군에 글필하력을 임명하고 남생의 아들 헌성에게 길 안내를 맡겼다. 방동선(龐同善)과 영주도독 고간(高侃)을 선봉장으로 삼았다.

　글필하력이 본군을 이끌 준비를 하는 동안 선발대 방동선이 먼저 출발해 고간의 병력과 함께 현도성 앞에 이르렀다. 당나라 군사가 현도성의 남생을 구출하러 온다는 정보를 입수한 고구려군이 현도성을 가로막았다. 방동선의 군사와 현도성에서 나온 남생의 병사가 협공하여 고구려군을 어렵사리 격파했다. 9월이 되어서 당나라 군사는 현도성에 입성했다. 그제야 남생은 한숨을 돌렸다. 당나라 임금 이치는 방동선이 현도성에 입성하자 조서를 내려 남생을 특진요동대도독(特進遼東大都督)으로 삼고, 평양도안무대사(平壤道安撫大使)를 겸임시키며 현도군공(玄菟郡公)에 봉했다.

---

74) 666년

남생은 조서를 받고 조서의 의미를 곱씹었다. 요동대도독이란 벼슬은 요동이 고구려 땅이 아니라 당나라 땅이라는 의미였다. 또한 현도군공이란 자신에게 현도성을 식읍으로 준다는 의미였다. 평양도안무대사란 평양을 당나라가 점령하여 백성들을 안심시키라는 일종의 명령서였다. 그 의미를 생각하니 남생은 기가 막혔다. 고구려의 주인이 꼼짝없이 당나라 임금의 신하가 된 거나 다름없다. 천하를 호령하던 고구려의 태막리지가 현도군공이라고? 남생의 얼굴은 찌그러지고 미간은 찌푸려졌다. 그렇다고 여기까지 와서 못 한다고 할 수는 없었다. 남생은 남건을 떠올렸다. 치가 떨렸다. 어찌 인간의 탈을 쓰고 그럴 수가 있느냐. 남생은 당나라 임금의 신하가 될지언정 남건과 한 하늘을 보고 살 수는 없었다. 형수와 조카를 죽인 놈이다. 처음 결심이 어렵지, 다음부터는 저절로 행동이 이어지게 되어있다. 그래, 고구려의 신하로 사는 거나, 당나라의 신하로 사는 거나 뭐가 다르냐. 이왕이면 큰 나라의 신하로 사는 게 더 좋다.

요동 전체에 전운이 감돌았다.

남건은 고구려군 15만을 요수 주변에 배치하고, 말갈군 수만을 보내, 남생을 따르던 남소성, 목저성, 창암성을 손쉽게 탈환했다.

당나라도 계획하지는 않았지만, 서서히 고구려와의 전쟁에 말려 들어간 형국이어서 전쟁에 전력을 다하지 않을 수 없는 상황이 되었다. 당나라 임금 이치는 이적의 건의를 받아들여 7월에 유인궤를 대사헌에서 우상(右相)으로 승진시켰다. 유인궤는 백제에 오래 주둔했던 만큼 고구려와 신라와 백제 사정에 밝았다. 당나라는 유인궤와 이적을 사령탑으로 하여 본격적인 전쟁 준비를 시작했다.

글필하력의 본대도 요하를 건너 현도성 일대에 포진했다. 글필하력 군과 남건의 군대는 여러 차례 전투를 치렀지만, 일진일퇴의 공방전을 거듭했다.

9월이 지나자 요동과 고구려 전역에 혹독한 겨울 추위가 다가왔다. 살을 에는 듯한 북서풍이 몰려오면 사람도 짐승도 움직이기 힘들었다. 지상의 모든 것이 얼어붙어 여름에서 가을까지 수확한 식량과 건초로 사람도 짐승도 겨울을 나야 했다. 유인궤와 이적은 잠시 고구려 전선의 전쟁을 소강상태로 두기로 했다. 어차피 본격적인 겨울이 되면 고구려 와 당나라의 전쟁은 멈추어야 했다.

수나라 때부터 당나라까지 많은 병사를 동원하고도 고구려를 굴복시 키지 못한 주된 이유가 국경에서 평양에 이르는 먼 거리와 겨울의 혹독 한 추위와 고구려 사람들의 용병술 때문이었다. 겨울에 중국 땅에서 군 사를 소집해 봄에 출병하면 여름에 요동 방어선을 돌파한다. 압록수까 지 혹은 평양성 근처에 오면 겨울이 찾아온다. 그 겨울에 어떻게 군량을 수급하느냐 하는 문제가 바로 수나라나 당나라가 공통적으로 봉착했던 문제였다. 병사가 많으면 많을수록 군량도 더 필요했다. 겨울이 되어 군 량을 수송하는 군량도만 끊으면 전쟁은 자연히 고구려의 승리가 된다. 이런 약점을 당나라가 피하기 어려웠다. 다른 방법을 찾아야 했다.

당 태종 때 백제로 우회하려는 전략을 찾았다. 지난 전쟁 때는 신라 의 김유신이 엄동설한에 군량을 싣고 와서 평양 인근에 고립되어 있던 소정방의 군사를 살렸다. 만약 그 군량조차 없었더라면 소정방의 군사 도 방효태의 군사들처럼 전멸을 면치 못했을 게 틀림없었다. 하지만 신 라의 군량 공급만으로는 당나라 대군 전부를 감당할 수 없었다. 고구려 를 이기자면 대군을 동원하지 않으면 아니 되었다. 신라는 자기들 군사들 외에 수십만 대군의 군량을 감당할 수 있는 나라가 아니었다. 그게 문제였다. 그러나 고구려 내부 몇몇 성에서 당나라 군사가 겨울을 날 수 있다면, 당나라와 고구려의 전쟁은 완전히 양상을 달리한다. 군량 조달에 대한 부담없이 당나라 군사가 평양성을 공격한다면, 전쟁의 결과는 완전히 달라질 수밖에 없다.

이적과 유인궤는 이간책으로 고구려가 분열되자 쾌재를 불렀다. 분열만이 아니라 남생이 먼저 당나라 군사를 요청하기까지 했다. 선발대 방동선이 현도성에 입성하고 이어 겨울이 깊어지자, 글필하력이 본대를 데리고 현도성으로 들어갔다. 이것만으로도 당나라 군대로서는 엄청난 전진이었다. 이적은 차근차근 고구려의 숨통을 완전히 끊어놓기 위한 작전을 짰다.

12월이 되자 연개소문의 동생 연정토(淵淨土)가 자기가 관할하던 12성을 들어 3천 5백 명의 백성과 함께 신라에 투항했다. 비열홀, 천정군, 각련군[75] 등 모두 하슬라 북쪽 동해 연안의 성과 땅이었다. 신라 왕 법민은 연정토에게 벼슬을 주고 대단히 환대했다. 연정토는 자신의 조카 남건이 형의 아내와 조카를 죽이고 집권한 데 도저히 동의할 수 없었다. 남건이 자신에게 남생을 토벌하는 데 협력하라고 하자 도저히 참을 수가 없었다. 차라리 신라에 투항하여 살길을 찾았다.

신라 왕 법민은 고구려에서 형제의 정변이 일어나자마자, 만일을 대비하여 하슬라에 군수 물자를 비축했다. 동시에 간자를 보내 연정토와 접촉했다. 연정토가 마침내 신라로 귀부하자 결과적으로 신라는 다시 비열홀을 확보했다. 비열홀에서 평양성까지는 매우 빠르게 접근할 수

---

75) 비열홀, 천정군, 각련군은 모두 현재의 함경남도 남부와 강원도 북부로 추정한다. 정확한 위치는 특정할 수 없다.

있기에 비열홀 확보는 신라에게 전략적으로 매우 중요했다.

연정토의 귀부에서 보듯 고구려 전체가 지진이 일어나듯이 귀족들이 요동쳤다. 그 요동은 고구려 건국 이래 처음 보는 대규모 분열의 조짐이었다. 연정토처럼 방향을 미리 결정한 성주나 태대형은 소수였다. 대부분은 어디로 가야 할지 갈피를 못 잡고 정국의 추이를 살피며 여기저기 눈치를 보고 있었다.

당나라에서는 11월에 본격적인 고구려 정벌 계획을 세웠다. 당나라에서는 통상적으로 11월과 12월에 다음 해의 전쟁 계획을 짜고, 이듬해 군사를 동원하고 봄에 전쟁을 시작하여 가을에 전쟁을 마무리했다. 변방의 전쟁은 대부분 그러했다. 이적과 유인궤 등 당나라 군부에서 짠 계획은 임금에게 올라갔고, 임금은 그대로 그 계획을 승인했다. 당나라 장안에서 전쟁을 배후에서 지휘하던 이적이 직접 전선으로 나가기로 했다.

임금 이치는 이적(李勣)을 요동도행군대총관(遼東道行軍大總管)으로 임명했다. 이적의 휘하에 부관 학처준(郝處俊), 수군총관 곽대봉(郭待封), 글필하력 등 맹장들이 포진했다. 모두 이적의 지휘를 받게 하였다. 또한 하북(河北) 각 주의 조세를 모두 요동으로 보내 군량으로 사용하게 하였다. 백전노장 이적의 지휘하에 고구려와의 최후의 결전을 위한 만반의 준비를 했다.

정묘년[76] 2월 이적은 요하를 건너 신성 아래에 이르렀다. 남생은 이적에게 사람을 보내 신성(新城)을 먼저 공략하는 게 순서라고 알려주었다. 남생이 알려주지 않아도 이적도 알고 있었다. 신성은 당나라의 요하

---

76) 667년

서쪽 거점인 통정(通定)과도 가깝기도 하려니와 현도성이 이미 남생의 수중에 있으므로 고구려군의 저항없이 신성으로 바로 접근할 수 있기도 했다. 신성을 손에 넣으면 소자하 일대로 해서 압록수까지 바로 전진할 수 있게 된다. 이적은 신성에 이르러 여러 장수에게 말하였다.

"신성은 고구려 서쪽 경계의 요충지로, 가장 중요한 곳이다. 이곳을 먼저 점령하지 않으면 다른 성들을 쉽게 함락시키기 어렵다."

이적은 신성 서남쪽에 진을 치고, 뒷산을 의지하여 목책을 세웠다. 기동력이 뛰어난 고구려 기병의 기습에 대비하기 위함이었다. 일단 목책을 세운 뒤 군수 물자와 군량을 비축하고 신성을 공격하기 시작했다. 3월부터 시작된 공격은 봄이 지나고 여름이 되어도 계속되었다. 여름 장마철이 지나면서 신성의 군량이 바닥을 드러내기 시작했다. 신성 성주는 남건에게 여러 번이나 구원을 요청했다. 신성이 무너지느냐, 그렇지 않느냐에 따라 전쟁의 승패가 좌우될 지경에 이르렀다. 이적은 신성의 서남쪽 성벽에 바짝 닿게 토산을 쌓게 했다. 과거 당 태종이 안시성을 공략할 때 사용했던 방법이었다. 그때는 토산이 고구려 성벽으로 무너지면서 토산을 고구려 병사가 점령했다. 안시성 싸움에서 당나라군이 패배한 결정적 원인을 바로 당나라 군사가 쌓은 토산이 제공했다. 이적은 토산이 무너지지 않게 돌로 보강하면서 조심스럽게 쌓았다. 토산이 높아지자 신성 안의 고구려 백성과 군사들의 불안은 점점 커졌다.

남건이 보낸 고구려군 15만이 신성으로 접근했다. 이때 글필하력의 15만 군사가 이들을 막아섰다. 신성 동쪽 벌판에서 고구려군과 글필하력의 당나라군이 맞부딪혔다. 서로 힘과 힘으로 밀어붙였다. 한 달이 넘는 전투에서 서서히 글필하력군이 승기를 잡았다. 남건의 명을 받은 말갈군도 가담했다. 하지만 말갈군의 측면 공세에도 글필하력은 밀리지 않았다. 오래도록 함께 원정을 다니면서 단련된 글필하력 군사의 전투력은 강했다. 고구려군과 말갈군은 수만의 사상자를 내고 패퇴하여 인근의 창암성과 남소성과 목저성으로 들어가 버렸다.

신성의 고구려군은 글필하력에 막혀 구원군이 오지 못하는 사정을 알게 되면서 사기가 크게 떨어졌다. 식량이 바닥이 나서 백성과 군사들이 굶주렸다. 화살과 같은 무기도 부족했고, 무엇보다 사기가 떨어지니 내부 분열이 시작되었다. 이적은 드디어 때가 왔음을 알았다. 사람을 신성으로 몰래 들여보내 이간책을 펼치기 시작했다. 성주를 묶어 항복하면 큰상을 내리겠다고 알렸다. 마침내 사부구(師扶仇)라는 신성의 하급 장수가 성주 고족유를 묶어놓고 성문을 열어 항복을 청했다. 고족유는 피눈물을 흘렸지만 불가항력이었다. 일곱 달 만인 9월 초 마침내 이적은 신성을 점령했다.

신성을 점령했다 하나 이적의 마음은 급했다. 신성에서 고족유에게 일곱 달을 잡혀있었다. 겨울이 멀지 않았다. 어서 진군하여 압록수를 넘어 평양으로 가야 했다. 곽대봉의 수군이 평양 인근으로 오게 되어있다. 또 신라군도 북상하기로 되어있다. 이적의 본대와 글필하력군이 고구려 깊숙이 들어간다면 역시 군량 공급이 문제였다. 군량을 육로로 수송하기에는 너무 멀고 위험했다. 백암성과 요동성과 안시성 일대의 고구려 군사는 여전히 건재했다. 이들이 양도(糧道)를 끊고 수송대를 습격할 것은 불문가지였다. 여기에 대해 방비해야 했다. 부관 학처준이 안시성 일대를 공격하면서 고구려 군사를 잡아두기로 했다. 더욱 안전하게 월동하려면 압록수로 이어지는 지점에 근거지를 마련하고 수로로 군량을 공급받아야 했다. 평양성을 공략하려 해도 압록수를 거쳐야 했다.

이적의 다음 목표는 서해에서 압록수를 거슬러 올라 1백 리 지점에 있는 대행성(大行城)이었다. 대행성까지는 당나라의 수군이 배편으로 올라올 수 있었다. 대행성보다 더 상류 지역, 이를테면 국내성까지는 작은 배로 갈아타야 물자나 군사의 이동이 가능했다. 그렇기에 대행성을 점령하면 월동을 위한 군량 공급이 쉬워졌다. 고구려 지역 전체에 들어와 있는 30만이 넘는 당나라 병사들의 겨울 군량의 원활한 공급은 대행성을 점령하느냐에 달려있었다. 먹어야 싸울 수 있다. 이적은 반드시 대행성을 점령해야 했다.

이적은 고구려와 말갈 기마병과 전투하느라 지친 글필하력에게 신성의 수비를 맡기고 행군을 시작했다. 이적이 소자하 지역을 지나 압록수를 향해 진군하자 남건의 고구려군도 이에 대비했다.

남건은 어느 정도는 당나라군의 전략을 파악했다. 신성과 중부의 소자하 일대를 점령했으니 당나라 군대는 국내성까지 연결이 되었다. 고구려 영토 허리를 잘라 먹은 셈이 되었다. 북쪽의 부여성이 건재하고 요동의 안시성 일대와 압록수 이남은 고구려 군사가 잘 지키고 있다. 당나라는 예전에도 그랬듯이 수군을 보내 평양으로 바로 진공할 터였다. 이적의 당나라군은 대행성을 탈취하고 압록수를 돌파하여 평양으로 진군하려 할 게 뻔히 보였다. 남쪽의 신라도 달려든다고 가정하면 고구려는 이적의 군사를 압록수에서 저지해야 했다.

남건은 대행성의 방비를 철저히 하고 압록수 남쪽 곳곳에 군사를 배치해 당군의 남하를 저지할 준비를 했다.

이적의 당나라군은 남하하다가 대행성 앞에서 고구려 군대를 만났다. 이적은 이쯤에서 남건에게 항복을 권유하고 싶었다. 자신이 보아도 승산은 당나라에 있었다. 이적은 휘하에 있는 서기관 원만경(元萬頃)에게 격문을 짓게 했다. 남건이 보고 놀라자빠질 정도의 격문을 지으라고 했다. 격문을 보내고 얼마 뒤에 보니 고구려군은 오히려 압록수 일대에 10만 이상의 군사를 배치했다. 이적은 격문이 오히려 화를 불러왔나 하던 차에 남건의 사자가 이적에게 격문에 대한 회신을 보내왔다. 남건은 이적에게 편지에서 말했다.

"소장이 압록수의 천험(天險)을 모른다 하셨으니, 삼가 대장군의 명을 받들겠나이다."

이적은 깜짝 놀라 원만경이 쓴 격문을 자세히 보았다. 격문에 원만경은 당나라의 군세를 자랑하고 남건의 어리석음을 조롱하느라, 고구려는 압록수의 험준함을 지킬 줄 모른다고 써놓았다. 이적은 혀를 끌끌 찼다. 이런 한심하고 멍청한 녀석이 있나. 아군의 진군로를 다 알려주다니. 이적은 화가 나서 원만경을 불러 매를 치고 말했다.

"이 멍청한 녀석아, 너의 이름은 역사에 길이 남을 거다. 너의 이름 석 자는 문장을 자랑하느라 기밀을 누설한 표본으로 남을 거다. 이 바보 같은 녀석."

이적은 자신이 자세히 격문을 살펴보지 못한 잘못도 있기에 적당한 선에서 매를 거두었다.
남건의 군사는 강했다. 이적의 군사로는 압록수의 험지를 방어하는 고구려 군사를 도저히 뚫을 수가 없었다. 어쩔 수 없이 이적은 신성의 글필하력에게 급히 합류를 요청했다. 글필하력도 성에 주둔하고 있는 게 마음에 들지 않았다. 글필하력은 휘하의 전군을 동원해 이적의 본대로 향했다.

남건이 노린 게 바로 이것이었다. 글필하력 군사의 이동이었다. 압록수에서 막고 있으면 글필하력이 가담할 게 분명했다. 글필하력은 수년 전에도 압록강이 결빙하자 급히 도강하여 남생의 군사를 전멸시킨 적이 있었다. 하지만 최강인 글필하력의 군사가 내려오면 신성이 빈다. 그때 남소성, 창암성, 목저성의 고구려 군사를 동원해 다시 신성을 친다. 남쪽에서 오는 신라군을 막고 평양성 인근으로 오는 수군을 고립시키며 압록수 남쪽과 소자하 지역의 고구려군이 남북으로 협공하여 압록수 인근에 몰려 있는 당나라군을 섬멸한다. 관건은 글필하력의 군사를 어떻게 방비할지와 겨울 추위가 언제부터 몰려올지였다. 남건은 겨울이 또 한 번 우군이 될 게 틀림없다고 생각했다. 겨울은 늘 고구려 편이었다. 겨울을 이기는 당나라 군사는 없다. 고구려 군사는 겨울에 잘 대비되어있었다.

소자하 일대의 고구려 군사는 남건의 지시대로 신성 탈환에 나섰다. 7만에 이르는 남소성, 목저성, 창암성에 있던 고구려 군사들은 글필하력이 떠난 후 성을 지키고 있던 방동선과 고간의 군사를 압박했다. 신성을 탈환하면 고구려 안에 들어와 있는 당군을 충분히 섬멸할 수 있다. 고구려군이 죽기 살기로 덤비자, 신성은 다시 고구려 군사들에게 함락되기 일보 직전이었다. 하지만 새롭게 후군으로 고구려에 투입된 설인귀(薛仁貴)가 기병을 이끌고 고구려 측면을 기습했다. 당황한 고구려군은 신성 남동쪽 금산(金山) 방면으로 후퇴했다. 후퇴하는 고구려군을 보고 고간이 추격해 왔다. 이게 바로 고구려군의 작전이었다. 후퇴하면서도 긴 골짜기에 매복하여 당나라 고간의 군사를 유인하여 섬멸하려는 유인계였다. 하지만 다시 설인귀의 기병이 금산 골짜기를 멀리 우회하여 고구려군의 선두를 쳤다. 매복에 당황하여 도망치던 고간의 군사가 기수를 돌려 달려드는 상황이 되었다. 고구려군은 앞뒤에 적을 맞이하여 길고 좁은 골짜기에 갇혀 오도 가도 못하게 되었다. 금산 계곡에서 당나라군의 잔인한 살육전이 전개되었다. 고구려군의 참담한 패전이었다.

9월에서 12월에 이르는 동안 금산회전에서 설인귀의 당나라 군사는 5만에 이르는 고구려 군사의 수급을 베었다. 현도성과 같은 배후에 군수기지가 있어 가능한 일이었다. 남생의 역할이 그만큼 컸다.

설인귀는 이어 거의 텅텅 비다시피한 남소성, 목저성, 창암성을 점령했다. 이로써 당나라군은 요동의 현도성과 신성, 소자하 일대의 남소성과 목저성과 창암성을 장악하여 남생의 영향하에 있는 국내성까지 이를 수 있게 되었다. 당나라군은 고구려의 북쪽 회랑을 동서로 길게 연결하는 지역을 장악하여 사람과 물자의 이동과 비축이 훨씬 쉬워졌다. 이 무렵에 학처준의 당나라군은 안시성과 요동성 일대의 여러 성을 견제하여 요동 일대의 고구려군이 평양성으로 구원에 나서기 힘들게 하고 있었다.

고구려의 대위기였다.

이적은 9월 초에 글필하력이 도착하자 남건의 군사와 부딪쳤다. 이적과 글필하력군 수십만이 총력을 다하자 남건은 견딜 수가 없어 압록수 남쪽으로 물러났다. 이 틈을 타서 이적의 군사는 9월 중순에 대행성을 점령했다. 대행성은 매우 중요했다. 당나라 군선들이 군량과 화살 등 여러 군수 물자를 직접 하역할 수 있는 성이었기 때문이다. 이적은 대행성을 점령하면서 한숨을 돌렸다. 이어지는 전투에서 만약 평양을 점령하지 못하더라도 대행성을 확보하고 있으면 최소한 군량 걱정은 하지 않아도 되었다. 그러나 그렇다 하더라도 시간이 너무 지체되었다.

이적은 신성에서 너무 시간을 지체하였음을 뼈저리게 후회했다. 이적의 작전은 아주 단순했다. 글필하력의 군사가 먼저 현도성을 점령하고 남생의 군사와 연결이 되면, 이적의 본대가 신성을 점령한다. 그 다음에는 글필하력 군이 주위를 엄호하는 동안 이적이 남하하여 평양으로 진격한다. 이 무렵 당나라 내주에서 발진한 곽대봉의 당나라 수군이 평양성 남쪽 60리 지점에 상륙한다. 신라 왕이 이끄는 신라군과 웅진도독부 유인원의 군사도 평양성 인근을 포위한다. 그렇게 되면 요동에 남아있는 고구려 군사나 동쪽 끝 책성(柵城)[77] 쪽의 고구려 군사가 평양을 구원하러 올 가능성이 크다. 후군으로 남아있는 글필하력이 압록수 일대에서 남은 고구려군의 남진을 저지한다. 그러면 마지막으로 이적의 본대, 곽대봉의 수군, 웅진도독부 유인원의 병사와 신라군이 평양성을 포위하여 고구려의 숨통을 끊는다……

모든 군단이 이적의 작전대로, 이적이 지시한 방향으로 움직였다. 다만 시간이 지체되었을 뿐이다. 이적 스스로가 군기(軍期)를 맞추지 못했다. 신성에서도 그랬고 대행성 점령에도 시간을 많이 빼앗겼다. 이적이 불안했던 이유는 곽대봉의 수군과 신라군의 동향을 몰랐기 때문이다.

대행성을 점령하고 며칠이 지나지 않아 9월 14일이 되자 이적이 기다리고 있던 곽대봉의 연락군관이 대행성에 도착했다. 연락군관은 곽

---

77) 현재의 두만강 하류 지역으로 추정.

대봉의 수군이 해포(海浦)[78]에 진을 치고 있다고 했다. 이적은 깜짝 놀라
말했다.

"아니, 해포에 진을 치다니. 평양성 인근이 아니고?"
"평양성 인근에 하륙했다가 해포로 물러났습니다."

연락군관은 왜 수군이 해포로 가있는지를 이적에게 설명했다.

당나라 내주에서 출발한 곽대봉의 당나라 수군 10만은 바다를 건너
적리진(積利鎭) 해상에 도착했다. 적리진은 안시성, 건안성, 비사성으로
이어지는 고구려 요동 방어선의 끝자락에 있는 항구였다. 적리진에서
고구려 수군이 막아섰으나, 곽대봉 휘하의 수군 총관 장문간(張文幹)이
이끄는 당나라 수군은 고구려 수군을 손쉽게 제압했다. 이로써 서해 북
쪽 고구려 연안의 바다는 당나라 수군이 자유롭게 다닐 수 있게 되었다.
침몰을 면한 고구려 전선은 패강 깊숙이 들어와 숨었다. 곽대봉의 당나
라 수군은 예정대로 9월 초에 평양성 남쪽 60리 지점에 도착해 진영을
구축했다. 9월이면 겨울로 접어들 때였다. 갑자기 폭풍이 몰아쳤다. 곽
대봉은 폭풍이 닥치기 전에 바다를 건너 고구려 땅에 하륙한 게 너무 다
행이라 여겼다. 하지만 예기치 않은 문제가 생겼다. 곽대봉의 수군을 먹
일 군량을 싣고 오던 풍사본(馮師本)장군의 보급선이 폭풍으로 인해 거
의 좌초하고, 풍랑을 견딘 보급선은 숨어있던 고구려 수군의 공격으로
전멸하고 말았다. 곽대봉의 군사들은 보름치 식량도 없었기에 후속 보
급선이 도착하지 않으면 꼼짝없이 굶어 죽게 생겼다. 패강이 얼어붙으
면 오도 가지도 못한다. 곽대봉은 겨울에도 얼지 않는 바다 쪽으로 철수

---

78) 정확히 알 수 없다. 대동강 하구의 어느 지역으로 추정.

하여 꼭꼭 숨어서 이적의 군량 지원을 기다리기로 했다. 곽대봉은 평양성 남쪽에서 물러나 서해 입구 해포(海浦) 부근으로 철수했다.

연락군관의 이야기를 듣고 이적이 물었다.

"너는 배로 오지 않고 어찌 육로로 왔느냐?"
"대장군께서 평양 북쪽에 계신 줄 알았습니다."
"그래, 군량이 얼마나 남았느냐?"
"내일이 9월 보름날이니, 아마도 지금쯤은 군량이 바닥을 드러냈을 겁니다. 저의 장군께서 편지도 보냈습니다."

편지를 가져온 연락군관은 고구려 군대를 피해 오느라, 수십 명이 출발했지만 다 잡혀 죽고 겨우 혼자 살아서 도착했다고 했다. 이적은 급히 편지를 열어보았다. 편지에는 5언 절구 시 한 수가 적혀있었다.

江秊蘆葉勁 野朗風色高 雲鎩嵐漸收 露心萬里勞(강년로엽경 야랑풍색고 운추남점수 노심만리로). 강가엔 해마다 갈댓잎 힘차고, 들판엔 밝은 바람 빛깔 높아라. 구름 풀 베인 산안개 점차 걷히고, 이슬 맺힌 마음 만리를 수고롭게 가네. 이적은 시를 들여다보다가 은근히 화가 났다.

"군사들이 식량이 떨어져 난리가 났는데, 이런 쓸개 빠진 놈이 있나. 한가롭게 시를 지어 보내다니. 내 이놈을 참하고야 말리다. 이슬 맺힌 마음이 뭐 어쩌고 어째?"

이적의 옆에 있던 서기관 원만경이 이적에게 말했다.

"대장군님, 그건 시가 아니라 이합문(離合文)입니다. 고구려 군사에게 탈취당하면 안 되는 비밀을 숨겨두었겠지요."

"그래? 이걸 이합문이라 하느냐?"

"그렇습니다. 장군님, 어디 저에게 편지를 보여주십시오."

편지를 한참 들여다보던 원만경은 파안대소하며 말했다.

"군량이 떨어져 매우 위급하다고 합니다."

"어디에 그런 말이 있느냐?"

"셋째구 운추(雲芻)가 이상하지 않습니까? 구름을 풀 베다는 뜻인데 억지스럽지요. 그럼 뭔가가 잘못 들어갔다는 말입니다. 芻(추)자가 그렇습니다. 이 芻자는 刍(추)와 같은 글자입니다. 그러면 사구 둘째 자인 心(심)과 합쳐지면 급(急)자가 되지 않습니까?"

"오호, 그렇구나. 무엇이 급하다는 뜻이구나."

"그렇습니다. 첫구와 둘째구 두 번째 자를 보면 秊(년)자와 朗(랑)자인데 여기서 앞에 부수만 취하면 禾(화)와 良(량)만 남습니다. 禾는 벼이니 바로 米(미), 쌀입니다. 米(미)와 良(량)이 합치면?"

"그럼 粮(양)이라, 양식이란 말이 아니냐?"

"그렇습니다. 그러니 粮急(양급), 양식이 급하다는 말입니다. 군량이 다 떨어져간다는 말입니다. 저 병사마저 고구려 군사에게 붙잡혀 죽고 시문만 남았을 때 고구려군이 해독을 못 하게 하려고, 뜻을 숨겨놓았습니다. 운(韻)도 잘 맞지 않군요. 하하하."

이적은 시급히 대행성에 있는 군량을 배편으로 곽대봉의 수군에게 보내도록 했다. 10만의 병력이 굶어 죽으면 그야말로 큰일이었기에 이적의 마음도 급했다.

고구려의 남건은 당나라 군사의 모든 움직임을 파악하고 있었다. 고구려 군대는 압록수에 저지선을 치고, 그 다음은 욕이성(辱夷城)[79]이 있는 살수 저지선, 다음 평양성 주변에서 적을 저지해야 했다. 요동의 일부 병력과 부여성 일대의 병력, 동해 쪽 책성의 병력이 건재하므로 당나라 군대의 후미를 노릴 수도 있다. 여러 지역에서 전투가 벌어지며 고구려 전체가 전장이 되어 고구려 영토 전체가 아수라장이 되었다. 그 와중에도 남건의 고구려군은 조금씩 밀리기는 했으나 쉽게 와해되지는 않았다. 고구려 군사는 패퇴하면서도 끈질기게 저항했다. 그 결과 대행성을 내어주기는 했지만, 당나라 군사의 시간을 지체시켰다. 그 지체된 시간의 끝에 혹독한 고구려의 겨울 추위가 있을 터였다. 하지만 남건을 크게 당황하게 한 일이 일어났다. 당나라 수군 10만이 평양성 남쪽 60리 지점에 하륙하여 진지를 구축했기 때문이었다. 북쪽 이적과 글필하력을 상대하느라 평양성 남서쪽 방어에 손쓸 겨를이 없었다. 남건은 동생 남산에게 평양성 병력을 다시 끌어모아 곽대봉의 수군에 방비하라고 지시했다. 며칠이 지났다.

본대를 따라오던 당나라의 보급선들이 폭풍에 의해 거의 모두 좌초되었다는 소식이 들려왔다. 남산은 쾌재를 불렀다. 고구려 수군을 보내 나머지 보급선들도 침몰시켜 버렸다. 군량이 없는 곽대봉의 군사는 독 안에 든 쥐나 마찬가지였다. 군사가 많다는 게 입이 많다는 뜻이었다. 먹을 입이 많지만, 먹을 게 없는 군대는 오합지졸이다. 남건은 그들이

---

79) 욕이성은 현재의 평북 안주(安州)지역으로 추정.

굶주린 다음에 덮치기로 했다. 굶주린 군대를 섬멸하기는 어렵지 않아 보였다. 남건은 곽대봉의 군사를 느슨하게 포위했다. 남건은 압록수 쪽 이적의 본대를 경계하면서도 곽대봉의 수군을 전멸시키기 위해 서서히 군사를 남쪽으로 이동시키려 했다.

이적도 대행성에서 남건의 움직임을 파악하고 있었다. 남건이 압록수 아래의 군사 일부를 남쪽으로 빼고 있다는 정보를 접했다. 그냥 두었다가는 남건의 군사에게 곽대봉의 군사가 당할 가능성이 크다. 이적은 화들짝 놀라 대행성에서 나와 군사를 남진시켰다. 글필하력에게도 빨리 남진하라 명했다.

이적과 글필하력의 대군이 남진하자 남건은 군사를 빼서 곽대봉의 수군을 칠 여력이 없게 되었다. 이적과 글필하력군은 막강한 상대라 남건의 고구려군은 혼신의 힘을 다해 막았지만 조금씩 밀리기 시작했다. 글필하력은 압록수 건너 살수 부근에 있는 욕이성(辱夷城)까지 점령했다. 이적도 기병을 움직여 평양성 북쪽 2백 리 지점에 이르렀다. 막 10월에 접어드는 때였다.

이적은 그제야 신라군의 동향이 궁금해졌, 약속대로라면 신라군도 평양성 부근에 와있어야 했다. 만약 신라군이 평양 부근에 있다면 곽대봉의 수군을 구원할 수도 있다. 남건이 다른 병력을 동원해 수군을 몰살시킨다면 그야말로 낭패 중의 낭패다. 이유야 어쨌건 수만 군사가 죽으면 모두 대총관인 자신의 책임이 아닐 수 없다. 고구려 정벌이 먼저가 아니라, 군사를 죽이지 않는 게 먼저였다.

이적은 마침 강심(江深)이 생각났다. 이적은 강심을 불렀다. 강심은 신라군이 당나라 군대에 파견해놓은 연락군관이었다. 강심은 원래 신라 이동혜촌(爾同兮村) 촌주였다. 담력이 뛰어나고 당나라 말도 잘했다. 이적은 강심에게 거란 병사 80명을 붙여 급히 신라 왕에게 보냈다. 10월 2일의 일이었다.

신라 왕 법민도 이미 군사를 움직이고 있었다. 당나라가 태산 봉선 의식에 온 나라가 야단법석을 떨고 있을 때, 신라에서 먼저 고구려의 정변을 감지하고 고구려를 치자고 했다. 처음 당나라는 신라의 의견을 무시했다. 시간이 얼마 지나지 않아 당나라는 신라의 판단이 정확했음을 알았다. 지난겨울에는 연개소문의 동생 연정토가 신라로 항복해 동해안 쪽 비열홀 일대를 신라가 차지했다. 비열홀 지역은 진흥왕 때 신라가 흡수했다가 고구려의 지속적인 반격으로 다시 빼앗긴 지역이기도 했다. 고구려가 비열홀을 다시 찾기 위해 그토록 공을 들인 이유는 비열홀에서 평양까지는 길이 좋아 군대의 행군이 수월했기 때문이었다.

유인궤는 신라 왕에게 사신을 보내 신라와 군기를 협의했다. 그 결과 신라군은 세 방향으로 움직이기로 했다. 먼저 웅진도독부의 유인원과 신라 왕의 아우 김인태가 이끄는 신라군은 비열홀로 들어가 있기로 했다. 일종의 별동대인 셈이었다.

신라군의 본대는 다곡도(多谷道)와 해곡도(海谷道) 두 길을 따라 평양에 이르기로 했다. 해곡도는 한수 바로 북에 있는 한성정(漢城停)에서 내륙 동쪽으로 해서 평양에 이르는 길이고 다곡도는 한성정에서 수곡성 방향으로 해서 내륙 서쪽으로 평양에 이르는 길이었다.

신라 왕 법민은 8월에 대각간 김유신을 비롯 30여 명의 장군을 거느리고 서라벌을 떠나 9월에 한성정에 도착하였다. 5만의 대군이었다. 백제의 잔적들이 모두 사라졌기에 신라는 후방에 많은 군사를 남겨둘 이유가 없어졌다. 5만이면 신라 단독으로 고구려군과 대적할 수 있는 병력이었다.

신라군은 군세(軍勢)만 성장한 게 아니었다. 백제와의 전쟁 이후 신라군은 대단히 효율적인 군대로 체계화되었다. 특히 당나라 군대의 편성과 운영에서 많이 배웠다. 당나라와 연합 전투를 거치면서 신라군은 점점 강군이 되어나갔다. 과거의 신라군은 김유신이라는 뛰어난 장군이 지휘하면서 발군의 전투력을 발휘할 때가 많았다. 김유신이 노쇠하면서 신라군은 젊은 왕의 명령 체계에 따라 조직화되어 어느 장군이 투입되어도 훌륭하게 임무를 수행하는 군대로 변했다. 그게 신라 왕 법민이 원하는 신라군의 모습이기도 했다.

한성정에 도착한 신라군은 당나라군의 위치를 파악해 행군 속도를 조절하기로 하고, 전쟁의 정보를 수집하는 한편 당나라 대장군 이적과 교신을 시도했다. 무턱대고 먼저 평양성에 이르렀다가 고구려군의 예봉과 만나면 심각한 피해를 볼 수도 있기 때문이었다. 고구려는 찬밥 더운밥을 가릴 처지가 아니었기에 필사적으로 나올 게 분명했다. 김유신은 예봉은 피해야 한다고 주장했다. 신라 왕도 김유신의 생각에 동의했다.

신라 왕 법민은 평양 인근의 상황을 알아보기 위해 돛을 달고도 노를 저어 속도가 빠른 쾌선(快船) 세 척을 잇달아 보냈다. 서해로 나갔다가 패수를 거슬러 올라 평양 인근을 정찰한 신라의 척후정은 돌아와 한결같이 당나라 군대는 도착하지 않았다고 보고했다.

법민은 한성에 병력을 주둔하고만 있을 수는 없어 북진하여 칠중성을 공격했다. 칠중성은 신라군의 공격을 예상했기에 완강하게 저항했다. 신라군은 서둘지 않고 칠중성을 공략했다.

칠중성 함락이 눈앞에 있을 때 북쪽에서 일군의 기마병들이 신라 진영으로 먼지를 일으키고 달려왔다. 바로 이적이 보낸 강심(江深)과 거란 병이었다.

법민은 헐떡이는 강심에게 말했다.

"그대가 고생이 많다."

"살아서 폐하를 뵈오니 죽어도 여한이 없사옵니다."

"그래, 이적장군은 어디 있느냐?"

"대행성을 함락한 뒤 기병들만 모아 평양성 2백 리 북쪽까지 진군했습니다."

"그래? 벌써? 그러면 우리 신라군은 어떻게 움직이라 하더냐?"

"성을 공략하지 말고, 빠른 길로 패강 하류에 이르러 군량을 공급하고 평양성에 접근하라 하였습니다."

"그게 무슨 말이냐, 군량을 공급하라니. 당나라 군대가 군량이 없느냐?"

"그게 아닙니다. 이적의 본대는 문제가 없습니다. 당나라 수군이 문제입니다."

"수군이?"

"그렇습니다."

강심은 신라 왕과 김유신에게 그동안 북쪽 당나라와 고구려 사이에서 벌어진 전투의 내용을 상세히 이야기해주었다. 강심의 이야기를 듣고. 신라 왕도 김유신도 북쪽 전장에서 어떤 일이 벌어졌는지를 알게 되었다. 강심이 마지막으로 말했다.

"이적장군이 급히 군량을 곽대봉에게 보내라 하였습니다."

강심의 보고를 받은 신라 왕은 김유신에게 물었다.

"대장군, 어찌해야 하겠습니까? 또 군량을 공급하라고 합니다."

"폐하, 이번에도 거절하기는 어렵습니다. 하지만 우리 군사들 먹일 군량도 충분하다 할 수는 없습니다. 고구려로 깊이 들어가서 군량이 모자라면 낭패입니다. 지금까지 당나라 군사가 고구려를 이기지 못한 이유가 바로 그것 때문입니다."

"그러면 어찌해야 합니까?"

"천천히 가야지요. 거북이가 길을 가듯. 이미 겨울입니다. 겨울에 대병이 움직이는 게 쉽지 않습니다. 고구려 군사가 가만히 있겠습니까?"

"그러다가 당나라 수군이 고구려군에게 크게 당하면 우리에게 책임을 돌리려고 하지 않겠습니까?"

김유신은 강심에게 물어보았다.

"내가 대행성까지는 당나라 군량선이 온다고 들었다. 실제 그러하나?"

"대장군님, 그렇습니다. 대행성에는 당나라 군선들이 즐비하게 들어오고 있습니다. 지난가을 추수한 당나라 하북(河北) 여러 곳의 조세가 모두 대행성으로 오고 있는 듯합니다. 대행성에는 어마어마한 군량이 쌓여있습니다."

"그래? 알았다."

김유신은 신라 왕에게 말했다.

"급한 놈이 먼저 용변을 보러 가게 되어있지요, 폐하."

"그렇지요, 대장군. 대행성에서 해포까지는 뱃길로 2, 3일이면 도착하는 거리입니다."

"이적이 대총관입니다. 어찌 휘하의 군사를 굶주리게 두겠습니까? 나이가 들면 젊은이들이 굶주리는 게 더 괴롭습니다. 그러니 이적이 분명 군량을 보내겠지요."

신라군은 서서히 북상했다. 11월 11일에는 장새(獐塞)에 이르렀다. 장새는 김유신이 소정방에게 군량을 공급할 때도 거쳤던 곳이었다. 기병이 달리면 평양성에 이틀이면 도달할 거리였다. 하지만 해포까지는 매우 먼 길이었다. 고구려군을 만나지 않고 해포까지 가기는 불가능했다. 신라 왕 법민은 강심을 불렀다.

"네가 한 번 더 수고를 해주어야겠다."

"하명하시면 목숨을 아끼지 않겠나이다."

"이적장군을 찾아가라. 만약 전번에 있던 곳에서 북으로 철수했다면, 더 이상 이적장군의 소재를 찾지 말고, 바로 돌아와 보고하라."

강심은 거란병 80여 명과 함께 이적에게 달려갔다. 하지만 이적의 행방을 찾을 수 없었다. 고구려 백성들의 말로는 어느 날 당나라 군사들이 급히 북으로 철수했다고 했다. 얼쩡거리다가는 강심도 고구려군에게 붙잡힐 수 있기에, 그는 급히 도망쳐 장새로 돌아와 보고했다.

"당나라 군대는 흔적도 없습니다."

신라 왕은 김유신과 상의했다. 유신이 말했다.

"군사의 행방은 살아있는 뱀과 같고, 물속에 있는 물고기와도 같습니다. 적을 피하고 적을 공격하기 위해 어디든지 급히 움직입니다. 고집으로 머물면 죽습니다. 이적장군이 수군과 신라군과 더불어 평양성을 공격하기로 하였지만, 이미 너무 늦었습니다. 겨울이 깊어졌고, 또 수군이 뜻하지 않게 군량이 없어 움직일 수가 없었습니다. 이적은 처음에는 계획대로 평양 쪽으로 다가왔지만, 강심을 우리에게 보내고 난 뒤 북으로 돌아간 게 분명합니다. 곽대봉의 수군이 당나라로 돌아가자, 이적도 대행성으로 돌아갔음이 틀림없습니다. 5년 전에 소정방이 우리가 목숨 걸고 가져간 군량을 먹고 바로 당나라로 도망쳤듯이, 곽대봉의 수군도 그러했을 겁니다."

"그러니 우리도 철수해야겠지요? 대장군."

"폐하, 그렇습니다. 우리도 할 만큼 했습니다. 여기서 얼쩡거리다간 우리가 당합니다. 이적이 북상했으니, 우리가 고구려군의 목표가 될 수 있습니다. 한시바삐 철수해야 합니다."

김유신의 예측이 맞았다. 대행성의 군량을 공급받은 곽대봉은 굶주린 병사들을 배불리 먹인 뒤 바로 철수하고자 했다. 굶주림에 지친 병사들이 배불리 먹었다고 해서 바로 체력이 회복되지 않는다. 그 병사들을 이끌고 평양성을 공격했다가는 오히려 전멸할 수 있음을 곽대봉은 잘 알고 있었다. 삼십육계, 도망만이 살길이다. 고구려군이 포위망을 옥죄고 있었다. 소정방도 도망쳤지 않은가, 하고 곽대봉은 스스로를 달랬다. 곽대봉은 이적에게 퇴각을 요청하는 보고를 올렸다. 하지만 이적은 대단히 노하여 곽대봉에게 편지를 보냈다.

"내가 지금 진격하고 있는데, 어찌 갑자기 물러나려 하는가?"

곽대봉은 고민했다. 대총관 이적의 명이지만, 명을 수행하면 모두 죽는다. 곽대봉은 자신의 판단하에 전군을 순차적으로 철수시켰다. 그의 군사는 적리도를 거쳐 당나라 내주로 쏜살같이 달아났다. 곽대봉이 자신의 명을 어기고 철수하자 이적은 화가 잔뜩 나서 당나라 임금에게 보고서를 올렸다. 곽대봉이 적을 두려워하여 진격하지 않고 도망쳤다고 했다. 대총관의 명을 무시했으니, 군법대로 참해야 한다고 주장했다. 곽대봉도 임금에게 보고를 올렸다, 군량선이 난파하여 그대로 있다가는 10만 수군이 전멸할 것 같아서 모두 철수했다고 했다. 부하를 모두 살렸으니 죽어도 여한이 없다고 했다.

곽대봉이 철수하자 남건이 다시 이적과 글필하력을 괴롭히기 시작했다. 겨울이 깊어져서 당나라 군사는 매우 고통스러웠다.

남건의 고구려군이 욕이성을 탈환하기 위해 살수 방향으로 나아갔다. 글필하력은 욕이성까지 빨리 오느라 군량도 충분히 확보하지 못하고 있었다. 추위에 굶주림까지 오면 아무리 글필하력이라도 견딜 수 없다. 남건의 고구려군은 금산회전에서 당한 분풀이를 하고 싶었다. 곽대봉의 수군을 눈앞에서 놓쳐서 원통하기도 했다. 욕이성을 포위하여 글필하력군을 굶겨 죽일 작정이었다. 글필하력은 눈치 빠르게 긴급히 후퇴하여 겨우 화를 면했다. 글필하력은 군량이 충분히 남아있는 대행성으로 들어갔다. 대행성에는 이미 이적도 철수해 돌아와 있었다.

장안성의 당나라 임금 이치는 이적과 곽대봉의 보고를 받고 누구의 손을 들어줄지 판단해야 했다. 임금은 유인궤의 의견대로 곽대봉을 영남(嶺南)으로 유배 보내는 처벌을 내렸다. 곽대봉의 철수는 불가항력적인 측면이 있었다. 잘 판단해서 군사를 단 한 명도 잃지 않고 무사히 철수했기에 징계의 대상이 아니었다. 하지만 곽대봉을 징계하지 않으면 대총관 이적의 체면이 말이 아니었기에 유배형으로 마무리했다.

이적은 대행성에서 본격적인 겨울을 맞이했다. 평양을 점령하지는 못했지만 곽대봉을 핑계 삼을 수 있었으니, 다행이라 생각했다. 겨울을 보내고 내년 봄에 다시 시작하면 된다, 내년에는 기필코 끝장낼 수 있다고 생각했다. 대행성에는 임금 이치가 보낸 시어사(侍御史) 가언충(賈言忠)이 와 있었다. 시어사는 군대를 감찰하는 직책이었다. 직급은 낮아도 임금에게 바로 보고를 하기에 대장군도 그를 무시할 수 없었다. 이적은 노련한 장수답게 그를 잘 대접해서 돌려보냈다.

신라군은 큰 피해 없이 남진했다. 신라 왕 법민과 대장군 김유신을 비롯한 군사의 주력은 서라벌로 돌아갔다. 서라벌에서 신라 왕 법민은 촌주 강심에게 급찬의 관등을 주고, 벼 5백 석을 하사하였다. 강심이 목숨을 걸고 전장을 두 번이나 가로질렀다. 그의 활약으로 신라군은 별다른 피해 없이 무사히 철수했기에 내리는 표창이었다.

겨울이 깊어지자 전쟁은 끝난 게 아니라 잠시 쉬는 상태로 들어갔다. 강추위가 여러 나라의 병사들과 짐승들을 잠시나마 쉬게 했다. 일종의 휴전이었다. 그래도 평양성 주위로 더욱 암울한 기운이 돌았다. 고구려의 정묘년[80]은 그렇게 저물어갔다.

---

80) 667년

12

무진년[81]이 밝아 오면서 평양성의 남건은 새롭게 투지를 다졌다. 지나간 일은 지나간 일이다. 작년의 패배에 사로잡혀있을 수만은 없었다. 신성과 소자하와 국내성 일대, 압록수 중하류의 대행성을 당나라 군사가 점령했다. 이들을 몰아내야 했다. 남건은 결사대 5만을 뽑았다. 북진하여 당나라군의 근거지가 된 대행성을 탈환해야 했다.

2월이 되자 남건의 5만 군대는 대행성을 공격했다. 남건이 파악한 정보에 의하면 이적의 군사들은 대행성에서 겨울을 났다. 글필하력은 신성에서 월동했다. 대행성이 좁아 많은 인원을 수용할 수 없었기 때문이기도 하고, 신성 북쪽 부여성의 고구려군이 여전히 건재하였기 때문이다. 남건이 보면 당나라군이 신성에서 국내성까지 동서로 횡단하며 고구려의 영토에 들어와 있었다. 이적이 보면 고구려군이 동서로 포진한 당나라군을 위협하고 있었다. 누구의 창이 누구의 방패를 먼저 뚫느냐 하는 급박한 상황이었다.

이적 역시 가만있지 않았다. 글필하력에게 고구려 북쪽에 있는 부여

---

81) 668년

성을 공략하라 지시했다. 뒤통수가 근질근질하니 근원을 뿌리 뽑자는 심산이었다. 글필하력에게 겨울을 신성에서 보내라 한 이유 중의 하나도 봄이 되면 바로 부여성을 공략하기 위함이었다.

남건이 대행성을 필사적으로 공격하자 이적은 견디기 힘들었다. 이적은 대행성을 포기하고 설하수(薛賀水)[82] 일대로 서서히 북상하면서 후퇴했다. 대행성에 쌓인 군량은 고스란히 고구려 군대의 차지가 되었다. 남건은 그 군량을 육로로 평양성으로 실어 나르도록 했다. 이적은 꼬불꼬불한 설하수 길을 따라 상류로 올라갔다.

그 무렵 글필하력은 부여성 일대로 진군했다. 설인귀가 선봉에 나섰다. 남건의 명을 받은 고구려군도 부여성을 나와 남진을 시작했다. 부여성 남쪽 드넓은 벌판에서 고구려군과 당나라군의 필사의 싸움이 벌어질 참이었다.

설인귀의 3천 병력이 먼저 고구려군에게 돌출되었다. 고구려 기마병이 설인귀를 잡으려 나섰다. 여러 부관이 설인귀에게 후퇴하자고 했다. 설인귀는 역전(歷戰)의 맹장이었다. 설인귀의 당나라 군사는 강했다. 설인귀가 앞장서서 군사들을 독려하자 바로 고구려 기마대가 무너지기 시작했다. 고구려군이 후퇴할 무렵 글필하력의 본대가 나타났다. 치열한 공방전 끝에 고구려군이 밀리기 시작했다. 설인귀와 글필하력 군은 당나라군 중에서도 최강의 전투력을 가지고 있었다. 드넓은 개활지에서의 싸움은 기선을 제압한 군대가 이기게 마련이다. 숨을 데도 피할 데도 없는 들판에서 1만여 고구려군이 참살당했다. 결국 남은 고구려군은 항복을 택하고 말았다. 부여성을 나온 고구려군이 항복하자 부여성 일

---

82) 압록강의 지류로 추정.

대 인근 40여 개 성이 잇따라 항복했다.

글필하력은 항복한 고구려군을 당나라군으로 다시 편제하여 자기 휘하로 끌어들였다. 글필하력이 원래 철륵 사람이었기에 고구려군 중에서 그에게 회유되는 장수들이 많았다.

이적을 추격하던 남건에게 부여성이 무너지고 40여 개 성이 항복했다는 급보가 들어왔다. 남건은 믿기 힘들었지만 믿지 않을 수 없었다. 당나라군을 남북으로 압박하여 두 동강을 내고 국내성 일대를 회복하자는 계획이 수포로 돌아갔다. 남건은 마음이 급해졌다. 어서 이적의 군사를 따라잡아 소탕하고 싶어졌다. 군을 몰아쳐 진군 속도를 올렸다. 그러다 아차 했다. 돌아보니 설하수 상류의 골짜기로 너무 깊이 들어왔다. 골짜기 끝에 넓은 평지가 나타났다.

늘 그렇다. 깨달음이 온 순간은 이미 늦었다. 이적은 여든에 가까운 노장이었다. 수십 번의 전투에서도 살아남았다. 수백에 이르는 전투를 분석하면서 작전을 짜고 전술을 개발한 장수였다. 반면 남건은 분기탱천한 서른한 살의 젊은 장수였다. 이적의 당나라군은 낮은 산을 등지고 일자진으로 고구려군을 맞이했다. 당나라군은 도망칠 공간이 있었지만, 고구려군은 좁은 골짜기에서 나와서 당나라군을 맞이해야 했기에 돌출부의 고구려군이 불리할 수밖에 없었다. 고구려군 선두는 길이 좁아 나아갈 수가 없었다. 나아간 군사는 당나라 군대의 좋은 먹잇감이 되었다. 전투에서는 지형이 천군만마도 될 수 있고 고립무원의 외로운 군사도 될 수 있다. 지형지물을 잘 이용하면 병력의 차이를 극복할 수 있다. 그게 용병술만큼이나 중요한 병법의 원리였다. 깔때기의 끝에 있으니 고구려군은 제대로 싸워보지도 못하고 후퇴해야 했다, 고구려군은 후퇴도 빨리 할 수 없었다. 도마뱀이 꼬리 자르기를 하고 도망치듯 후퇴하니 후미의 고구려군 희생이 컸다. 이적은 설하수에서 고구려군 5천여 명의 목을 베고, 포로로 3만을 잡았다. 빼앗은 우마도 거의 비슷했다. 고구려군은 1만 5천이 살아 겨우 남으로 도망쳤다. 남건의 참패였다.

이적의 당나라군은 여세를 몰아 다시 대행성을 점거했다. 남건의 남은 군사는 남진하여 살수를 건너 다시 군세를 정비했다. 이적도 더는 추격하지 않고 압록수를 경계로 잠시 숨을 골랐다.

대행성에서 이적은 고구려의 마지막 숨통을 끊어놓기 위한 작전을 짰다. 부여성의 함락과 설화수 전장의 패배, 이적의 대행성 재점령이 모두 무진년[83] 2월에 벌어진 일이었다.

같은 2월에 시어사 가언충은 장안으로 돌아가 당나라 임금 이치를 알현했다. 유인궤가 배석했다. 임금이 물었다.

"지금 고구려의 상황이 어떠냐? 이번에는 고구려를 굴복시킬 수 있겠더냐?"

가언충이 대답했다.

"고구려는 반드시 평정되겠습니다."
"어찌 그것을 아느냐?"
"폐하, 수 양제가 동정(東征)하고도 이기지 못한 이유는, 백성들의 인심이 떠나고 원망이 있었기 때문입니다. 선제(先帝)께서 동정하고도 이기지 못한 이유는, 당시 고구려에 틈이 없었기 때문입니다. 지금 고구려

---

83) 668년

왕이 미약하고, 권신(權臣)이 제멋대로 명령합니다. 연개소문이 죽은 후 남건 형제가 내부에서 서로 공격하고 있습니다. 남생은 마음을 기울여 우리의 향도(鄕導)가 되었습니다. 우리 장수들이 힘을 다하여 고구려의 혼란을 틈타 공격하니, 우리가 반드시 이기게 되어있습니다."

"허허, 기쁜 일이다. 지금 요동의 장수는 어떠하냐?"

"설인귀의 용맹이 삼군(三軍) 중 으뜸입니다. 글필하력은 강인하고 결단력이 있으며 통솔하는 재주가 있습니다. 그러나 밤낮으로 조심하고, 몸을 잊고 나라를 근심하는 데는 이적을 따를 장수가 없습니다."

배석한 유인궤가 말했다.

"폐하, 소신의 생각으로는 이적에게 맡겨두고 웅진에 있는 유인원에게 북진하여 평양성에 이르라고 하면 좋겠습니다."

"좋소이다. 그럼 신라군은 어떻게 하면 좋겠소?"

"폐하, 신라군도 평양성으로 진군하여 평양성을 함락하는 데 힘을 보태게 해야 합니다."

"지난번 백제를 멸할 때 내가 소정방에게 말한 게 있었소. 경은 아시오?"

"폐하, 알고 있습니다. 신라 왕을 잡아 오라 하셨습니다."

"그렇지. 이번에도 평양성을 함락하면 고구려 왕도, 신라 왕도 다 붙잡아 올 수 있지 않겠소?"

"폐하, 그렇기는 하지만 신라 왕은 아비를 닮아 매우 약은 자입니다. 또 김유신이라는 장수가 워낙 노회하여 신라 왕을 붙잡아 오기는 어렵습니다."

"그렇긴 해도 일망타진(一網打盡)을 하시오. 우상이 직접 신라로 가서 그들 군사를 인솔하고 가시오. 아시겠소? 이적장군이 있지만, 경이 같이 움직여서 해동의 일을 잘 마무리하시오."

"신이 명을 받들겠사옵니다."

당나라 임금은 이미 지난 정월에 유인궤를 요동도부대총관(遼東道副大總管)에 임명하여 고구려 원정군에 대한 모든 사항을 처리하라 명한 바 있었다. 유인궤는 전체적인 전쟁의 흐름을 살피면서 신라로 건너갈 준비를 했다.

그 무렵 서라벌에서도 논의가 분주하였다. 임금은 외삼촌 유신과 흠순, 동생 인문 등과 함께 고구려 전쟁의 추이를 시시각각 파악하고 있었다. 먼저 임금이 말했다.

"지금 고구려의 전쟁이 어떻게 되어가고 있는지 궁금하오. 경들은 어떻게 생각하시오?"

흠순이 말했다.

"폐하, 아마도 당나라 군사들이 평양으로 향하고 있지 않을까 합니다. 보통은 당나라에서 먼저 우리에게 사신을 보내 1, 2월이 되면 군사를 준비하라 하지 않았습니까?"

"그랬지요. 빨리 준비하여 평양으로 가라고 독촉이 심했지요."

"폐하, 올해는 아직 소식이 없습니다. 그러나 올해도 분명 군사를 보내라 할 게 틀림없습니다."

"그래야지요. 당나라 군사들만이 평양성을 점령하게 해서는 안 되오. 우리가 반드시 평양성을 함락하는 데 큰 역할을 해야 합니다. 대장군의 생각은 어떠십니까?"

새해 들어 풍으로 몸이 불편해진 유신은 조금 어눌한 발음으로 임금의 물음에 답했다.

"폐하, 고구려가 만만한 나라가 아닙니다. 여기저기 병사도 많구요. 당나라가 대국이라 하나 쉽게 평양성을 점령하기 어렵습니다. 분명 우리에게 요청하게 되어있습니다. 좀 더 기다려보시지요."

임금의 동생 인문이 말했다.

"폐하, 이적은 지난겨울을 대행성에서 보냈습니다. 배편으로 사람을 보내보시면 어떻습니까? 분명 이적은 우리에게 뭔가 요청할 듯합니다. 이적장군이 우리 인삼을 또한 무척 반기니 좀 가져가라고 하고요."

모두 인문의 의견에 찬성했다. 임금이 말했다.

"그렇지. 인문이 이적을 잘 알지. 전에도 이적에게 인삼을 준 적이 있다고 들었다."

임금은 대감 김보가(金寶嘉)에게 명을 내려 바닷길로 가서 이적에게 군기(軍期)를 받아오라 했다. 신라군도 준비를 마쳤으니 언제 출병하느냐고 물어보라고 했다. 김보가는 한수에서 쾌선으로 서해로 나아가 대행성에 이른 다음, 이적을 만나고 3월 초순에 돌아왔다. 김보가가 여러 장수가 배석한 가운데 임금에게 보고했다.

"이적이 설하수에서 남건을 대파했다 합니다. 당나라군이 대행성을 탈환하고 압록책(鴨綠柵)을 공격하고 있는데 이게 만만찮아 쉽게 돌파하지 못하고 고구려군에 막혀있다 합니다. 이적장군은 곧 당나라군이 압록책을 돌파하고 남하할 테니 신라군도 평양으로 북상하라 하였습니다."

임금이 물었다.

"이적이 고전하고 있는 모양이구나. 그럼에도 압록책을 뚫고 평양으로 올 수 있겠더냐?"
"글필하력이 곧 남하하여 이적과 합세한다고 합니다. 그러면 압록책을 돌파하겠지요."
"이적이 언제 신라군을 북상하라 했느냐?"
"6월에 욕이성으로 일단 지휘부를 보내라 하였습니다. 우리가 지난번 백제를 공략할 때 덕물도로 여러 장군께서 가시지 않았습니까?"
"그랬지. 그때 대장군도 가셨지."
"이번에도 그렇게 욕이성에서 수뇌부끼리 군기를 맞추자고 하였습니다. 그리고 신라군은 일단 비열도와 해곡도로 군사를 보내라고 했습니다."

임금은 유신에게 말했다.

"이적이 지금 압록책에서 고전하고 있는 듯한데, 살수 건너 욕이성에서 만나자니 가능하겠습니까?"

"가능하다고 봐야지요. 글필하력군이 투입되면 바로 욕이성을 점령할 게 분명합니다. 폐하, 지금부터 우리도 준비해야겠습니다."

그때 김흠순이 말했다.

"폐하, 요즘 웅진도독부의 유인원이 이상합니다."

"이상하다니요?"

"출전을 서두르고 있다는 정보가 들어와 있습니다."

"유인원이 출전을 서두르고 있다? 그들의 군사가 얼마지요?"

"1만이옵니다. 지난 전쟁에서 1천 정도가 죽거나 다쳤는데 새로 1천 정도가 보강되어 여전히 1만을 유지하고 있습니다."

"그럼 그들이 무슨 연락을 받았다는 말이 아니오?"

"그렇습니다. 아마도 이적장군으로부터 연락받은 듯합니다."

유신이 말했다.

"그게 우리에게는 좋은 소식입니다. 유인원은 성격이 급한 자입니다. 공을 세우려고 늘 덤비지요. 그가 북상하면서 고구려군과 맞닥뜨리지 않을 수 없습니다. 그러면 그가 평양으로 가는 길을 닦아놓겠지요. 행여 그렇지 못하면 우리가 도와 길을 열어야겠지요."

임금이 말했다.

"하하하, 유인원이 우리의 길을 열어준다는 말씀이군요. 우리 군의 희생을 줄일 수 있겠습니다."

신라 수뇌부의 예측대로 이적은 3월이 다가도록 필사적으로 항전하는 남건의 군사를 뚫지 못했다. 이적은 급히 당나라 장안에 있는 유인궤에게 서기관 원만경을 보냈다. 원만경은 유인궤에게 말했다.

"저의 장군께서 말씀하시길, 우상께서 직접 신라로 가주셨으면 했습니다."

"그래? 안 그래도 폐하께서 그렇게 하라고 하셔서 신라로 갈 예정이다."

"신라군을 잘 인솔해서 평양으로 진격하라고 하셨습니다. 신라군은 쓸모가 많다고도 하셨습니다."

"그래. 그건 내가 잘 안다. 이 유인궤보다 신라를 잘 아는 사람이 당나라에 있겠느냐? 그리고 신라에는 김유신이라는 교활한 늙은이가 있지."

"그렇습니다, 우상 어른. 이적장군께서도 그렇게 말씀하셨습니다. 게다가 신라군은 영리해서 희생이 날 전투는 몸을 뺄 수도 있으니, 우상께서 신라군을 직접 통솔하라 하셨습니다. 신라군을 이끌고 북상하여 평양에서 만나자고 하셨습니다."

"하하하, 맞는 말이야. 역시 이적장군은 용의주도하다. 당나라 군사의 희생을 줄이고 신라군을 활용하자는 거지. 지금 이적장군이 무지하게 고생하고 있지? 그렇지 않은가?"

"압록책을 뚫지 못하고 있습니다만, 글필하력장군이 도착하면 상황은 달라지겠지요."

"알았다. 내가 폐하께 상주하여 신라로 가겠다. 우리는 평양성에서 만나자."

4월이 되자 부여성 등지를 완전히 평정한 글필하력이 항복한 말갈군과 거란군까지 당나라군으로 편제하여 압록책으로 남진해 왔다. 글필하력이 등장하자 전세는 완전히 기울었다. 글필하력이 먼저 압록책을 우회하여 살수로 나아가 욕이성을 점령하자, 포위를 두려워한 남건의 고구려군은 압록책에서 남하하여 평양성 일대로 후퇴했다.

4월 2일 하늘에서 큰 꼬리별이 나타났다. 당나라 장안에서부터 고구려 전역까지 다 보일 정도로 큰 꼬리별이었다. 고구려 사람들은 불길한 징조라 하며 불안에 떨었다. 이 꼬리별은 열흘 이상이나 밤하늘을 가로질러 고구려로 다가오더니 4월 14일에 사라졌다.

이 별을 바라보며 밤마다 불안에 떨던 고구려 책성 성주 이타인(李他仁)은 별이 사라지자 바로 12성의 고구려 고을과 37부의 말갈 부락을 들어 이적에게 항복하였다. 책성은 고구려 동북지방 동해에 면한 넓디넓은 지역을 관할하는 지역의 중심이었다. 이타인은 남건으로부터 부여성을 지원하라는 명을 받았으나, 마음의 갈피를 잡지 못해 남건의 명을 이행하지 않았다. 가깝게 지내며 연락을 취해왔던 연정토가 신라에 귀부한 다음이었다. 이타인은 남건보다는 남생과의 인연이 더 많아 밤마다 별을 보며 고민을 거듭했다. 부여성이 함락되고 글필하력이 압록책을 돌파했다는 말을 들었을 때쯤, 밤하늘의 꼬리별을 핑계 삼아 이타인은 항복을 결정했다. 스스로는 살길을 찾는 결정이라 생각했다.

이적에게 이타인의 항복은 큰 의미가 있었다. 요동의 한두 성을 제외하면 압록수 북방의 모든 영역은 완전히 당나라 수중에 들어왔다. 과거의 예로 보면 고구려는 국내성이 함락되면 임금이 동해 책성으로 도망가 저항을 계속했다. 책성 지역은 숲이 우거지고 산세가 험악해 대군을 동원해 추격하기 어려운 지역이었다. 평양성을 함락한다 해도 왕이 그쪽으로 도망가면, 불씨가 살아있는 셈이어서 언제 고구려가 되살아날지 몰랐다. 그런 지역의 성주가 항복해 오다니. 이적은 이타인의 항복으로 전쟁의 승리를 확실히 예감했다. 고구려는 그야말로 사면초가(四面楚歌)가 되었다. 이적과 글필하력의 주력군이 남진하고 있고, 웅진도독부의 유인원과 유인궤가 이끄는 신라군이 북상하고 있다. 게다가 남건과 보장왕의 유일한 탈출구였던 책성도 당나라군의 손에 들어왔다. 마침내 전쟁의 끝이 보였다. 선왕도 끝내지 못한 전쟁을 이적이 마무리하게 되었으니 스스로 감개무량하지 않을 수 없었다.

13

6월 12일 유인궤는 신라 당항진에 도착했다. 장안에서 숙위하던 김유신의 아들 삼광(三光)이 수행했다. 8년 전 처음 신라에 왔을 때 유인궤는 유인원 휘하에 종군한 일개 병졸이나 마찬가지였다. 이날 유인궤는 요동도안무부대사 요동행군부대총관 겸 웅진도안무대사 행군총관이라는 긴 직책이 적힌 임금의 칙지를 가지고 있었다. 우상(右相)이자 태자의 스승이기도 했다. 벼슬의 높이로 따지자면 신라 왕 바로 아래였다. 실질적으로는 당나라 임금으로부터 신라의 군사를 통솔하라는 명을 받았다. 삼광은 쾌선을 미리 보내 신라 왕에게 유인궤의 도착일을 알렸다.

신라 임금은 동생 인문을 보내 크게 격식을 차리고 그를 영접했다. 신라는 유인궤에게 당나라 임금의 칙지를 가지고 온 당나라 우상에 걸맞은 대접을 했다. 유인궤는 감격하여 매우 흡족해했다. 눈물까지 흘렸다. 감개무량이 따로 없었다. 당나라 말에 익숙한 인문과 함께 유인궤는 한성정으로 향했다.

6월 21일 신라 임금 법민은 대각간 김유신을 대당대총관으로 인문, 흠순, 천존 등 30여 명의 장수를 총관으로 임명했다. 이들 장수가 5만의 병사를 이끌 예정이었다. 작년에 이 군사들이 평양성에 근접한 장새까지 갔으니, 군사들도 이미 원정에 익숙했다. 6년 전 김유신이 소정방에게 곡식을 운송할 때 함께 북진했던 군사들도 수두룩했다.

다음 날인 22일에 웅진도독 유인원이 사람을 보내 고구려의 대곡성(大谷城)과 한성(漢城)[84]을 점령했다고 알려왔다. 먼저 출발한 유인원의 1만 당나라 군사가 신라군의 선봉 역할을 자처하고 있었다. 고구려 한성은 백제 한성이 아니라 고구려가 한수 이북을 경영하기 위해 재령강 북쪽에 새롭게 건설한 성이었다. 김유신의 예언대로 유인원이 한성정에서 평양 인근까지 큰길을 미리 닦고 있는 셈이었다. 신라 임금은 사람을 시켜 유인원에게 술과 고기를 보내 그의 노고를 치하했다. 임금은 옆에 있다면, 유인원을 안아주고 싶을 정도였다.

이날 22일에 인문, 천존, 도유 등 신라군 지휘부 중 일부는 배편으로 살수 인근의 욕이성으로 향했다. 이적이 글필하력군의 돌파에 힘입어 욕이성에 입성해 있었다.

27일에 신라 임금 법민도 서라벌에서 출발했다. 대장군 김유신이 풍병으로 거동이 불편했다. 임금은 유신에게 서라벌에 남아있기를 권했다. 흠순이 임금에게 말했다.

"폐하, 만약 대장군이 함께 가지 않는다면 장차 전장에서 후회할 일이 있을까 염려됩니다."

왕이 말했다.

---

84) 대곡성과 한성은 황해도에 있던 고구려의 성이다.

"외숙부 두 분과 내 동생 인문은 신라의 보배입니다. 만약 모두 함께 적진으로 향하다가 뜻밖의 일이 생겨 돌아오지 못하면 어찌하겠습니까? 대장군은 서라벌에 남으셔야 합니다. 대장군께서 서라벌에 계시면 크나큰 장성(長城)이 버티고 있는 것과 마찬가지입니다. 전쟁이 끝날 때까지 무엇이 걱정이겠습니까?"

흠순이 말했다.

"서라벌이야 안심이 되겠지만 대장군께서 안 계실 때 우리 신라군에 어려움이 닥치면 어찌해야 합니까?"

유신이 동생 흠순의 말을 듣고 웃으며 말했다.

"무릇 장수는 나라의 방패요, 임금의 손발이다. 흠순과 인문은 내 말을 명심해라. 전쟁에서 승리하려면 첫째, 하늘의 이로움을 얻고, 둘째, 지리의 이로움을 얻고, 셋째, 사람의 이로움을 얻어야 한다. 하늘의 이로움을 얻는다 함은 천문을 살펴 날씨를 보고 바람이 어찌 불지 알아야 하며, 비와 눈이 언제 내릴지 알아야 하며, 더위와 추위도 잘 짐작해야 한다는 말이다. 지리의 이로움을 얻는다 함은 어디가 산이고 강은 어디로 흘러가는지, 수렁은 어디이고 언덕은 어디인지, 계곡은 어디로 이어지는지를 세밀히 잘 살펴야 한다는 말이다. 사람의 이로움을 얻는다 함은 병사들의 마음을 잘 살피고 어루만져야 한다는 말이다. 천지인(天地人), 이 세 가지를 얻으면 반드시 이긴다. 어서 가라."

흠순과 인문이 절하며 말하였다.

"받들어 따라 행하겠습니다. 감히 어기거나 그르치지 않겠습니다."

6월 29일에는 신라의 모든 군사가 행군을 시작했다. 뜨거운 여름이었다.

7월 19일 임금은 한성정에 도착하였다. 신라군 5만 대군은 여러 지역에서 출발했기에 해곡도(海谷道)와 다곡도(多谷道)와 비열도(卑列道)[85]로 각각 진군하기로 했다.

신라 왕 법민은 신라군이 북상하면서, 먼저 북상한 웅진도독부의 유인원의 1만 군사가 평양까지 이르는 여러 성에서 치열하게 전투를 하고 있다는 소식을 들었다. 고구려군은 평양 북쪽으로 이적과 글필하력, 동쪽으로 신라군, 남쪽으로 유인원의 군사와 신라군이 각각 옥죄어오자 필사적인 저항을 시작했다.

웅진도독부 유인원이 평양 북쪽의 이적과 합류하려면 평양 남쪽의 10여 개 성을 더 돌파해야 했다. 평양 남쪽의 고구려성 하나하나에는 대략 1천여 명의 병사밖에 없었으나 그들은 필사의 각오로 항전했다. 고구려의 국법은 성을 지키지 못하거나 도망가면 바로 사형에 처할 정도로 엄했다. 성을 지키는 게 유일한 살길이라 필사적이지 아니할 수 없었다. 유인원은 연속으로 성을 깨뜨리기가 쉽지 않았다. 유인원은 이적에게 군사 지원을 요청하기 위해 40여 차례나 연속하여 이적에게 척후병을 보냈다. 이들 척후병은 감감무소식이었다. 유인원은 지원군을 기

---

85) 해곡도는 황해도 신계, 삭령과 수안을 거쳐 평양에 이르는 길, 다곡도는 황해도 평산에서 서흥과 황주를 거쳐 평양에 이르는 길, 비열도는 강원도 안변으로 각각 추정된다.

다리며 고군분투하여 평양 남쪽의 고구려 성 여럿을 함락시켰다. 이적에게 보낸 척후병은 대부분 중간에서 고구려군에게 붙잡혀 죽었다. 마지막 40번째의 척후병이 겨우 살아서 돌아왔다. 살아온 척후병은 이적의 군사가 평양성 북쪽 20여 리까지 와서 대성산성을 공략했지만 남건의 기마병이 나타나자 다시 북상해 버렸다고 보고했다. 유인원은 그러는 동안에도 전진하며 연진성(延津城) 등 일곱 개의 성을 점령했다. 하지만 고구려군의 항전으로 유인원의 병사 9천여 명이 죽었다. 인원은 살아남은 군사가 1천여 명밖에 되지 않자 후방의 신라군이 북상하기를 기다렸다. 1천의 병력마저도 거의 부상병이었기 때문이었다.

신라군과 함께 북진한 유인궤는 유인원이 병력의 9할을 잃어버린 사실을 알고 대단히 노했다. 절대적으로 우세한 군세에서 유인원이 공을 세우려고 서둘다가 군사를 잃어버렸다고 판단한 유인궤는 바로 그 자리에서 유인원을 파면했다. 유인원이 한때 자신의 상관이었지만, 그것은 참작 대상이 아니었다. 인궤는 인원을 파면하는 동시에 당나라 낙양으로 압송하게 하고, 장문의 보고서를 올렸다.

유인궤의 보고로 상황을 파악한 당나라 임금 이치는 낙양에서 유인원을 직접 심문했다.

"어찌 병사의 9할이 죽었느냐?"

"폐하, 신이 이적에게 40여 차례 병사를 보냈으나, 길이 험하고 고구려군이 막고 있어 모두 도달하지 못했습니다. 오직 마지막 병사만이 그에게 도착할 수 있었습니다. 게다가 신은 이미 연진(延津) 등 일곱 성을 점령하고 평양을 공격하려던 참이었는데, 이적의 군대가 갑자기 철수하였습니다. 신의 군사만 적에게 돌출되어서 그러했습니다. 이적장군이 군사를 내려보냈으면 신의 군사만 그렇게 당하지 않았습니다. 신의 잘못이 아닙니다."

"뭐라고 헛소리를 하느냐. 네가 거느린 병사는 하나같이 다 정예병 들이다. 네가 함락시킨 성들은 모두 천 명도 안 되는 고구려군이 지키고 있었다. 변명이 말이 되느냐? 나의 군사들을 다 죽이고 무슨 소리냐. 더 군다나 그 군사들은 지난 경신년부터 7년이나 웅진에서 너와 생사고락 을 함께했던 군사들이 아니냐. 이 인정머리 없는 놈. 저놈을 당장 끌어 내 참수하라."

임금은 그가 뻔뻔스럽게 계속 변명하자 더 화가 났다. 유순한 임금 이었지만 변명을 싫어했다. 유인원은 끌려나가면서도 울부짖으며 크게 고함을 질렀다.

"폐하, 신의 잘못이 아니옵니다. 살려주시옵소서. 신은 7년 동안 웅 진을 지켰나이다. 살려주소서."

임금은 유인원이 끊임없이 울부짖으며 소리를 지르자, 그가 오래도 록 백제에 머물면서 웅진도독부를 지키고 있었음을 생각해냈다. 임금 은 특별히 참수를 취소하고 그를 요주(姚州)[86]로 유배를 보냈다. 요주는 당나라 서남쪽 변방으로 토번과도 멀지 않은 곳이었다.

유인원은 참형을 아슬아슬하게 겨우 면했다. 하지만 유배 가는 도중 분통이 터져서 그만 죽고 말았다.

---

86) 오늘날 중국 윈난성[雲南省] 쿤밍시[昆明市] 일대에 해당.

법민의 신라군 주력은 유인원이 길을 닦아놓은 덕으로 큰 희생없이 패수 남쪽으로 진군했다. 살아남은 웅진도독부 유인원의 군사들은 웅진으로 내려보냈다. 그 병사들은 거의 부상병들이라 이미 전투력이 없었다. 유인궤가 그들을 보고 눈물을 흘렸다. 인궤도 대부분 얼굴을 아는 병사들이었기에 더욱 그랬다.

이적은 평양성 부근까지 왔다가 남건의 기병에 쫓겨 다시 욕이성으로 북상했다. 아무래도 글필하력군이 투입되기를 기다려야 했다. 글필하력군은 7월 중순이 되어서야 압록수를 건너 남하하기 시작했다. 글필하력군은 항복한 말갈과 고구려군을 모두 이끌고 있었다. 항복한 말갈과 거란 병사를 다시 편제하고 지휘체계를 잡으려니 시간이 많이 지체되었다. 여기에 부여성에서 항복한 고구려군과 이타인의 고구려 책성 병력까지 합하니 그 수가 무려 20만에 육박했다.

당나라는 태종 때부터 항복한 오랑캐 군사를 다시 당나라군으로 편제하여 오랑캐를 쳐부수는 이이제이(以夷制夷)를 기본 전략으로 채택하고 있었다. 이간책과 회유책을 통해 적의 우두머리를 끌어들인 다음 그에게 공을 세우게 하면, 당나라군의 희생 없이 적을 제압할 수 있었다. 설연타와 철륵, 토번, 백제 등을 정벌할 때 모두 그 방법을 사용했다. 당나라는 당나라군이 아닌 오랑캐군을 번병(蕃兵), 당나라군을 한병(漢兵)이라 불렀다. 고구려를 정벌할 때도 그 원칙에서 벗어나지 않았다. 특히 고구려 안에는 말갈과 거란 군사가 많았다. 그들을 고구려군에서 떼서 당나라의 번병으로 흡수하는 과정을 거쳤다. 번병을 조직하고 잘 통솔하는 자가 바로 번장(蕃將) 출신인 글필하력이었다. 그러다보니 글필하력의 행군 속도가 늦을 수밖에 없었다.

비열홀에서 행군을 시작한 비열도총관 김인태(金仁泰)와 비열성주 숭신(崇信) 그리고, 문영(文穎)과 복세(福世)장군은 평양성 동쪽 사천(蛇川)의 벌판으로 향했다. 동해 쪽에서 출발했으니 당연히 평양성 동쪽으로 접근했다.

평양성의 약점인 동북을 공략하려면 사천 벌판을 건너야 했다. 평양성의 북문인 현무문 방면은 나지막한 산등성이를 따라 성벽이 구축되어있었다. 다른 곳은 모두 깊은 해자와 연결되어있어 물을 건너야만 했다. 평양성은 3면은 해자로, 한 면은 산등성이로 되어있고 성벽 또한 높고 튼튼해 함락이 매우 어려운 성이었다. 게다가 산등성이 쪽은 북성으로 따로 성벽이 만들어져있었고, 외성, 중성, 내성의 3중 구조로 되어있어 성벽 하나만 허물었다고 점령되는 성이 아니었다. 그나마 그래도 평양성의 유일한 약점은 해자가 둘러싸여있지 않은 동북쪽 현무문 부근, 산등성이 성벽 쪽이었다.

고구려군에게는 대성산성과 사천 벌판을 가로지르는 사천을 따라 늘어선 방어선이 중요했다. 사천 벌판 가운데로 흐르는 사천에 포진하면, 동에서 접근하는 적군은 사천을 넘어 비탈진 언덕을 올라야 했으므로 불리할 수밖에 없었다. 사천을 우회하려면 멀리 패수를 건너거나 대성산성을 돌파해야 했기에 평양성으로 접근하기가 어려웠다. 평양성을 효과적으로 제압하려면 먼저 사천 벌판을 돌파하고 이어서 대성산성을 장악한 다음, 사천을 지나 평양성 북동 현무문 쪽에 이르러야 했다. 때문에 사천 벌판은 평양성을 지키려는 고구려나, 평양성을 포위하려는 당나라나 신라에게 모두 중요한 곳이었다.

평양성의 현무문을 나서 언덕을 내려가면 벌판이 이어지고 벌판 너머로 사천이 북에서 남으로 흘렀다. 사천 너머 동쪽으로는 안학궁이 있었다. 이 일대를 모두 사천 벌판이라 불렀다. 고구려에서는 북방을 현무가 지킨다고 믿었다. 현무는 거북과 뱀이 암수 한 몸 형상을 한 동물로 뱀의 긴 몸통이 둥글게 거북을 휘감고 있었다. 때문에 대성산에 산성을 쌓고 대성산 아래 안학궁을 지었던 장수왕은 안학궁 옆을 북에서 남으로 흘러 패강으로 들어가는 지류를 사천이라 했다. 사천이 뱀의 몸통인 안학궁을 더욱 튼실하게 지켜준다는 생각에서 나온 작명(作名)이었다. 사천 중간에 있는 조그만 산은 뱀산 또는 사산(蛇山)이라 불렀다. 평양성을 공격하는 군사는 사천 벌판과 대성산을 점령해야 평양성의 북문인 현무문에 도달할 수 있었다. 때문에 사천 벌판과 사천은 평양성을 지키는 최후의 외곽방어선이었다. 6년 전 당나라 방효태의 군사가 사천으로 접근한 이유도 사천 쪽이 평양성의 약점이었기 때문이다. 당시 그 점을 잘 알고 있었던 연개소문은 대성산성으로 요동군사를 내려오게 하여 방효태군을 몰살시켜 버렸다.

동해 비열홀에서 행군한 신라의 군사들이 7월 초순에 가장 먼저 사천 벌판 일대에 도착했다. 신라군 앞에는 사천의 제방을 따라 고구려군이 길게 남북으로 목책을 구축해 진을 치고 있었다. 그 방비가 대단히 단단하여 쉽게 돌파하기 어려워 보였다.

신라군은 일단 진영을 구축하고 김흠순의 대당군에 척후병을 보냈다. 흠순은 비열홀의 신라군이 사천에 도착했다는 보고를 받고 왕과 의논했다. 신라군이 사천을 돌파하면 북쪽의 당나라군이 대성산성을 공략하기가 쉬워질 게 분명했다. 흠순이 왕에게 말했다.

"폐하, 이번에 우리 신라군의 용맹을 보여줌이 어떠하신지요?"

"먼저요?"

"그렇습니다. 사천 벌판으로 대당군을 보내 비열홀에서 온 군사와 합세하면 우리가 충분히 이길 수 있습니다. 그러면……"

"이적에게 큰소리를 칠 수 있다는 말이지요?"

"그렇습니다, 폐하. 이 전쟁이 끝나면……"

"삼한일통을 이룬다는 말이지요? 외숙부, 나도 오래도록 생각하고 있었습니다. 오래전에 아버님이 당나라 장안에 가서 당나라 임금을 만났지요. 그때 아버님과 당나라 임금이 무슨 약속을 했는지 아시지요?"

"폐하, 어찌 그것을 제가 모를 수 있겠습니까? 고구려를 멸하면 평양 이남은 신라가 가진다는 약속이지요."

"그렇습니다. 바로 그것입니다. 하나 바로 그 약속 때문에 당나라나 이적이 꺼리고 있을지도 모릅니다. 오히려 조심해야 합니다. 어찌 당나라를 믿을 수 있겠습니까?"

"폐하, 저도 그렇게 생각합니다. 우리 신라가 평양성 함락에 공을 세워야 하는 건 분명합니다. 하나 평양성을 멸하고 나면 이적이 완전히 딴 생각을 할 수 있습니다. 지난번 백제를 정벌할 때 소정방이 사비성에서 신라를 공격하여 선왕 폐하를 잡아가려 하지 않았습니까? 다행히 우리가 눈치를 채고 대비하고 있으니 소정방이 포기했었지요. 소정방이 의자왕을 붙잡아 당나라로 돌아갔을 때 당나라 임금이 소정방에게 어찌 신라 왕은 붙잡아 오지 못했냐고 힐난을 했다지요. 그러니 이번에도 폐하는 평양성으로 가시면 아니 되옵니다. 신이 군사를 이끌고 싸울 테니 폐하께서는 적당한 곳에서 머무르셔야 합니다."

"나도 인문에게서 그 이야기를 들어 알고 있소. 그리하겠소. 선왕 폐하께서도 금돌성에 꼭꼭 숨어있기는 했지. 나도 한성(漢城)에 머물려고 하오."

"폐하, 그리고 서라벌에 있는 대장군께서 사람을 보내왔습니다."

"대장군께서? 무슨 일로?"

"아무래도 왜국에 사신을 보내야겠다고 폐하의 허락을 받으라고 하셨습니다."

"왜국에 사신을?"

"그렇습니다. 지난번 유인궤가 웅진에 있을 때 당나라와 왜국은 서로 왕래하고 잘 지내기로 하였습니다만, 왜국은 당나라를 믿지 못하고 여러 곳에 성을 쌓았습니다."

"나도 그건 알고 있습니다."

"폐하, 만약에 말입니다. 만약에."

흠순은 혹 주위에 누가 들을지도 모른다는 듯 주위를 확인한 다음 목소리를 낮추어 말했다.

"당나라와 전쟁을 해야 할지도 모릅니다."

신라 왕 법민도 한참을 생각하다 말했다.

"내 생각도 그렇소. 만약 당나라에서 무리한 요구를 하면 당나라와 싸워야지요. 모든 것을 다 내줄 수는 없습니다. 지난번 취리산 회맹이 말이 되는 거요? 또 그런 요구가 있으면 당나라와 일전을 각오하고 있습니다."

"폐하, 대장군도 저도 폐하와 같은 생각입니다. 그래서 왜국에 사신을 보내자는 겁니다."

신라 왕은 무릎을 딱 치며 말했다.

"그렇지. 바로 그거지. 왜국과 우리 신라가 동맹을 맺는단 말이지요. 최소 동맹이 아니더라도 우호적으로 지내자고 하자는 거지요?"

"그렇습니다, 폐하. 우리가 당나라와 싸우면 왜국은 우리가 방패막이가 된다고 생각할 게 분명합니다. 그러면 당나라가 왜국을 쳐들어갈 일은 없어지는 거지요."

"맞아, 그렇군요. 대장군에게 그렇게 하라 하세요. 여기까지 와서 물어볼 일이 있습니까? 대장군이 알아서 하실 일을."

"아닙니다. 이것은 나라의 중요한 일이어서 폐하께서 모르시면 안 되는 일입니다. 더군다나 나라의 사신을 보내는 일을 어찌 폐하의 허락 없이 하겠습니까?"

"알았습니다."

신라군 주력은 대장군 흠순이 이끌었다. 흠순의 본대는 큰 희생없이 평양성 남쪽에 도착했다. 법민은 본대 후방에서 충분한 거리를 두고 천천히 북상했다. 적진으로 잘못 들어갔다가 숨어있던 고구려군에게 습격이라도 당하면 전쟁 전체를 그르칠 수 있기에 대단히 신중하게 북상했다. 그게 김유신의 당부이기도 했다. 사자금당(師子衿幢)의 장수와 병사들은 철저히 임금을 호위했다. 흠순의 신라군 주력은 패수 건너 남쪽에 진영을 구축했다.

글필하력군은 덩치를 불린 다음 남진을 시작했다. 이적은 글필하력군이 투입되자 7월이 되어서야 다시 남진을 시작하여 평양성 북쪽 외곽 대성산 아래에 도착했다. 대성산은 평양성 북쪽의 요충지였다. 고구려는 평양성에서 이어지는 대성산성과 사천 벌판에 길게 저지선을 만들어 목책을 세우고 당나라와 신라군의 공격에 대비하고 있었다.

이적과 글필하력의 당나라군은 북쪽에서 고구려군을 압박했고, 흠순의 신라군이 남쪽에서 거의 북상을 완료했다. 먼저 싸움을 시작한 건 사천으로 접근한 신라군이었다.

8월 초 사천 벌판에는 고구려 기마병 2만 이상이 포진하고 있었다. 비열홀에서 온 신라군이 먼저 밀고 들어갔다. 고구려 기병은 신라의 장창부대와 쇠뇌부대를 맞이하여 고전하기 시작했다. 사천 벌판 중간을 가로지르는 사수에는 돌다리가 있어 그 돌다리를 두고 양쪽 병사는 대치하고 있었다. 새벽에 신라 김인태장군 휘하의 선봉장 구율(求律)이 병사 수십을 데리고 갑옷과 투구를 벗고 다리 아래로 내려가 헤엄을 쳐서 물을 건너 다리를 지키고 있던 고구려 병사를 해치웠다. 구율의 신호에 따라 신라 군사들이 다리를 점령했다. 이어 문영장군 등의 비열성 기병이 사천 다리를 건너 고구려 군사를 압박하자 드디어 신라 군사가 승기를 잡기 시작했다. 이어 남에서 신라의 대당 기병이 몰려들자 혼전이 벌어졌다. 이때 김상경(金相京)이라는 장수가 한 무리의 기마병을 이끌고 고구려 기마대 한복판을 돌파하면서 신라 군사들의 사기가 한껏 올라갔다. 고구려군 대여섯이 달려들자 김상경은 몇몇을 해치우고 말에서 떨어져 고구려 기마병의 창에 찔려 죽고 말았다. 고구려 기마병은 김상경의 목을 잘라 창끝에 높이 들어 고구려군의 용기를 자랑했다. 이를 본 본득(本得)이라는 신라 장수가 기마병을 이끌어 고구려 기병을 돌파하여 상경의 목을 휘두르는 자를 죽여, 오히려 그자의 목을 창에 달아 높이 들었다. 이에 문영이 이끄는 비열홀군이 쇠뇌를 앞세우고 도부수와 창검수를 차례로 투입하자 고구려군은 수많은 사상자를 남기고 북문 쪽으로 도망갔다.

평양 근교 전투에서 신라군의 첫 승리였다. 문영은 백제를 정벌할 때 독군(督軍)으로 하마터면 소정방에게 목이 달아날 뻔한 것을 대장군 김유신이 칼을 빼는 척하여 살아났던 장군이었다. 그날 이후 문영은 더욱 열심히 선두에서 잘 싸웠다.

김인태장군의 허락도 없이 구율이 스스로 위험한 곳에 들어갔기에 그를 군법으로 다스리려 했다. 하지만 오히려 구율의 활약이 계기가 되어 사천 벌판을 차지하게 되어 일단 그 일을 불문에 부쳤다.

신라군이 사천 벌판에서 승리하자 당나라군은 평양성 전체를 포위했다. 당나라와 신라군 지휘부는 평양성 북쪽 20리에 위치한 대성산에 포진했다. 흠순이 대성산으로 가니 이적이 흠순을 치하했다.

"그대가 대장군 김유신의 친아우구료. 대단히 반갑소. 신라군이 잘 싸워주었소. 이제 남건은 독안에 든 쥐요. 평양성을 완전히 에워쌌으니, 곧 항복할 거요."

"이적장군의 명성을 익히 들었소만, 이렇게 직접 뵈니 더욱 감읍입니다."

"하하하, 내가 명성이 좀 있다 하나 그대 형님에 비하겠소?"

이적은 마침 옆에 있는 유인궤에게도 말하였다.

"우상, 그렇지 않소? 나와 김유신 누가 더 윗길의 장수요?"

"하하, 어려운 질문을 하십니다, 대장군. 아직은 모르지요."

이적이 인궤에게 말했다.

"아직은 모르다니? 아직 남은 게 있소?"

"하하하, 차차 아시게 될 겁니다."

그때 김인문이 끼어들었다.

"모두 노고가 많았습니다. 신라군이 인삼을 좀 가지고 왔으니, 닭과 함께 푹 삶아 먹으면 아주 몸에 좋습니다. 우리 신라에서는 여름에 땀을 뻘뻘 흘리며 먹습니다."

유인궤가 거들었다.

"그렇지요. 나도 웅진에 있을 때 여름에 많이 먹었습니다. 삼계탕(蔘鷄湯)이라 한다지요?"

14

신라와 당나라 군대는 한 달이나 평양성을 포위하고 있었다. 이적은 여러 방법으로 성안에 남아있는 보장왕과 남건에게 항복을 종용했다. 성안에서도 동요가 심했다. 주화파와 주전파로 갈려 의견 대립이 심했다. 주화파는 고구려 평양성을 제외한 모든 영토에서 고구려군이 무너졌기에 더는 희망이 없다고 생각했다. 주전파는 어차피 죽거나 노예가 될 바에야 끝까지 싸우자고 했다. 희망이 힘이건만, 평양성에는 암운만이 가득했다.

평양성 안의 분위기가 좋지 않자 남건은 남산에게 말했다.

"아무래도 하늘이 고구려를 버리시나보다. 희망이 안 보인다."

"형님, 그렇습니다. 그렇다면 다른 방법을 찾아야지요."

"나도 그런 생각을 한다. 하지만 죽어서도 아버님을 뵐 낯이 없어 망설여진다."

"형님, 그거야 큰형님 때문입니다. 자책하지 마십시오."

"그래, 그렇더라도 그 인간을 말하지 말자. 죽어서도 그 인간은 형제가 될 수 없다."

"형님, 이렇게 해볼까요? 제가 성문을 열고 당나라 이적을 설득해 보지요."

"무엇을?"

"두 조건을 걸고 협상하겠습니다."

"두 조건?"

"그렇습니다. 첫째, 당나라에 입조를 하고 조공을 바치겠다, 다만 고구려의 사직을 잇게 해달라는 겁니다. 둘째, 반역자 남생을 처단해달라는 겁니다."

"그런 조건을 받아줄까?"

"글쎄, 한번 해보아야지요."

"받아준다고 하고 안 지키면?"

"당나라 황제의 칙서를 달라고 하지요."

"그까짓 문서가 소용이 있을까?"

"당나라에서는 황제의 칙서가 대단한 효력을 갖는다 들었습니다."

"우리가 잡혀가도 고구려가 명맥을 이을까?"

"그러니 우리는 평양에 머문다는 조건을 내걸어야지요. 최소 형님이라도요."

"좋다. 그런 조건이라면 해볼 만하지."

남건과 남산은 협상 조건을 보장왕에게 말하고 협상을 해보겠노라고 했다. 왕은 그렇게 하라고 했다.

남산은 항복을 원하는 귀족 98인을 데리고 성문을 열었다. 남산은 백기(白旗)를 들고 이적에게 나아갔다. 이들이 나오자 성문은 다시 닫혔다. 이적은 이들을 예로 접대하였다. 이적이 먼저 말하였다.

"이렇게 당나라에 귀부하니, 두 나라의 백성이 바라던 바입니다. 싸움은 죽음입니다. 당나라 황제 폐하 아래에서의 화합만이 삶입니다."

"대장군에게 청이 있습니다. 성안에 있는 저의 폐하와 형님이 저를 시켜 말하라고 하였습니다. 저는 심부름꾼입니다."

"말씀하시지요."

"고구려의 사직을 지키게 해주시고……"

남산은 이적에게 두 가지 조건을 말했다. 이적은 남산에게 고구려의 사직 보존은 불가하고 평양도호부를 두어 남건과 남산 형제에게 맡길 수는 있다고 했다. 다만 보장왕은 고구려가 아니라 당나라로 가서 편안하게 사시게 하겠다고 했다. 남생의 처리 문제는 황제가 하실 일이라 약속할 수 없다고 했다. 남산은 이적의 말을 듣고 보니 그럴 듯했다. 무엇보다 포위의 중압감에서 해방되니 살 것 같았다. 남산은 그 조건으로 형을 설득하겠다 하고 다시 평양성으로 들어갔다. 이적의 조건을 남건에게 말했다. 남건은 노발대발했다.

"아니 그게 무슨 말이냐. 아버지께서 어떻게 지킨 고구려냐? 그걸 도호부로 만들어? 도독부보다 도호부가 큰 거라고? 이 쓸개 빠진 녀석. 나는 죽어도 그렇게는 할 수 없다. 나를 죽여도 좋지만, 고구려는 잇게 해야 한다. 고구려를 망하게 해놓고, 죽어서 어찌 아버님을 뵙겠느냐? 절대 그렇게는 못 한다."

"아니 형님, 지금 당나라는 다 이긴 전쟁입니다. 이긴 전쟁에서 나라는 그대로 두자니 어떻게 받아들이겠습니까? 제가 생각해도 불가한 조건입니다."

"그래, 남산아, 너는 나가서 살아라. 나는 여기서 죽겠다. 죽어 아버님을 뵈면 너를 용서해달라고 하마. 나는 내 손으로 고구려의 문을 닫게 할 수는 없다."

"형님, 이미 고구려는 망했습니다. 죽은 자는 죽은 자고, 산 자는 살아야 합니다. 그게 더 중요합니다."

"남산아, 가라. 내 손에 죽기 전에 가라."

남산은 남건을 설득하지 못하고 성을 나왔다.

이적은 혹시라도 하는 기대를 가졌다가 다시 스스로를 다그쳤다. 선왕 폐하와 요동 벌을 달린 때가 벌써 23년 전이다. 자신의 나이도 여든에 가까웠다. 남건이 아무리 오래 버틴다 해도 고작 몇 달이면 끝날 일이다. 몇 달만 있으면 선왕 폐하의 유업을 이룬다. 서둘지 말아야 한다. 고구려를 잇게 해달라고? 둘은 평양에 남게 해달라고? 어리석은 녀석들. 하기야 갓 서른이니 무엇을 알겠나.

이적은 다시 공격 준비를 했다. 남건은 가끔 이곳저곳 성문을 열고 기습적으로 기마병을 내보냈다. 당나라와 신라군의 약한 고리를 찾아 탈출을 시도하는 듯이 보였다. 남건의 군사 대부분은 당나라 군사의 화살과 신라군의 쇠뇌에 의해 사살당하고 나머지는 성문으로 다시 들어갔다. 신라군의 쇠뇌는 당나라군의 활보다 훨씬 멀리 날아가고 위력도 컸다. 신라군은 쇠뇌부대를 따로 두어 적절하게 활용하고 있었다. 이적은 신라군을 처음 보았지만, 당나라군보다 오히려 더 잘 훈련되고 규율이 있어 깜짝 놀랐다. 게다가 쇠뇌같은 무기를 매우 적절하게 사용하고 있었다. 신라군을 바라보는 이적의 표정은 밝을 수만은 없었다. 이적은 신라군을 그냥 두면 후환이 있을 수도 있겠다 싶었다. 그러나 그렇다고 해도 신라는 작은 나라다. 기껏 나라의 병력을 다 끌어모아야 5만이다. 신라 땅에 남아있는 병력까지 다 합치면 10만은 될까? 이적은 그런 작은 나라를 경계할 필요는 없다고 생각을 바꾸었다.

다시 대치 상태가 시작되자 이적은 본격적으로 평양성을 압박하기로 했다. 발석차를 동원해 호박만 한 돌을 평양성 여기저기로 날렸다. 충차 제작이 완료되어 수백 명의 병사가 충차를 끌고 성문을 들이박기도 했다. 사다리차인 운제도 수백 개가 제작이 완료되었다. 이런 무기들은 무게가 무거워 군사들이 이동할 때 가지고 다닐 수는 없었다. 공성(攻城) 현장에서 만들어 사용했다. 나무와 소가죽으로 만든 수백 개의 분온차(轒轀車)도 제작이 완료되었다. 분온차는 성벽으로 접근하는 병사들이 성벽 위에서 날리는 화살이나 돌을 피할 수 있게 만든, 이동하는 큰 방패차였다.

신라군은 성벽 높이와 비슷한 노루(弩樓)를 제작했다. 이동할 수 있는 높은 탑차였다. 노루 위에는 10여 명의 병사가 쇠뇌를 발사할 수 있었다. 노루 수십 개를 한쪽 성벽으로 밀어붙여 쇠뇌를 발사하면 성벽의 방어 군사는 상당수가 살상당하거나 몸을 피한다. 이때 운제차를 성벽에 걸쳐 검수와 도보수와 같은 접근전에 편리한 무기를 가진 군사들이 사다리를 올라 성벽에 올라선다. 아래에서는 이 틈을 타서 충차로 성문을 부순다.

평양성은 3면이 해자라 북동면만 이런 공격이 가능했다. 이적은 먼저 북쪽 외곽에 포진한 발석차에서 돌을 계속 날렸다.

평양성 안에 있는 군사와 백성들은 점점 불안해지기 시작했다. 남산과 함께 성을 나간 98명의 귀족은 자기들만 살겠다고 항복해버렸다는 흉흉한 소문이 돌았다. 많은 백성과 군사가 성에 밀집해있어 소문은 금방 돌았다. 소문은 힘이 있어 전해지면서 더 흉악스럽게 강해지는 법이다. 항복하지 않은 군사와 백성들 사이에는 만약 평양성이 허물어지면 모두 산채로 매장당한다는 소문도 돌았다. 시도 때도 없이 발석차에서 날린 돌이 성 외곽부를 때리면서 내는 굉음은 군사와 백성을 점점 불안하게 했다.

이적이 노리는 게 바로 성안 군사와 백성의 불안이었다. 불안은 전염성이 강해 내부로부터 성을 허물 수 있다. 그렇지 않다고 하여도 공성무기를 다 완성하고 겨울이 오면 승리는 불을 보듯 뻔하다. 겨울이 되면 평양성 방어에 지대한 공헌을 하는 패수와 평양성 주위의 해자는 얼어붙게 되어있다. 10월 중순, 늦어도 11월이면 군사와 우마가 패수와 해자의 얼음 위를 건널 수 있다. 여러 공성 무기 또한 얼음 위를 건널 수 있게 된다. 그렇게만 되면 당나라군이 15만, 번병이 10만, 신라군이 5만이니 도합 30만의 대군이다. 여러 곳에서 동시다발적으로 밀고 들어가면 어찌 승리하지 못하겠는가. 그러나 그런 전면전은 모든 수단을 동원한 다음에 사용하는 최후의 일전이다. 평양성 안에는 적어도 10만의 군사와 10만의 백성이 있다. 양쪽이 정면으로 붙으면 엄청난 인명이 죽어나가게 되어있다. 당나라군을 안전하게 건사하려면 성안 백성들을 불안하게 하여 항복을 유도해야 한다. 그게 병법을 아는 장수가 택할 방법이다.

평양성 안의 남건은 임금과 백성을 안심시켰다. 백암성과 요동성의 병사들이 때를 봐서 평양성을 구원하러 온다. 벌써 9월이라 가을이 깊어졌으니 곧 겨울이 온다. 겨울이 오면 당나라군이나 신라군은 남방에서 온 병사들이라 추위에 약하다. 그때 일거에 밀고 나가 적을 섬멸한다, 이렇게 군사들을 달랬다.

남건은 남산이 투항한 뒤로 군사에 대한 일은 심복인 승려 신성(信誠)에게 맡겼다. 연개소문 때부터 남건 집안에 충실했던 신성은 이 싸움에 승산이 없음을 잘 알고 있었다. 그는 남건이 고집을 피우고 있다고 생각했다. 신성은 부하 장수 중에 믿을 만한 오사(烏沙)와 요묘(饒苗)를 불렀다. 신성이 그들에게 나지막하게 말했다.

"반드시 이적에게 직접 전해라. 닷새 후인 21일 해가 뜨자마자 현무문과 칠성문 두 문을 연다고 해라. 내 말이 전해졌으면 내일 밤 축시에 현무문 방향으로 불화살을 세 발 쏘아라."

오사와 요묘는 야밤에 성을 빠져나가 이적을 만났다. 그들은 이적에게 신성의 말을 전했다. 이적은 바로 그때가 왔음을 직감하고, 나흘이 지난 20일 신라 장군 흠순과 고구려 항장(降將) 이타인을 불렀다.

"내일 아침 해가 뜨자마자 현무문과 칠성문이 열릴 거요. 내가 신라군과 책성군에게 공을 세울 기회를 주려하오. 많은 병력도 필요없고 용감한 자를 뽑아 선봉으로 기병 5백을 준비하시오. 신라군은 현무문으로, 책성군은 칠성문으로 들어가시오. 가서 성문을 확보하여야 하오. 이어 대기한 군사들이 들어가야 하오."

21일 새벽에 신라군은 한산주 기병 5백 명을 가장 선두에 배치했다. 한산주 기병은 지난 백제와의 싸움에서도 활약이 많았던 신라의 정예 기병이었다. 그들은 조심스럽게 현무문 앞으로 나아갔다. 어둠이 몰려가고 희뿌연하게 날이 밝아왔다. 바로 그때였다. 삐거덕 소리를 내더니 오래 닫혀있었던 현무문이 열렸다. 신라의 5백 명 기병이 쏜살같이 현무문 안으로 말을 달렸다. 고구려 수비병들이 깜짝 놀라 신라 기병을 막았다. 기습이었기에 신라 기병이 그들을 곧 제압했다. 성문 위에는 고구려 병사 1백여 명이 죽을 각오로 방비하고 있었다. 문과 문 주위의 성벽을 확보해야 하는 게 선봉의 역할이다. 5백 명 기병을 이끄는 신라 한산주의 장수 박경한(朴京漢)은 먼저 입성하여 현무문 주위의 아군을 엄호하면서 고구려군과 대적했다. 이 틈을 타서 신라 병사 북거(北渠)는 가장 먼저 성문 위에 올라가 서너 명의 고구려 군사를 해치우고 아래서 올라오는 신라군의 길을 확보했다. 이어 북거는 성벽 쪽 고구려 병사도 제압하여 현무문 장악에 완전히 성공했다. 현무문을 장악하니 선두의 신라군과 후미의 당나라군이 현무문으로 밀려들어갔다.

　같은 시각 칠성문에서도 현무문과 비슷한 상황이 전개되었다. 다만 고구려군의 일부였던 동해의 책성 병사가 평양성으로 입성했다는 게 달랐다. 책성 성주 이타인은 후방에서 군사들을 독려했다. 오래도록 충성을 바쳤던 임금이 계신 평양성을 자신이 공격하고 있다는 자괴감이 들기는 했다. 하지만 그게 자신의 잘못은 아니라고 생각을 고쳐먹었다. 임금을 겁박하고 정권을 차지했으며, 또한 아들들을 시원찮게 가르쳐 골육상쟁으로 이끌게 한 연개소문의 잘못이다. 다 연개소문의 탓이다. 이타인은 그렇게 생각하기로 하고 자신의 부하 장수들에게 크게 소리쳤다.

"항복하는 자는 죽이지 마라."

칠성문과 현무문을 통해 신라와 당나라군이 밀고 들어오자 평양성 내에서는 혼전이 벌어졌다. 여기저기에서 치열한 싸움이 전개되었다. 북문을 돌파한 한산주 기병과 뒤를 따라 입성한 비열홀주 군사들은 평양성 대문과 군영, 남교, 소성 등지에서 고구려 군사들을 제압했다.

당나라 군사들이 들어오면서 평양성 여기저기서 불이 나기 시작했다. 넓은 평양성 안이, 여러 나라의 군사들이 뒤섞여 싸우면서 아수라장이 되었다. 평양성 안 깊숙한 곳, 남건의 처소로 짐작되는 곳으로 한산주 기병이 돌진했다. 처소 앞 큰 마당에서 일대의 고구려군이 신라군을 가로막았다.

신라군은 그들을 가벼이 보고 돌진하다가 두어 명의 병사가 고구려 장수 술탈(述脫)의 창에 쓰러졌다. 이어 신라 기병 몇몇이 창을 휘둘렀으나 술탈의 기마술과 창술이 대단해서 신라 기병들은 당해낼 수가 없었다. 몇몇 신라 병사들이 다치거나 말에서 떨어졌다. 그 모습을 본 한산주 장수 박경한이 분격하여 크게 소리를 지르며 앞으로 나갔다.

"내가 드디어 적수를 만났다. 나와 일합을 겨루자."

술탈이 대답하며 소리쳤다.

"얼마든지 상대해주마, 이 빌어먹을 신라놈아."

둘은 여러 합을 겨루었다. 승부를 지켜보는 병사들의 손에 땀이 흘렀다. 어느 순간 술탈의 찌르기를 피한 박경한이 창을 돌려 술탈의 투구를 쳐냈다. 그 충격으로 술탈이 비틀거리자 바로 박경한의 창이 한 번 돌면서 술탈의 목 부위를 충격했다. 술탈이 쓰러지자 여기저기 함성이 들리며 신라 병사들이 남은 고구려 병사를 제압했다.

아침 해 뜰 무렵 시작된 평양성 싸움은 오시(午時)가 되면서 거의 끝이 났다. 궁에 있던 보장왕을 비롯한 왕과 여러 대신, 태자와 왕가(王家)의 사람들은 저항없이 항복했다.

술탈이 죽음으로 지키고 있었던 처소는 바로 남건의 집이었다. 병사들은 남건의 집으로 난입했다. 남건은 아버지에게 마지막 하직의 절을 하고 칼로 자신의 목을 찌르려고 했다. 그 순간 방으로 들어간 병사는 남건의 칼을 쳐내고 그를 사로잡았다. 신라 병사들은 남건을 포박해 이적에게 끌고 갔다. 남건을 제외한 대부분의 귀족과 병사들은 이미 불가항력임을 깨닫고 항복했다.

그날 오후에 이적을 비롯한 당나라와 신라 수뇌부가 평양성에 입성하여 궁으로 들어갔다. 이적과 유인궤와 글필하력은 손을 맞잡고 뜨거운 눈물을 흘렸다. 당 태종의 구신(舊臣)들이 마침내 뜻을 이루었다. 신라 장수 김흠순과 김인문, 천존 등도 한숨을 돌렸다. 마침내 신라가 고구려를 정벌했다. 그 마지막 순간 평양성에 신라군이 있었다. 무진년[87] 9월 21일의 일이었다.

고구려의 시조 주몽이 부여에서 남하하여 졸본에 나라를 세운 지 705년째 되던 해였다. 이적을 비롯한 평양성에 입성한 당나라 장수들은 감격의 눈물을 흘렸지만, 신라 장수들은 여전히 마음을 놓지 못하고

[87) 668년

있었다. 김흠순이 여러 신라 장수에게 푸념처럼 말했다.

"사냥이 끝났으니, 잡은 짐승을 잘 나누어야 할 텐데……"

그 말을 듣고 김인문이 말했다.

"너무 염려하지 마십시오. 이번에도 내가 당나라로 이적과 함께 가겠
습니다. 가서 당나라 임금에게 얼굴을 디밀어야지요."
"하하하, 왕제님께서 직접 가시다니요. 그래도 그렇게 해야 할 겁니다.
천군만마(千軍萬馬)보다 한 사람의 입이 더 큰 일을 할 때가 많습니다."
"하하하, 외숙부님, 너무 칭찬하지 마십시오. 어떻게 될지 모릅니다.
당나라 임금이 변덕이 심합니다."

다른 여러 장수도 걱정스러운 듯 흠순과 인문을 바라보고 한숨지었
다. 그토록 바라던 고구려를 멸했음에도, 신라 장수들에게 전쟁은 아직
끝나지 않았다. 신라 장수들은 평양성의 찬 공기를 마시며 앞으로 더 큰
전쟁이 그들을 기다리고 있지는 않을까 하는 불길한 예감에, 온몸을 부
르르 떨었다.

15

    신라군과 당나라군이 평양성을 공격하고 있을 무렵인 9월 12일 신라를 떠난 배 한 척이 조용히 왜국에 도착했다. 이 배에는 김유신이 보낸 사신 김동엄(金東嚴)이 타고 있었다. 김동엄은 김유신의 친서와 여러 선물을 가지고 왜국의 중신겸족(中臣鎌足)을 찾았다. 중신겸족은 국왕은 아니라 할지라도 왜국의 김유신이라 해도 좋을 만큼 왜국 조정에서 핵심적인 인물이었다. 여동생이 국왕의 아내인 것도 비슷했다. 김유신은 급에 맞게 왜국 국왕이 아닌 중신겸족에게 사신을 보내 일단 왜국 조정의 의사를 타진했다.

    왜국은 백강구 전쟁에서 대패한 이후 당나라 수군이 쳐들어올까 전전긍긍, 백제 유민들을 받아들여 여기저기 성들을 새로 쌓았다. 불안에 떨던 왜국을 당나라가 먼저 달랬다. 태산 봉선을 앞두고 있던 당나라는, 유인궤를 나서게 하여 왜국과의 국교를 재개했다. 이후에도 당나라는 고구려 정벌을 앞두고 있었기에 웅진도독부가 주동이 되어, 왜국과 친선을 유지하고 있었다. 당나라로서는 왜국이 다시 군사를 일으켜 고구려를 도우러 올까 염려했고, 왜국은 당나라의 침략을 두려워했다. 왜국으로서도 당나라 수군의 침략을 두려워했기에 다시 국교를 맺지 않을 이유가 없었다. 왜국은 새로 함대를 만들 여력도 없었다. 그런 와중에 당나라가 먼저 친선을 요청하니 반갑게 국교를 재개했다. 하지만 늘 당나라를 의심하고 경계하고 있었다. 언제 당나라가 정책을 바꿀지 알 수 없었기 때문이다. 그런 와중에 신라의 김유신이 보낸 사신이 당도했다.

겸족은 바로 천지(天智)왕에게 보고했다. 왜국도 고구려가 위험하다고는 짐작하고 있었지만, 곧 멸망하는 게 확실하다고 하니, 공포에 떨 수밖에 없었다. 당나라와 신라 연합과 고구려, 백제, 왜국 연합의 싸움에서 백제와 고구려가 망했으면, 당연히 다음 차례는 왜국이었다. 당나라와 신라가 함께 왜국으로 쳐들어온다면, 왜국이 버틸 수 있을까? 왜국 조정의 고민이 심각한 차에 김유신이 보낸 사신이 고구려의 평양성이 포위되었다는 소식을 가지고 왔으니, 겸족은 가슴이 철렁 내려앉았다. 천지왕이 겸족에게 말했다.

"김유신이야 신라에서 왕의 외숙부가 아닌가요? 믿을 수 있겠지요?"
"그렇습니다. 김유신은 국왕이나 마찬가지입니다."
"마치 그대처럼?"
"하하하, 저보다는 훨씬 더하지요. 나이도 많지만, 온 백성들이 존경하고 군사들도 따른다고 합니다. 저는 충직한 신하일뿐입니다, 폐하."
"하하, 농담을 해보았소. 그래 고구려가 곧 망한다고?"
"그렇습니다. 이번에는 아무래도 어려울 것 같습니다."
"그런데 신라가 왜 우리와 국교를 맺자고 하는가?"
"그게 생각해보면 간단합니다. 신라는 당과 전쟁을 결심한 듯합니다."
"뭐라, 신라가 당과 전쟁을? 그게 가능한가요?"

"달걀로 바위를 치는 거나 마찬가지지요. 그러나 신라로서는 어쩔 수 없는 선택입니다."

"어쩔 수 없다니요?"

"신라는 백제와 싸울 때도 이기고 나면 백제 땅이 자신들의 땅이 되는 줄 알았는데, 결국 웅진도독부가 백제 땅을 관할하게 되었지요. 자기들을 계림도독부라 하니 얼마나 불만이 많았겠습니까? 더군다나 망한 나라의 태자와 회맹을 맺게 하니, 신라 왕이 얼마나 화가 났겠습니까? 이번에도 평양을 점령한다고 해도 당나라가 신라에게 고구려 땅을 나누어주지 않겠지요. 오히려……"

"오히려?"

"백제와 고구려 사냥이 끝났으니, 사냥개를 삶아 먹으려 하겠지요."

"토사구팽(兔死狗烹)이란 말이지? 당나라가 신라마저 먹는단 말이지?"

"그렇습니다. 그러니 신라로서는 먹히지 않으려면 싸워야지요."

"그러니 배후에 있는 우리가 신라를 공격하면, 힘이 약한 신라로서는 절망적이니까 우리와 동맹을 맺자 이렇다는 거지?"

"폐하의 말씀대로입니다."

"좋아, 신라는 그렇다 치고 우리가 당나라와 관계를 끊고 신라와 동맹을 맺으면 뭐가 좋은가?"

"둘이 싸워서 신라가 이기면 당연히 당나라는 우리를 침략하지 못합니다. 신라의 도움 없이는 우리를 공격할 수 없으니까요."

"그렇지. 당나라가 이기면?"

"백제, 고구려, 신라를 차례로 먹었다면 다음은 당연히 우리지요. 우리 하나만 남았는데 당나라가 포기할까요? 당나라가 우리를 내버려둘 리가 없습니다. 그러니 우리는 신라가 이기길 바라야 합니다."

"그래요? 나는 신라가 싫은데?"

"폐하, 그럼 이렇게 하면 됩니다. 신라도 국교를 맺자 하니 좋다고 하고, 당나라도 국교를 맺자고 하면 좋다고 하고, 이러면 누가 이긴다 해도 그때 가서 다시 전략을 짜면 됩니다. 어차피 당나라와 신라가 군사를 요청하지는 않았으니까요. 그냥 가만히 있어달라는 겁니다."

"가만히 있기만 하면 된다고요?"

"그렇습니다."

"좋습니다. 그럼 그렇게 합시다. 양쪽 다 우호를 유지하여야겠습니다."

"그렇습니다, 폐하. 양다리를 걸쳐야 합니다."

왜국 조정은 그렇게 결정하고 김동엄에게 매우 융숭한 대접을 했다. 김동엄이 신라로 돌아올 때 겸족은 김유신에게 선물로 배 한 척, 왜왕은 신라 왕에게 배 한 척과 비단 50필, 풀솜 5백 근, 손질한 가죽 5백 장을 주고 몇 명의 관리를 딸려 신라까지 배웅하게 했다. 동맹까지는 아니더라도 왜국은 절대 신라를 공격하지 않겠다고 약속했다. 김동엄은 선물 보따리를 싸 들고 11월 5일 신라로 돌아왔다.

신라 왕 법민은 고구려가 심혈을 기울여 만든 성곽인 한성(漢城)에서 평양성이 함락되었다는 소식을 들었다. 이적은 신라 왕을 평양성으로 오라고 했다. 하지만 신라 왕은 평양성으로 가기 싫었다. 신라의 5만 군대가 있다고 하나 당나라는 25만의 대군이다. 이적이 자신을 당나라로 붙잡아 가겠다면 막을 수가 없다. 법민은 사자금당의 호위를 받으면서 천천히 북상했다. 성으로 들어가면 각각의 성에서 이틀을 쉬었다. 법민은 계산했다.

9월 21일 평양성이 함락되었다. 수많은 포로를 호송하려면 육로 이동은 불가능하다고 봐야 한다. 25만의 대군이 10만이 넘는 포로에다 전리품까지 챙겨 평양성에서 요동까지 육로로 이동할 수 있을까? 고구려 유민의 반란이나 아직 제압되지 아니한 요동의 성에 있는 고구려군의 기습을 받으면 모든 게 물거품이 될 수 있다. 이적은 배로 철수할 게 분명했다. 지난번 소정방이 백제에서 그랬던 것처럼 이번에는 평양성에서 배를 타고 당나라 등주(登州)[88]로 철수한다. 등주에서 운하를 이용하여 낙양까지 간 다음, 장안까지는 육로를 이용하는 게 가장 편하고 안전한 길이다. 신라 사신이 당나라 장안에 갈 때 이용하는 길이기도 했다.

평양의 패수는 11월이면 얼어붙기 시작한다. 추위가 일찍 닥치면 10월 중순 때 얼어붙을 수도 있다. 이적은 늦어도 10월 말에는 떠나야 한다. 그렇다면 한 달 정도만 시간을 끌면 충분하다.

법민은 천천히 이동해서 조금씩 북상했다. 이적이 두어 번 사람을 보내 빨리 오라고 독촉했다. 그때마다 법민은 병을 핑계 대면서 빨리 가고 있다고 대답했다. 이적은 논공행상을 논의해야 하니 어서 오라고 했지만, 법민은 동생 인문과 김흠순과 상의하라고 일을 떠넘겼다. 이적의 곁에서 유인궤가 거들었다. 신라 왕은 꾀가 많은 자라서 오지 않는다, 그러니 괜히 기다릴 필요가 없다고 했다. 어서 포로를 분류해서 패수가 얼어붙기 전에 평양을 떠나자고 했다.

이적은 인문과 흠순을 불러 말했다.

"이번 정벌에서 짚어볼 게 있소. 작년에 신라군은 군기를 맞추지 않아 당나라군이 크게 낭패를 볼 뻔했소. 올해도 유인원이 선봉에 서서 북

---

88) 현재 중국 산동성 연태시로 추정한다.

진할 때도 신라군이 제대로 뒤를 받쳐주지 않아 웅진도독부 군사들이 거의 전멸했소. 우리 황제 폐하께서 크게 노하셔서 유인원을 당나라로 압송하게 했소. 황제 폐하께서 유인원을 참하려다 특별히 용서를 해주어 요주로 유배를 보냈다 하오. 이게 다 신라군이 늑장을 부려 그렇게 되었소. 이런 사정으로 보면 신라 왕에게 죄를 물어야 하나, 뒤늦게라도 신라군이 죄를 뉘우치고 사천 벌판 싸움에서 큰 공을 세웠고, 또한 평양성 함락 때도 많은 공을 세웠기에 내가 황제께 신라의 잘못을 묻지 말자 하겠소."

이적의 말을 알아듣는 인문은 속이 부글부글 끓었지만, 잠자코 있었다. 하지만 얼굴색이 붉으락푸르락해지니 옆에 있는 흠순도 표정이 어두워졌다. 이적은 계속 말했다.

"하여 내가 인문공과의 인연도 있고 하니 신라의 죄를 묻지는 않겠소. 그리 아시오. 앞으로 고구려에 대한 처분은 우리 황제 폐하께서 정하시니 그리 알고 서라벌로 돌아가서 기다리시오."

인문이 나서서 말했다. 이적에게 임금이 내린 작호가 영국공(英國公)이라 그렇게 불렀다.

"영국공께 한말씀 드립니다. 우리 신라가 작년에 늦은 게 아니라 영국공의 군사가 어디에 있는지 몰라 기일을 맞추지 못했으며, 유인원의 일은 매우 안타까우나 인원이 공을 세우기 위해 신라와 의논도 없이 병력을 운용했습니다. 그러한 사정은 여기 계신 우상도 잘 알고 계십니다.

우리 신라는 작은 나라임에도 분골쇄신하여 평양성 함락에 모든 힘을 쏟았거늘, 황제 폐하에 대한 충성을 영국공께서 몰라주면 섭섭하다 못해 눈물이 앞을 가립니다. 저희 폐하도 작년에 이어 올해도 또 몸소 군사를 이끄시느라 병이 나서 지금 잘 걷지도 못할 지경입니다. 제가 지금 신라로 돌아가 따뜻한 이불에 누워 잠을 청할 게 아니라 영국공을 따라 당나라로 들어가겠습니다. 가서 황제 폐하께 직접 상주하겠습니다. 아울러 이번 전쟁에 공이 있는 우리 장수들도 함께 가겠습니다."

이적이 웃으면서 말했다.

"뭐 어쩔 수 없구료. 나나 우상은 있는 그대로 보고하겠소만, 인문공의 뜻이 정히 그렇다면 함께 당나라로 갑시다."

이적은 10월 말에 보장왕과 남산, 남건 등의 고구려 귀족과 백성 등 합하여 2만의 포로를 수천 척의 배에 싣고 당나라로 차례차례 떠났다. 그것을 시작으로 각 지역의 고구려 주민 약 20만이 당나라로 끌려갔다. 이들은 요동 등지의 육로로 당나라로 간 경우가 많아 고생이 이만저만이 아니었다.

이적이 평양성을 파하고 왕과 남건 등을 붙잡아 개선한다고 하자, 당나라 임금은 크게 기뻐하며 그들을 우선 소릉(昭陵)에 바치게 했다. 소릉은 당나라 임금 이치의 아버지 태종의 능이었다. 이적, 유인궤, 글필 하력 등은 포로 보장왕과 남건 등 수많은 고구려인을 꿇리고, 그들을 죽은 당 태종에게 바쳤다. 이적 등은 감격해서 울었고, 보장왕을 비롯 남건 등 고구려 포로들은 원통해서 울었다.

소릉에서부터 이적의 군사는 개선 군대의 위용을 갖추고 악대를 앞세워 개선가를 연주하며 장안으로 입성했다. 그들 군대의 뒤에는 포로가 길게 늘어섰다. 남건은 창살이 달린 나무 함거(檻車)에 태워져 그들 행렬의 꽁무니에 붙어있었다. 수많은 당나라 백성이 길거리에서 군사의 행렬과 고구려 포로들을 구경했다. 남건은 살아도, 살아있지 않은 사람이었다. 이미 그의 육체에서는 혼백(魂魄)이 달아나 버렸다. 그는 껍데기로 수레에 실려있었다.

12월 정사일(丁巳日) 당나라 임금 이치는 장안의 함원전(含元殿)에서 포로를 받았다. 함원전은 장안 대명궁에서도 가장 큰 정전(正殿)이었다. 함원전은 매우 웅장하고 장엄해서 고구려 포로들은 함원전을 쳐다보기만 해도 위축되었다. 당나라가 함원전을 매우 웅장하게 지은 이유가 바로 백성이나 변방 나라들의 사신이 주눅 들어 반란을 꿈꾸지도 못하게 하기 위함이었다.

당나라 임금은 보장왕에게 정사를 스스로 처리하지 못했다는 이유로 사평태상백(司平太常伯)이라는 낮은 벼슬을 주었다. 남산은 사재소경(司宰少卿)으로, 승려 신성은 은청광록대부(銀靑光祿大夫)로, 남생은 높은 벼슬인 우위대장군에 임명했다. 이적 이하에게는 차등을 두어 봉작과 상을 내렸다. 남건은 내륙 깊숙한 검주(黔州)[89]로 유배를 보냈다. 왜국에서 백제로 왔다가 백강구 싸움에서 패해 평양성으로 도망친 부여풍(扶餘豊)도 붙잡혀 왔다. 그는 당나라 가장 남쪽인 영남(嶺南)으로 유배되었다.

당나라는 고구려에 대한 행정적인 지배 방침도 정했다. 고구려의 5

---

89) 현재의 구이저우성[贵州省]

부, 176성, 69만여 호를 나누어 9도독부, 42주, 100현을 설치하고, 평양에 안동도호부(安東都護府)를 두어 통치하게 했다. 고구려 귀족 중 미리 귀부하거나 항복한 협조적인 관리를 도독과 자사와 현령으로 발탁하고, 당나라 관리와 함께 다스리게 했다. 하지만 이것은 탁상에서 설계한 안으로 웅진도독부가 그랬던 것처럼 실제 고구려가 당나라의 계획대로 다스려질지는 미지수였다.

확실한 것은 설인귀의 2만 병력이었다. 이적이 철수한 다음 검교안동도호(檢校安東都護)에 임명된 설인귀가 2만 병력을 이끌고 평양으로 왔다. 당나라 전체에서도 전투력이 뛰어난 설인귀를 평양으로 보낸 이유는 그만큼 평양이 아직 위험지역이라는 당나라 조정의 현실적인 인식 때문이었다. 백제의 예로 보아서도 알 수 있듯이 고구려 유민들의 저항이 없을 수가 없고, 또 신라 또한 믿을 수 없는 존재였다.

당나라 임금은 이적을 비롯한 고구려 정벌에 공이 있는 자들에게 푸짐한 선물을 주었으나, 정작 신라는 완전히 푸대접했다. 김인문을 따라 당나라로 들어간 조주(助州), 김인태, 의복(義服), 수세(藪世), 천광(天光), 흥원(興元) 같은 장수들에게는 먹다 남은 개뼈다귀 하나도 던져주지 않았다. 다만 사신을 파견하여 신라가 전쟁을 도운 공을 치하하면서 신라왕 법민에게 금과 비단을 하사하였다. 또한 유신을 표창하는 조서를 내리면서 당나라에 와서 황제를 알현하라 하였다. 사실상 그것은 말뿐인 포상이었다. 건강도 썩 좋지 못한 김유신이 그깟 비단 쪼가리를 받으러 당나라에 올 리가 만무했기 때문이다. 당나라가 신라의 공을 깎아내리려 하는 데는 다 이유가 있었다. 신라에게 고구려의 영토를 조금도 나누어주기 싫었기 때문이었다.

신라 왕 법민도 당나라의 속셈을 알고 있었다. 법민은 서둘러 서라벌로 돌아오지 않고 여러 지역을 순시하면서 천천히 남하했다. 법민은 먼저 이번 고구려 정벌에 공이 있는 여러 장수와 군사들을 표창했다. 관등을 올려주고 곡식을 하사했다. 고구려 장수 술탈을 해치운 박경한에게는 관등을 높여주고 조 1천 석을 하사했다. 그 밖에 수십 인에게도 공을 세운 만큼 포상했다. 다만 구율이라는 자는 사천의 전투에서 적을 물리치는 데 큰 공을 세웠지만, 군령을 받지 않고 독단으로 움직였기에 아무런 포상을 하지 않았다. 구율은 분하고 원통하여 목을 매달았다. 주위 사람이 빨리 발견하여 죽지는 않았다. 왕이 보고를 받았지만 그렇다고 포상하지는 않았다.

남한주(南漢州)에 이르러서는 신라 왕은 군대를 해산하기 전에 여러 장군을 모아놓고, 이번 고구려 통합전쟁에서 가장 큰 공을 세운 가문은 역시 김유신 가문이라 했다. 그렇기에 김유신을 포상한다고 했다. 임금이 장수들에게 물었다.

"이번 전쟁에서 대각간이 가장 큰 공을 세웠다. 그렇지 않은가? 여러 장군의 생각은 어떠한가?"

여러 장수가 이구동성으로 대답했다.

"참으로 폐하의 말씀이 옳습니다."

법민은 흡족해하며 유신에게 태대각간(太大角干)의 직위와 함께 식읍 5백 호를 내렸다. 수레와 지팡이를 하사하고 궁궐 안에서도 빠른 걸음을 하지 않아도 되는 특권을 부여했다.

신라 왕 법민의 속셈은 따로 있었다. 유신 가문의 누이가 바로 자신의 어머니 문희이기에 유신 가문을 찬양하고 유신의 군권을 확실히 함은 결국 자신의 군권을 확실히 함과 마찬가지였기 때문이다. 법민은 지난 백제 정벌에서도 보았지만, 이번 고구려 정벌에서도 뼈저리게 체험했다. 나라가 망하는 이유는 측근들의 배신이었다. 웅진의 예식진이 그랬고, 남생과 남산이 그랬다. 심지어 이타인과 승려 신성이 그랬다. 당나라의 군사력이 나라를 망하게 하지는 않았다.

신라 왕 법민은 김유신 가문을 내세우며 장수들에게 경고했다. 누구도 배신하지 말라, 신라 왕과 김유신 중심의 군권에 절대 배신하지 말라는 경고였다. 장군들도 왜 임금이 그렇게 했는지 잘 알고 있었다. 대부분은 그랬다.

무진년 11월 5일 신라 왕 법민은 서라벌로 돌아왔다. 포로로 잡은 고구려인이 7천이었다. 이튿날 신라 왕 법민은 문무 신료를 거느리고 선조의 묘에 배알하며 말했다.

"조상 열왕들의 뜻을 받들어 의로운 병사를 일으켜 고구려와 백제를 평정하였나이다. 나라가 태평하고 평안하게 되었사오니, 이를 고하나이다. 들어주소서."

이어 임금은 전쟁에서 죽은 자들을 위해 특별히 유족에게 재물을 하사했다.

16

해가 바뀌고 정월 하순이 되자 당나라로 갔던 인문이 돌아왔다. 여러 신하와 장군이 참석한 공식적인 환영식이 끝나자, 인문은 내전으로 들어갔다. 유신과 흠순이 배석한 자리에서 임금에게 당나라에서 있었던 일을 보고하고자 했다. 임금이 먼저 말했다.

"네가 고생이 많았다. 전쟁터에 갔다가 당나라에 갔다가 몸이 힘들겠구나."
"폐하가 알아주시니 언제나 몸은 가볍습니다."
"그래, 당나라 일을 소상히 말하거라. 여기 숙부님들도 계시니."

인문은 당나라에서 있었던 일을 이야기했다.
인문은 영국공 이적에게 당 태종과 신라 왕 태종과의 약속을 먼저 말했다. 당나라 태종이 고구려를 굴복시키려는 이유가 조그만 땅에 욕심이 나서가 아니라, 황제의 큰 덕이 온 세상을 덮게 하여 만백성이 평화롭게 살게 하기 위함이었다고 말했다. 자신의 아버지인 신라 왕 태종과 당 태종은 무신년[90]에 약속했다. 백제와 고구려를 정벌하면 평양 이남은 신라에게 주겠노라고. 인문이 그렇게 말해도 영국공 이적은 그것에 대해 일언반구도 없었다.

이적은 이번 싸움에서 신라의 군공(軍功)마저 깡그리 무시했다. 이적은 오히려 전쟁이 길어진 책임을 신라에 떠넘기려 했다. 원래의 계획대로라면 정묘년[91]에 끝내야 할 것을 신라 왕이 군기를 어겨 1년이나 더 길어졌다고 했다. 이적이 그렇게 나온 이유는 두 가지 때문이었다. 첫째는 오로지 자신의 공훈을 부풀리기 위해서이다. 신라는 비협조적이고 공도 없었다. 오로지 이적 자신이 잘해서 이긴 전쟁이다, 이렇게 이적은 몰아가고 싶어 했다. 둘째, 뺏은 땅을 신라에 나눠주기 싫어서였다. 신라는 원래의 신라 땅에서 계림도독부로 살아가야 했다. 더 욕심내면 문제가 생긴다. 나아가 신라 왕도 계림도독으로 살아야 한다. 이적의 원모심려(遠謀深慮)에서 나온 발상이었다. 이적은 인문을 비롯한 신라 장수들에게 신라는 아무런 공적이 없다는 말을 공공연하게 했다. 이적이 그렇게 나오자 당연히 공이 있는 신라의 장수들에게도 포상하지 않았다. 한술 더 떠 이적은 귀국하는 인문을 불러 황제의 명이라며 비열홀 여러 성을 당나라에 바치라 했다. 비열홀 지역은 진흥왕 때부터 신라의 땅이었다가 30년 전에 고구려가 다시 빼앗았고 이후 연개소문의 동생 연정토가 다스린 땅이었다. 남생과 남건 형제가 다툴 때 연정토가 신라에 바쳐 신라 땅이 되었다. 이 땅을 당나라가 차지하겠다는 말이었다.

인문이 여기까지 보고하자 임금이 인문에게 물었다.

"그래서 어찌 대답했느냐?"

---

90) 648년
91) 667년

"그것은 제가 마음대로 대답할 문제가 아니라고 했습니다. 연정토가 들어 바친 땅인데 어찌 임금의 허락없이 제가 결정할 수 있겠습니까?"

"그 영악한 노인네가 이번에 알았겠지. 우리 비열홀 군사들이 가장 먼저 평양성에 이르고 또 공도 세우지 않았느냐. 비열홀에서 평양성까지는 가깝고 길도 좋다. 그러니 눈독을 들인 거야. 평양성의 안전을 위해서는 비열홀이 필요하다고 판단한 거지."

"그렇습니다. 설인귀가 2만 대군을 데리고 평양성에 있다고 하나 저 넓은 고구려 땅을 어찌 설인귀 혼자 감당하겠습니까? 그러니 비열홀 군사에게 뒤통수를 맞을 수 있다고 생각한 거지요."

"그렇다."

"어찌 하시려는지요?"

"물론 못 주지."

"그렇습니다. 절대 주어서는 아니 됩니다. 평양을 위협할 곳에 우리 군사가 있어야 합니다."

김유신이 나서서 말했다.

"폐하, 이적의 태도로 볼 때 당나라의 계획은 고구려 땅은 안동도호부로, 백제 땅은 웅진도독부로, 신라 땅은 계림도독부로 나누어 통치하겠다는 게 분명합니다. 이는 폐하도 잘 아시고 계시지만 선왕 폐하와 당나라 태종 임금의 약속과는 다릅니다. 고구려가 북쪽에 있을 때는 취리산에서 부여융과 회맹을 하라고 해도 굴욕을 참고 있었습니다. 우리는 고구려를 정벌할 때만을 기다렸습니다. 연개소문이 죽고 드디어 기다리던 때가 와서 마침내 고구려가 망했습니다. 우리가 당나라에 우리 땅을 요구할 때가 왔습니다. 하나 당나라가 우리 요구를 들어줄 리가 만무합니다. 영국군 이적이 당나라의 군무를 총괄합니다. 그가 평양 이남의 땅을 우리에게 주겠다는 약속을 아예 무시합니다. 당나라 임금의 생각도 같다는 말입니다. 우리 힘으로 빼앗아야 합니다. 평양 이남은 우리가 힘으로 차지해야 합니다.

소신은 오래 살았습니다. 늙어서 오래 말을 타기도 힘들고 적군을 만나도 칼 한번 쓰지 못합니다. 하나 다행스럽게도 보이지 않는 눈이 하나 더 생겼습니다. 생각해보면 지난날 신축년[92]에 당 태종은 토번에 공주를 시집보내면서 토번을 달래고 길들였습니다. 벌써 30여 년 전의 일입니다. 서쪽 토번을 안정시켜놓고 동쪽의 고구려를 정벌하기 위해서였습니다. 고구려에서도 그 낌새를 알아차리고 천리장성을 쌓고 대비를 하였지요. 그렇게 준비를 해놓고 을사년[93] 태종이 친정했지만, 안시성에 막히고 연개소문이 부추겨서 설연타가 당나라를 공격하는 바람에 결국 태종은 실패했습니다. 태종이 생전에 못 이룬 일은 그것밖에 없습니다.

그 세 해 뒤인 무신년[94]에 선왕 폐하께서 수고로움을 무릅쓰고 당나라로 건너가서 태종을 만났습니다. 태종과 선왕 폐하는 백제부터 멸하고 고구려를 치자는 약속을 했고, 백제와 고구려 정벌이 끝나면 평양 이남의 땅은 우리 신라에게 주기로 하였습니다. 그러나 지금 당나라 임금은 그 약속을 모른 체하고 있습니다.

세상 이치란 하나가 좋으면 하나가 나쁘게 되어있습니다. 30년 동안 당나라가 고구려 정벌에 온 힘을 다하는 동안, 토번이 심상치 않다는 소

---

92) 641년
93) 645년
94) 648년

문이 이미 당나라에 파다하게 퍼져있다고 합니다. 또한 백제 유민들이 그랬듯이 고구려 유민들도 그냥 있지는 않을 게 분명합니다. 고구려가 망하니, 그 땅에 살았던 거란이나 말갈도 가만히 있지 않을 게 분명합니다. 당나라는 안동도호부를 두어 고구려 땅을 다 통제하려 하지만, 불가능한 일입니다. 고구려 사람들도 거란과 말갈 사람들도 사납기 이를 데 없습니다. 당나라는 그들을 진압하느라 고구려가 있을 때보다 더 힘이 들게 되어있습니다. 이러한 차에 지금 웅진도독부는 껍데기밖에 없습니다.

옛날 진나라가 천하를 통일할 때 이사(李斯)라는 신하가 말하기를 땅이 넓으면 생산하는 양식이 많고, 나라가 크면 사람이 많고, 군대가 강하면 병졸이 용감하다 하였습니다. 태산은 한 줌의 흙더미도 사양하지 않았기에 그 높이를 이룰 수가 있었고, 큰 바다는 작은 물줄기도 다 받았기에 그 깊이를 이룰 수 있었다고 하였습니다.

신라도 가까운 웅진도독부부터 차례로 우리의 땅으로 만들고 고구려의 땅으로 나아가야 합니다. 백제 백성들을 신라 백성으로 받아들이고, 이어 고구려 백성도 신라 백성으로 받아들여야 합니다. 그래야 신라는 태산이 되고 큰 바다가 됩니다. 신라가 새롭게 다 망라하여 받아들이는 나라이니 어찌 이것이 우리 신라의 본령이라 하지 않겠습니까?

당나라가 우리를 방해한다면 이제는 당나라와 싸워야 합니다. 어찌 삼한일통(三韓一統)의 위업을 이룬 폐하가 계림도독이란 말입니까? 평양 이남의 땅은 우리 신라의 땅이옵니다. 평양 이남의 백성은 폐하의 백성이옵니다.

우리 신라는 폐하께서 영민하시고 장수들은 충성스럽고 병사들이 용감하니 어찌 뜻을 이루지 못하겠나이까? 설사 당나라와 싸움이 일어난

다 해도 죽을 각오로 싸운다면 어찌 이겨내지 못하겠나이까? 당나라에
맞서 우리 땅을 지켜내지 못하면, 우리 신라는 없습니다. 계림도독부로
편안하게 있다가는 당나라의 신하가 되고 맙니다. 싸우다 죽을지언정
당나라의 신하로 살 수는 없사옵니다.

폐하의 뜻대로 하옵소서. 선왕 폐하의 유지를 받들어 삼한일통의 뜻
을 이루소서. 소신과 모든 장수와 병사가 죽을힘을 다해 폐하의 명을 받
들겠사옵니다."

왕은 유신의 말을 듣다가 눈물을 흘렸다. 왕이 우니, 유신도 흠순도
인문도 따라 울었다. 왕이 눈물을 훔치며 말했다.

"태대각간이자 나의 외숙부이자 이 나라의 기둥이신 대장군의 말씀
에 새삼 용기가 납니다. 그렇게 하겠습니다. 삼한일통의 유업을 마무리
하겠습니다."

김흠순이 말했다.

"태대각간께서 좋은 말씀을 하셨습니다. 이게 기회입니다. 당나라의
속셈도 완전히 알았습니다. 웅진도독부에 당나라 병력이 1천여 명 정도
밖에 없고 그들은 부상도 심할뿐더러 사기도 완전 바닥입니다. 일을 도
모하심이 좋을 듯합니다. 웅진도독부가 관할하고 있는 백제 땅을 다시
빼앗아야 하겠습니다. 아울러 고구려 유민들의 움직임도 있습니다. 평
양 이남에 주둔하여서 전쟁에 참여하지 않은 고구려 부대도 있습니다.
이들은 갑자기 왕이 사라져서 어쩔 줄 몰라 합니다. 이들을 잘 구슬릴

필요가 있습니다."

왕이 말했다.

"그렇게 하세요. 고구려 유민 장수들과 긴밀한 유대를 다져놓으세요. 백제 쪽은 일단 웅진은 놔두고 부여융이 다시 다스리는 지역을 몇 군데 쳐서 부여융에게 우리 의지를 확실히 보여주세요. 한 줌의 흙이 태산의 높이를 이룬다고 하셨으니, 한 뼘의 땅도 소중한 땅입니다. 웅진도독부가 어수선할 때 일단 빼앗고 봅시다."

흠순은 바로 장수들을 보내 신라와의 변경에 있는 성 여러 개를 다시 빼앗았다. 그들은 신라군에 맞서 싸우지는 못했다. 신라군이 오자 성을 내주고 얼마 되지 않은 병력은 웅진으로 달아났다. 웅진의 부여융은 화들짝 놀랐다. 부여융은 취리산에서 회맹을 할 때부터 불안했다. 부여융은 백제 사비성이 함락되던 날 당시에는 태자였던 지금의 신라 왕이 자신에게 침을 뱉던 일을 생생히 기억하고 있었다. 유인궤의 강요로 술잔을 나눠 마시고 천지신명에게 약속했다 하나 그런 자의 약속을 어찌 믿겠는가? 날고기를 앞에 둔 승냥이가 천지신명을 두려워할까? 부여융은 웅진에 있는 이상 늘 좌불안석(坐不安席)이었다. 신라를 믿을 수가 없었다. 어서 당나라로 가고 싶었다. 그러던 차에 신라군의 공격이 있자 곽무종에게 뒷일을 맡기고 서둘러 당나라로 떠나버렸다.

부여융이 당나라 조정에 급히 도착하여, 신라군이 약속을 지키지 않고 웅진도독부의 성을 빼앗았다고 일러바쳤다. 보고를 받은 이적은 깜짝 놀라 임금 이치에게 신라에 사신을 보내자고 청했다. 당나라 조정은 평양의 안동도호부를 신성으로 옮기려는 계획을 세워놓았을 때였다. 안동도호부가 평양에 있으니 요동 지역의 고구려 유민들에 대한 통제가 쉽지 않았다. 아울러 거란과 말갈에 대한 통제도 가능해야 했다. 그러자면 신성으로 안동도호부를 옮기는 게 합리적이었다. 그러자면 문제는 신라였다. 신라가 고분고분 착한 아이처럼 조용히 있어야 했다. 하나 신라는 바로 발톱을 드러내고 웅진도독부 땅을 빼앗았다. 이적은 신라에 사신을 보내 호되게 꾸짖어야 한다고 주장했다. 신라는 말을 잘 듣기에 사신을 보내면 효과가 있다고 임금께 아뢰었다.

당나라 임금은 바로 서라벌로 사신을 보냈다. 4월 말에 신라에 도착한 사신은 신라가 맹약을 어기고 웅진도독부를 침공한 이유를 따져 물었다. 당장 군사를 보내 혼을 내겠다고 협박도 했다.

신라 왕은 군 수뇌부를 불러 의논했다.

김인문이 당나라로 가서 해명하겠다고 나섰다. 김흠순이 인문에게 말했다.

"대각간께서 당에 들어가서 무슨 말씀을 하시겠습니까?"

인문이 대답했다.

"지난번 웅진도독부와 우리가 관할을 정하지 않았습니까? 그런데 웅진도독부의 백제 백성들이 관할을 벗어나 신라 쪽 땅을 침범하고 우리 노비와 백성들을 꾀어 자기 땅 안에 숨겼습니다. 우리가 여러 번 찾아도 아직도 돌려주지 않았습니다. 또 웅진도독부에서 배를 수리하는 것을 보고 백성들이 떨고 있습니다. 그게 웅진도독부에서는 왜국을 정벌하기 위한 거라고 하지만 실제로는 신라와 큰 싸움을 벌일 준비라고 해서 신라가 두려워합니다. 이런 사실을 확인하기 위해 잠시 국경에서 소란이 있었다고 해명해야지요."

흠순이 말했다.

"이번에는…… 대각간께서 가셔서는 아니 됩니다."
"제가 가면 아니 된다니요?"
"혹시 변을 당하실 수 있습니다. 그 정도 변명으로 넘어갈 일이 아닙니다. 제가 가겠습니다."
"아니, 외숙부께서 가시면 무사하고요?"
"하하하, 나야 살 만큼 살았습니다. 내년이면 일흔입니다. 가서 죽는다 해도 무엇이 억울하겠습니까?"

김유신이 나서서 말했다.

"흠순의 말이 일리가 있다. 인문은 왕의 친동생이다. 당나라에서 돌아온 지 얼마 되지도 않았다. 이번에 가서 볼모가 되어 잡히면 오히려 우리가 마음대로 움직이지 못할 수도 있다. 흠순이라면 나이도 있고 하니 함부로 대하지는 못할 거다. 그러면서도 왕의 외숙부이니 우리 신라가 성의를 보인 셈이다. 나이 칠십 먹은 왕의 외숙부를 해치지는 않을 거다. 당나라 사람들이 그 정도로 염치없지는 않아."

신라 왕이 말했다.

"태대각간의 말씀이 다 지당합니다. 그래도 마음이 불안합니다. 숙부님을 김양도에게 수행하라 이르겠습니다. 양도는 당나라 말을 잘하고 여러 번 당나라에 다녀왔으니, 적임자입니다."

흠순이 말했다.

"이번에 제가 가려는 이유는 물론 대각간 대신에 가기도 하지만 또한 고구려와 토번의 상황을 더욱 자세히 알아보려 함입니다. 아무래도 심상찮아 보입니다. 조금 전에 평양 쪽에서 막 들어온 보고이온데, 당나라는 평양에서 2만 8천 호를 북으로 이송한다고 합니다. 하옵고 안동도호부도 평양에서 신성으로 옮긴다고 합니다."

흠순의 말에 다들 깜짝 놀랐다. 유신이 먼저 말했다.

"아니 안동도호부를 옮겨? 그럼 설인귀의 2만 병력은? 설인귀는?"
"평양성 유민들 호송을 하면서 2만 병사도, 설인귀도 함께 간다고 합니다."

잠시 생각하더니 유신이 말했다.

"폐하, 우리에게 하늘이 기회를 주십니다. 틀림없습니다. 당나라가 요동이 불안하고 평양에 힘 있는 고구려 백성을 두면 평양도 불안하니 아예 백성들을 당나라 내륙으로 통째로 옮기는 겁니다. 그러면 평양은 텅텅 비게 됩니다. 설인귀까지 움직였다면 요동이 아무래도 심상치 않습니다. 여러 지역에서 반란이 일어나고 있는 게 틀림없습니다."

흠순이 말했다.

"태대각간의 말씀이 맞습니다. 뭔가 변화가 일어나고 있습니다, 제가
당나라에 가서 좀 더 자세하게 고구려와 멀리 서역 토번 쪽에 무슨 일이
일어나는지 살펴보고 오겠습니다."

왕 법민은 흠순을 당나라로 사죄하러 가게 하고 김양도에게는 흠순
을 수행하게 했다. 김양도는 이미 여러 번 당나라에 다녀왔고, 당나라에
오래 머물렀기 때문에 당나라 말을 잘했다. 임금은 흠순과 양도를 당나
라로 보낼 때 여러 신하에게 말했다.

"개국 이래로 신라는 백제와 고구려 두 나라 사이에 끼어 침략을 당
하니 잠시도 편한 날이 없었다. 전장에서 죽은 자들의 뼈가 들판에 널려
있었다. 머리는 백제 혹은 고구려의 들판에 굴러다니고 몸통은 신라 땅
에 있기도 했다. 선왕께서 어찌 가만히 계실 수 있었겠는가. 백성들의
참혹한 죽음을 가엾게 여기시어 바다를 건너 당나라에 들어가 군사를
요청하셨다. 선왕께서는 두 나라를 평정하여 영원히 전쟁이 없게 하고
대대로 쌓인 원한을 씻어, 신라뿐이 아니라 백제와 고구려 백성들의 위
태로운 목숨도 구하고자 하셨다. 선왕이 백제를 평정하였으나 고구려
는 여전히 날뛰고 있었다. 내가 선왕 유업을 이어받아 마침내 선왕의 뜻
을 이루었다.
두 나라가 모두 평정되고 사방이 고요해졌다. 전장에서 공을 세운 자

는 이미 모두 상을 받았고, 전사한 혼령에게는 저승에서 쓸 노자를 모두 지급하였다. 아울러 옥중에 있는 자들은 중한 죄를 제외하고는 모두 방면하고, 곡식을 빌린 자들의 곡식은 모두 탕감하라.

아울러 말한다. 두 나라가 평정되었다 하나, 승냥이가 사라진 곳에 호랑이가 나타난 형국이 되었다. 우리 신라는 다시 풍전등화의 위기를 맞이했다. 모두 한층 분발하여 삼한 백성들의 참혹함을 없애려 하신 선왕의 뜻을 잘 헤아려야 한다.

우리가 옛 백제 땅 일부를 돌려받으매, 부여융이라는 자가 당나라에 들어가 신라를 해하고자 흉계를 꾸몄다고 한다. 흠순공과 양도공이 당나라로 가서 우리의 억울한 사정을 알리려고 떠나려 함에, 그 노고를 생각하니 내 가슴이 미어진다. 흠순공은 사사로이는 나의 외숙부가 아니더냐. 하물며 내년이 칠순이시다. 하여 양도공이 흠순공을 모시고 가는도다. 양도공은 여섯 번째로 머나먼 이역으로 가는구나. 부디 무사하소서."

신라 왕 법민의 말에 눈물을 떨구지 않는 신하가 없었다.

I7

경오년[95] 3월 신라 왕 법민은 마침내 결단을 내렸다. 신라 왕 법민은 당나라와의 전쟁을 결정했다. 신라는 신라다. 안동도호부 소속의 계림 도독부를 받아들일 수는 없었다. 당나라의 직접 통치를 받는 당나라의 신하로는 살 수 없었다. 당나라가 양보하지 않으니, 방법은 전쟁밖에 없다. 건곤일척(乾坤一擲)의 싸움이라도 피할 수 없는 전쟁이었다. 전쟁을 하지 않을 수 없다면, 선제공격이 오히려 효과적이다.

왕이 명령함에 따라 신라의 설오유(薛烏儒)장군과 고구려 태대형을 지낸 고연무(高延武)장군이 각각 1만의 정예 기병을 이끌고 압록수를 넘어 오골성(烏骨城)[96] 앞에 이르렀다. 마침내 신라의 전투 병사가 압록수를 넘었다. 처음 있는 일이었다. 설오유의 군사는 고구려 유민 군대로 위장했다. 나중에 당나라의 추궁을 피하기 위해서도 필요했다. 병사들 대부분이 고구려 사람들이라 고연무의 군사와도 협조가 잘 되었다. 오골성에 갑자기 고구려 유민의 대군이 나타나 오골성이 위험해지자 신성의 안동도호부에서는 급히 말갈의 병사를 보냈다.

---

95) 670년
96) 중국 랴오닝성[遼寧省] 단동시[丹東市] 동북에 있는 봉황산산성으로 추정.

4월 4일 신라와 고구려 연합군은 오골성 앞에서 말갈 군사와 싸워 대승을 거두었다. 목을 베고 사로잡은 적병이 헤아릴 수 없이 많았다. 말갈 병사들이 전멸하다시피 하자 이어 당나라 구원군이 도착했다. 설오유와 고연무는 굳이 혈전(血戰)을 벌일 이유가 없었다. 그들은 인근의 백성(白城)으로 후퇴하여 싸움을 피했다.

설오유와 고연무의 공격은 하나의 신호탄이었다. 고구려 유민들이 각처에서 기회를 엿보고 있었다. 합쳐서 20만 호가 당나라로 끌려갔다고는 하나 50만 호에 이르는 고구려 사람들이 원래 살던 터전에 남아있었다. 신라 왕이 오골성 싸움을 시작한 첫째 이유가 바로 여기에 있었다. 신라는 오골성 싸움을 신호로 요원의 불길처럼 고구려 유민들의 싸움이 여기저기서 번져나가기를 바랐다. 당나라가 정신을 못 차리게 해야 했다. 신라의 계획대로, 오골성에서 고구려 유민의 군사가 대승했다는 소문은 고구려 고토 여기저기로 퍼져나갔다. 부여성과 책성과 안시성 등 여러 지역에서 고구려 유민들이 부흥의 기치를 들기 시작했다.

두 장수가 오골성을 공격하기 전에 고구려 장수였던 검모잠(劍牟岑)도 군사를 일으켰다. 그는 부하를 이끌고 평양 부근에 이르렀다. 검모잠은 당나라 관리와 당나라 승려 법안(法安) 등을 죽이고, 무리를 이끌고 한성(漢城)으로 이동했다. 평양 아래 대방 지역에 있는 한성은 당나라의 세력이 미치지 못했던 곳으로 신라 왕 법민도 고구려 공격 시 이곳을 본부로 삼은 적이 있었다. 한성은 고구려가 공들여 만든 성으로 한 나라의 도읍지로 삼아도 좋을 정도로 성곽과 여러 시설이 잘 갖추어져 있었다. 검모잠은 보장왕의 외손이자 연정토의 아들인 안승(安勝)이 고구려의 남은 수군을 이끌고 서해 사야도(史冶嶋)[97]에 있다는 말을 듣고 그에게 찾아갔다. 사야도는 덕물도 바로 앞에 있는 섬이었다. 검모잠은 안승을 한성으로 모셔 고구려 왕으로 추대하였다.

당나라에서도 안승이 고구려 부흥을 표방하고 기치를 들자, 그냥 둘 수가 없게 되었다. 대장군 고간(高侃)과 이근행 등이 평양을 거쳐 한성으로 안승을 토벌하러 남하하였다.

안승은 자신의 세력만으로 고구려를 유지할 수 없다고 생각했다. 수만의 당나라 토벌대가 오면 한성에서 버티기 힘들었다. 안승은 측근인 다식(多式)을 서라벌로 보내 새롭게 고구려를 일으킨 사정을 보고했다. 다식은 신라 왕 법민에게 안승의 말을 전했다.

"슬프게도 고구려가 망하고 말았습니다. 망한 나라를 일으키고 끊어진 왕조를 이어 주는 것은 천하의 공의(公義)이니 대국 신라의 뜻을 따르겠나이다. 예전 고구려의 선왕(先王)은 도를 잃어 멸망했으나, 이제 신하들이 나라의 귀족 안승(安勝)을 모시어 새롭게 군주로 삼았사오니, 바라건대 신라의 속국이 되어 영원토록 충성을 다하겠나이다."

신라 왕 법민이 바라던 대로였다. 하지만 안승이 왕이 된 지 얼마 되지 않아 검모잠과 의견 대립이 일어났다. 검모잠은 신라에 의존하지 않으려 했다. 그는 고간과 이근행 부대와 맞부딪혀 싸우자고 했다. 이어 다른 지역의 고구려 부흥 세력과 연대하여 독자적으로 고구려를 부활하자고 했다. 안승은 아직 고구려 유민의 힘이 모자라니 당나라와 싸우지 말아야 한다고 주장했다. 당나라를 상대로 정면으로 싸우면 아직은

---

97) 현재의 덕적도 부근 소야도로 추정한다.

불가항력이라 이길 수 없다고 했다.

　안승은 검모잠을 달랬다. 검모잠은 자신의 고집을 굽히지 않았다. 누구 덕에 왕이 되었는데 핍박하냐고 따졌다. 안승은 목숨에 위협을 느껴 심복을 시켜 검모잠을 죽였다. 안승은 바로 사람을 보내 신라 왕에게 사실을 고하고 도움을 청했다. 신라 왕은 그에게 백제 땅이었던 웅진 남쪽의 금마저(金馬渚)[98]로 옮겨 살게 했다. 안승은 4천여 호를 이끌고 금마저로 이주했다. 신라 왕은 그에게 책문(策文)을 내리고 고구려 왕으로 봉했다. 신라 왕은 책문에서 말했다.

　"경오년[99] 8월 1일 신축일에, 신라 왕이 고구려의 후계자 안승에게 명한다. 공의 조상이 고구려를 세웠으니 자손이 대를 이어 끊어지지 않았고, 천 리 땅을 개척하여 거의 8백 년을 이어왔다. 그러나 근래에 형제간의 재앙이 일어나 집안의 다툼이 뼛속까지 이어졌다. 이어 나라가 무너지고 백성들이 흩어져 마음 붙일 곳이 없게 되었다.

　공은 산야로 난을 피하여 이웃 나라에 몸을 의탁하였도다. 선왕의 후계자는 오직 공뿐이니, 제사를 주관할 자는 공이 아니면 누구이겠는가? 사신 일길찬 김수미산(金須彌山)을 보내어 공을 고구려 왕으로 책봉하노라. 공은 유민들을 어루만져 모으고 옛 나라를 다시 일으켜 영원히 우리와 형제 같은 이웃이 되도록 하라.

　쌀 2천 석, 갑옷과 말 1필, 무늬 있는 비단 5필, 고운 비단과 세포(細布) 각 10필, 무명 15필을 함께 보내니 왕은 이를 받으라."

　안승은 신라 왕의 적극적인 후원으로 신라 속의 작은 고구려국의 왕

---

98) 현재의 전라북도 익산시 금마읍
99) 670년

이 되었다. 금마저는 원래 백제의 영토였으니, 백제 속에 고구려 이주 집단이 생긴 거나 마찬가지였다. 안승은 신라 왕의 책봉에 감읍했고, 또한 신라에서 보낸 후원에 더욱 기뻐했다. 특히 쌀 2천 석은 다음 해 농사지어 수확할 때까지 고구려 유민들에게 매우 긴요한 양식이 되었다. 다행히 금마저는 고구려 땅보다 훨씬 기름지고 기후가 온화한 땅이어서 고구려 유민들은 만족하고 살 수 있었다.

경오년[100] 7월에 김양도와 함께 당나라로 갔던 김흠순이 돌아왔다. 전해 5월 신라를 떠났으니 무려 1년 2개월 만의 귀국이었다. 김흠순은 당나라 임금으로부터 정월에 귀국 허가를 받았지만, 당나라 낙양과 등주에 병을 핑계로 머물다가 7월이 되어서야 귀국했다. 왕은 입궁한 김흠순을 보자 단하로 달려 내려가 손을 잡으며 말했다.

"외숙부를 보내고 내가 잠을 못 이루었습니다. 지난 정월에 풀려났다는 소식을 들었지만 그래도 불안했습니다. 왜 이리 늦게 오셨습니까? 목이 빠지는 줄 알았습니다."

"폐하, 심려를 끼쳐 황송하옵니다. 소신이 이것저것 알아보고 또 구진천을 데리고 오느라 늦었습니다."

"아, 그래요? 구진천을 데리고 오셨다구요. 잘하셨습니다. 정말 잘하셨습니다."

구진천은 작년 겨울에 당나라 사신이 와서 꼭 찍어서 당나라로 데려간 쇠뇌 명장이었다. 구진천은 쇠뇌를 더욱 개량하여 1천 보를 날아가

---

100) 670년

게 했을 뿐 아니라, 여러 발이 동시에 나가기도 하고 또 연속해서 발사도 가능하게 만들었다. 구진천이 만든 쇠뇌는 실제 전투에서 활보다 훨씬 효율적이었다. 평양성 싸움에서 신라 쇠뇌의 성능이 월등하므로 당나라에서 눈독을 들이다가 마침내 그 기술자를 데려갔다. 구진천은 당나라 임금의 명에 따라 나무 쇠뇌를 만들었다. 당나라에서 구진천이 만든 쇠뇌를 쏘자 30보밖에 날아가지 않았다. 임금이 1천 보를 날아간다던 화살이 왜 30 보밖에 날아가지 않느냐고 하자, 진천은 나무 재질이 달라 그렇다고 했다. 이에 당나라에서 급히 사람을 보내 신라에서 재목을 구해서 다시 만들었다. 다시 쏘니 이번에는 겨우 60보를 날아갔다. 임금이 노해 그 까닭을 물었다. 진천은 나무가 바다를 건너느라 습기에 젖어 그렇다고 대답했다. 임금은 그가 일부러 만들지 않는다고 의심하여 큰 벌로 다스리겠다고 위협했다. 진천은 끝까지 협조하지 않았다. 당나라 임금은 그를 죽이려다가, 한갓 기술자임에도 자기 나라를 사랑하는 마음이 가상하다 해서 풀어주었다. 당나라 군부에서 그를 죽이려 했으나 김흠순이 당나라 군부에 뇌물을 주고, 그를 겨우 구출했다. 흠순이 귀국할 때 간신히 데리고 왔다.

이어 흠순은 당나라에 머물면서 수집한 정보를 왕과 유신과 인문 등에게 전했다.

지난 4월 초 토번이 당나라 서역을 범하여 구자(龜玆)[101]의 발환성(拔換城)[102]을 기습 점령하였다. 병력만 10만에 가까운 대병이었다. 작년 9월부터 토번의 공격 조짐이 있었지만, 당나라에서는 흉년인 관계로 지켜보자 했다. 그러다 토번의 본격적인 구자 침공이 일어나자 당나라 조정은 크게 당황했다.

---

101) 현재 신장 위구르 자치구의 쿠차
102) 쿠차 서쪽에 있었던 당나라의 성

작년 기사년[103] 12월 명장 영국공 이적이 75세의 나이로 죽었다. 이어 해가 바뀌고 유인궤마저 병이 들어 은퇴했다. 당나라 조정은 우왕좌왕했다. 당황한 당나라는 고구려 신성에서 설인귀를 빼내 긴급하게 4월 신해(辛亥)일[104]에 나삭도행군대총관(邏薩道行軍大總管)으로 임명했다. 나삭(邏薩)[105]은 토번의 본거지에 해당했다. 설인귀는 당나라에서 가장 믿을 만한 장수였다. 설인귀의 부장으로 아사나도진(阿史那道眞)과 곽대봉(郭待封)을 임명했다. 그들은 급히 서역으로 떠났다.

고구려 구토(舊土)에서도 난이 일어났다. 3월에는 고구려 반란군이 오골성 부근으로 쳐들어와 말갈군을 보냈으나 대패했다. 그 직전에는 검모잠이 봉기해 당나라 관리와 승려를 죽였다. 당나라는 설인귀의 공백을 메꾸기 위해 급히 고간(高侃)을 동주도행군총관(東州道行軍總管)으로 삼고, 이근행(李謹行)을 연산도행군총관(燕山道行軍總管)으로 삼아 고구려 구토의 반란을 진압하게 했다. 그러나 반란은 책성과 부여, 안시성 등 여러 곳에서 일어나고 있어 당나라는 대책 마련에 고심했다.

김흠순이 여기까지 말하자 흠순에게 신라 왕이 물었다.

"오골성을 공격한 게 신라인 줄은 당나라가 모르던가요?"

"그렇습니다. 당나라에서는 모르는 듯합니다. 신라군이 거기까지 오리라고는 상상도 못 했겠지요."

"좋습니다. 오골성을 공격하니 봇물이 터지듯이 여기저기서 고구려 유민이 들고 일어났습니다. 이게 우리가 오골성을 공격한 진짜 이유입니다."

---

103) 669년
104) 670년 4월 13일(음력)
105) 현재의 티베트자치구(西藏自治區) 수도 라싸(拉薩市, Lhasa)

"하하, 병법에서는 성동격서(城東格西)라 하지요."

"그렇습니다. 태대각간께서 다 알려주신 겁니다. 이제 당나라가 고구려 유민을 제압하느라 정신없을 때 우리는 웅진도독부가 가져간 땅을 되찾아야 합니다. 외숙부가 당나라에서 돌아오지 않아 지금까지 공격을 미루어 왔습니다. 이제 공격해야 합니다."

"폐하, 그럼 이 지도는 어떻게 할까요?"

"지도? 무슨 지도요?"

"올 정월에 소신의 귀국을 허락하며 당나라 임금이 저에게 준 지도이옵니다. 웅진도독부 땅과 신라의 땅을 명확하게 구획을 그어놓은 지도입니다. 이 지도대로 영역을 지키라고 하였지요. 혹 침범했으면 물러가라 했습니다."

흠순은 지도를 꺼내 임금에게 바쳤다.

신라 왕은 흠순이 건네준 지도를 유심히 보다가 픽 웃었다.

"잘 그렸네요. 이 지도에 있는 땅은 모두 신라 땅입니다."

7월이 끝나기 전에 왕은 먼저 대아찬 유돈(儒敦)장군을 웅진도독부에 보냈다. 웅진도독부의 병사와 함께 고구려 반란군을 제압하러 가자는 제의를 하기 위해서였다. 그러나 그것은 핑계였다. 사실은 웅진도독부 염탐이 목적이었다. 웅진도독부도 당나라군과 백제인으로 병력을 증강해놓아 만만한 상대가 아니었다. 유돈장군은 작년 신라의 공격은 우발적이었으니 앞으로는 사이좋게 지내자고 웅진도독을 달랬다. 웅진도독 곽무종은 신라를 믿을 수 없다며 예군(禰軍)을 보내 서라벌의 분위기를 탐지하겠다고 하였다. 예군은 의자왕을 항복하게 한 웅진 성주 예식진의 동생이었다. 유돈은 그렇게 하라고 하였다. 예군은 서라벌에 와서 신라가 웅진도독부 정벌을 준비하고 있음을 눈치챘다. 예군이 서둘러 돌아가려 하자 신라 왕은 그를 붙잡아 억류했다. 신라 왕은 서둘러 총공격을 지시했다. 임금의 공격 명령이 떨어지자, 신라의 여러 장수가 물밀듯이 웅진도독부의 땅으로 진격했다.

품일, 문충, 중신(衆臣), 의관(義官), 천관(天冠) 등의 장수는 순식간에 웅진도독부 63곳의 성을 점령했다. 장수들은 성의 백성을 모두 신라로 이주시켰다. 천존(天存)과 죽지(竹旨) 등의 장군도 일곱 성을 빼앗았다. 전투 중에 2천 급을 참수했다. 군관(軍官)과 문영(文穎)은 열두 성을 빼앗고 7천 급을 참수했다. 말과 병기도 상당수 노획했다. 전투 중에 용감하게 나서지 않고 등을 보인 중신(衆臣), 의관(義寬), 달관(達官), 흥원(興元) 등은 죄가 사형에 해당하지만, 승전(勝戰)하였으므로 사면하고 벼슬에서 물러나게 했다.

신라는 3월에 압록수 이북의 오골성을 공격하여 고구려 구토에서 고구려 유민들의 반란을 유도했다. 일종의 미끼였다. 당나라가 그 반란군을 제압하는 틈을 타서 7월 이후 신라는 웅진도독부의 총 82개 성을 점령했다. 이 전투로 웅진도독부는 웅진성과 기림성을 비롯한 몇몇 성만 남겨두고 섬처럼 고립되었다. 웅진도독 곽무종은 급히 당나라로 구원을 요청했다. 신라가 82개의 성을 전격적으로 점령했다고 하자, 당나라 조정은 드디어 신라의 속셈을 알아차렸다. 믿기 어려웠지만, 신라가 당나라를 상대로 전쟁을 시작했음을 확실하게 알게 되었다. 화가 난 당나라 임금 이치는 가장 먼저 격리하고 있던 신라 사신 김양도를 죽였다. 당나라를 여섯 번 오갔던 신라 사신 김양도는 그렇게 죽었다. 당나라 임금 이치는 김양도에게 자신을 기망한 죄라 하였다.

당나라 임금 이치는 당장 신라를 정벌하려 했다. 하나 당나라 사정이 이를 허락하지 않았다. 서역 토번에서 당나라가 대패했기에, 토번이 더 급했다.

설인귀의 10만 대군은 신라가 웅진도독부를 공격하던 바로 그때인 7월에 서역으로 나아갔다.

설인귀의 부장 곽대봉은 본래 설인귀와 품계가 같았으나 인귀의 부장이 되어 매우 못마땅했다. 곽대봉은 대장군 설인귀의 지시를 자주 어겼다. 군대가 대비천(大非川)[106]에 이르러 오해(烏海)로 진군하려 하자, 설인귀는 곽대봉에게 지시했다.

"곽장군, 오해는 험하고 멀어 군대 이동이 매우 어렵습니다. 치중대를 끌고 신속히 진격하기는 더욱 난처합니다. 2만을 남겨 대비령(大非嶺) 위에 두 개의 진영을 설치하고 군수물자를 두고 갑시다. 나는 기병을 이끌고 빨리 행군하여 적을 치겠소. 곽장군도 신속하게 따라오시오. 전쟁은 속도가 생명이오."

설인귀가 신속히 나아가 하구(河口)에서 토번 군대를 크게 격파하고 오해(烏海)에서 곽대봉을 기다렸다. 대봉은 인궤의 말을 듣지 않고 치중대를 이끌고 이동했다. 토번 군대는 약점을 찾은 듯이 20여 차례나 대봉의 군대를 기습했다. 대봉은 크게 패해 군수물자를 다 버리고 달아나 버렸다. 인귀도 어쩔 수 없이 후퇴하여 대비천에서 토번의 논흠릉(論欽

---

106) 토번 지역의 강

陵)과 결전을 치렀다. 논흠릉의 군사는 강했다. 제대로 보급받지 못한 당나라 군사들은 거의 전멸하고 말았다. 인귀와 대봉과 아사나도진은 겨우 몸을 빼내 논흠릉과 화친을 약속하고 구차스럽게 살아 도망쳤다. 설인귀 10만 대군의 참패였다. 당나라 임금은 대패 소식을 듣고 대사헌을 보내 장수 세 명을 체포하여 장안으로 압송했다. 임금은 그들을 죽이려다, 여러 신하의 만류로 죽음만은 면해주었다.

경오년[107]에 들어 당나라로서는 토번과 고구려와 신라, 3면의 적과 싸워야 했다. 고구려를 망하게 한 뒤 겨우 2년도 지나지 않은 시점이었다. 고구려가 없으니 오히려 동쪽이 더 시끄러워졌다. 고구려가 사라지니 그 힘의 공백을 메꾸기 위한 자연스러운 현상이었지만, 당나라로서는 서역과 신라의 봉기가 한꺼번에 터지니 감당하기 어려운 지경이 되었다.

당나라는 겨울이 지나고 새해 봄이 오면 우선 신라와 고구려 전선에 반격할 계획을 짰다. 신라가 이 사실을 모를 수가 없었다. 신라는 당의 침입에 대비해 배를 더 건조하는 등 만반의 준비를 했다. 대국 당나라와의 싸움이었다. 신라 왕 법민을 비롯하여 모든 신라의 장수와 백성은 당나라와의 싸움이 어떤 의미인지 너무나 잘 알고 있었다. 그것은 죽기 아니면 살기의 건곤일척(乾坤一擲)의 싸움이었다.

그해 12월 왜국에서 신라로 사신을 보내 국호를 일본(日本)으로 바꾸었음을 알렸다.

---

107) 670년

18

신미년[108] 들어서 신라 왕은 다시 군사를 일으켜 웅진성을 쳤다. 당나라 임금이 김양도를 죽였다는 보고를 접한 법민은 더욱 화가 났다. 이참에 웅진도독부를 완전히 멸하고자 작정했다. 신라군이 압록수를 넘어 당나라를 공격한 근본적인 이유도 웅진도독부를 신라 땅에서 완전히 몰아내기 위함이었다. 백제의 고토를 완전히 신라 땅으로 흡수해야 했다.

신라군은 정월에 웅진성 남쪽에서 웅진성을 포위하기 위해 접근했으나 예기치 않은 적의 반격을 받고 패하였다. 군관 부과(夫果)가 전사했다. 지난해의 승전에 도취하여 웅진도독부를 얕본 결과였다. 소득이 전혀 없지는 않았다. 이 싸움에서 사로잡은 적장을 심문했더니, 적장은 당나라에서는 함선을 보내 구원하러 온다고 자복했다. 신라는 즉시 진공(眞功) 등의 수군 장수를 보내 당나라 군선이 오는 길목인 옹포(甕浦)[109]를 지키게 했다. 옹포는 서해 덕물도와 백강구 사이에 있는 숨기 좋은 포구였다. 옹포 부근의 바닷길은 암초가 많아 바닷속 지형을 모르면 좌

---

108) 671년
109) 정확하게 알 수 없지만, 태안반도에서 금강 하구의 한 지점으로 추측할 수 있다. 오늘날의 충남 태안 안흥 일대가 유력하다.

초하기 좋은 지역이었다. 신라 수군은 지형의 이점을 활용하기 위해 웅포에서 기다렸다. 당나라 수군은 신라 수군이 길목을 장악하고 있음을 눈치챘다. 그들은 멀리 우회하여 백강구로 들어서버렸다. 신라 수군의 배는 작고 빨랐다. 조류가 복잡하고 섬과 암초가 많은 지역에서 치고 빠지는 전술을 전개할 때 승산이 있었다. 반대로 넓은 바다에서 정면으로 부딪치면 당나라 수군이 훨씬 유리했다.

6월에 당나라 전선(戰船)은 1만여 군사를 싣고 사비성 아래에 이르렀다. 1만 군사의 지휘관은 대비성 전투에서 참패했던 설인귀였다. 당나라에서 수군을 지휘할 만한 장수는 소정방과 곽대봉 정도였으나, 소정방은 정묘년[110] 병사했다. 곽대봉은 대비성 전투의 패배에 막중한 책임이 있었다. 당나라에서는 차선책으로 설인귀에게 한 번 더 기회를 주기로 했다. 계림도총관으로 임명받은 설인귀로서는 반드시 명예를 회복해야 했다.

설인귀는 사비성 남쪽 진구에 도착하여 군사들을 하륙시켰다. 과거 소정방이 군사들을 하륙시켰던 곳이었다. 설인귀는 이미 신라군이 장악하고 있던 사비성을 공격하기 위해 석성으로 군사들을 포진시켰다. 설인귀가 사비성을 공격하기 전에 신라군이 먼저 나와 석성을 포위하고 당나라군을 공격했다. 성 주변에서 전투를 벌이니 역시 신라군이 강했다. 신라군은 웅진도독부 소속 백제 장군 둘과 당나라 하급 장수 여섯을 포로로 잡았다. 당나라군 5천 3백 명을 목 베거나 사로잡았다. 신라군의 대승이었다.

신라군은 여세를 몰아 죽지(竹旨)장군을 보내 가림성을 공격하였다. 하지만 가림성은 방어력이 뛰어나 몇 차례의 공격에도 함락되지 않았

---

110) 667년

다. 죽지장군은 화풀이로 인근 논에 농사를 지어놓은 벼를 모조리 짓밟았다. 웅진도독부 소속 병사들의 둔전이었기 때문이었다.

설인귀는 구원하러 왔다가 첫 전투에서 대패하고 겨우 살아서 남은 병사 수천과 함께 수로를 타고 웅진성으로 들어갔다.

설인귀는 웅진성에서 곽무종을 만나 겨우 숨을 돌렸다. 토번과 신라에서 연이어 참패했으니, 설인귀는 앞이 노랬다. 평생을 전장에서 보냈으나 이런 참패도 없었다. 넓은 벌판에서 말달리며 싸우는 기마전에는 누구보다 강했던 설인귀였다. 산성 주위에서 소규모 보병들이 치고 빠지면서 싸우는 신라 땅에서의 싸움은 도무지 승리할 방법이 없었다.

설인귀는 패배를 만회할 방법을 찾다가 신라 왕에게 편지를 썼다. 마침 당나라에서 불법(佛法)을 공부하다 귀국하는 임윤법사(琳潤法師)에게 편지를 신라 왕에게 전달하고 반드시 답신을 받아오라고 했다.

"행군총관 설인귀 신라 왕께 편지를 올립니다.

맑은 바람은 만 리를 불고, 큰 바다는 삼천 리나 됩니다. 삼가 듣건대 왕께서는 그릇된 마음을 움직여 변경의 성들에 무력(武力)을 사용한다는 소문을 들었습니다. 이를 생각하면 참으로 탄식이 더해집니다. 일찍이 선왕께서는 백제와 고구려를 두려워하여 나이 오십을 바라보는 나이에 소장의 황제를 찾아와 머리를 조아리고 백성을 사랑하는 마음을 보이셨습니다. 저의 황제는 선왕을 애처롭게 받아들이어 특별한 대우를 하셨습니다. 수십 년이 지나 당나라는 피로하고 나라의 창고는 수시로 열렸으나, 두 나라를 모두 평정하여 신라 왕과 백성의 근심을 모두 없앴습니다. 이에 마땅히 충심을 굽히지 말고, 화살촉과 칼을 녹이어 쟁기를 만들어 백성과 함께 부지런히 농토를 갈아야 하지 않겠습니까?

그러나 왕께서는 편안한 터전을 버리고 하늘의 뜻을 어기고 있습니다. 의리를 듣고도 따르지 않고, 선을 보고도 외면하면, 강한 적을 불러들이는 것이니, 어찌 지혜롭다고 할 수 있겠습니까? 고구려의 안승은 나이가 어리고 스스로 거취를 결정하지 못하는 자이니, 어떻게 중한 임무를 맡길 수 있겠습니까?

고간장군의 당나라 기병과 이근행장군이 변방 군사를 이끌고 험한 곳에 요새를 쌓고 신라 땅에서 농사를 짓고 신라를 공격하면 신라가 견딜 수 있겠습니까?

황제께서 멀리서 이런 소식을 들으시고 신에게 사정을 살펴보라고 하셨습니다. 그러나 왕께서는 소를 잡고 술을 빚어 우리 군사를 대접하기는커녕, 낮은 언덕에 군사를 숨기고 강어귀에 무기를 감추어 무성한 언덕에서 숨차게 기어올라 칼날을 내밀었습니다. 이는 대국의 병사들에게 못 할 짓이며, 은혜를 원수로 갚은 일입니다. 소장은 황제에게 직접 위임을 받았으니, 소장과 의논하면 반드시 일이 잘 해결될 터인데, 어찌 그릇된 길로만 가려 하십니까?

하늘은 높고 날씨는 추워져 떨어진 나뭇잎에, 지는 해가 슬픕니다. 산에 기대어 멀리 바라보니, 가슴에 적막함이 차오르기만 합니다. 부디 왕께서는 겸손함으로 돌아와 순리(順理)를 따르시기 바랍니다. 신라 승 임윤(琳潤)을 보내어 글을 전합니다."

편지를 받은 신라 왕 법민은 심각하게 읽다가 크게 웃음을 터뜨렸다.

"하하하, 설인귀가 급했군. 급했어."

신라 왕은 강수를 불렀다. 신라의 공식적인 문서는 태종 무열왕 때부터 거의 모두 강수(強首)가 작성했다.

"강수 선생, 설인귀가 급한 모양입니다. 답장을 보낼까요? 아니면 군사를 보낼까요?"

"폐하, 소신이 정치나 군사에 대해 무엇을 알겠나이까?"

"아니오. 강수 선생, 그대는 선왕 폐하 때부터 국서(國書)를 도맡다시피 하였소. 그러니 흐름을 잘 아실 게 틀림없소. 생각 같아서는 그냥 무시하고 설인귀를 잡아버리고 싶지만 말이오."

"폐하, 소신의 생각을 말씀드려도 되겠나이까?"

"그러시오. 강수 선생이야말로 한 번도 의견을 말하지 않았지. 이번에는 말해보시오."

"그러겠나이다. 고구려를 생각하면 답이 나옵니다. 고구려는 수나라나 당나라에게 너무 강하고 위협적이어서 망했습니다. 강하니 대국의 입장에서는 눈엣가시 같은 존재였습니다. 대국의 자존심도 자존심이려니와 고구려는 여러 유목 부족을 동원할 수 있으니, 고구려는 당나라에게 늘 동북방의 위협이었습니다. 그렇다면 우리는 자존심은 상하지만 납작 엎드려야 합니다. 엎드리면 큰바람은 그냥 지나갑니다. 꼿꼿하게 서 있으면 큰바람에 넘어져서 다칩니다. 우리 신라가 당나라에 반기를 들고 있기는 하지만, 그것은 폐하께서도 아시다시피 선왕 폐하와 당 태종 간의 약속을 당나라가 지키지 않아서 그렇습니다. 우리도 살아야지요. 그렇지만 우리는 평양 이북은 절대로 넘보지 않는다는 것을 보여주어야 합니다. 그런 내용을 넣어 용서를 구하면, 설인귀 입장에서는 패전에 대한 변명도 되고, 당나라도 그다지 기분 나쁘지 않겠지요. 우리 자존심만 좀 낮추면 만사형통(萬事亨通)입니다."

"오호, 역시 강수 선생이오. 그런 계책을 낼 줄 알았소. 그게 내 뜻이기도 하오. 자존심이 무엇이 중요하겠소. 신라의 생존과 백성들의 삶이 중요합니다. 실속이 중요합니다. 그렇게 편지를 써보시오."

강수는 그날 편지를 다 써서 임금에게 보고했다. 임금은 대단히 흡족해하며 설인귀에게 보내라 했다.

설인귀는 신라 왕에게서 온 답장을 펼쳤다.

"계림도총관 설인귀대장군 보라. 그대의 편지는 잘 보았다. 그대의 충고 또한 가슴에 새기겠다. 하나 우리 신라가 왜 그렇게 하였는지를 먼저 알아주기를 바란다.

선왕께서 무신년[111]에 당나라로 가서 태종 문황제의 조칙을 직접 받았다. 조칙에서 말씀하시기를, 짐(朕)이 지금 고구려를 정벌함은 다른 까닭이 아니라, 너희 신라를 불쌍히 여겨서이다. 신라가 두 나라 사이에 끼어 매번 침략을 당해 편한 해가 없구나. 산천과 땅은 내가 탐하는 바 아니며, 재물과 백성은 이미 짐이 충분히 가지고 있다. 짐이 두 나라를 평정하면, 평양 이남과 백제 땅을 모두 너희 신라에 주어 영원히 편안하게 하려 한다, 라고 하셨다. 이어 황제께서 말씀하시길, 계책을 내리고 군사를 낼 기일을 정해주겠노라고 하셔서 신라 백성들은 모두 이 은혜로운 조칙을 듣고 오매불망(寤寐不忘) 기다렸다.

하나 태종 문황제께서는 큰일을 끝내기 전에 먼저 붕어하셨다. 선왕 폐하와 나의 애도는 끝이 없었다.

---

111) 648년

경신년[112]에 황제께서 선대 황제의 뜻을 이루기 위해 배를 띄우고 장수들에게 명령하여 백제를 정벌하게 하셨다. 선왕 폐하께서 늙고 쇠약해져서 행군을 견디기 어려웠으나 황제의 군사들을 몸소 영접하셨다. 이어 두 나라 군사는 백제를 평정하였다.

평정 후에 당나라 병사 1만이 웅진성에 머물렀다. 신라 백성들은 초근목피(草根木皮)로 연명해도 당나라 군대는 양식이 남아돌게 했고, 집 떠난 지 오래인 당나라 군사들에게 때맞춰 옷을 보내주었다. 유인원은 외딴 성에 홀로 주둔하며 사방이 모두 적으로 둘러싸여 항상 백제 잔당의 침공을 받았으나, 늘 신라의 구원으로 위기를 모면하였다. 당나라 군사 1만 명이 4년 동안 신라에서 의복과 양식을 받았다. 그들의 가죽과 뼈는 당나라 땅에서 왔을망정, 당장의 살과 피는 모두 신라가 주었다.

이듬해 6월 선왕이 돌아가셨다. 장례를 겨우 마치고, 상복도 미처 벗지 못했지만, 황제는 고구려로 병사를 보내라 했다. 신라의 수고로움은 이루 말할 수도 없었다. 이어 이듬해에 소정방에게 군량을 보내라 해서 엄동설한에 대장군 김유신이 2만 병사와 함께 죽음을 무릅쓰고 머나먼 길을 가서 군량을 날랐다. 군사들은 추위와 굶주림으로 떨었으며, 동상에 걸려 죽은 자가 부지기수였다. 소정방의 군사는 그 군량을 먹고 당나라로 무사히 살아 돌아갔다. 이는 신라 군사를 희생하여 당나라 군사를 살린 게 아니고 무엇이냐.

무진년[113]에도 신라 군사는 평양에서 얼마나 많은 공을 세웠느냐. 그러함에도 영국공 이적은 신라의 공은 없다 하였으니, 어디 이런 억울함이 또 있겠는가. 우리 신라는 선황제의 조칙을 믿고 기다리고 또 기다렸다. 선황제께서 평양 이남은 신라에게 주겠다 하지 않았느냐.

---

112) 660년
113) 668년

작년 7월에 당에 입조하였던 사신 김흠순(金欽純)이 돌아와 황제께서 주신 지도로 경계를 확정하려 했다. 지도를 펼쳐보니 백제의 옛 땅이 모두 웅진도독부로 가게 되어있었다. 황하가 아직 마르지 않았고 태산이 아직 닳지도 않았는데, 어찌 몇 년도 지나지 않아 신라에게 주었던 땅을 다시 빼앗아 웅진도독부에 준다고 하느냐. 백 년이 지나면 신라는 다시 백제에게 망할 게 분명하니 이를 어찌 신라가 받아들이겠느냐.

작년 9월부터 이런 사실을 기록하여 사신을 보냈지만, 폭풍으로 모두 바다에서 표류하다 돌아왔다. 다시 사신을 보내려던 차에 그대가 신라에 왔으니 이 편지를 보낸다.

신라는 절대 황제에 대한 충성심을 잃은 적이 없다. 간사한 자들이 황제와 신라를 이간하여 이득을 취하려 하니 그들은 모두 믿지 못할 자들이다. 선황제 폐하께서 조칙으로 내리신 약속은 나의 선왕과의 약속이기도 하기에, 자식된 자가 지키지 않을 도리가 없다. 부디 당나라로 돌아가면 황제에게 잘 아뢰어 주길 바란다. 신라는 항상 황제에게 조공을 바치고 신하의 예를 다하겠노라."

설인귀는 편지를 읽고 은근히 화가 났다. 신라가 잘못이 없다는 말이다. 모두 핑계에 핑계의 연속이었다. 선황제께서 백제와 고구려를 정벌한 다음에는 평양 이남은 신라에게 주겠다고 한 약속이 문제였다. 그것도 말이 아니라 문서가 남아있다. 지금 황제는 선황제의 아들이고, 신라도 지금 왕이 선왕의 아들이다. 아버지끼리 한 약속을 아들이 어길 수는 없지 않은가. 보통 사람들의 집안이라도 그럴진대 하물며 황제와 왕의 약속이라면 지키지 않을 도리가 없다. 신라가 이렇게 나오는 이유도 분명히 있다. 하지만 그렇다고 황제의 군사에 대한 공격은 있을 수가 없다.

그렇다고 지금 있는 군사들로 신라에 맞설 수도 없다. 일단 당나라로 돌아가 황제에게 사정을 고하고 훗날을 기약하는 수밖에 없다. 설인귀는 그렇게 생각하고 일단 당나라로 돌아갔다.

설인귀가 돌아간 뒤에도 신라는 웅진도독부에 대한 공세를 늦추지 않았다. 신라는 사비성을 신라의 소부리주(所夫里州)로 편입하고 진왕(眞王)을 도독으로 임명하였다. 이로써 웅진도독부 소속의 성은 웅진성과 가림성만이 남게 되었다. 웅진도독부의 가장 큰 고민은 바로 군량 조달이었다. 웅진 부근의 들판은 거의 신라가 장악하였으므로, 추수해도 웅진성으로 들어가는 군량은 거의 없었다. 웅진도독 곽무종은 본국에 군량 지원을 요청했다.

10월 6일 군량을 잔뜩 실은 당나라 조운선(漕運船) 70여 척이 백강 하구에 도착했다. 조운선 운항을 미리 알고 있었던 신라 수군 1백여 척이 조운선 앞을 가로막았다. 신라 수군 장수 당천(當千)은 이미 닷새 전부터 진을 치고 당나라 배를 기다리고 있었다. 신라 배는 작지만 빨랐다. 조운선을 두고 여기저기로 돌고 빠지면서 화공으로 공략했다. 무거운 당나라 조운선은 신라 수군을 당할 수가 없었다. 당나라 병사들은 화살에 맞거나 불에 타지 않으면 물에 빠져 죽었다. 조운선을 호위하던 몇몇 배들은 항복했다. 당천은 적장 겸이대후(鉗耳大侯)와 병사 1백여 명을 사로잡았다. 물에 빠져 죽은 당나라 병사는 셀 수 없을 정도로 많았다.

조운선이 모두 침몰하거나 신라군에게 나포되었다는 소식을 접한 곽무종은 절망에 빠졌다가 독자적인 전략을 구상했다. 일본에 도움을 요청하는 방법이었다. 여러 차례 웅진도독부 사신을 보냈던 곽무종은 백제인 사택손과 함께 11월 10일 수십 척의 배에 2천을 싣고 직접 일본으로 갔다. 그중 1천 4백은 백강구 전투에서 포로가 된 일본인이었다. 나머지 6백여 명은 일본군 포로를 호송하는 당나라와 백제 사람이었다. 곽무종은 일본인 포로를 돌려주고 일본의 군사 지원을 받을 속셈이었다. 웅진도독부는 곧 백제의 후계이니, 신라에 맞선 백제의 부흥이라고 주장했다.

일본의 대신 중신겸족(中臣鎌足)은 김유신과도 친선을 유지하면서 이중 외교를 펼치고 있었다. 일본의 천지왕은 백강구 전쟁 때 수만 일본군을 파견한 장본이었기에 신라를 매우 싫어했다. 그러나 중신겸족을 비롯한 신하 대부분은 웅진도독부보다는 신라를 가까이하는 게 일본 국익에 도움이 된다고 생각했다. 천지왕이 괜히 백제 부흥을 도왔다가 백강구에서 큰 피해를 입었다고 신하들은 판단했다. 일본 조정 신하들의 대세가 그랬다. 하지만 천지왕은 고집을 꺾으려 하지 않았다. 천지왕의 아들인 대우(大友) 태자 역시 아버지의 정책을 그대로 이어받고자 했다.

그런 분위기 속에 대우태자의 이복동생인 대해인(大海人)왕자는 노골적으로 아버지의 백제 옹호를 비판하고 신라와 친해져야 한다고 주장했다. 신라가 방패막이가 되어야 일본이 당나라의 침략을 허용하지 않는다고 했다. 상당수 신하가 대해인왕자를 지지했다. 백강구 전투 때 일본은 수많은 병사를 잃고 엄청난 국력을 소모했다. 이후에는 당나라의 침략에 대한 공포로 일본 여기저기에 산성을 쌓는 등 온통 난리를 쳤다. 그런 연유로 일본인 대다수는 천지왕을 싫어했다.

그런 와중에 곽무종 일행이 일본에 도착했다. 그들이 도착하고 얼마 지나지 않은 12월이었다. 일본의 천지왕이 죽었다. 전혀 뜻하지 않게 곽무종 일행은 졸지에 왕의 죽음에 애도를 표하러 온 조문 사절이 되어 버렸다. 조문을 안 하고 돌아갈 수도 없는 처지였다. 그러는 사이 해가 바뀌어 임신년[114]이 되었다. 임신년 벽두부터 일본에서는 치열한 내전이 일어났다. 대해인왕자를 따르는 군사들과 태자를 보위하는 군사들 간의 전쟁이었다. 반란군 대해인왕자의 군사가 왕궁을 점령하자, 태자는 지방으로 도망쳤다. 이렇게 하여 대해인왕자가 3월에 천무(天武)왕으로 즉위했다. 임신년에 정변이 일어났다 해서 이를 일본에서는 임신의 난이라 했다.

곽무종 일행은 갈 길이 바빴지만, 일본의 정변으로 인해 오도 가도 못하고 있다가 임신년 5월이 되어서 비로소 일본을 떠날 수 있었다. 천무왕은 떠나는 곽무종에게 비단과 삼베 등 물품을 주고 작별을 고했다. 천무왕은 신라와 친선을 도모하면서도 웅진도독부와도 척을 지지 않으려 했다. 천무왕은 이기는 편이 우리 편이라 판단하고 추이를 지켜보고자 했다. 한편으로 천무왕의 군사는 대우태자를 추격하여 7월에 그의 군사들을 섬멸했다. 대우태자는 막다른 길에 몰려 스스로 목을 매어 죽었다.

곽무종이 뜻하지 않게 오래 일본에 머무는 동안에도 신라는 웅진도독부에 대한 공격을 멈추지 않았다. 임신년 정월에 마침내 웅진성을 함락시키고 2월에는 마지막 남은 가림성을 쳤다. 가림성의 저항이 완강해 공격에 실패했다. 신라군은 어쩔 수 없이 철수했다. 웅진도독부는 가림성에서 겨우 명맥을 잇게 되었다. 일본에서 이 소식을 듣고 있었던 곽무종은 웅진으로 오지 않고 5월에 일본을 떠나 바로 당나라로 들어가 버

---

114) 672년

렸다. 임신년 초에 신라는 웅진도독부를 백제의 영토에서 거의 몰아냈다. 하지만 웅진도독부가 완전히 사라지지는 않았다. 당나라는 웅진도독부에 대한 미련을 완전히 버리지 않았다.

　그 무렵을 전후하여 신라의 사주를 받은 안승도 자주 일본에 사신을 보냈다. 일본이 균형추를 허물고 당나라에 가담하면, 신라도 대단히 곤란해지기 때문에 신라로서는 어쩔 수 없는 선택이었다. 신라와 신라 속의 고구려가 자주 사신을 보내자 천무왕은 점점 기고만장해졌다. 마치 자신이 황제국이어서 번국에서 사신을 보낸다고 착각했다. 그래봤자 번국이라고는 신라와 안승의 고구려와 탐라국 정도였다. 신라의 전략은 성공했다. 천무왕은 위압적인 당나라와 교류를 단절했다. 사실상 나라다운 나라 중에서는 신라만이 일본과 외교 관계를 유지하고 있었다. 임신년 12월에는 신라의 사신 김압실(金押實)에게 배 한 척을 줄 정도로 천무왕은 신라에 정성을 다했다. 신라는 일단 일본을 묶어두는 데까진 성공했다.

19

당나라 임금 이치는 경오년[115] 4월 고간장군을 동주도행군총관(東州道行軍摠管)으로 이근행장군을 연산도행군총관(燕山道行軍摠管)으로 임명했다. 이근행은 말갈인으로 아버지 때부터 당나라에 귀부하여 말갈부대를 이끌었다. 두 장군은 군사를 편성해서 오골성, 책문성, 부여성 등의 여러 곳의 반란을 진압하면서 경오년 한 해를 보냈다. 이듬해인 신미년[116] 7월 안시성으로 출동하여 고구려 유민의 반란을 진압했다. 고구려는 넓었다. 그들이 여기저기를 다니며 반란군을 진압하다 보니 임신년[117]에 이르렀다. 임신년 여름까지 두 장군은 고구려 구토 여기저기의 반란군을 진압하여 압록수 이북은 대부분 평정했다. 물론 그들만의 힘으로는 어려워 과거 고구려 성주나 욕살[118] 중에서 당나라에 귀부한 자들을 앞세워 진압하기도 했다. 남생 형제를 이간질했던 왕배수 같은 이가 신성의 안동도호부 관리로 있으면서 고구려 유민 반란의 제압에

---

115) 670년
116) 671년
117) 672년
118) 고구려 지방 통치 조직의 책임자. 고구려는 지방통치조직을 대성(大城), 성(城), 소성(小城)으로 구분하였다. 이중 대성의 책임자를 욕살(耨薩·辱薩)이라 하였다.

앞장섰다.

임신년 초에 신라가 웅진도독부를 거의 축출하자 당나라는 다른 전략을 구사하지 않을 수 없었다. 당나라는 고간과 이근행이 북에서부터 신라를 압박하여 쳐들어가는 방법을 택하기로 했다.

임신년 7월 고간이 1만의 당나라 군사, 이근행이 3만의 말갈 군사를 이끌고 평양 부근에 이르러 여덟 곳에 군영을 만들고 전투 준비를 시작했다.

신라 왕 법민도 당나라군의 남하를 대비했다. 법민은 의복(義福)과 춘장(春長)을 대장군으로 임명하고 수십 명의 장수와 함께 5만 군사를 보내 당나라군을 저지하라고 명령했다. 법민은 두 장군이 출정할 때 그들에게 특별히 주문했다.

"장군들은 명심하세요. 이 싸움은 우리 신라 군사와 당나라 군사가 힘으로 맞부딪히는 싸움입니다. 우리 신라도 정예병이고 그들도 정예병이오. 당나라의 고간과 이근행도 만만치 않은 장수라 하오. 지난 몇 년간 고구려 반란군을 모조리 진압했다 하니 함부로 대할 상대가 아니오. 각별히 조심하여 반드시 승리하기 바라오, 그들을 평양성 이북으로 내쫓고 다시는 평양성 이남을 엿볼 생각을 못 하게 만들어야 하오."

이 전쟁에는 태대각간 김유신의 둘째 아들 원술(元述)도 출정하였다. 유신은 환갑이 넘은 나이에 자신의 누이가 낳은 딸 지소에게 장가를 들어 아이를 여럿 얻었다. 그중 가장 큰아들이 막 16세가 된 원술이었다. 유신은 원술을 출정시키면서 대장군 의복에게 지나가는 말로 부탁했다.

"내 아들이라고 특별하게 봐줄 거 없소. 병사들과 똑같이 먹고 재우고 싸우게 하시오."

의복은 그렇게 하겠다고 대답했지만, 그냥 있을 수가 없어 무예가 뛰어나고 충성심이 강한 병사 담릉(淡凌)을 불러 말했다.

"내가 너에게 원술랑을 부탁한다. 태대각간께서 늦게 장가가서 본 아들이다. 손주뻘이니 얼마나 애지중지 키웠겠느냐. 또한 어머니가 폐하의 누이동생이시다. 그렇다고 바보로는 만들지 말아라."
"명심하겠습니다, 장군님. 소인이 목숨을 걸고 원술랑을 지키겠습니다."
"그래, 고맙구나."

당나라군이 평양 인근에 도착했을 때 신라군도 대방 지역에 도착해 당나라군과 싸울 준비를 했다. 당나라군이 먼저 평안 남서쪽에 있는 한시성과 마읍성을 공격하였다. 패수를 건너려면 반드시 장악해야 하는 두 성이었다. 한시성과 마읍성에는 고구려 유민들이 일부 남아있었으나 당나라군의 출현에 그들은 대항하지 못하고 성을 버리고 도망쳤다. 당나라 군사는 패수를 건너 석문 지역에 군사를 배치하고 일부 기병을 선발대로 보내 백수성(白水城)에서 5백 보쯤 앞으로 전진시켰다. 당나라 기병이 나타나자 신라군 중에서 장창당이 막아섰다. 장창당은 긴 창을 2인 1조로 운영하면서 창의 아래쪽은 땅에 박아 한 사람이 지탱하고, 한 사람은 창의 중간 부분을 잡아 돌격해오는 기병의 말을 쓰러뜨리는 전술을 기본으로 삼는 부대였다. 기병은 돌격하다가 선두의 말이 쓰러지면 속도를 멈출 수가 없어 연쇄적으로 쓰러지게 되어있다. 창장병 바로 뒤에는 궁수가 활을 쏘았고, 궁수 뒤에는 창검수가 땅바닥에 낙마한 기병을 제압했다. 장창당 전술은 당나라에서 유목민 기병을 상대하기 위해 개발한 전술이었다. 신라는 당나라와 연합 작전을 하면서 당나라 전술을 배워 당나라 기병을 상대로 이 전술을 사용했다.

백수성 앞 전투에서 당의 말갈병 1만이 돌격해오다가 신라의 장창당에 형편없이 무너져 수백 명이 죽고 무려 3천 이상이 포로가 되었다. 첫 싸움부터 신라의 대승이었다.

첫 전투에서 장창당 혼자 대승을 거두는 것을 보고 신라의 각 부대 지휘관들은 후퇴하는 당나라 군사를 추격하기 시작했다. 당나라 군사들을 죽이거나 사로잡아 큰 공을 세우고 싶어서였다. 신라군 전체가 대장군의 통제 없이 여러 부대가 각각 공을 세우기 위해 두서없이 진격해 들어갔다. 신라군이 석문 지역에 이르렀을 때 좌우로 매복해 있던 당나라 군대가 쏟아져 나왔다. 도망가던 이근행의 말갈 기병도 돌아서서 신라군을 공격하기 시작했다. 기병의 공격에 장창당은 효과적으로 대응하지 못했다. 신라군은 기병에 맞서 장애물도 세우기 전에 적의 공격에 속수무책으로 당하기 시작했다. 뒤를 받치고 있던 대장군 의복의 본대도 아군을 구출하기 위해 사지(死地)로 끌려 들어가지 않을 수 없었다. 앞서 있던 수많은 군사가 당나라 군의 매복에 걸려 죽어가고 있었다. 당나라군은 신라군을 크게 포위하여 한 부대씩 참살해 나갔다. 신라군은 각각의 부대가 나누어져 수적 열세에 따라 당나라 기병에 힘을 쓸 수가 없었다. 대장군의 본대마저 적의 포위망을 뚫어야 도망갈 수 있는 형편이 되었다.

이때 원술이 비장한 각오로 창을 비켜 들고 말에 박차를 가하려 했다. 이때 담릉이 말고삐를 잡고 놓지 않고 말했다.

"대장부에게 어려운 것은 죽음이 아니라 죽을 곳입니다. 여기서 죽으면 개죽음이나 다름없습니다."

원술이 담릉에게 말했다.

"아니다, 구차한 변명일 뿐이다. 모두가 위험한데 어찌 내가 살겠는가? 고삐를 놓아라."

"아니 됩니다. 죽어서 개죽음이라면 살아서 훗날을 도모해야 합니다. 진짜 사내대장부라면 죽을 곳을 잘 판단해야 합니다."

"아니다, 내가 여기서 구차하게 살아간다면 어찌 아버지를 뵙겠는가? 어서 놓아라."

담릉은 끝까지 말고삐를 놓지 않았다. 그러던 차에 다른 장수들이 앞을 뚫어 상장군과 함께 신라군 지휘부는 무이령(蕪荑嶺)에 이르렀다. 무이령만 넘어서면 연이어 산지가 나타나 더 이상 당나라군의 추격은 불가능했다. 이때 거열주(居烈州)의 장군 아진함(阿珍含)이 앞으로 나오며 말했다.

"대장군, 어서 빠져나가십시오. 여기는 소장이 막겠소이다. 내 나이 이미 일흔, 얼마나 더 살겠습니까?"

말을 마치기도 전에 아진함은 창을 비껴들고 적진으로 돌격했다. 아진함의 아들 역시 몇몇 부하들과 함께 아버지를 따라 적진으로 돌격했다. 이들이 사투를 벌이는 동안 의복의 본대는 겨우 사지에서 벗어났다.

아진함과 그 아들은 무이령에서 끝까지 싸우다가 수많은 창에 찔려 죽었다.

신라군의 참패였다. 당나라 고간과 이근행의 유인술에 말려들어갔다. 장창당에 던져진 말갈 기병은 미끼였다. 효천(曉川), 의문(義文), 산세(山世), 능신(能申), 두선(豆善), 안나함(安那含), 양신(良臣) 등의 장수들이 죽었다. 신라군은 3만 이상의 군사를 잃었다. 대패였다. 임신년[119] 8월의 일이었다.

석문에서 패배한 장수들은 몰래 이동하여 서라벌로 돌아와 왕 앞에 무릎을 꿇었다. 신라 왕 법민은 이들을 처벌할 기력마저 잃었다. 이들 장수와 병사들은 지난 십수 년간 공들여 양성한 신라의 일급 장수와 정예병이었다. 한 번의 싸움으로 입은 손실이 너무나 컸다. 임금은 병석에 있는 태대각간을 찾았다. 왕이 물었다.

"군사가 이렇게 대패를 하였으니 도대체 어떻게 해야 합니까?"

김유신이 간신히 일어나 임금에게 말했다.

"당나라 장수들의 계략은 헤아리기 어렵습니다. 수만 군사들끼리 벌판에서 부딪히면 우리가 이기기 어렵습니다. 마땅히 장수와 병사들은 산성에 의지하여 저들을 막아야 합니다. 저들은 벌판에서는 잘 싸우지만, 그렇다고 강을 건너고 산성을 돌파하는 데는 익숙하지 않습니다."

---

119) 672년

유신은 이어서 말했다.

"다만 원술은 왕명을 욕되게 했을 뿐 아니라 또한 가훈을 저버렸으니, 참형에 처하소서."

법민은 유신의 마음을 헤아리고도 남았다. 그토록 많은 군사가 죽었다. 원술은 버젓이 살아서 돌아왔다. 가문의 수치라 생각하지 않을 수 없다. 그러나 원술은 이제 겨우 열여섯이다. 그냥 대장군을 따라다니는 비장일 뿐이다. 또한 자신의 조카이기도 하다.

"그럴 수는 없습니다. 겨우 비장이 살아 돌아왔다고 책임을 물을 수는 없지요."

신라 왕 법민은 신상필벌(信賞必罰)을 명확히 했지만, 이번만큼은 모두 죄를 묻지 않기로 했다. 태대각간이나 김흠순이나 품일과 같은 노장이 모두 병석에 있어 군사를 통솔하지 못한 게 천추의 한이었다. 그렇다고 슬픔과 회한에 빠져있을 수만은 없었다. 한성을 빼앗은 당나라 군사는 임진수와 한수를 건너 남하할 계획을 짜고 있다. 법민은 인문을 비롯한 여러 신하와 의논하여 대책을 마련했다.

첫째 대책은 당나라에 항복하는 항복 문서를 보내는 일이었다. 신라가 항복하면 당나라는 공격을 멈출 가능성이 있다. 만약 항복을 받아들이지 않고 공격한다 하더라도 그 논의를 하는 만큼의 시간을 벌 수 있다. 그사이 무너진 신라군 군단을 재편성해야 한다. 둘째 태대각간의 계책대로 산성을 보수하고 쌓아야 한다. 거점 산성을 쌓고 무기와 군량을 비축하여야 한다. 신라의 전 국토를 요새화해야 한다. 지난날 당나라는 고구려를 정벌하느라 애를 먹었다. 성을 하나하나 점령해야 했기 때문이었다. 신라도 큰 성을 쌓아 그렇게 해야 한다.

원술은 살아 돌아왔지만 차마 집에 들어가지 못했다. 원술은 태백산 아래로 들어가 숨어버렸다.

신라 왕은 당장 한산주에 주장성(晝長城)[120]을 쌓게 했다. 주장성은 한수 아래에서 한수 북쪽 전체를 관망할 수 있는 요지 중의 요지였다. 한수의 수운도 관장할 수 있는 위치였다. 산성의 터가 매우 컸다.

아울러 신라 왕은 웅진도독부를 공격하면서 포로로 잡았거나 억류하고 있던 당나라 관원이나 장수를 돌려보내기로 했다. 사죄사로 원천(原川)과 변산(邊山)을 보내기로 했다. 말이 사신이지, 그들이 가는 당나라는 바로 사지(死地)였다. 김흠순과 함께 사죄사로 갔던 김양도가 결국 당나라의 감옥에서 죽었다. 원천과 변산도 죽음을 각오하고 있었다. 죽을 줄 알면서도 그들은 가지 않을 수 없었다.

신라 왕은 그들을 눈물로 전송했다. 살아 돌아오라는 말도 못 했다. 그들이 데리고 가는 포로 중에는 당나라 수군 장수 겸이대후와 웅진도독부 소속의 예군도 있었다. 아울러 포로로 잡혀있던 당나라 병사 1백 70여 명도 고향으로 돌아갈 수 있었다.

신라 왕은 강수를 불러 사죄사가 죽지 않게 항복문을 쓰라 했다. 강수가 표문을 다 짓자 왕은 강수에게 읽어보라 했다. 강수는 읽지 못하고 울기만 했다. 왕의 거듭된 재촉에 강수는 겨우 울음을 삼키고 항복문을 읽었다.

---

120) 현재의 경기도 광주의 남한산성

"신 신라 왕 법민은 죽을죄를 짓고서 삼가 폐하께 아룁니다. 신의 몸을 가루로 만들고 뼈를 부숴도 폐하의 큰 은혜에 보답하기 부족하며, 머리를 깨뜨리고 먼지가 되어도 폐하의 어진 조치에 감사드릴 길이 없습니다.

신은 깊은 원수인 백제가 신의 나라를 가까이에서 위협하여 스스로 살길을 찾던 중, 억울하게도 흉악한 역적의 누명을 쓰고 용서받기 어려운 죄인으로 몰렸습니다. 신은 일의 정황이 제대로 알려지기 전에 형벌을 받을까 두렵습니다. 살아서는 명을 거역한 역적이 되고, 죽어서는 은혜를 배신한 귀신이 될까 염려됩니다. 삼가 사정을 기록하여 죽음을 무릅쓰고 아룁니다.

엎드려 바라건대, 폐하께서 조금이라도 귀 기울여 들으시고 자초지종을 살펴주시옵소서. 신의 나라는 이전부터 조공을 끊지 않았으나, 최근 백제로 인해 다시 조공을 제대로 바치지 못해 폐하께서는 장수를 보내 신의 죄를 다스리게 하셨습니다. 신은 잠시 어리석은 욕심을 내어 폐하의 명을 어겼습니다. 하여 신은 죽어도 남을 죄를 지었습니다. 사직을 짓밟고 신의 몸을 찢어 죽여도 오직 폐하의 처분을 기다릴 뿐, 달게 형벌을 받겠습니다.

신은 관(棺)을 곁에 두고, 머리를 조아린 흙이 마르기 전에, 피눈물로 아침을 기다리며 처형을 기다립니다. 폐하께서는 해와 달 같이 밝아 모두를 비추시고, 하늘과 땅처럼 덕으로 만물을 고루 돌보십니다. 폐하의 은덕은 한갓 미물에도 미치고, 죽이기를 싫어하는 어진 마음은 날아다니는 새와 헤엄치는 물고기까지 흘러갑니다. 폐하께서 항복을 받아들이고 용서하셔서 신의 목숨을 살려주소서.

삼가 원천(原川) 등을 보내 표문을 올려 사죄하오니, 폐하의 처분을 기다리겠습니다."

　신라 왕 법민은 아울러 은 3만 3천 5백 푼, 구리 3만 3천 푼, 침(針) 4
백 개, 우황 1백 20푼, 금 1백 20푼, 40승포 베 6필, 30승포 베 60필을
조공으로 바쳤다. 석문에서 패한 바로 그다음 달인 9월에 사신은 당나
라로 떠났다.

20

당나라 임금 이치는 신라 사신이 가져온 표문을 보고 거짓이라며 매우 화를 냈다.

"신라 왕이 또 거짓말을 하는구나. 저 사신 둘을 당장 참수하라. 신라에 저들 사신의 목을 가져다주고 항복하려면 신라 왕이 직접 입조하라 하라. 그러면 살려주겠다."

원천과 변산의 목이 바로 잘렸다. 당나라 조정은 그들의 목을 함에 담아 신라로 보냈다.

신라 왕은 그들의 목이 도착하자 목이 담긴 함을 껴안고 울다가 혼절했다. 어의들이 달려와 겨우 왕의 정신을 차리게 했다. 왕은 말했다.

"어리석은 군주를 만나, 몸통 없는 귀신이 되어 돌아왔구나."

각간 천존(天存)은 백성들 사이에 고명한 스님으로 이름이 난 명랑

법사(明朗法師)를 불러 이들의 원혼을 달래자고 했다. 법사는 왕의 부름에 바로 입궁했다. 그는 이들의 원혼을 위로하고 백성을 위로하기 위해 낭산 남쪽 신유림에 사천왕사(四天王寺)를 세우자 했다. 임금이 허락하자 법사는 채색 비단으로 장막을 마련하고 부처를 모셔 크게 법회를 열었다. 많은 백성이 모여 사신들의 원혼을 위로하고 명복을 빌었다. 이후 이곳에 절을 지어 국태민안(國泰民安)을 비는 법회를 자주 열었다.

신라 왕은 법회를 통해 민심을 달래는 한편 당나라군의 남침에 대비하여 여러 곳에 겹겹이 성을 쌓아나갔다. 서라벌 서쪽에 서형산성을 필두로 국원성, 북형산성, 소문성, 이산성, 주양성, 주잠성, 만흥사산성, 골쟁현성 등을 쌓았다. 모두 당나라 군대의 침입에 대비한 거점 산성들이었다.

산성을 나갈 무렵 김인문이 왕에게 말했다.

"폐하, 아무래도 신이 당에 입조를 하겠나이다."

"아니, 그게 무슨 말이야. 가면 죽는다."

"아닙니다. 폐하. 신을 죽이지는 않습니다. 신이 가서 사죄하면서, 시간을 벌겠습니다. 산성을 다 쌓고 지난번 석문에서 잃어버린 군사들만큼 새로 군사를 훈련시켜 보강을 하려면 한 해는 더 필요합니다. 신이 가서 용서를 빌면서 눈치를 보겠습니다. 그러다가 적당한 때 돌아오겠사오니 너무 심려 마십시오."

"그래도 너무 위험하다. 사사로이는 너는 나의 동생이 아니냐. 늘 당나라로 가는 험한 일을 자처했다. 내가 미안하구나."

"아무리 제가 어렵다 해도 폐하만 하겠습니까? 당나라로 가서 당나라 임금을 설득해야 합니다. 그게 저에게 주어진 일입니다."

인문이 당나라로 떠나고 계유년[121] 새해가 밝았다.

정초에 황룡사와 월성 사이에 큰 별이 떨어지고 지진이 일어나니 민심이 동요했다. 유신은 왕이 근심한다는 이야기를 듣고 입궁하여 왕에게 말했다.

"폐하, 이번 변고는 신에게 화가 닥친다는 예고입니다. 나라에 재앙을 알리는 게 아니니 걱정 마시기 바랍니다."

왕이 그 말을 듣고 더욱 근심이 되어 명랑법사에게 기도하게 하였다.

6월이 되어 유신의 동네 사람들이 군복을 입고 무기를 든 병사들이 유신의 집에서 나와 울면서 어디로 가는 것을 보았다고 했다. 유신은 이 말을 듣고 사람들에게 말했다.

"허허, 이들이 나의 숨어있는 병사들인데, 나를 떠났구나. 내가 곧 죽겠구나."

그 말이 있은 후 10여 일이 지나자 유신은 병이 들어 몸져누웠다. 왕은 바로 유신의 집으로 병문안을 왔다. 유신이 만류에도 겨우 일어나 앉아, 왕에게 말했다.

"신은 온 힘을 다해 폐하를 받들고자 하였으나 병이 이미 깊습니다. 오늘 이후로는 다시는 용안(龍顔)을 못 뵙겠습니다."

---

121) 673년

왕이 눈물을 흘리며 유신의 손을 잡고 말했다.

"내가 공이 있어 물을 만난 물고기처럼 공에게 의지하여 나라를 다스렸소. 이 어려운 때에 경이 돌아가신다면 백성들은 어찌하고 나라는 어찌합니까? 부디 견디어주십시오."

"폐하, 어찌 하늘의 명을 어길 수 있겠습니까? 신은 어리석고 못난 자로, 어찌 국가에 유익함이 있었겠습니까? 다행히 폐하께서 의심하지 않고 저에게 군권을 맡겨주셨기에 왕의 밝으심에 붙어 작은 공이라도 이룰 수 있었습니다. 삼한이 한집이 되어 마침내 백성들은 폐하를 한마음으로 모십니다. 비록 아직 태평성대에 이르지는 못했으나, 크게 걱정할 바는 아닙니다.

신이 살펴보건대, 예로부터 군주는 시작은 좋으나 끝을 잘 마치기는 어렵습니다. 바라옵건데 폐하께서는 성공이 쉽지 않음을 아시고, 늘 경계하시어 마지막 과업을 달성하시옵소서. 신이 죽어서도 힘이 되어 폐하 곁에 있겠나이다. 신은 이승에서 이것으로 끝이지만, 폐하의 창대함은 이제 시작이옵니다. 부디 강녕하소서."

왕은 울면서 그 말을 받아들이고 고개를 끄덕였다.

계유년[122] 7월 1일 유신이 집에서 세상을 떠났다. 향년 79세였다.

신라 사람들은 자기 어버이의 죽음보다 더 슬퍼했다. 왕에서부터 한갓 농부와 목동과 고기잡는 어부까지, 나이 많은 촌부(村夫)부터 겨우 말을 배운 어린아이까지, 남녀노소를 가리지 않고 슬퍼했다. 신라라는

---

122) 673년

사국지 4

나라가 생기고 나서부터 온 나라 온 백성이 한 사람의 죽음을 그토록 슬퍼한 적은 없었다. 왕도 몇 번이나 실신할 정도로 슬퍼했다. 몇 번이나 정신을 잃었던 왕은 겨우 정신을 차렸다. 왕은 채색 비단 1천 필과 조(租) 2천 석을 하사하여 장례를 치르게 하였다. 군악대 1백 명을 보내어 장송곡을 연주하게 하였다. 유신은 금산원(金山原)에 안장되었다. 왕은 장례가 진행 중일 때 미리 비석을 준비하라 일렀다. 유신이 없는 신라를 어디로 흘러가게 해야 할지 왕은 까마득했다. 그런 왕을 유신의 동생 흠순이 일깨웠다.

김유신의 장례가 채 끝나기도 전에 김흠순이 급히 왕을 찾았다. 흠순이 말했다.

"폐하, 아무래도 김진주가 이상합니다."

"이상하다니요?"

"몇 년 전에 한성 도독 박도유가 웅진의 아내를 맞이한 뒤, 한성주의 무기를 웅진도독부에 넘긴 일이 있어 그를 목 벤 적이 있었습니다."

"그랬지요. 그가 웅진도독부의 미인계에 넘어갔다고 봐야지요."

"폐하, 한성주 총관 수세가 당나라와 내통하다가 발각되어 김진주가 군사를 데리고 가서 수세의 목을 베었습니다."

"그랬지요. 그게 3년 전의 일입니다."

"그런데 이번에 한성주의 아찬 대토(大吐)가 당나라와 내통한 혐의가 있어 그를 잡아들였습니다. 그를 취조하니 그가 자복하기를 자신은 시키는 대로 했다는 겁니다."

"시키는 대로 자복하다니? 누가 시켜요?"

"김진주입니다."

왕은 깜짝 놀라 벌떡 일어서며 말했다.

"아니 그가? 결국 동생이 죽은 복수를 하는 셈인가? 병부령까지 지낸 장수가."

"그렇습니다. 대토가 자복하기를 수세를 목 벤 이유가 바로 김진주가 수세의 입을 막기 위해서였다고 합니다."

"아니, 그게 사실이오?"

"그렇습니다."

신라 왕은 한참을 생각하다가 말을 했다.

"백제를 정벌할 때 진주가 소정방과 한배를 타며 당나라군을 인도했지요. 그때부터 진주, 진흠 형제가 당나라 장수들과 많이 친하게 지내긴 했습니다. 나는 그게 진주의 성격이 원래 그래서 당연한 거라 여기고 이상하게 보지는 않았습니다. 진주 아들, 풍훈(風訓)이라 기억하는데 아마 당나라에 숙위학생으로 가있지요?"

"그렇습니다."

"그래 진주가 무엇을 했다고 합니까?"

"그야 당연한 거지요. 우리 신라의 상황을 당나라에 알려준 거지요. 간자질을 했습니다."

"좋소이다. 진주를 잡아들이시오. 내가 직접 취조하겠소."

진주는 포박이 되어 정청으로 끌려왔다. 그에 대한 취조가 시작되었다. 그는 완강히 자신의 결백을 주장했다. 진주가 말했다.

"폐하, 평생을 전장에서 말달리고 선왕 폐하 때부터 충성한 저를 이렇게 내팽개치시옵니까? 신은 결백합니다. 추호의 잘못도 없습니다. 당나라에는 아들이 있어 그저 안부 편지를 보냈을 뿐입니다."

하지만 대토를 심문하니 대토가 자백했다. 당나라는 장차 신라를 멸하고 진주에게 계림도독을 맡긴다는 계획을 세워놓았다고 했다. 왕은 백제가 망할 때 예식진이 의자왕을 소정방에게 바친 일을 몸소 겪었다. 또한 고구려가 망할 때도 남생과 남건의 불화를 익히 알고 있었다. 그게 다 당나라가 미리 간자를 심어 오래도록 공작을 한 결과다. 대토는 당나라군이 공격할 때 한성주와 남천주를 들어 바치고 그 군사들을 동원해 반란을 일으킬 계획이었다고 토설했다. 왕과 흠순은 머리털이 주뼛 섰다. 만약 그랬다면 신라도 백제나 고구려 꼴을 면치 못했으리라. 진주는 끝까지 혐의를 부인했다. 대토의 대질에도 진주는 대토에게 오히려 침을 받고는 자백하지 않았다. 진주의 가택 수색에서 당나라 조정의 유인궤와 주고받은 서신이 발견되자 심문은 일단락되었다. 확실한 증거가 나오자 진주는 대국 당나라와의 싸움은 어차피 지게 되어있으니, 백성들의 희생을 줄이자면 그 방법밖에 없었다고 자복했다.

왕은 기가 막혔다. 진주와 대토 모두 참수했다. 그의 재산을 거두고 남은 가족들은 노비로 만들었다. 아울러 이런 일의 재발을 방지하기 위해 외사정(外司正)을 두어 각 주에는 2명, 군에는 1명을 파견했다. 외사정은 관리감찰기구로 주요 장수들의 동태를 감시하게 했다.

석문에서의 승리 이후 고간과 이근행은 한동안 여기저기서 봉기한 고구려 유민들의 난을 진압했다. 고간은 석문전투가 끝나고 서너 달이 지난 임신년[123] 군사를 이동하기 시작했다. 신라군은 석문전투 이후 임진수 아래 몇몇 성을 근거지로 하여 당나라군의 침략에 대비하고 있었다. 오골성을 공격했던 고연무도 1만의 고구려 병사들을 거느리고 백수산(白水山)을 근거지로 당나라군을 방비하고 있었다. 고간의 기병은 먼저 백수산을 공격하였다. 고구려 군사가 패하자 이를 구하기 위해 신라군이 달려들었다. 고간은 이를 예측하고 매복하여 신라군마저 크게 무찔렀다. 사로잡은 신라 포로만도 2천이나 되었다. 신라군이 잡히는 틈을 타 고연무는 호로하 서쪽으로 진영을 옮겨 다시 당나라군과 맞설 준비를 했다. 고간은 더 이상 추격을 하지 않고 병사들을 쉬게 했다.

　　이듬해인 계유년 5월이 되자 평양 북쪽의 고구려 유민들의 반란을 평정한 이근행도 고간에 합류했다. 그 무렵 당나라는 안동도호부를 다시 요동에서 평양으로 옮겼다. 석문전투의 승리로 평양이 안전해졌고, 신라를 강하게 압박하기 위해서였다. 당나라군이 대방 일대를 차지하고 남하하자 고구려 유민, 신라 연합군과의 전투가 다시 시작되었다. 이근행이 지휘하는 말갈과 거란의 병사들은 보병 위주였으나 전투력이 강했다. 고구려 유민군이 이근행의 뒤를 돌아 벌노성(伐奴城)을 공격했으나, 이근행의 아내 유씨가 갑옷을 입고 당차게 병사를 지휘하는 바람에 고연무 부대는 큰 소득도 없이 물러나고 말았다. 호로하를 둘러싸고 당나라와 신라는 일진일퇴를 거듭하여 치열한 싸움을 전개했다. 마침내 고구려 군사들 수천이 이근행에게 포로가 되었다. 그로 인해 일선에 나섰던 고연무 부대는 거의 와해되었다. 남은 군사들은 신라군에 편입

---

123) 672년

되었다.

9월이 되자 당나라군은 점점 밀고 내려와 호로하와 한수 하류 왕봉(王逢)[124]까지 이르렀다. 이에 신라는 수군 장수 철천(徹川) 등에게 병선 1백 척을 거느리고 서해와 한수와 임진수가 합류하는 지점을 지키게 했다. 당나라군은 임진수를 서쪽으로 우회하여 병선의 지원을 받아 일시에 도강하려 했다. 당나라의 병선과 신라의 병선이 뒤엉켜 싸움이 벌어지고 육지에서도 여러 곳에서 동시적으로 싸움이 벌어졌다. 신라는 백제 정벌 이래로 당나라와 여러 번 연합 작전을 진행하면서 당나라 수군의 전선 제작과 운용 기술, 작전 방법 등을 익혀 신라 수군에 적용하였다. 철천의 신라 수군은 강을 건너려는 당나라군을 저지하고 호로하와 한수 하류의 왕봉하[125]에서 수십 척의 당나라 배를 침몰시켰다. 철천은 아홉 차례나 싸워서 2천여 명의 목을 베었다. 강에 빠져 죽은 병사도 부지기수로 많았다. 고간과 이근행은 수군의 패배로 한수를 건너지 못하자 잠시 숨 고르기를 했다. 겨울이 되자 다시 한수 일대까지 빠짝 전선을 남하시켰다.

신라와 당나라는 임신년 석문전투 이후 1년 이상을 임진수와 한수에서 일진일퇴를 거듭했다. 신라는 계유년 나라와 군부의 기둥이었던 김유신이 세상을 떠났기에 온 나라가 슬픔에 잠겨 북쪽 전선에 총력을 다할 수 없었다. 또한 당나라와 내응하는 세력을 색출하느라고 힘을 쏟기도 했다. 당나라도 토번의 반란을 막느라 새로운 병력을 신라에 투입할 수 없었다. 전쟁은 소강상태에 접어들었다. 그러나 끝을 의미하지는 않았다. 잔잔한 파도 뒤에는 큰 너울이 기다리고 있었다.

---

124) 경기도 고양시 일대로 추정.
125) 고양시 일대를 흐르는 한강. 지금의 한강 하류.

21

신라는 석문전투 패배 후 항복문서를 보내었을 뿐만 아니라 왕의 동생인 김인문을 보내 당나라에 사죄했다. 그러면서도 고구려 유민을 부추기고 산성을 쌓고 군사를 훈련시켰다. 당나라로서는 신라를 그냥 둘 수가 없었다.

일단 당나라 임금은 조서를 내어 신라 왕의 관작을 삭탈했다. 파면이나 마찬가지였다. 아울러 당나라에 있던 신라 왕의 동생 인문을 신라 왕으로 삼았다. 정작 인문으로서는 대단히 황당한 일이었다.

새 신라 왕을 임명했으니 왕을 신라로 보내는 절차가 남았다. 새로 임명한 신라 왕을 달랑 보낸다고, 신라 왕 법민이 순순히 물러설 위인이 아니었다. 힘으로 법민을 왕좌에서 끌어내리지 않는 한 법민이 왕좌에서 내려올 리는 만무했다.

그 무렵 병으로 관직을 물러났던 유인궤가 회복하여 다시 조정에 복귀했다. 당나라 임금 이치는 신라 사정에 밝은 백전노장 유인궤를 다시 신라 전선에 투입하기로 결정했다. 이근행의 병사는 이미 3, 4년 전부터 대방 지역에서 전투를 수행하고 있었기에 교대를 해주어야 했다. 당나라 임금 이치는 유인궤를 계림도행군총관에, 이필(李弼)을 부관에 임명하여 신라 전선에 투입하려 했다.

유인궤는 갑술년[126] 2월에 계림도행군총관에 임명되었다. 실제 5만 군사를 대방 땅으로 데리고 간 건, 이듬해인 을해년 정월이 되어서였다. 중간에 부관 이필이 연회 때 급사한 일이 있었고, 군사들이 계획대로 모병이 되지 않아 늦어졌다.

그 사이 신라는 당나라의 재침에 대비해 다시 성을 고치고 쌓았다. 새롭게 진법을 훈련하기도 했다. 신라 왕 법민은 서형산[127] 아래에서 군사를 사열했다. 전군 지휘관을 모아 서라벌 영묘사 앞길에서 설수진(薛秀眞)장군이 시범을 보인 육진병법(六陣兵法)을 관람하기도 했다. 육진병법은 원래 당나라의 진법이나 이때 신라도 모방하여 그 전술을 가다듬었다. 육진병법은 중앙에 크게 원형으로 본진을 짜고, 나머지 다섯 부대가 본진을 둘러싸는 형태로 진을 짜 적을 공격하거나 방어하는 진법이었다. 위에서 내려다보면 마치 꽃잎처럼 보이는 진법이었다. 이 진법은 중앙의 지휘부가 무너지지 않기에 방어에 대단히 효과적인 전법이었다. 법민은 이 육진병법을 사용했더라면 석문전투에서 패배하지 않았다고 확신했다. 육진병법까지 익히면 신라군과 당나라군의 전술적인 우위는 판가름하기 힘들다. 쇠뇌부대가 있는 신라군이 오히려 유리할 수 있다. 법민의 머릿속으로 여러 상상의 장면이 휙휙 지나갔다. 왕의 손에서 불끈 주먹이 쥐어졌다.

---

126) 674년
127) 경주시 서악동에 있는 산. 서형산성이 있다.

유인궤는 을해년[128] 2월 배편으로 대방 지역으로 왔다가 남하하여 신라군이 집중된 칠중성을 쳤다. 유인궤는 당나라 군사와 거란과 말갈병 모두를 동원하였다. 칠중성은 임진수 바로 아래에 있어 신라와 고구려가 서로 뺏고 뺏기기를 반복하던 성이었다. 수만의 군사가 칠중성을 공략하니 신라군이 밀리기 시작했다. 유인궤는 거듭 세 차례 공격을 감행해 많은 신라군을 죽였다. 성을 지키던 장수 유동(儒冬)이 전사했다. 그럼에도 신라군은 무너지지 않고 성을 지켰다.

신라군의 반격도 만만치 않았다. 신라도 대군을 집결시켜 북상하고 있었다. 유인궤는 오래 전투를 지휘할 생각이 없었다. 군사를 교대하여 빨리 당나라로 돌아가야 했다. 유인궤는 결국 칠중성 점령을 포기하고 임진수 건너로 물러났다. 유인궤는 이근행에게 칠중성보다는 방어가 약한 매소성을 점령하라 했다. 매소성을 점령하면 낭비성으로 내려가 마홀 벌판을 지나면 바로 한수에 이를 수 있다. 칠중성을 뚫지 못하니 서쪽 매소성으로 우회하려는 전략이었다.

유인궤는 임진수와 대탄강[129] 일대를 압박하는 한편 말갈 병사들을 배편으로 보내 웅진성 부근과 가림성 일대를 공격하게 했다. 전선(戰船)을 타고 나타난 말갈 병사의 갑작스러운 기습으로 신라군은 큰 피해를 입었다. 유인궤는 웅진도독부에 오래 주둔하였기에 다시 한번 웅진도독부를 부흥하고자 했다. 웅진도독부 옛 땅의 백제인과 힘을 합쳐 신라를 남에서 공격하고, 이근행은 매소성에서 남하하면 신라의 방어력이 분산된다고 계산했다.

인궤의 나이 일흔셋, 나이가 많아 몇 달이 지나자 더는 전쟁터에서 군사를 이끌기 어려워졌다. 유인궤는 군사를 교체하여 당나라로 돌아

128) 675년
129) 현재의 한탄강

가면서 이근행을 안동진무대사(安東鎭撫大使)로 임명했다. 이근행은 매소성에서 당나라군 전체를 지휘하며 총공세를 준비했다.

칠중성에서 전투가 급박하게 전개되자 신라 왕은 급히 사죄사를 또 당나라에 보냈다. 신라의 사죄사가 당나라에 도착한 을해년[130] 5월에 큰일이 터졌다.

당나라 태자 이홍(李弘)이 갑자기 죽었다. 스물세 살의 젊은 나이였기에 당나라 임금 이치는 당혹스러웠다가 깊은 슬픔에 빠졌다. 죽은 자가 젊을수록 남은 자의 슬픔은 큰 법이다. 이홍은 이치와 무후의 첫아들이었다. 이홍은 아버지를 닮아 유순한 편이었다. 오히려 어머니 무후와는 의견 충돌이 잦은 편이었다. 앞서 어머니 무후가 죽였던 소숙비(蕭淑妃)의 딸 둘이 궁궐에 갇혀 나이 서른을 넘기고 있었다. 이홍은 그들을 동정하여 아버지에게 상주하여 시집보내기를 청하였다. 아버지가 이를 가상히 여겨 딸 둘을 시집보냈다. 무후는 그 일로 아들을 매우 미워했다. 딸 둘이 시집간 직후에 태자 이홍이 합벽궁(合璧宮)에서 급사했다. 사람들은 무후가 자신의 친아들을 독살했다고 여겼다.

그런 와중에 신라의 사죄사가 간곡하게 당나라 임금에게 죄를 빌었다. 또한 김인문도 더욱 공손하게 당나라 임금에게 용서를 빌었다. 형제간에 어찌 형을 제치고 자신이 왕이 될 수 있느냐고, 그럴 바에는 차라리 자신은 불귀의 객이 될 수밖에 없다고 간청했다. 인문은 칠중성에서 돌아온 유인궤에게도 간청했다. 유인궤는 성품이 온화한 편이었다. 백성들의 말을 듣고 사연이 타당하면 임금에게 몰래 아뢰어 백성들의 소원을 들어주는 경우가 많았다. 인문은 유인궤에게 어찌 동생이 형을 몰

---

130) 675년

아내고 왕이 될 수 있겠느냐고, 그게 불충이 아니냐고 조목조목 말했다. 인궤는 신라 사정에 밝아 인문을 이해했다, 인문의 간청이 통했는지, 지난번에 목 잘랐던 신라 사신이 생각나서 그랬는지, 당나라 임금은 신라 왕의 관작을 회복시켜 주었다. 비록 당나라 임금이 내리는 관작이 허울이라 해도, 당나라의 정책과 관련이 있기에 신라에게는 대단히 중요한 사안이었다.

신라 왕은 당나라에 사죄사를 보낼 때 일본에도 외교 사절을 보냈다. 이번에는 파격적으로 왕자 김충원(金忠元)을 사신으로 보냈다. 신라 관원이 축자[131]까지 왕자를 호송했다. 신라는 금마저의 고구려국에게도 일본에 사신을 보내라 일렀다. 탐라국에도 사람을 보내 일본에 사신을 보내라 명했다. 임신의 난을 통해 권력을 잡은 천무왕을 국제적으로 공인하여, 일본 내에서 천무왕의 입지 강화를 도와주기 위해서였다. 천무왕은 그 보답으로 최소한 신라와 당나라가 전쟁할 때 당나라 편에는 서지 않겠다고 약속했다. 2월에 일본에 간 왕자 김충원은 천무왕의 약속을 믿고 8월에 귀국했다. 왕자를 보내 거의 반년이나 체류하게 하면서 친선을 쌓아야 할 만큼 신라는 일본의 후방 공격을 경계했다. 신라의 정성이 통했는지 일본은 당나라와의 외교 관계를 복원하지 않고 신라와 당나라의 전쟁을 지켜보기만 했다. 천무왕의 생각은 간단했다. 신라가 버티면 일본도 안전하다. 천무왕은 신라와 당나라의 연합을 가장 경계했다.

신라 왕 법민은 당나라 임금이 자신의 관작을 회복시켰다는 말을 듣고 코웃음을 쳤다. 신라 왕은 당나라 임금이 정하는 게 아니었다. 신라

---

131) 현재의 일본 규슈

왕의 지위는 스스로 지켜야 한다. 힘이 있으면 신라 왕이고, 힘이 없으면 당나라 임금의 신하가 된다. 의자왕이, 보장왕이 그랬다.

신라 왕 법민은 신라군의 총력을 모아 매소성의 이근행을 몰아내기로 작정했다. 전쟁을 언제까지 끌고 갈 수는 없었다.

이근행도 마찬가지였다. 이근행은 자신이 전쟁을 끝내고 싶었다. 당나라 병력뿐만이 아니라 고구려 고토에서 모든 병력을 동원했다. 거란과 말갈병을 합한 당나라군의 총 병력은 약 20만에 달했다. 한수를 건너 밀고 내려가 서라벌을 함락하겠다는 계획을 세웠다. 그전에 임진수와 대탄강을 경계로 하는 변경 중에서 약한 고리를 찾아내야 했기에 여기저기를 찔러보기로 했다.

봄이 되자 이근행은 말갈병 일부를 동원해 아달성(阿達城)[132]을 치게 했다. 아달성 성주는 소나(素那)였다. 소나의 아버지는 심나(沈那)였다. 심나는 힘이 세고 민첩하였다. 예전에 백제와 싸울 때 심나는 싸울 때마다 이겼다. 마을에 백제의 군사가 왔을 때 홀로 수십 명의 백제군을 물리쳤다. 소나 역시 아버지를 닮아 용맹하기 그지없었다. 한성주 도독의 천거로 평민이었던 소나는 아달성의 장수로 임명되었다. 말갈병이 아달성을 기습하자 소나는 선두에서 말갈병을 막다가 하루 내내 전투 끝에 결국 적의 화살을 맞고 숨을 거두었다. 소나의 희생으로 아달성을 지킬 수 있었다.

말갈병은 또한 적목성(赤木城)[133]을 공격하여 함락시켰다. 성주 탈기(脫起)가 막아 싸우다가 백성들과 함께 전사했다. 당나라 군사는 석현성(石峴城)[134]을 공격하여 함락시켰다. 성주 선백(仙伯)과 실모(悉毛)장군

---

132) 현재의 강원도 이천군(伊川郡) 안협면(安峽面)으로 추정한다.
133) 현재의 강원도 회양군 난곡면 현리 일대로 추정한다.
134) 정확히는 알 수 없다. 한강과 임진강 사이의 어느 지점으로 경기도 파주시 파주읍 석현리 일대로 추정하기도 한다.

등이 온 힘을 다해 싸우다가 죽었다. 당나라 군사는 도림성(道臨城)[135]을 공격해 현령 거시지(居尸知)가 싸우다가 죽었다.

그런 와중에도 신라는 안북하(安北河)[136]를 따라 관(關)과 성(城)을 설치하고 철관성(鐵關城)[137]을 쌓아 임진수와 대탄강 변경에서 근근이 이근행의 남하를 저지했다.

유인궤가 칠중성을 공격한 때부터 신라와 당나라는 모두 18번의 싸움을 벌였다. 이근행의 파상적인 공세에도, 대부분 어렵게 신라가 승리하여 전선을 고수했다. 신라는 6천 47명을 목 베고 전마(戰馬) 2백 필을 얻었다. 이근행은 신라 변경의 여러 고리를 건드려보았으나 신라군은 목숨을 걸고 일치단결하여 용감히 싸웠다. 신라의 방어는 이근행의 예상보다 훨씬 튼튼했다. 성 하나하나마다 신라군은 목숨을 걸고 지켰다. 그 성들을 모두 점령하여 서라벌을 함락하려면, 수십 년이 더 걸릴지도 몰랐다. 이근행은 성을 무시하고 대군을 몰아 한수 이남으로 내달리고 싶었다. 그를 위해 이근행은 매소성 위쪽 들판에 군사를 집중시켰다. 총공격에 필요한 군량과 전투 장비는 설인귀장군이 서해를 통해 해로로 수송하기로 했다.

당나라군의 움직임을 간파한 신라 왕 법민은 웅진성 부근을 지키는 병사를 제외하고는 모두 북방에 투입하기로 했다. 신라의 전군을 전진시켜 칠중성을 탈환하고 당나라 군대를 평양 이북으로 몰아내야 했다. 신라 왕은 수군도 서해 한수 하류로 집중시켰다. 수군은 한수와 임진수 하류를 철저히 방어해야 했다. 당나라는 고구려와의 전쟁에서도 수군

---

135) 현재의 강원도 통천군 임남면 외렴성리 일대로 추정한다.
136) 정확히 알 수 없다. 함남 덕원의 북면천(北面川) 혹은 임진강으로 보는 견해가 있다.
137) 현재의 함남 덕원 망덕산에 있었던 성으로 추정한다.

을 투입, 군량미와 군사 장비를 운송하여 전쟁을 승리로 이끌었다. 신라는 이미 당나라의 군사 운용 전략을 파악하고 있었다.

신라 왕이 나라의 모든 병사에게 동원령을 내리니, 태백산에 숨어있던 김유신의 아들 원술도 소문을 듣고 참전하기로 했다.

원술은 나이 열아홉이 되었다. 석문전투 후 아버지가 돌아가셨다. 원술은 이승에서는 아버지의 용서를 받지 못하게 되었다. 원술은 이번 싸움에서는 반드시 공을 세우고, 살아 돌아오지 않기로 마음먹었다. 모든 장수나 병사는 출전하여 공을 세우고 살아 돌아오기를 바랐지만, 원술은 반대였다. 죽어서 아버지에게 사죄하려고 했다. 그는 죽으러 출정했다.

22

그해 가을, 병자년[138] 신라와 당나라의 전쟁은 바다에서부터 시작되었다.

장수 설인귀가 숙위학생 풍훈(風訓)을 길잡이로 하여 천성(泉城)[139]으로 쳐들어왔다. 풍훈은 모반죄로 처형된 김진주의 아들이었다. 천성 앞바다는 밀물과 썰물의 차이가 심하고 두 강이 만나는 지점이라 물살을 예측하기 어려웠다. 풍훈이 길잡이로 왔다 하나 천성 앞바다의 물길을 알기는 어려웠다. 천성 앞바다의 물흐름은 이곳 어부도 종잡을 수 없을 때가 많았다. 천성은 예전 고구려의 광개토왕이 백제를 공격할 때 빼앗았던 관미성의 바뀐 이름이었다. 고구려 때도 그랬듯이 당나라도 천성을 점령해야 한수 아래 지방과 내륙을 점령할 수 있었다. 천성은 임진수와 한수가 만나 물길이 서해로 돌아 빠지는 바로 그 자리에 있었다. 천성만 확보하면 임진수와 한수로 들고나는 모든 배를 감시할 수 있었다.

설인귀는 먼저 전선을 보내 전투 병사를 천성의 연안에 하륙시켰다. 일부는 기마병이었다. 이근행에게 보낼 군량과 장비를 실은 군량선은

---

138) 676년
139) 현재의 경기 파주시 교하(交河)의 오두산성(烏頭山城)으로 추정한다.

사국지 4

서해 섬 뒤 편에 머물게 하고 먼저 천성을 함락시킬 작정이었다.

　신라 장군 문훈(文訓)이 천성을 지키면서 바다 쪽으로도 기회를 보고 있었다. 천성은 삼면이 바다에 면한 절벽이고 한 면은 산으로 이어져있어 공격이 쉽지 않았다. 하륙하여 공격을 하던 설인귀의 군대는 오히려 신라군의 역습에 말려 대패하고 말았다. 신라군은 1천 4백여 명을 참수하고 정박시켜놓았던 당나라 병선 40척을 빼앗았다. 말 1천 필도 노획했다. 설인귀는 어쩔 수 없이 남은 배를 타고 허겁지겁 도망갔다. 신라군은 설인귀를 추격하여 큰 바다로 나아갔으나 군량선을 포획할 수는 없었다. 군량선은 눈치를 채고 이미 멀리 달아나고 없었다. 큰 바다에 나가면 신라의 수군이 불리할 수 있기에, 문훈은 추격을 포기하고 천성으로 되돌아 왔다. 설인귀는 군량선을 이끌고 패수로 들어가 군량과 물자를 하선하고 당나라로 돌아갔다. 어찌하였든 군량과 물자를 공급했으니 절반의 성공이었다. 하지만 그 군량과 물자를 칠중성과 매소성 인근의 당나라 대군에게 전달하기까지는 많은 시간과 인력이 필요했다.

　매소성 당나라 지휘부의 이근행은 설인귀의 보급부대가 천성에서 패배한 뒤 패수에 군량을 하선하였다는 말을 듣고 대단히 노했다. 도대체 임금이 설인귀를 중용하는 이유를 알 수 없었다. 토번과의 대비천 전투에서도 대패하였고 그 이후 웅진에서도 패전을 거듭했다. 오래전 당나라 임금이 머물던 성에 홍수가 났을 때 설인귀가 목숨을 걸고 임금을 구했기에, 임금은 설인귀를 버리지 않는다는 소문도 있었다. 소문이 어찌되었든 간에 당장 이근행은 20만 대군의 군량을 걱정해야 하는 처지가 되었다. 두어 달은 염려 없지만, 두어 달이 지나면 한겨울이 된다. 그때 퇴로가 막히면 군사가 많은 게 오히려 약점이 된다.

　그러나 이근행은 그 약점에도 자신감이 넘쳤다. 이미 일부 부대는 강을 건넜다. 20만의 대군이었다. 신라군은 5만이라 하지만 석문전투처럼 당나라의 기병이 각 부대를 각개 격파하면 틀림없이 승리할 수 있다. 신라군이 성에 은거하며 나뉘어 지키지 않고 오히려 한꺼번에 병력을 모아서 일대 결전을 하겠다니, 반가울 따름이었다. 이 한 번의 싸움으로 신라는 끝이 난다. 이근행은 앞길이 환하게 보였다.

이근행은 매소성에 일부 군사를 주둔시키고, 거란과 말갈 병사 주력은 매소성 건너 북쪽 벌판에 진을 치고 있게 했다. 기병 중 2만은 매소성 좌우에 배치했다. 매소성은 임진수의 지류인 대탄강 중간 남쪽 야트막한 언덕에 위치했다. 매소성 바로 아래 대탄강 여울은 많은 병마가 계절에 상관없이 도강할 수 있는 지점이었다. 매소성 건너 북쪽 평야에는 수많은 군사가 진영을 구축하고, 대기할 수 있는 넓은 평지였다. 무엇보다 말 먹잇감이 되는 풀이 무성했다. 이근행은 신라의 5만 정도 병사는 당나라 기병으로 충분히 섬멸할 수 있다고 자신했다. 굳이 대탄강 북쪽 벌판의 병력까지 매소성 전투에 투입할 이유가 없었다. 매소성 주변은 큰 들판이 없어 북쪽 평야에 있는 주력부대를 배치할 공간도 없었다.

신라군 주력은 낭비성 아래 마홀 벌판에 진을 쳤다. 가을 추수가 끝나 군량도 충분했다. 그 옛날 김유신장군이 분전하여 고구려 성이었던 낭비성을 함락시킨 적이 있었다. 그 이후로 신라군은 대탄강과 임진수로 북쪽 변경을 끌어올리게 되었다.

마홀 벌판에서 그 옛날 어디쯤에서 김유신장군이 돌격했을까를 골똘히 생각하는 한 젊은이가 있었다. 원술이었다. 원술 옆에는 여전히 담릉이 돕고 있었다.

낭비성을 지나 신라의 대군이 매소성으로 진격했다. 매소성에는 이근행을 비롯한 당나라 지휘부와 보병들이 주둔했다. 매소성 주변 야산에는 당나라 기병 수만이 포진했다. 이근행은 지난 석문전투처럼 기병의 기동력을 이용해 신라 각 부대를 각개격파한다는 전술을 사용하려고 했다. 신라군도 여기저기 흩어진 야산 사이로 행군하여 목책을 쌓고 진을 쳤다. 신라군 여러 부대는 천천히 행군했다. 신라군의 부대와 부대 사이의 간격이 넓지 않았다. 지난번 석문전투를 교훈삼아 당나라군의 각개 격파에 대비하기 위한 전술이었다. 9월 말에 이르러 5만의 신라군은 매소성 인근에 진지 구축을 완료했다. 품일대장군 휘하 문충, 중신, 천존, 죽지장군 등이 신라군을 지휘했다. 설수진은 품일을 보좌하는 참모였다.

안개가 자욱한 9월 29일 새벽이었다. 1백여 명의 신라 병사가 갑옷도 입지 않고 병장기는 천에 말아 야음을 틈타 매소성 북쪽 가파른 절벽을 기어오르고 있었다. 당나라 군사들은 남쪽에서 신라군과 대치하고 있었기에 대탄강이 흐르는 북쪽 성벽 쪽은 아무래도 감시가 소홀할 수밖에 없었다. 1백여 명의 신라군을 원술과 담릉이 이끌고 있었다. 대탄강은 여울에서 물이 흐르는 소리가 크다고 해서 붙여진 이름이었다. 매소성 아래 여울에서도 역시 강물은 큰 소리를 내며 흐르고 있었다. 원술과 신라 병사는 그 소리와 안개를 이용하여 새벽에 당나라군에게 발각되지 않고 매소성의 북쪽 성벽 아래에 이르렀다. 북쪽 성벽은 그다지 높지 않아 갈고리를 던져 밧줄을 타고 넘어갈 정도였다.

아침이 되자 해가 돋았다. 서서히 자욱한 안개가 걷히자 겨우 30보 정도만 앞을 분간할 수 있었다. 원술의 신호로 1백여 명의 병사가 일제

히 성벽에 갈고리를 던지고 성벽을 넘었다. 안개 속에서 갑작스럽게 병
장기 소리와 병사들의 힘쓰는 소리와 비명이 함께 들렸다. 그제야 당나
라 수뇌부에서는 신라군의 기습임을 눈치챘다.

성의 남쪽에서도 신라군의 공격이 시작되었다. 매소성은 대탄강 남
쪽 언덕에 있어 강 건너 북에서 남으로 공격하는 적을 막게 설계되어 있
었다. 반대로 남에서 북으로 공격하는 군대에게 매소성을 공격하기는
그다지 어렵지 않았다. 남쪽 능선에서 노루(弩樓)를 만들어 노루 위에서
쇠뇌를 쏘는 신라군 노당(弩幢)의 공격을 당나라군은 감당하기 힘들었
다. 작은 성은 한쪽이 무너지면 걷잡을 수 없이 전체가 무너진다. 이미
성안으로 들어온 정체를 알 수 없는 병사들이 매소성 여기저기를 휩쓸
고 다녔다. 이근행을 비롯한 당나라군 지휘부는 재빨리 판단했다. 매소
성이 작고 지키는 병사도 수천이 되지 않아 성안에서 신라군을 상대하
다가는 더 위험했다. 성을 나가 기병과 합류하는 게 더 안전하다고 판단
한 이근행은 재빨리 움직여 매소성을 빠져나갔다. 어렵지 않게 신라군
은 매소성을 점령했다. 성을 장악하자 대장군 품일은 원술부터 찾았다.
원술은 온몸에 적의 피를 덮어써, 지옥에서 온 야차같이 보였다. 다행히
다친 데는 없었다. 품일이 원술에게 말했다.

"그대의 공이 크다. 대왕에게 그대의 공을 아뢰겠다."
"아닙니다, 장군님. 아직 전쟁이 끝나지 않았습니다. 더 싸우게 해주
십시오."
"그래, 그렇게 하자."

원술은 그 전날 품일을 찾아가 새벽에 대탄강 북쪽 기슭을 기어오르

겠다고 건의했다. 품일이 듣고 보니 적의 허를 찌르는 그럴 듯한 작전이었다. 품일은 날랜 병사들 1백여 명을 선발해 그날 새벽부터 원술과 함께 움직이도록 했다. 원술의 계획이 성공하자, 품일은 원술에게 그 백 명의 병사를 지휘하면서 전쟁을 계속하도록 배려했다.

당나라군이 매소성을 빼앗겼다고는 하나, 성 주변에 기병 3만 이상이 포진하고 있었다. 안개가 완전히 걷히면서 맑은 가을날이 되었다. 매소성에서 보니 강 건너 들판의 당나라군 움직임이 한눈에 보였다. 들판 가득 당나라군 진지였다. 말만도 수만 필이 넘었다.

매소성을 빼앗겨 일격을 맞았던 당나라군이 신라군 측면으로 공격을 개시했다. 신라군 품일장군은 설수진장군에게 육진병법을 적용하여 군사를 배치하게 하였다. 당나라군 전면에 나서는 장창당은 이근행의 기병을 바로 무력화시켰다. 중앙의 지휘부는 다섯 개의 부대가 날개가 돌아가듯이 적절하게 군사를 투입하여 당나라군 기병을 제압했다. 기병은 선두가 무너지면 보병보다 빨리 전체가 와해된다. 말이라는 짐승은 겁이 많아 패배의 기운을 느끼면 도무지 주인의 말을 듣지 않는다. 말이 그 상태가 되면 기마병은 차라리 말이 없는 편이 움직이기에 편하다. 그러나 그때는 이미 늦었다. 신라군의 검과 창이 그들의 목과 신체를 난도질하고 지나갔다. 매소성 주변 자그마한 벌판과 야산 도처에서 살육전이 벌어졌다. 신라의 육진병법은 큰 힘을 발휘했다. 낮은 산과 벌판이 연속이어서 당나라 기병은 전혀 힘을 쓰지 못했다. 거의 모든 기병이 죽거나 항복하고, 말은 쓰러졌다.

이근행은 겨우 살아 대탄강을 건너 북쪽으로 도망쳤다. 품일은 전군에게 명을 내려 대탄강 북으로는 추격하지 못하게 했다. 품일은 지난번 석문전투 때 첫 승리 후 추격하다가 신라군이 대패했음을 기억했다. 강 건너에는 당나라 대군이 기다리고 있었다. 이번에도 이근행은 함정을 파고 있는 듯이 보였다. 장수는 도망치는 적을 추격하고 싶다. 더 큰 승리가 눈앞에 있기 때문이다. 병사들은 승리에 흥분하여 더욱 전리품에 욕심을 낸다. 그 욕심이 큰 화를 부른다. 품일은 목젖으로 침을 삼키면서 자신의 욕심을 억눌렀다. 그것으로도 충분했다.

이날 신라군은 병사 수천의 목을 베고 전마 3만 3백 80필을 얻었다. 그들이 남긴 병장기만도 3만 군사가 바로 무장할 수 있을 정도의 양이었다. 신라군의 대승이었다.

대탄강 건너의 이근행 부대는 반격을 시도하지 못했다. 매소성 전투의 피해가 워낙 컸기 때문이었다. 게다가 군량마저 동이 나기 시작했다. 이근행은 사나흘을 벌판에서 머물다가 첫눈이 내리는 날 북으로 철수를 시작했다. 이근행은 못내 아쉬웠다. 신라군이 대탄강을 건너 추격해오기를 바랐다. 하지만 품일은 적당한 선에서 그칠 줄 아는 장수였다. 이근행은 뒷날을 기약하는 수밖에 없었다.

칠중성에서부터 시작되었던 을해년[140]의 임진수와 대탄강 연안에서의 전쟁은 그렇게 마무리되었다. 마지막 매소성 전투는 신라의 대승으로 끝이 났다. 신라는 석문전투의 패배를 만회하고 자신감을 회복했다.

이듬해인 병자년[141] 11월에 설인귀가 수군을 거느리고 기벌포(伎伐浦)로 들어왔다. 지난해 2월 유인궤의 명에 의해 웅진 일대와 기림성을 공격했던 말갈 병사와 웅진도독부의 잔여 병사를 철수하기 위해서였

---

140) 675년
141) 676년

다. 신라 수군 장수 시득(施得)이 설인귀의 수군을 백강 입구 기벌포에서 막았다. 설인귀의 수군은 배를 들이박은 전략으로 나왔다. 배가 작은 신라 수군이 두어 차례 패하고 물러났다. 설인귀는 백강을 거슬러 올랐다. 신라 수군은 곳곳에서 그들을 기습하였다. 설인귀는 야음을 틈타 당나라 군사와 말갈 병사를 배에 실었다. 신라 수군의 공격이 이어지자 설인귀는 필사적으로 도망쳤다. 신라군은 육지와 백강과 기벌포 일대에서 그들을 기습해 22번의 전투에서 승리했다. 모두 당나라 병사 4천여명의 목을 베었다. 설인귀는 살아남은 나머지 병사를 이끌고 서해로 빠져나와 당나라로 도망쳤다.

기벌포 전투가 마지막이었다. 당나라군은 기벌포 전투를 마지막으로 평양 이남의 신라 땅에서 모두 철수했다. 신라군은 당나라군이 쉽게 철수할 수 있게 내버려두지 않았다. 끝까지 물고 늘어져 설인귀는 많은 희생을 치르고 나서야 겨우 철수했다.

신라 왕 법민은 패수 이남의 당나라군을 모두 몰아내었지만 안심할 수 없었다. 신라는 당나라의 재침을 두려워하여 더욱 대비를 철저히 했다. 일본과의 유대 강화도 잊지 않았다. 신라는 계속적인 긴장 상태에서 군사력을 정비하고 확충했다. 신라 사람들은, 영토는 스스로의 힘으로 지켜야 한다고 굳게 믿었다.

23

아버지 태종무열왕 김춘추의 유업을 이어받아 백제와 고구려를 합치고 당나라군을 물리친 신라 왕 법민은 그리 오래 살지 못했다. 전쟁이 끝나고 6년이 지난 후 55년 동안의 이승의 삶을 끝냈다. 재위 21년째, 신사년[142] 7월 1일이었다. 그의 외삼촌이었던 김유신장군이 운명한 뒤 꼭 8년 만에 같은 달 같은 날에 저세상으로 갔다.

왕은 죽기 직전에 강수를 불러 유언을 받아 적게 했다.

"나는 어지러운 전쟁의 시대에 태어나 서쪽을 정벌하고 북쪽을 토벌하여 강토를 평정하였다. 반역자는 처단하고 따르는 자는 받아들였다. 그리하여 멀고 가까운 영토를 모두 안정시켰다. 위로는 조상의 넋을 위로하였고, 아버지와 나의 오랜 원수를 갚았다. 공이 있으면 산 자와 죽은 자를 가리지 않고 공평하게 상을 주었고 벼슬을 나누었다. 백성에게는 세금을 줄이고 부역을 덜어 집집마다 넉넉하게 살게 하였다. 백성은 평안하고 나라 안에 걱정이 없었다. 곳간에는 곡식이 산처럼 가득 찼고,

---

142) 681년

감옥에는 사람이 없어 잡초가 무성했다. 돌이켜보면 나의 삶은 천지신명에게 부끄럽지 않다.

나는 스스로 풍상(風霜)을 무릅쓰다가 고질병이 생겼어도 정치와 교화를 걱정하며 애쓰다가 더욱 중한 병을 얻었다. 하나 내 죽더라도 나의 이름은 남으니, 홀연히 어둠으로 사라져도 무엇이 두렵겠는가. 나는 아버지의 유업을 이어받아 삼한일통의 위업을 완성했으니, 죽어서도 조상을 자랑스럽게 만날 수 있다.

태자는 일찍이 덕을 쌓고 오랫동안 태자 자리에 있었으니 모든 일을 잘 분별하여 백성들을 잘 보살펴라.

위로는 재상들로부터 아래로는 백관에 이르기까지 새 왕을 충과 예로 섬겨라. 종묘의 주인은 한시라도 비워둘 수 없으니, 태자는 관 앞에서 바로 왕위를 이어라.

산과 골짜기는 변하고 세월은 흘러가는 법. 화려한 무덤 속에 묻힌, 만 가지 일을 다스리던 영웅도 결국 한 줌 흙이 되었나니, 나무꾼과 목동이 그 위에서 노래하고 여우와 토끼가 그 곁에 굴을 파는구나. 무덤의 치장은 재물만 허비하고 역사에 비웃음만 남기며, 인력을 아무리 들여도 이미 죽은 자의 망령은 구하지 못한다. 이는 내가 바라는 바가 아니다. 내가 죽은 지 10일 후에 화장하고 검소하게 장례를 치러라. 백성들에게 받는 세금을 가벼이 하고, 율령(律令)과 격식(格式) 중에 불편한 것은 즉시 고쳐라.

멀고 가까운 곳에 널리 알려, 나의 뜻을 모두 알게 하라. 주관하는 자들은 바로 시행하라."

왕이 운명하자마자 바로 훗날 신문왕이라 불린 왕의 맏아들 정명(政

明)이 즉위했다. 정명은 아버지의 유언대로 월성 북쪽 마당에서 온 백성이 지켜보는 가운데 아버지의 육체를 화장했다. 나라 사람들은 왕에게 문무(文武)라는 시호를 올렸다. 김춘추의 유업을 이어받아 당나라를 견제하면서 삼한일통의 위업을 달성한, 문과 무를 모두 겸비한 완전체의 임금이라는 뜻이었다. 그에 대한 신라 사람들 최대치의 감사와 존경을 담은 시호였다.

문무왕의 유언에 따라 신라 사람들은 동해 입구의 물속 큰 바위 위에 그의 뼛가루를 뿌리고 그 바위를 그의 무덤으로 삼았다. 사람들은 그 바위를 대왕암(大王岩)이라 불렀다. 아들 정명은 대왕암이 보이는 곳에 감은사(感恩寺)라는 절을 지어 문무왕의 명복을 빌었다.

일설에 의하면 감은사를 지을 때 금당(金堂) 건물 아래 동쪽을 향해 구멍 하나를 뚫어 두었고 한다. 용이 된 문무왕은 그 구멍을 통해 가끔 감은사에 들러, 동해 일출을 바라보기도 하고 때로는 바람 소리를 내며 주위를 돌아다닌다고 한다. 때로 그 해룡을 본 사람이 있어, 그가 해룡을 본 곳을 이견대(利見臺)라 한다. 사람들은 천년이 더 지나서도 문무왕이 동해를 지키는 동해의 수호신인 동해 해룡(海龍)이 되었다고 굳게 믿고 있다.

24

설인귀가 기벌포에서 물러난 이듬해인 정축년[143] 3월, 토번은 군사 10만으로 선주(鄯州)[144], 하주(河州)[145] 등 당나라 서쪽 일대를 공격했다. 토번과 당나라와의 전쟁은 2년 가까이 계속되었다. 이근행과 유인궤가 토번 전쟁에 투입되었다. 이근행은 신라로 와서 매소성 전투의 치욕을 설욕할 틈이 없었다.

토번과의 전쟁이 잠시 잠잠한 틈을 타 당나라 임금 이치는 무인년[146] 9월에 다시 신라를 토벌하려 했다. 그 소식을 듣고 병석에 있던 시중(侍中) 장문관(張文瓘)이 가마를 타고 입궐하여 임금에게 말했다.

"지금 토번이 쳐들어오니 군사를 서쪽으로 보내 막아야 합니다. 신라가 비록 불순하다 하나 변경을 침범한 적은 없습니다. 신라까지 병사를 보내 전쟁을 하면, 국가와 백성이 피폐해질까 두렵습니다. 신라는 만만

---

143) 677년
144) 칭하이성[青海省] 하이둥시[海東市] 민허현[民和縣] 일대
145) 간쑤성[甘肅省] 린샤시[臨夏市] 일대
146) 678년

하게 정벌할 수 있는 나라가 아니옵니다."

당나라 임금 이치는 그 말을 받아들여 출병을 포기했다. 며칠 후 장
문관은 세상을 떠났다.

바로 그달에 토번이 또 당나라를 공격했다. 당나라 대장군 이경현(李
敬玄)이 18만 대군을 이끌고 토번 장수 논흠릉(論欽陵)과 청해(靑海)에
서 싸웠다. 선봉장인 당나라 장수 유심례(劉審禮)가 토번에 포로가 되었
다. 당나라는 대패하여 전장을 수습할 길이 막연했다. 이때 백제 유민
흑치상지장군이 죽음을 두려워하지 않는 자 5백 명을 뽑아 야습을 감행
하여 승리했다. 전황은 조금 당나라에 유리해졌다. 이후 당나라는 누사
덕(婁師德)을 보내 토번과 화친을 맺는 데 성공했다. 하지만 이 화친은
오래가지 못했다.

*

당나라는 병자년[147] 2월, 웅진도독부를 요동의 건안성(建安城)[148]으
로 옮겼다. 의자왕의 아들 부여융을 건안성으로 보내 웅진도독 대방군
왕에 임명하여 백제 유민들을 다스리게 했다. 당나라는 과거 백제 땅 지
배를 완전히 포기했다.

*

당나라는 역시 병자년 2월, 평양에 있던 안동도호부를 요동성으로

---

147) 676년
148) 랴오닝성[遼寧省] 카이주시[蓋州市] 고려성산성(高麗城山城)으로 추정.

옮겼다. 이듬해인 정축년[149] 2월에는 안동도호부를 다시 신성으로 옮겼다. 고구려의 보장왕을 신성으로 보내 요동도독 조선군왕으로 봉했다. 아울러 연개소문의 아들 남생을 안동도호부 관리로 파견하여 보장왕을 감시하게 했다. 남생은 기묘년[150] 요동 신성에서 46세로 죽었다.

이후 보장왕은 고구려 유민과 말갈족을 규합해 고구려의 부활을 꿈꾸었으나 사전에 발각되었다. 이로 인해 신사년[151] 공주(邛州)[152]로 유배되었다. 이듬해 공주에서 유명을 달리했다.

*

설인귀는 기벌포 전투 이후 당나라로 돌아가 7년 정도 후인 임오년[153] 돌궐의 반란을 진압하면서 큰 공을 세웠다. 이듬해 70세로 죽었다.

*

이근행은 신라와의 매소성 전투 이후 그 이듬해인 병자년[154] 3월, 토번 전쟁에 투입되어 큰 공을 세우고 병이 들어 전장에서 물러났다. 매소성 패배 이후, 신라로는 다시 오지 못했다. 경진년[155] 무렵 죽었다.

*

유인궤는 병자년 토번 전쟁에 청해도행군대총관(靑海道行軍大總管)으로 임명되어 토번 전쟁을 지휘했다. 이후 장안으로 복귀하여 상서우

---

149) 677년
150) 679년
151) 681년
152) 현재의 쓰촨성[四川省] 야얀시[雅安市] 일대로 추정.
153) 682년
154) 676년
155) 680년

복야(尚書右僕射)를 지냈다. 임금 이치가 죽은 이후에도 측천무후를 보필하여 상서좌복야(尚書左僕射)를 지냈다. 상서성은 행정의 실제 집행처로, 복야는 상서성의 책임자다. 을유년[156] 85세에 죽었다.

*

당나라 임금 이치는 계미년[157] 12월 승하했다. 당 태종의 9남으로 태어나 임금이 되어 당나라를 34년 통치했다. 무후에게 휘둘려 중기 이후에는 무후의 통치나 마찬가지였다. 56세에 죽었다. 묘호를 고종(高宗)이라 했다. 나라와 군사에 관한 모든 일의 최종 결정은 무후에게 맡긴다는 말을 유언으로 남겼다. 무후와 4남 2녀를 두었다. 고종이 죽고 셋째 이현(李顯)이 왕위를 이었다. 이현은 55일 만에 폐위되고 넷째 이단(李旦)이 뒤를 이었다.

*

당나라 무후는 첫째 딸을 엎어 죽이고, 첫째 아들 이홍을 독살했다는 혐의가 있었다. 둘째 아들 이현(李賢)은 폐세자 후에 사사(賜死)했다. 경인년[158] 넷째 아들 이단을 몰아내고 스스로 여제(女帝)로 즉위했다. 나라 이름을 주(周)로 바꾸었다. 15년을 다스리고 82세에 죽었다. 측천무후는 유언으로 자신의 비문에 단 한 자도 새기지 말라 했다. 사람들은 그 비문을 무자비(無字碑)라 불렀다.

---

156) 685년
157) 683년
158) 690년

사국지 4

*

　　일본은 당나라와는 외교 관계를 복원하지 않다가 나당전쟁이 끝난 26년 후인 임인년[159]에 가서야 견당사를 파견하고 당과의 국교를 재개했다. 일본은 계해년[160] 백강구 전투에서 패한 후 신라를 침략하지 않다가, 신라 성덕왕 때인 신미년[161] 병선 3백 척을 내어 동쪽 변경을 침입하였으나, 신라는 군사를 내어 일본군을 패퇴시켰다.

　　　*

　　김유신은 훗날 흥덕왕 때인 병오년[162] 흥무대왕(興武大王)에 봉해졌다. 김유신은 살아서는 신하 중 최고의 지위인 태대각간에 올랐고, 죽어서는 왕으로 추증되었다. 왕의 아버지나 아들을 제외하고 신하 중에, 죽어서 왕이 된 인물은 김유신이 유일했다.

　　　*

　　김유신 아들 원술은 매소성에서 힘껏 싸워 공을 세우고 상을 받았다. 그러나 부모에게 받아들여지지 못했음을 한스럽게 여겨, 벼슬길에 나아가지 않고 평생을 살았다.

　　　*

　　김인문은 신라 왕 김법민의 동생이자 김춘추의 둘째 아들이다. 당나라의 이간책에 현혹되지 않고 분수를 지켰다. 22세 때부터 당나라에 모두 일곱 번 건너갔다. 신라와 당나라와의 전쟁이 끝난 뒤에도 당나라에

---

159) 702년
160) 663년
161) 731년
162) 826년

머물면서 신라에 이익이 되는 외교를 펼쳤다. 갑오년[163] 65세의 나이로 당나라 장안에서 세상을 떴다. 그의 유해는 신라로 운구되어 서라벌 서악산 기슭에 묻혔다.

*

신라는 당나라와의 전쟁이 끝난 후 평양 이남의 땅을 9주 5소경으로 나누어 실질적으로 통치했다.

*

신라는 당나라와의 전쟁이 끝난 후에도 당나라의 재침을 우려하여 군사력을 더욱 강화했다. 중앙 9서당과 지방 10개 군단을 편성했다. 중앙의 9서당은 신라인, 백제인, 고구려인, 말갈인으로 각각 편성되었다.

*

고구려가 망하고 난 뒤 30년 후 고구려 유민 대조영은 고구려와 말갈 사람들을 규합해 진국(震國)을 세웠다. 진국은 훗날 발해(渤海)로 국호를 확정했다. 발해는 약 230년간 존속하다가 거란족이 세운 요나라에 멸망했다.

*

문무왕에 이어 신문왕(神文王), 효소왕(孝昭王), 성덕왕(聖德王)이 신라를 다스렸다. 성덕왕은 문무왕의 손자였다.

성덕왕 32년, 계유년[164]에 발해가 바다를 건너 당나라의 등주(登

---

163) 694년
164) 733년

州)¹⁶⁵⁾를 쳤다. 이에 당나라 현종은 신라인 김사란(金思蘭)을 신라로 보내 원병을 요청했다. 신라는 김유신의 손자인 김윤중(金允中)과 김윤문(金允文) 등 4명의 장수를 보내 발해의 남쪽을 치게 했다. 하지만 큰 눈이 내리고 혹독한 추위가 몰려와 신라군은 제대로 싸워보지도 못하고 철수했다.

이듬해 신라는 당나라에 사신 김충신(金忠信)을 보내 다시 말갈(발해)을 공격하겠다며, 패강 일대에 말갈을 압박하는 보루를 세우겠다고 했다. 당 현종은 좋은 계책이라며 신라의 전략에 찬성했다. 신라의 말갈 압박은 성공적이었다. 당 현종은 매우 만족했다.

성덕왕 34년, 을해년¹⁶⁶⁾ 2월 당 현종은 김충신이 귀국할 때 칙서를 내려 패강 이남의 땅을 신라에게 주었다.¹⁶⁷⁾ 이에 신라 성덕왕은 이듬해인 병자년¹⁶⁸⁾ 당 현종에게 사신을 보내 패강 이남의 땅을 준 데 대한 감사의 인사를 올렸다. 성덕왕은 그 땅에서 농사도 짓고 누에도 치겠다는 뜻을 분명히 밝혔다. 당나라로서는 어차피 그 땅은 자신들이 지배하는 땅이 아니었다. 발해가 고구려의 구토를 거의 장악해 실질적인 지배력을 행사하고 있을 때였다. 신라도 그 사실을 모르지 않았다. 하지만 대국 당나라와의 약속은 먼 훗날을 위해 반드시 필요했다. 신라는 명분이 필요했다.

당나라 태종과 신라 태종이 무신년¹⁶⁹⁾ 당나라에서 평양 이남의 땅은 신라에게 준다고 한 약속은, 한 갑자를 지나 다시 을해년에, 당 현종과 성덕왕의 합의로 드디어 지켜지게 되었다. 성덕왕은 태종 무열왕의 증

165) 지금의 중국 요동반도
166) 735년
167) 勅賜浿江以南地(칙서로 패강 이남의 땅을 주다, 『삼국사기』)
168) 736년
169) 648년

손자였다. 현종도 당 태종의 증손자였다. 할아버지들의 약속이 증손자 대에 와서 무려 87년 만에 지켜졌다.

〈(5권) 권외편에 계속〉●

●시간상으로 보면 이 소설은 여기서 끝입니다. 다음 편은 1권 이야기의 이전 시대 이야기입니다. 5세기 삼국시대 역사의 전개가 궁금하신 분은 필히 읽으시기 바랍니다. 이 소설 전체를 이해하려면 다음의 권외편을 읽으면, 큰 도움이 됩니다. 권외편을 먼저 읽고, 1권부터 읽어도 좋습니다.(필자)

소설로 읽는 삼국통일의 역사

1.

약 2천 년 전 한반도와 압록강 너머 땅에서는 네 나라가 태동했다. 『삼국사기』에 의하면 신라의 건국 연도는 기원전 57년, 고구려는 기원전 37년, 백제는 기원전 18년이다. 가야는 『삼국유사』에 기원후 42년으로 명시하고 있다. 정확한 연도가 아니라는 설도 있으나, 약 2천여 년 전에 얼추 비슷한 시기에 네 나라가 각각의 영역을 형성했음은 틀림없다. 이 네 나라는 점점 영토를 넓혀나갔으며, 상호간에 영향을 주고받고 경쟁도 하면서 5, 6백 년을 공존했다. 가야는 6세기에 들어서까지 연맹체로 존속하여 단일한 국가로 성장하지 못했다.

5세기 초에 두각을 나타낸 국가는 고구려였다. 광개토대왕은 나라의 판도를 넓히면서 고구려의 전성시대를 열었다. 이후 광개토대왕의 아들 장수왕은 427년 평양으로 천도했다. 중국의 북위가 강성해졌기에 장수왕으로서는 필연적인 선택이기도 했다. 이어 장수왕은 남으로 세력을 확장하여 475년에 백제 한성을 점령했다. 백제의 임금 개로왕은 아차산 아래에서 참수당하는 비운의 군주가 되었고, 이어 백제는 웅진으로 천도하기에 이르렀다. 고구려가 한반도 남쪽으로 압박해 들어오자, 신라와 백제는 고구려를 방어하기 위해 나제동맹을 결성하는 한편, 가야를 흡수하기 위해 치열하게 경쟁했다.

6세기 신라는 이사부를 앞세워 울릉도를 정벌하여 동해의 제해권을 장악하고, 가야의 여러 나라를 흡수하는 한편 한강 유역으로 진출한다. 6세기 중반 가야의 인적, 물적 자산의 합류로 자신감을 획득한 신라는 나제동맹을 파기하고 고구려와 연계하면서 백제와 국운이 걸린 전쟁을 벌인다. 이른바 '관산대전'이다. 이 전쟁에서 백제의 성왕이 전사했다. 승리한 신라는 남은 대가야마저 흡수하여 한반도의 강자로 부상한다.

7세기 초 중국에서 새로운 변화가 일어난다. 위진남북조 시기를 마감하고 수나라가 중국을 재통일하였다. 고구려와의 전쟁 후유증으로 인해 수나라가 망하자 이를 대신하여 618년 당나라가 들어섰다. 수나라와 당나라의 중국 재통일은 한반도 정세에도 지대한 영향을 미쳤다. 수·당은 여러 차례 고구려 정벌에 나섰다. 이로 말미암아 동아시아 전체가 전쟁에 휩싸였다.

7세기 중반 백제는 무령왕 이후 국력을 회복했다. 642년 백제의 의자왕이 대야성을 비롯, 신라 40여 성을 함락하면서 고구려·신라·백제 간에 사활을 건 전쟁이 시작되었다. 백제의 의자왕, 여러 차례 당의 침략을 막아낸 고구려의 연개소문, 실질적인 당나라의 건국자인 당나라 태종 이세민, 신라의 김춘추와 김유신 등의 영웅이 나타나면서 이들의 나라는 서로 뒤얽혀 치열하게 전쟁을 했다. 여기에 왜국까지 가세하여, 동아시아는 새로운 체제로 나아가기 위한 극심한 진통을 겪었다. 이 진통의 결과 한반도에서는 신라에 의해 삼국통일이 이루어졌다. 김춘추와 김유신의 후계자인 문무왕 김법민이 이 삼국통일의 마지막을 이끌었다. 나아가 문무왕은 세계적인 제국인 당나라와 전쟁을 벌여, 한반도 임진강 이남에서 당나라 세력을 완전히 몰아냈다. 신라와 당나라에 의해 새로 구축된 동아시아의 질서는 이후 698년 건국한 발해까지 가담하여 약 250년, 10세기 초반 고려와 송나라가 들어설 때까지 이어졌다. 이는 한반도가 전쟁의 시기에서 평화의 시대로 진입했음을 뜻한다. 이후 신라는 한반도에서 처음으로 '중앙집권적인 영역국가체계'(노태돈)를 확보했다. 이후 고려와 조선은 신라를 계승했다.

더욱 주목해야 할 것은 "삼국통일전쟁은 삼국 간의 통합 전쟁이며, 당의 삼국침략 전쟁이었다."라는 노태돈 교수의 명제다.(『삼국통일전쟁사』) 신라는 삼국을 통일했을 뿐만 아니라 당의 침략을 막아냈다. 신라는 중국에 맞서 국가의 자기 정체성을 지켜냈다. 신라가 당나라의 침략을 물리친 이후 한반도의 국가는 요나라, 원나라, 청나라 등의 침략을 받으면서도 현재까지 독립국을 유지하고 있을 뿐만 아니라, 경제적·문화적인 면에서 독자적인 번영을 구가하고 있다. 이 모두의 뿌리에 삼국통일이 놓여 있다.

2.

『삼국지』는 진수의 역사서에서 촉발하여, 나관중의 『삼국지연의』로 소설화되면서 많은 사람의 흥미를 끌었다. 청나라의 모종강(毛宗崗)을 비롯한 여러 개작자(改作者)가 『삼국지연의』를 고쳐 쓰면서, 소설 『삼국지』는 점점 재미있게 탈바꿈하여 오늘에 이르렀다. 월탄 박종화를 비롯한 여러 한국의 작가도 『삼국지연의』 개작에 참여하여 서울의 지가(紙價)를 올리는 데 일조하기도 하였다.

한편 한국의 대하역사소설은 1928년부터 조선일보에 약 10년간 연재된 벽초 홍명희의 『임꺽정(林巨正)』에서 기원하거니와, 이 소설은 일제 강점기에 집필되었다는 점을 주목하여야 한다. 『임꺽정』은 조선조 연산군 시절 천민 출신 산적 임꺽정의 이야기다. 임꺽정은 식민지 조선인의 시각에서 보면 오히려 관 혹은 정부에 맞서는 의적(義賊)이다. 『임꺽정』은 일제의 식민지배에 항거하고 싶은 당시 조선인의 응어리진 심정을 간접적으로 표출했다. 임꺽정이 던진 저항의 돌은 일제 식민 당국을 향해 던진 조선인의 돌이나 마찬가지였다.

식민지 상황에서 벗어나고서도 『임꺽정』의 문학적 영향력은 지대했다. 조선시대 소설 『홍길동전』과 『임꺽정』은 하나의 전범으로 작용하여, 황석영에 의해 조선시대 3대 도적이라는 장길산으로 이어졌다.

1950년대부터 1980년대까지 대한민국은 빈곤에서 탈출하여 경제 발전과 정치적 민주화를 동시에 이루었다. 완전한 민주화가 이루어지지 못했기에 이 시기의 작가들은 중앙 정부의 정치적 정당성에 동의하기 어려웠다. 이러한 상황에서 기념비적인 몇몇 대하역사소설이 출간되었다. 황석영의 『장길산』(1984), 박경리의 『토지』(1994), 김주영의 『객주』(1984), 조정래의 『태백산맥』(1989)과 같은 대하역사소설이 바로 그것이다. 이 소설들은 이른바 '민중의식'을 반영하면서, 한 시대를 풍미했다. 그러나 이 소설들은 그 자체의 뛰어난 작품성에도 불구하고, 지역성에 천착하면서 주변부 이야기에 그친 한계를 분명히 가지고 있었다. 다른 말로 하면 이 소설들이 다룬 내용은 역사의 전개와 변동에 가장 영향력이 큰 중앙 정부의 이야기가 아니라, 산적과 빨치산의 이야기거나, 보부상의 흥망과 지역 토박이의 변천사에 집중되었다. 한마디로 주변부의 이야기였다. 이렇게 된 근본적인 이유는 첫째, 『임꺽정』과 같은 선대 소설의 영향, 둘째 작가들의 비판 정신, 셋째 역사적 사료 부족 등이었다. 그러한 사정으로 인해 이 소설들은 정통 역사보다는 작가들이 잘 알 수 있는 주변부 이야기에 천착하거나 작가의 개별적 상상력을 내세울 수밖에 없었다. 특히 고대사 영역으로는 더욱더 작가들이 다가갈 수 없었다. 예를 들어 보자.

475년 고구려군에 의해 함락된 백제의 한성은 어디에 있는가? 『삼국사기』의 기록을 보면 장수왕이 3만 병력으로 백제의 한성을 함락시켰다. 역사학자들은 여러 문헌을 참고하여 한성이 위례성임을 밝혀냈다. 그럼 위례성은 어디인가? 『삼국사기』의 편찬자 김부식은 1145년 『삼국사기』 출간 당시 그 위치를 특정할 수 없는 350여 곳을 '삼국유명미상지분(三國有名未詳地分-삼국시대에 이름은 있으나 지금은 위치를 알 수 없는 곳)' 이라 하여, 『삼국사기』〈잡지〉 '지리(地理)'에 따로 밝혀 놓았다. 그 속에 위례성도 들어가 있다. 만약 작가가 위례성의 위치도 특정하지 못하고 이 시기를 소설로 쓴다면, 그것이야말로 천의무봉의 솜씨라 해도 난감한 과제가 아닐 수 없다.

2000년대 들어서 여러 발굴이 이어지면서 풍납토성이 백제의 위례성임이 확실시되었다. 아울러 몽촌토성도 당시 함락된 백제의 성(城)임이 밝혀지고, 고구려 유적과 토기들이 발견되면서 475년 이후 고구려의 한강 남부 지역 지배 과정을 어느 정도 짐작할 수 있게 되었다. 아울러 아차산의 여러 보루에서도 고구려 유적이 체계적으로 발굴되었다.

단양 적성 신라비가 1978년, 울진 봉평 신라비가 1988년, 포항 냉수리 신라비가 1989년, 포항 중성리 신라비가 2009년에 발견됨으로 인해 6세기를 전후한 고대사의 더욱 세세한 측면이 밝혀졌다. 더군다나 2010년 이후에는 이들 각종 비문에 대한 판독작업이 역사학자들에 의해 정밀하게 이루어졌다.

또 하나 중요한 조건이 있다. 과거 이러한 역사자료는 전문 학자들의 논문 열람을 통해서만이 가능했다. 2020년 이후에는 누구나 국사편찬위원회가 구축한 '한국사데이터베이스'를 이용할 수 있다. 매우 고급한 역사자료나 학자들의 논문조차도 접근이 쉬워졌다. 『구당서』, 『신당서』, 『자치통감』과 같은 중국 서적 자료, 중국 당나라 때의 금석문, 『일본서기』와 같은 일본 자료, 이 모두를 약간의 노력만 하면 모니터에서 볼 수 있다. 1980년대 작가가 약간의 자료와 발품과 뛰어난 상상력으로 대하역사소설을 집필했다면, 2020년대 중반의 작가는 방대한 자료를 놓고 취사선택할 수 있는 풍요로운 환경을 맞이했다. 과거의 작가가 쓰고 싶어도 쓸 수 없었던 소설을 쓸 수 있는 시대가 활짝 열렸다.

3.

김부식은 왜 『삼국사기』를 편찬했을까? 이 물음에 답하기 위해서는 약간의 시대적 배경을 알 필요가 있다.

8세기 중반 당나라-신라-발해로 안정되었던 동아시아 체제는 약 150년 이후 극심한 변화를 겪게 된다. 당나라의 몰락과 요나라의 발흥이 주된 이유였다.

918년 고려가 건국한 이후 고려는 거란(요나라)의 침입에 시달렸다. 서희, 강감찬 등의 활약으로 고려는 요나라의 침입을 막아내고 국체(國體)를 지켰다. 대신, 고려는 요나라를 황제국으로 모시고 왕의 책봉을 받는 한편 요나라의 연호를 사용하기로 했다. 고려는 이후에도 요나라의 내정 간섭을 받지 않고 시기에 따라 조금씩 다르지만, 중국 남쪽의 송나라와도 외교 관계를 지속했다. 고려는 실리를 취하고 요나라는 명분을 취한 셈이 되었다.

10세기 초 중국에서도 큰 변화가 일어났다. 당나라는 지방의 여러 절도사의 발호로 망했다. 여러 왕조와 지방 정권이 명멸한 5대 10국 시대를 거쳐, 조광윤은 960년 송나라를 건국하여 중국을 재통일했다. 송나라는 당나라가 지방의 절도사에 의해 망한 전철을 밟지 않기 위해, 지방의 군사력을 제한했다. 이는 현저한 국방력 저하로 이어졌다. 송나라는 경제력으로 군사력의 약점을 보완하고자 했다. 송나라는 북방의 요나라에게 매년 막대한 은과 비단을 지불하면서 평화를 흥정했다. 10세기 중반부터 12세기 초반까지 고려, 요나라, 송나라의 동아시아는 명분과 실리를 주고받으며, 결과적으로 안정적인 질서를 유지했다. 그러나 여진족 완안부의 아골타가 1115년 금나라를 세우고 요나라를 공격하면서 동아시아는 급격한 변화를 겪게 된다.

김부식(金富軾, 1075-1151)은 1096년 과거에 급제하여 정계에 진출한 이후, 3차례 송나라 사신으로 파견되었다. 이 중 1126년 9월 세 번째 사행에서 김부식은 292명의 사행단을 이끄는 책임자로 상하이 부근의 명주(明州)에 도착하여 5개월을 머물다 정작 송나라의 수도인 개봉에는 발을 들이지도 못하고 귀국하고 말았다. 당시 송나라는 금나라의 남침으로 위기 상황이었다. 이를 극복하기 위해 송나라 휘종은 아들 흠종에게 양위했다. 김부식의 사절단은 흠종의 황제 등극 축하식에 참석하기 위해 중국에 갔다가, 개봉이 금나라 군대에 함락되고 휘종과 흠종이 포로가 되어 금나라로 잡혀가는 상황을 전해 듣고, 어쩔 수 없이 귀국했다. 고려에도 많은 변화가 있었다. 1126년 이자겸의 난이 진압되고 이후 고려는 집요하게 군신관계를 요구하는 금나라의 요구에 굴복하여 사대(事大)의 예를 행하게 되었다.

요컨대 김부식은 요나라 중심의 동아시아 질서가 해체되고 금나라가 강국으로 부상하는 가운데, 송나라가 망하는 과정을 생생하게 지켜본 장본인이 되었다. 이어 고려 정국에서는 묘청(妙淸) 일파가 발호하여 서경 천도를 주장하다가 뜻대로 되지 않자, 칭제건원(稱帝建元)과 금나라 정벌을 주장하며 1135년 서경에서 난을 일으켰다. 김부식은 평서원수(平西元帥)에 임명되어 이듬해 난을 진압했다. 이후 바로 공직에서 물러나 10명의 학자와 함께 『삼국사기』 편찬에 몰두했다. 10년의 작업을 거친 다음 1145년 12월 김부식은 마침내 『삼국사기』를 편찬하여 왕에게 편찬을 끝마쳤음을 보고하기에 이르렀다.

북송의 멸망과 묘청의 난 진압이라는 큰 사건을 겪고 난 뒤, 김부식은 도대체 무슨 연유로 『삼국사기』를 편찬했을까? 그 편찬 동기는 김부식이 왕에게 올린 글 「진삼국사기표」에 잘 드러나 있다. 「진삼국사기표」에서 임금이 김부식에게 명하는 형식으로 서술된 부분이 바로 『삼국사기』 편찬의 핵심적인 이유다.

"지금의 학사대부(學士大夫)들이 오경(五經)을 비롯하여 중국 역대 역사서는 통달하여 자세히 말할 수 있으나, 우리나라의 일에 이르러서는 그 시초와 끝을 전혀 알지 못하니, 매우 한탄스러운 일이다. 하물며 신라, 고구려, 백제 세 나라는 정립(鼎立)하여, 중국과 교통하였다. 그러므로 중국의 『한서(漢書)』나 『당서(唐書)』에도 모두 그 열전이 있으나, 중국의 사건은 자세하고, 우리나라의 사건은 소략하여 자세하지 않다. 또한 우리나라에 남아있는 고서(古書)들은 글이 거칠고 졸렬할 뿐만 아니라 사적(事蹟)이 빠진 곳이 많다. 이 때문에 **왕과 왕비의 선악(善惡), 신하의 충성과 사악함, 나라의 안전함과 위태로움, 백성의 다스림에 관한 우리나라의 역사**를 후세에 보여주지 못하니, 어찌 후세가 우리 역사를 교훈 삼을 수 있겠는가? 하여 마땅히 재주와 학식과 분별력이 뛰어난 인재가 우리 역사를 편찬하여, 그 책이 오래도록 후세에 전하여 해와 별처럼 빛나게 해야 한다."(「진삼국사기표」)

이 대목에서 김부식의 편찬 의도가 명확히 드러난다. **"왕과 왕비의 선악(善惡), 신하의 충성과 사악함, 나라의 안전함과 위태로움, 백성의 다스림에 관한 우리나라의 역사"**가 바로 그것이다. 이 네 가지를 한마디로 말하면 국가의 흥망이다. 김부식은 국가가 어떻게 하면 망하고 어떻게 하면 흥하느냐, 이 문제에 대한 답을 우리나라 역사에서 찾고 싶었고, 그 교훈을 후세에 물려주고자 했다. 때문에 『삼국사기』는 '삼국흥망사'이기도 하다.

또 하나 중요한 사실은 김부식의 『삼국사기』는 고려가 고구려, 신라, 백제 세 나라를 계승한 나라라는 점을 분명히 했다는 점이다. 이는 서술 체계에서 확연히 드러난다. 사마천의 『사기』를 전범으로 한 동양적 역사 기술에서는 본기가 황제의 역사라면, 세기는 왕과 신하의 역사다. 김부식은 『삼국사기』에서 신라, 고구려, 백제의 기사(記事)를 모두 본기(本紀)라 했다. 조선시대에 편찬한 『고려사』가 고려의 역사를 본기가 아니라 세기(世紀)로 편찬했던 것과 비교하면, 김부식의 우리 역사에 대한 자긍심이 드러난다.

이렇게 보면, 김부식은 **고려가 고구려, 백제, 신라를 모두 계승한, 한반도 유일의 합법적인 정통 국가**임을 내세우기 위해 『삼국사기』를 편찬했다.

4.

고려는 문무왕 때 통일된 신라를 계승했다. 신라에 의한 삼국통일은 한반도가 전쟁의 시대에서 평화의 시대로 진입했음을 뜻한다. 삼국통일 이전 한반도에는 약 400회가 넘는 전쟁 기록이 나타난다. 집단적 인간의 삶에서 전쟁만큼 잔혹한 상황은 드물다. 죽고 죽이는 압도적 상황에서 인간다운 삶이란 늘 뒷전으로 물러서기 마련이다. 인간의 천부적 권리나 문화예술 행위는 사치로 치부될 수밖에 없다. 고대국가끼리의 싸움에서는 더욱 그러하다.

삼국통일은 한반도에서 준 항구적인 평화 시대를 열었다. 중국과 일본과의 관계도 전쟁이 아닌 외교로 정립될 수 있었다. 전쟁이 없는 한반도에서, 사람답게 살 수 있는 환경이 삼국통일 이후 폭넓게 갖춰질 수 있었다는 뜻이다. 그 평화의 바탕에서 신라는 이른바 '불국(佛國)'으로 알려진 신라문화의 전성기를 구가했다. 불국사와 석굴암으로 표현되는 화평원륭(和平圓隆)의 세계가, 처용이 노래하는 향가(鄕歌)의 세계가, 원효의 사상으로 구현되는 화엄(華嚴)의 세계가 활짝 열렸다. 통일 이후 신라는 문화의 시대로 나아갔다.

삼국통일로 말미암아 백제와 고구려와 신라의 백성들이 뒤섞이면서 세 나라의 사람들은 한 나라의 구성원으로 살게 되었다. 삼국통일 이후 혼인과 거주지 이동 등에 의해 점차로 고구려, 백제, 신라 사람의 구분은 의미가 없어졌다. 세월이 흐름에 따라 통일신라 사회는 세거지(世居地)를 기반으로 한 성씨(姓氏) 사회로 나아가는 과정에 들어서게 되었다.

삼국통일은 한반도 단일 국가 형성이라는 시대적·역사적 과제를 수행하여, 결과적으로 보면 후손들의 삶에 절대적 영향을 끼쳤다. 현재 한반도에 사는 사람들이 대한민국 사람인 까닭은, 신라가 삼국을 통일하고 당나라의 침략을 막아내어, 한반도 단일 국가를 성립시켰기 때문이다. 그 결과 한반도에 지금의 우리가 살고 있다.

소설 『사국지』로 대한민국 역사의 의미를 조금이라도 살펴볼 수 있기를 바랄 뿐이다.